T0270226

Una Lección de amor

Una Lección de amor

Suzanne Enoch

TITANIA

Argentina • Chile • Colombia • España
Estados Unidos • México • Perú • Uruguay

Título original: *Something in the Heir*
Editor original: St. Martin's Griffin, an imprint of St. Martin's Publishing Group
Traducción: Nieves Calvino Gutiérrez

1.ª edición Febrero 2023

Copyright © 2022 by Suzanne Enoch
Published by St. Martin's Griffin, an imprint of St. Martin's Publishing Group
All Rights Reserved
© de la traducción 2023 *by* Nieves Calvino Gutiérrez
© 2023 *by* Ediciones Urano, S.A.U.
Plaza de los Reyes Magos, 8, piso 1.º C y D – 28007 Madrid
www.titania.org
atencion@titania.org

ISBN: 978-84-19131-03-4
E-ISBN: 978-84-19497-12-3
Depósito legal: B-22.754-2022

Fotocomposición: Ediciones Urano, S.A.U.

Impreso por: Romanyà Valls, S.A. – Verdaguer, 1 – 08786 Capellades (Barcelona)

Impreso en España – *Printed in Spain*

*Para mi hermana Nancy: gracias por ayudarme a encontrar
el tiempo para escribir esto y por ver todas esas antiguas películas
de Cary Grant conmigo (aunque esa parte fue muy divertida).*

*Y gracias a Monique y a toda la gente maravillosa de St. Martin's
que se las ingenió para sobrellevar el caos, hacer que cumpliera
con los plazos y aun así permitirme que me haya divertido como
nunca en mi vida escribiendo esto.
Este libro necesitaba un pueblo y ese pueblo sois vosotros.*

Prólogo

Emmeline Hervey agarró a su madre del codo.

—¿Acabo de oírle decir a la prima Penelope que vamos a desalojar Winnover Hall?

Lady Anne Hervey asintió.

—Ahora tenemos una bonita casa en Bath. No hay razón para mantenerlo en secreto.

—Por el amor de Dios, madre, hay muchos motivos para mantenerlo en secreto —susurró Emmie, alejando un poco más a la hija del duque de la pista del salón de baile—. Sobre todo a Penelope. Solo he estado fuera tres semanas y acabas de anunciar que Winnover Hall está disponible.

—¡En efecto! Ya te he dado tres semanas para que hicieras planes sin que nadie más lo supiera.

—Sí, pero...

—No iban a tardar mucho en descubrirlo. Escribí al duque a comienzos de la temporada y ya sabes que es incapaz de guardar un secreto.

—¿No podría hacer una excepción por mí? Winnover es mi hogar. No quiero vivir en Bath.

—Sabes que no lo hará. Así son las cosas con Winnover Hall. Han sido así desde que el tercer duque de Welshire la adquirió en 1635. ¿Tengo que recitarte las reglas?

—Las conozco. Las he vivido. «El primer descendiente de la familia Ramsey que se case después de que Winnover quede vacía obtiene su uso y disfrute durante cinco años. Si dicho descendiente engendra un heredero en esos cinco años, pueden quedarse Winnover durante toda su vida».

—O hasta que decidan vivir en otra parte. —Lady Anne apartó la mano de Emmie de su brazo—. Piensa que si tu padre y yo la hubiéramos conservado hasta mi muerte, tú ya estarías casada y no podrías vivir allí. Te hemos hecho un favor al esperar a que cumplieras dieciocho años y empezaras tu temporada. Ya tienes proposiciones de matrimonio.

—Sí, pero aún no me he decidido por ninguna.

—Bueno, ya que tu prima se comprometió hace una semana, te sugiero que te des prisa en hacerlo. De lo contrario, Winnover caerá en manos de Penelope Ramsey.

«Penelope.»

—Haría empapelar todas las paredes de rosa y usaría la biblioteca para exhibir sus sombreritos. —Solo decir aquello le dejó un mal sabor de boca.

—Entonces te sugiero que consideres seriamente las tres propuestas que has recibido y te decidas por una de ellas. De inmediato. —Después de darle un rápido beso al aire en la mejilla a su hija, lady Anne se fue a conversar con su anfitriona.

Emmie se quedó donde estaba, con la mirada fija en la pista de baile que se estaba llenando. A pesar de sus protestas, sabía que no serviría de nada apelar a su abuelo, el actual duque de Welshire, para que le cediera Winnover Hall, aunque hubiera vivido allí toda su vida. No solo era famoso por su carácter intratable, sino que además detestaba a la mayor parte de su propia familia, lo que resultaba extraño si se tenía en cuenta que exigía que todos procrearan para recibir cualquier tipo de ayuda por su parte. Según decía, quería que su linaje continuara, con la esperanza de que al menos uno de sus descendientes valiera para algo.

Pero se trataba de Winnover Hall, por Dios bendito. Esos salones y pastos eran el centro de su vida. Sus padres podrían haberle dado al menos unas cuantas semanas más. Mañana todos los miembros solteros de su numerosa y competitiva familia sabrían ya que Winnover estaba disponible por primera vez en veinte años.

Penelope le llevaba un año de ventaja, y si bien la diferencia de edad no había tenido mayor importancia en el pasado, ahora sí la tenía. O, mejor dicho, lo que importaba era que Penelope había tenido un año para pescar y había conseguido a Howard Chase, el segundo hijo de un vizconde con cara de tonto. Estúpido Howard Chase.

Mientras digería todo aquello, una mano la asió del brazo.

—Mi más sentido pésame —dijo Penelope Ramsey, dándole un apretón en el brazo—. Aunque imagino que la residencia en Bath será de tu agrado.

Emmie tomó aire, esbozó una sonrisa y le dio un beso en la mejilla a su prima. De ninguna forma pensaba residir en Bath con los carcamales con peluca. Pero tampoco iba a dejar que Penelope lo supiera.

—He de decir que me alegro de que hayamos encontrado un lugar acorde a la salud de papá —dijo en voz alta—. Eso me reconforta.

Penelope entrecerró un poco los ojos.

—Esperaba verte tirándote de los pelos en el suelo por dejar Winnover. No puedes estar tan contenta por haberla perdido.

«Oh, Penelope.»

—La echaré muchísimo de menos, claro. Pero no puedo ignorar el panorama tan obvio que tengo ante mí. Hace solo tres semanas que debuté. Tú ya estás comprometida. Aunque me hubiera gustado que mi madre ocultara nuestra situación un poco más, todos sabemos que era imposible. —Exhaló un suspiro—. Tengo intención de tenerte muchos celos y espero que me invites a visitar Winnover..., y a ti, por supuesto..., de vez en cuando.

Su prima se enderezó después de darle un último apretón en el brazo.

—Pues claro que debes venir a visitarnos a Howard y a mí a Winnover. Pero no de inmediato; ya tengo muchas ideas para realizar mejoras y quiero que la veas en su mejor momento.

Emmie dejó escapar su sonrisa.

—No sé si necesita muchas mejoras, pero será tuya. Ojalá... —Se enjugó un ojo—. Bueno, te deseo lo mejor, Pen.

Eso hizo feliz a su prima. Emmie pudo ver la flagrante codicia que destilaba su sonrisa de oreja a oreja.

—¡Eres un encanto! —exclamó Penelope con tono cantarín—. ¡Oh, y ahí está Howard! —Lo saludó con la mano—. Debo ir a contarle las buenas noticias.

Dicho eso, dio media vuelta y se marchó, resplandeciente con un vestido de tafetán y seda rosa. Emmie observó a su prima durante un momento y luego exhaló.

—Qué criatura tan boba —farfulló.

Y ahora Penelope y Howard podían volver a tomarse su tiempo para planear su gloriosa boda y su aún más glorioso futuro en Winnover Hall.

Excepto que Winnover Hall le pertenecía a ella. Emmie lo sabía, lo sentía con todo su ser. Respiraba, soñaba y amaba Winnover Hall. Penelope no podía quedársela. Y eso significaba que solo había una cosa que pudiera hacer: casarse. Y rápido.

Ya tenía tres proposiciones y las había pospuesto todas; eso era lo que hacía una joven cuando aún tenía la mayor parte de la temporada por delante. Pero ahora, gracias a su parlanchina madre, tenía una fecha límite.

Irguió los hombros y recorrió el salón de baile y los salones vecinos. No había asistido a dos academias para señoritas y aprendido tres idiomas para que la expulsaran de su propia casa por una mala planificación..., o la ordinaria de su prima.

Sin embargo, al cabo de diez minutos tuvo que reconocer que no iba a aceptar a ninguno de sus pretendientes esa noche, ya que ninguno estaba presente. Podría organizar un encuentro casual con uno de ellos al día siguiente, pero en cualquier momento Penelope podría darse cuenta de que Emmie jamás renunciaría a Winnover sin luchar. Y con una licencia especial podría ser Penelope Ramsey Chase tres días a partir de ese momento.

Comenzó el compás de un vals y ni siquiera tenía pareja. Y ahí estaba Penelope, arrastrando a Howard a la pista en medio de un derroche de sonrisas y entusiasmo. «¡Maldición!»

—Si alguien hubiera apostado conmigo a que Emmeline Hervey estaría fuera de la pista de baile mientras sonaba un vals, habría perdido mucho dinero.

Emmie se volvió, sonriendo a pesar de la distracción.

—Tú no apuestas, Will Pershing.

William Pershing inclinó la cabeza haciendo que su mata de pelo castaño oscuro le cayera sobre un ojo; el resto de su persona parecía casi igual de desaliñado, como si el pañuelo hubiera sido una ocurrencia de última hora y la chaqueta hubiera sido la que tenía más a mano. Incluso tenía manchas de tinta en los dedos.

—Es cierto —dijo—. Pero sí que bailo, si estás dispuesta a poner en peligro los dedos de tus pies.

Así era Will, un despistado, pero siempre de buen corazón. Y esta noche la estaba salvando de parecer una paria social.

—Eres una bendición, amigo mío —repuso, sonriendo mientras tomaba la mano que le ofrecía.

—Eres la única que piensa así —comentó, y su sonrisa estuvo a punto de hacerle olvidar que eran casi como hermanos—. Mi madre me ha echado un vistazo antes y se ha limitado a menear la cabeza.

Emmie se rio.

—Eso es solo porque estás casi, casi deslumbrante. Un corte de pelo, un poco de acicalamiento y esa mirada melancólica con los ojos semicerrados y serías irresistible.

Will enarcó una ceja mientras le ponía una mano en la cintura.

—Si eso es lo único que evita que las féminas me agobien, estoy encantado de seguir tal cual.

—Bueno, yo siempre te he adorado, así que no tengo ninguna queja al respecto.

La miró durante un instante antes de hacerla girar por la pista.

—Tienes una gran habilidad con las palabras, Emmie.

Ella atenuó un poco su sonrisa cuando pasaron junto a Penelope. A fin de cuentas se suponía que estaba triste y angustiada y que no buscaba marido.

—He visto a tu madre antes —dijo una vez que pasaron de largo a su prima—. Todavía intenta convencer a mi madre para que la acompañe a desayunar a una cafetería.

—Sí, me temo que beber café hace que se sienta atrevida y está empeñada en arrastrar a todas sus amigas con ella e inculcarles el hábito.

Emmeline retomó su búsqueda mientras giraban y los otros bailarines pasaban. Otra media docena de caballeros le vino a la mente, pero ninguno lo bastante encaprichado con ella como para que pudiera inducirle a que le propusiera matrimonio esa noche.

—No te has prodigado demasiado, Will. He tenido que buscar nuevos compañeros para ir a cabalgar.

Will se encogió de hombros.

—La culpa es de Oxford y del puesto de aprendiz con lord Howverton. Aunque podría arreglármelas para dar un paseo o dos, si te apetece. Somos vecinos.

Emmie asintió, escuchando solo a medias.

—Por supuesto. ¿Lord Howverton sonríe alguna vez? Tengo que saberlo.

—No en mi presencia —repuso, sonriendo—. Ha estado presionando para ensanchar todos los canales entre Londres y Gales. Mejorará la velocidad de navegación y reducirá los costes del carbón y del hierro. Se enfrenta a todos los tories del Parlamento, pero cuanto más posterguemos este tipo de progreso, más rezagados nos quedaremos.

Will Pershing era solo dos años mayor que ella, pero se tomaba la política y el estado del reino muy en serio. Ojalá prestara tanta atención a su vestimenta.

—¿Aprendiz? Seguro que vales más que eso, Will.

—Me temo que soy un donnadie. Y cito: «demasiado joven para comprender la diferencia entre la necesidad y la temeridad de moda».

—Tonterías. Solo necesitas a alguien que te recuerde que debes dedicar un momento a encandilar a un tipo antes de intentar convencerlo de que abra su cartera, y quizás a una joven que conozca a muchas esposas de ministros y de parlamentarios.

—Ah. Entonces tú y yo deberíamos ser socios, Emmie. Podrías encandilar al propio Midas para que donara oro para una buena causa.

Emmie volvió a sonreír.

—Te he echado de menos a ti y a tus cumplidos.

Pero Will captó su atención cuando le devolvió la sonrisa, con una pizca de diversión en sus ojos verde claro. Will Pershing era un joven apuesto bajo su desaliñada fachada, alto y corpulento, si bien un poco desgarbado. Todos sus amigos lo consideraban serio y tímido, poco dado a coquetear o a conversar sobre el tiempo, mientras que ella consideraba que simplemente no le interesaba. Todo el mundo sabía que su futuro estaba en el gobierno, ya fuera en el Parlamento o en el personal de algún ministerio. No la sorprendería enterarse algún día de que lo habían elegido primer ministro. Eran vecinos y amigos desde la infancia; incluso se le había declarado en temporadas pasadas, aunque ella no le había hecho caso.

Oh. «¡Oh!»

William Pershing.

¿Por qué no Will Pershing y ella? Ella quería conservar su hogar y era evidente que él necesitaba una esposa que lo animara a vestirse con más esmero y a esforzarse por ser encantador, que lo ayudara a abrir todas las puertas que pudiera encontrar cerradas a causa de su edad o de su falta de fortuna familiar o pedigrí.

Reprimió los nervios, que se agitaron como locos en respuesta. A nivel racional, estaba más que preparada para la vida matrimonial; aparte de su educación formal, sabía la manera de volverse popular, y de volver popular a su cónyuge, entre la alta sociedad. Sabía tratar a quienes estaban por encima y por debajo en el plano social, había descubierto la cantidad exacta de ratafía y de Madeira que podía beber sin perder la cordura, y era capaz de organizar una cena para dos o para doscientas personas con el mismo aplomo. En realidad era una verdadera artista y un calendario social era su medio.

Quizá otras damas de su edad suspiraran por el amor verdadero, pero al convertirse en la señora Pershing conseguiría lo único que su corazón deseaba de verdad: Winnover Hall.

—¿En qué piensas? —murmuró Will, inclinando un poco la cabeza mientras la miraba.

«Oh, sí, Will.» Lo necesitaba para todo ese asunto. Emmie cerró los ojos un momento e inspiró hondo. Total, solo se trataba del resto de su vida.

—Te he hablado de Winnover Hall.

—Sí. Siempre he querido verla. La describes de forma muy vívida.

—Estoy a punto de perderla. Para siempre.

Will frunció el ceño.

—¿Qué ha pasado? ¿Están bien tus padres?

—Se mudan a Bath por la salud de mi padre. Y Winnover es en realidad propiedad de mi abuelo.

—El duque de Welshire.

—Exacto. Y tiene... reglas respecto a quién puede vivir allí. Debe ser el siguiente miembro de la familia que se case.

Observó su rostro mientras él asimilaba esa información. Siempre había sido avispado y confiaba en que ahora no le fallara. Si había algo que no quería era parecer tonta.

—Tu prima, Penelope Ramsey, acaba de aceptar la proposición de Howard Chase, ¿no es así?

Emmie asintió con la cabeza, sorprendida de que él supiera incluso esa noticia de sociedad.

—Así es.

—Entonces, ¿Winnover es ahora suyo?

—Todavía no. Está prometida, pero aún no está casada.

—Ah.

La hizo danzar por la pista de baile en silencio. ¿Estaba buscando la manera de rechazarla sin herir sus sentimientos? ¿O todavía no se había percatado? Tomó aire de nuevo. La sutileza era para la gente con tiempo.

—Deberíamos casarnos, Will. Tú y yo. Winnover Hall sería nuestra. Está a solo un día de Londres, mucho más práctico que tu Arriss House en Yorkshire para un hombre que pretende trabajar para el gobierno.

Su rostro palideció y Emmie sintió que su hombro se ponía rígido bajo su mano.

—Yo...

—Y yo sería la compañera perfecta para ti —insistió—. Piénsalo. Conozco a todo el mundo, tengo a un duque por abuelo y contaríamos con los sustanciosos ingresos de Winnover. Nuestras cenas políticas se convertirían en la sensación de Londres. Tendríamos al mismísimo primer ministro cenando con nosotros todos los miércoles.

—Así que...

—Dedicaré cada hora de vigilia a tu éxito —continuó antes de que él pudiera liberarse y salir corriendo. Sí, le había tendido una emboscada, y sí, estaba siendo muy egoísta y tonta, pero lo decía en serio. A cambio de quedarse con Winnover Hall, haría todo lo que estuviera en su mano para ayudarlo a alcanzar el éxito político—. No te arrepentirás, Will.

—Yo...

—Por favor, consi...

—Cállate, ¿quieres? —protestó él, sacándola con brusquedad de la pista de baile y evitando por los pelos chocar con alguien.

—Sé que parece una locura, pero...

—Emmie. Dame un momento para pensar, ¿quieres?

—Oh. Sí. Por supuesto.

—Gracias. —Tomó aire—. Bueno..., quieres casarte conmigo para que Winnover Hall siga siendo tu hogar, ¿no?

El tiempo para el romanticismo en su vida había pasado antes de comenzar, pero por Winnover se conformaría con la amistad y con una alianza de negocios.

—Sí.

—¿Y lo conseguirías gracias a nuestro matrimonio?

—Si nos casamos antes que Penelope. Y tendríamos que engendrar un heredero en los próximos cinco años para conservarla.

—Tu abuelo está loco, Emmie.

—Estoy de acuerdo, aunque Winnover se ha transmitido de esta manera desde siempre.

—¿Por qué yo?

No la creería si le soltaba algo sobre sentimientos románticos latentes desde hacía mucho. Y aunque de niña estuvo bastante prendada de él, hacía mucho de eso. Apenas habían hablado en dos años.

—Porque eres mi amigo y porque darás buen uso a mi talento —repuso—. No es necesario llevar a cabo un cortejo, podemos casarnos con rapidez y entendemos los motivos del otro. El éxito político en tu caso y Winnover en el mío.

—Tienes otros pretendientes. —Echó un nuevo vistazo a la estancia—. Ah. Ninguno de ellos está aquí, ¿verdad?

Se acabó el no parecer desesperada.

—William Pershing, te ayudaré a convertirte en un valioso miembro de nuestro gobierno. Lo juro. Además, residirás en la casa más hermosa del mundo y no te arrepentirás ni un solo instante de tu decisión. Pero necesito que tomes una decisión. Esta noche.

Will hizo una mueca al tiempo que dirigía sus ojos verdes de nuevo hacia ella.

—Esto no es... —Volvió a cerrar la boca y Emmie casi pudo verle pensar, sin duda debatiendo la lógica y las consecuencias de cualquier decisión. Acto seguido se irguió y le tendió una mano—. ¿Tengo que pedirle permiso a tu padre o nos limitamos a decirles que vamos a casarnos en cuanto consiga una licencia especial de Canterbury?

Emmie le asió los dedos y apenas se contuvo para no plantarle un beso en la mejilla.

—Oh, gracias, Will. No tienes ni idea... Gracias. —Podría conservar Winnover. Aún más, sería la dueña de Winnover. Sería de los dos para el resto de su vida. Lo miró a los ojos con una sonrisa en los labios, pero por una vez no pudo definir lo que vio cuando le devolvió la mirada. Sin embargo, le estaba haciendo un enorme e inesperado favor.

—Creo que tendremos una buena... asociación —dijo—. Tú tampoco tendrás motivos para lamentar esto.

—Por supuesto que no. —Lo había conseguido. Y ahora solo necesitaban una licencia, un párroco y una iglesia antes de que Penelope pudiera darse cuenta de que le habían ganado la partida. Y si era capaz de encontrar un marido en una noche, como así había sido, el resto sería pan comido.

1

Ocho años, cuatro meses y trece días después

Emmeline Pershing bebió un sorbo de su té y lo dejó con una sonrisa.

—Tu éxito con la recaudación benéfica para los mineros es extraordinario, Barbara. No sé de dónde sacas la paciencia para bregar con toda la burocracia.

Barbara, lady Graham, le devolvió la sonrisa.

—Es sobre todo una cuestión de asentir en el momento adecuado, querida. Deja que los hombres discutan hasta que se cansen y luego asiente al que tenga la idea más sensata. Una sonrisa posterior casi siempre asegura el apoyo y el acuerdo.

Emmie soltó una risita y despidió al camarero con un ademán. Ya casi habían terminado. En la Posada de la Rosa Azul las mesas estaban lo bastante separadas como para que aun en las tardes más concurridas se pudiera mantener una conversación razonable sin que el ruido lo impidiera o sin que te escucharan. Eso hacía que fuera perfecto para almuerzos como ese.

—Oh, cuánta paciencia debe exigir. ¿También funciona con lord Graham?

—En todas las ocasiones, excepto en las más excepcionales. —Barbara bebió un sorbo de té—. No me digas que no puedes doblegar también al señor Pershing con una sonrisa, Emmie. Nunca lo creeré.

—Mis posibilidades de hacerlo dependen de que el señor Pershing levante alguna vez la vista de los documentos con los que siempre está obsesionado. Me atrevería a decir que si pudiera asegurarle que no es el único que entiende que una simple carretera en África no solo podría mejorar el comercio de especias de Gran Bretaña, sino también nuestras relaciones con media Europa, estaría mucho más dispuesto a celebrar una velada para nuestros amigos y vecinos, por ejemplo.

—Me encantan tus veladas, Emmie. —La baronesa se inclinó hacia delante—. Hablaré con Edmund sobre esa carretera. Es terco como una mula, pero le encanta que Gran Bretaña gane dinero. Y a mí, por supuesto.

Oh sí, lord Graham adoraba a su esposa. Por eso Emmie almorzaba con Barbara, a pesar de la política tan conservadora de lord Graham. Se llevó una mano al pecho.

—Si lord Graham apoyara la carretera del señor Pershing, creo que se hablaría de la velada resultante en Winnover Hall durante una temporada o más, Barbara.

Se pusieron de pie y Barbara le tomó la mano.

—Si prometes hacer que la señora Brubbins prepare su deliciosa tarta de moras, puedes considerarlo hecho, querida.

Emmie inclinó la cabeza.

—Tal vez haga que mi cocinera te envíe una tarta mañana para que así no tengas que esperar.

—Y por eso te adoro, Emmie.

Al salir de la Posada de la Rosa Azul, en el centro del pueblo de Birdlip, en el corazón de Gloucestershire, a Emmie se le unió su criada, Hannah.

—¿Supongo que ha ido bien? —susurró la criada.

Subieron al carruaje que las estaba esperando.

—Así es. Y después de la cena con los Hendersen de esta noche, creo que es posible que el señor Pershing tenga el apoyo que necesita para su carretera.

—Qué noticia tan espléndida, señora Pershing.

Era lo que le había prometido al señor Pershing: ayudar con sus labores en el gobierno y verlo triunfar. Hasta ahora, y no porque lo dijera ella, todo había ido como la seda. Se recostó para mirar por la ventana mientras el carruaje recorría la carretera y subía la larga y empinada colina hacia Winnover Hall. El método que ella y el señor Pershing habían desarrollado durante los últimos ocho años funcionaba bien. Con una simple nota o dos, coordinaban de forma impecable sus calendarios individuales, las causas de él y los puntos en los que los tres convergían para cosas como esta cena. Por supuesto, esas actividades conjuntas eran menos comunes aquí, en el campo, pero Emmie disfrutaba del tiempo libre de la ajetreada temporada social y de la política de Londres.

Cuando se detuvieron al final del camino de entrada, el mayordomo abrió la puerta del carruaje y la ayudó a bajar.

—Espero que haya disfrutado de un almuerzo agradable, señora Pershing —dijo Powell, siguiéndola al interior de la casa y tomando su chal—. Me he ocupado de que reemplazaran el cuadro del comedor, como usted pidió, y le he recordado al señor Pershing que los Hendersen llegarán esta noche a las seis para cenar. Tiende a perder la noción del tiempo cuando está de caza.

—Sí, así es. Supongo que dormiría bajo algún arbusto si pudiera solo para empezar el día más temprano.

Emmie no cazaba, pero disfrutaba de los bosques y de las praderas que rodeaban Winnover Hall. Al fin y al cabo, había crecido recorriendo los senderos, recogiendo manzanas del huerto y, hasta que su madre lo consideró impropio de una dama, trepando a los árboles y pescando en el gran estanque que había más allá del jardín. Ningún otro lugar de Inglaterra podía igualar las vistas, con las suaves y onduladas colinas, los verdes pastos en medio de bosquecillos de robles y olmos, las flores silvestres que crecían a lo largo de los senderos... Ningún lugar ni ninguna otra cosa en el mundo la hacía tan feliz como estas cuatrocientas cinco hectáreas en Gloucestershire.

Antes había puesto un ramo de rosas frescas de otoño en la sala de la mañana, y su cálido y especiado aroma colmaba toda la parte delantera de la casa. Sí, esa casa, Winnover Hall, con sus vigas de madera, sus chimeneas de ladrillo y la piedra amarilla de Cotswold, era el mejor lugar del mundo. Y ella era su dueña.

—Por favor, recuérdele a la señora Brubbins que los Hendersen son abstemios; nada de vino en el consomé. Ni en la mesa. Dígale que empiece a preparar un poco de ese café marroquí a las cinco y media; el aroma será delicioso para nuestros invitados. Lo tomaremos después de la cena. Ah, y le he prometido a lady Graham una de sus tartas de moras para mañana.

El café daría pie a la discusión del señor Pershing durante la cena sobre las rutas comerciales y los tratados del norte de África. Will le había dejado una lista de cosas que deseaba discutir con el señor Hendersen, un miembro bastante influyente de la Cámara de los Comunes, y África volvía a figurar en primer lugar.

Aunque no conocía bien ningún plato africano, había otras formas de dirigir una conversación hacia un tema concreto. Por eso le había pedido a Powell que retirara el cuadro de Thomas Lawrence colgado en el comedor, el paisaje pastoral de Gloucestershire que ella y el señor Pershing habían recibido como regalo de bodas de sus padres, y lo sustituyera por el cuadro de elefantes salvajes que su tío abuelo Harry Ramsey había dejado en el desván. Eso encajaría mucho mejor con el tema de la noche.

El mayordomo asintió con la cabeza; el círculo de pelo que comenzaba en sus sienes y rodeaba la parte posterior de su cabeza era ahora casi de un gris absoluto.

—Me ocuparé de ello. Y el correo acaba de llegar; tiene una carta de Su Gracia. —Cogió la bandeja de plata de la mesa auxiliar, con la carta encima.

El corazón le dio un vuelco. Su abuelo y ella se escribían, pero no podía decir que fuera algo que esperara con ilusión. Sin embargo, el deber era el deber. Tomó la misiva de la bandeja y le dio la vuelta. El sello del duque de Welshire, impreso en cera roja, mantenía la carta cerrada. Siempre resultaba muy impresionante, aunque la mayoría de las veces el contenido era del tipo: «No apruebo la política de lord

Fulano de Tal, te ruego que no te relaciones con él más de lo estrictamente necesario».

Rompió el lacre de cera.

—Oh, menos mal —murmuró, hojeando el primer párrafo—. Casi se me había olvidado que el cumpleaños de Su Gracia es el mes que viene. Por suerte, el duque de Welshire no es de los que deja pasar la oportunidad de ser adulado.

—Es su septuagésimo cumpleaños, ¿verdad? —preguntó Hannah.

—Lo es. —Sin embargo, a medida que leía, su alivio se transformó en un profundo y duro nudo. «¡Ay, Dios mío! ¡Ay, Dios mío! ¡Ay, Dios mío! ¡Ay, Dios mío, Dios mío!»

—Señora Pershing, ¿se encuentra bien? —preguntó la criada, abanicando la cara de Emmie con las manos—. ¿Quiere que le traiga algo? ¿Necesita sentarse?

Emmie se apoyó en la pared para mantener el equilibrio.

—Yo... No, gracias, Hannah. —Esbozó una sonrisa forzada—. Nada preocupante. Solo algo de lo que tengo que ocuparme. Estaré en la sala de la mañana. Por favor, no me molestes, excepto para comunicarme el momento en que el señor Pershing regrese.

—Por supuesto, señora. ¿Seguro que está bien?

—Sí, sí. Estoy muy bien.

La criada se retiró con una rápida reverencia y una expresión mezcla de preocupación y curiosidad mal disimulada, y Emmie entró en el salón y cerró la puerta.

En cuanto se quedó sola, Emmeline se acercó a la ventana para leer la carta por segunda vez. Lo último que quería era malinterpretar una frase inocente y ver la ruina donde no la había. Sin embargo, en la letra de su abuelo, las palabras permanecían; la condenatoria y detestable frase en medio de la página, donde no podía eliminarla sin que se notara su ausencia, donde no podía fingir que no la había visto y seguir respondiendo al resto del contenido de la misiva.

Ay, esto era muy malo. Durante ocho años había hecho de su unión con el señor Pershing un éxito, y de hecho los alababan y admiraban de forma unánime. Ella tenía sus obras de caridad y sus amigas, la mayoría elegidos de manera cuidadosa en función de las inclinaciones políticas de los maridos, padres o hermanos; él tenía sus clubes y su trabajo con el gobierno; y ambos se comportaban como las personas decentes y de vida honrada que eran.

Ahora había desaparecido. Todavía no, porque en este momento era la única que estaba al tanto de la destrucción. Sin embargo, se trataba de un asunto del que no podía ocuparse sin informar a su cónyuge. Y entonces... Ay, Dios, todo acabaría. La ridiculizarían, quedaría arruinada, chismorrearían sobre ella y, por último, la ignorarían y se olvidarían de ella. El responsable y caballeroso señor Pershing, que no había hecho nada para merecer tal censura, arrostraría las mismas consecuencias.

Emmeline se irguió con la carta en una mano y se paseó hasta terminar en el gabinete de los licores contra una pared. Por regla general, no bebía nada más fuerte que la ratafía, pero mientras se servía un vaso de whisky hasta el borde, decidió que su comportamiento en privado carecía de importancia. Estaban a punto de surgir errores mucho más públicos y menos excusables.

Sin embargo, eso no era lo peor. Esta carta significaba que sus días en Winnover Hall habían terminado. Su casa. Su hogar. La gran biblioteca con su media docena de ventanas con vistas al jardín y al estanque. El aroma de las manzanas del huerto que la brisa de la tarde de otoño transportaba. Esa encantadora salita de la mañana empapelada de un cálido tono amarillo y sus acogedoras sillas a rayas verdes y amarillas. Todo se había ido al garete, o iría a parar a su prima Penelope, que era casi lo mismo.

Dio un respingo cuando alguien llamó a la puerta del salón. ¿Cuánto tiempo llevaba allí? Emmeline terminó su segundo..., ¿o era el tercero?, vaso de aquel licor de horrible sabor antes de responder.

—¿Sí?

Hannah se asomó a la habitación.

—El señor Pershing está en el establo —dijo, abriendo los ojos como platos al ver la botella medio vacía—. ¿Quiere un poco de té, señora? O si prefiere algo más fuerte, la señora Brubbins está preparando el café que mencionó.

Emmeline agitó la mano.

—No, no. El café marroquí lo reservamos para nuestros invitados. Por eso lo he comprado. Dile al señor Pershing que deseo hablar con él. Me quedaré aquí. —Ahora se sentía más calmada; al final, tal vez el whisky no era tan malo.

En cuanto la puerta se cerró de nuevo, se dirigió a la ventana y se apoyó en el alféizar, y luego se colocó junto a la chimenea con un codo sobre la repisa. No, tal vez sentarse junto al pianoforte sería mejor estrategia. Alisó la carta que había conseguido arrugar, apretándola contra su muslo. Ya está. Ahora parecía serena.

La puerta se abrió.

—¿Quería verme?

William Pershing era un tipo cuyo rostro habría sido muy apuesto si no fuera siempre tan serio, pensó sin poder evitarlo. El viento había despeinado su oscuro cabello y todavía llevaba puesta la chaqueta de caza. La chaqueta de caza, que tan bien le quedaba. El débil olor a pólvora se mezclaba con el aroma más intenso de sus rosas de otoño; la combinación era un poco inquietante.

—¿Qué ocurre, señora Pershing? —preguntó su marido, con una mano aún en la puerta, como si quisiera dejar claro que se dirigía a otro lugar—. Me gustaría asearme antes de la cena con los Hendersen —añadió, sin necesidad.

Emmie abrió la boca y volvió a cerrarla. A fin de cuentas, ¿cómo se destruía la propia vida? Empezando por un éxito, por supuesto.

—Lady Graham confía en que el viejo y estirado lord Graham apoyará tu carretera.

Will ladeó la cabeza, su boca se torció brevemente.

—¿Está borracha?

—¿Qué? Por supuesto que no. —Volvió a alisar la carta del duque—. Yo..., nosotros..., tenemos una alianza que funciona bien para ambos. ¿No está de acuerdo?

—Sí. Ha sido un activo inestimable, tal y como prometió. ¿Por qué?
—El señor Pershing dio un paso completo hacia la habitación y cerró la puerta en silencio.

Sí, estaba tan pendiente de los cotilleos como ella; otra razón por la que su asociación funcionaba de manera tan espléndida.

—Mantengo la casa de forma impecable, ¿no cree?

Will frunció el ceño.

—Sí. Gestiona la casa a la perfección. Los sirvientes, las comidas, las fiestas y nuestra agenda social conjunta. ¿Por qué lo pregunta?

Emmie se aclaró la garganta.

—Una de las condiciones para que el duque de Welshire nos diera esta casa era que continuáramos con el linaje familiar. Ya sabe que está obsesionado con eso.

Él apretó los dientes.

—Hicimos un intento —le recordó—. Durante siete meses después de nuestra boda.

Oh, claro que lo recordaba. Le había prometido una amistad y una asociación, pero tres días después se habían casado. Y por Dios bendito, los socios no... hacían esas cosas. No su desaliñado y serio amigo, que se había quitado la ropa y tenía esa... cosa estirándose hacia ella y luego le había puesto la boca por todo su cuerpo. Y entonces... estalló antes de... Y su desnudez absoluta... Las mejillas le ardían al recordarlo. Más tarde lograron completar el acto en varias ocasiones con la esperanza de tener descendencia, pero solo a oscuras y con los ojos bien cerrados. Cada vez que él entraba en la alcoba, no podía evitar recordar su noche de bodas y que él había alterado su acuerdo y había hecho que su relación se centrara en una intimidad para la que no estaba preparada.

—Sí.

—Y le informó de que lo habíamos hecho. Él lo aceptó.

Por un momento contempló la posibilidad de contener la respiración hasta desmayarse, solo para evitar decir las palabras. Este era el momento, el momento de su destrucción.

—He cometido un error. —«¡Fatídico! ¡Fatídico!»—. Le dije que habíamos tenido éxito —soltó.

Los segundos parecieron prolongarse durante horas, el silencio era tan absoluto que imaginó que habría podido oír las campanas de la iglesia hasta en Gloucester.

El señor Pershing se sentó en una silla cercana.

—Lo siento —dijo débilmente—. No lo he entendido bien.

—Mi abuelo nunca cambiaría de opinión sobre el acuerdo y prefiero vivir aquí antes que en una casita en medio de Yorkshire —afirmó, cruzándose de brazos.

—Arriss House es mi herencia.

—Sí, lo sé. Y Winnover Hall es, o era, mía, con o sin condiciones ridículas de por medio. Pero usted mismo ha dicho que Yorkshire está demasiado lejos de Londres.

—¿Así que le dijo que teníamos un hijo?

—Es un recluso que vive en Cumberland —respondió—. Por el amor de Dios, apenas le hemos visto dos veces en ocho años. ¿Cuál es el problema? Este es un acuerdo espléndido. Hemos logrado todo lo que nos hemos propuesto, tal como prometí. ¿Por qué tendríamos que dejar Winnover Hall simplemente por un accidente de la naturaleza? Así que lo solucioné.

Por el amor de Dios, había hecho todo lo posible para cumplir la segunda parte del acuerdo de Winnover. Había ido al médico que su madre le había recomendado. Había escuchado mientras le decía que si no había concebido en siete meses, era muy probable que nunca lo hiciera y que algunas mujeres no estaban hechas para ser madres, un sentimiento que su madre había compartido y que decía envidiar. Y si su madre se arrepentía de ser madre, Emmie no pensaba arrepentirse de no serlo. Así era mucho más sencillo, evitaba que su atención se dividiera y la convertía en una ama de casa y compañera de su marido mucho más eficiente.

—Lo solucionó —repitió él.

—Sí.

Se levantó de nuevo con brusquedad, se acercó a la botella de whisky y se sirvió un trago.

—Así que nos ha procurado un hijo, señora Pershing —dijo, tragándose el contenido del vaso—. Dada su actual... agitación, supongo que nuestro *statu quo* ha cambiado, ¿no es así?

—Es el septuagésimo cumpleaños del duque de Welshire —repuso, agitando la carta hacia él—. Dentro de cuarenta y tres días. Quiere que toda su descendencia y la descendencia de su descendencia, etcétera, se reúnan con él para que pueda... —levantó el papel para leer la frase— «estar seguro de la inmortalidad de mi linaje mientras ya alcanzo a ver la muerte en el horizonte». —La magnitud del desastre que había causado le impactó una vez más y se llevó las manos a la cara—. ¡Lo he estropeado todo! —Él emitió un sonido desde el otro lado de la habitación, pero no dijo nada más. Sin duda estaba ocupado preguntándose si un matrimonio de ocho años aún se podía anular. Emmie levantó la cabeza—. Lo siento mucho —se lamentó—. Le aclararé a Su Gracia que usted no ha tenido nada que ver con el engaño ni con la falta de hijos. No hay razón para que lo culpen. Me iré a casa de mis padres en Bath para que pueda disfrutar en paz de Pershing House en Londres cuando nos echen de Winnover.

Silencio.

—¿Qué hemos tenido? —preguntó él bruscamente.

Emmie parpadeó mientras trataba de poner sus pensamientos a la altura de su diálogo.

—¿Qué?

—Nuestro hijo imaginario. Tenía nombre, edad y sexo, ¿no? Aunque supongo que sería niño.

—Sí. Un niño. Ahora tendría siete años. Se llamaba Malcolm, en honor a Su Gracia.

Su marido asintió de forma sucinta.

—Fue un buen detalle.

—Bueno, una vez que empecé, tuve que hacer que todo resultara lo más conveniente posible. Pero ya es irrelevante. —Sepultó la cabeza entre las manos, disgustada por la forma en que la habitación había empezado a dar vueltas—. Y ha de saber que también tenemos una hija. La prima Penelope se jactó de que tenía otro pequeño en camino..., ya tiene tres, ¿sabes?, así que decidí que necesitábamos otro. La niña tiene... cinco años y se llama Flora, en honor a la querida madre de Su Gracia, mi bisabuela.

Silencio.

—¿Hay alguna otra pequeña bendición que deba conocer?

—Con dos basta para condenarnos, señor Pershing.

Exhaló una bocanada de aire.

—Eso parece. —Lo oyó dejar el vaso y al arriesgarse a echarle un vistazo descubrió que tenía la mirada clavada en ella—. Le habría puesto a la niña de nombre Louisa, como mi abuela, pero como no se me consultó... —El señor Pershing se estremeció de manera visible—. Bueno, eso no importa, ¿verdad?

—Debería haberle preguntado, por supuesto.

—No creo que eso hubiera servido de nada. —Volvió a guardar silencio, sin duda con la mente a kilómetros de allí. Al final se removió—. Bueno. Como tenemos unas seis semanas hasta que nos desalojen, le sugiero que se eche un rato antes de que los Hendersen vengan a cenar. Redactaré una carta a mi abogado para ver si hay algo que se pueda hacer para conservar Winnover Hall.

No había nada que pudiera hacerse. Emmie estaba segura de ello. A fin de cuentas, todo se había puesto por escrito y el señor Pershing y ella lo habían firmado. El duque de Welshire, y todos los anteriores duques de Welshire, habían sido muy concretos con respecto a este regalo o, más bien, préstamo. Se esperaba que su marido y ella tuvieran un hijo en los cinco años siguientes a su matrimonio o no podrían quedarse.

El señor Pershing le arrebató la carta y al levantar la vista de nuevo vio que la leía con el ceño fruncido.

—Winnover Hall ha sido un hogar espléndido —dijo en voz baja—. Desde luego no he encontrado mejor pesca en ningún lugar de Inglaterra. Y sé lo mucho que lo adora.

Otra lágrima se unió al centenar que resbalaban por su rostro.

—Supongo que al menos nuestros hijos nos han procurado ocho años aquí.

—Ocho años muy agradables. ¿Ha dicho que tenían siete y cinco años?

—Sí.

—Ah, aquí está. «Espero que William y tú asistáis a los festejos, junto con el joven Malcolm y la pequeña Flora. Me gustaría tener a todos mis parientes reunidos a mi alrededor para que pueda estar seguro de la inmortalidad de mi linaje mientras ya alcanzo a ver la muerte en el horizonte». —Le dirigió una mirada—. Es verdad que ha escrito eso. Es bastante morboso, ¿no?

—Es lógico si se tiene en cuenta que lleva viendo la muerte en el horizonte y exigiendo descendencia durante por lo menos los últimos cuarenta años.

—Supongo que sí.

Emmie observó mientras el señor Pershing terminaba de leer la carta y la dejaba encima del pianoforte. Durante ocho años había sido una presencia tranquila y sólida en la casa, amable pero no invasiva, y después de que ella lo informara de su infertilidad y de que no era preciso que siguieran intentando procrear, visitaba sus dependencias privadas en raras ocasiones y solo después de avisarla con antelación. Se había encargado de que todos los actos que realizaba se hicieran pensando en la mejora de su carrera, mientras que ella contaba con el estatus del matrimonio, su impecable reputación y, por supuesto, Winnover Hall. El acuerdo había sido perfecto.

—Lo siento, señor Pershing —dijo, con otra lágrima rodando por su mejilla.

—También yo. ¡Maldita sea!

Fue hasta la ventana y se quedó mirando el camino de entrada, con las manos a los lados. No podía descifrar sus pensamientos, pero si se parecían a los suyos, el señor Pershing estaba desesperado. Quiso decirle que esa tarde había pasado horas tratando de dar con una forma de eludir las consecuencias de sus mentiras, pero no se le había ocurrido ninguna.

Al final se giró hacia ella y sus ojos verdes se encontraron con su mirada.

Estuvo a punto de decirle que tenía unos ojos muy bonitos, pero eso apestaba a complacencia, y solo se le había ocurrido porque habían hablado de su... unión física.

—Al margen de todo esto, los señores Hendersen estarán aquí dentro de una hora, y, como sabe, me vendría bien su apoyo —adujo—. Debemos centrarnos en eso.

Emmeline se secó los ojos.

—Sí, por supuesto.

Cuando él salió de la habitación, Emmie apoyó la cabeza en la fría tapa del pianoforte. Sí, su deber como anfitriona seguía vigente, tanto si estaban a punto de ser expulsados de su encantadora casa como si no.

Al menos por el momento tenía sus deberes. Una vez que su abogado le dijera que no era posible conservar el uso de Winnover Hall, tal vez decidiera que la función de su esposa en su casa ya no era suficiente para compensar la pérdida.

Entretener a los estirados señores Hendersen era lo último que le apetecía hacer esa noche. El único punto positivo era que sus insufribles hijos no asistirían para recordarle su propio fracaso, su doble fracaso.

El pequeño Maxwell tenía... ¿Cuántos? ¿Seis años? Casi la misma edad que tendría su propio Malcolm. Y...

Oh. «¡Oh!» ¿Y si...? Se enderezó de nuevo y se puso de pie para caminar hacia la puerta y volver. «No.» No podía. Pero ¿y si...? Su abuelo era un célebre ermitaño. Según la carta, la fiesta en su casa iba a durar una semana, pero no le extrañaría que despachara a todos sus parientes después de un solo día. Ya había ocurrido antes. No le gustaban tanto como su concepto. Lo que significaba que vería a su centenar de hijos, nietos, bisnietos y sobrinos nietos y Dios sabía quién más en cuestión de horas. Minutos para cada uno, en realidad.

Seguro que sería posible tomar prestados a un par de educados hijos de los vecinos durante unos días. Una pequeña mentirijilla más a cambio del resto de su vida en la casa de su infancia y de la salvación de la carrera del señor Pershing. ¿Quién podría oponerse a eso? «¡Santo Dios!» Sí, era bastante brillante, aunque estuviera mal que ella misma lo dijera.

—¡Hannah! —llamó, y se apresuró a acercarse a la mesa de escribir para extender una invitación a los Hendersen a fin de que trajeran a sus dos queridos hijos a cenar esta noche.

—¿Señora Pershing? —preguntó la criada, entrando a toda prisa en la habitación.

—Haz llegar esto a la mansión Black Oak de inmediato, si eres tan amable. E informa a la señora Brubbins de que seremos seis para cenar. Que prepare sus famosas galletas de limón. A los niños les gustan las galletas. Claro que les gustan.

—Creo que eso es cierto, señora —repuso Hannah, tomando la misiva. Tras dirigir una mirada desconcertada a su señora, salió de nuevo de la habitación.

Ya estaba. Por supuesto, no lo había solucionado todo, pero ¿por qué no iba a dar resultado? Dos niños bien educados prestados durante unos quince días, con toda una vida en Winnover Hall como premio. «Bien hecho, Emmie.»

Acto seguido enganchó el jarrón con rosas otoñales, tiró las flores y vomitó el contenido de su estómago en el bonito recipiente de cristal grabado.

2

Gregory Hendersen agitó el tenedor.

—Todo eso está muy bien, pero ¿gastar en carreteras africanas y puentes africanos cuando al carruaje del correo de Londres se le sale una rueda cada tres kilómetros? Es una frivolidad, Will.

Era un hombre orondo y serio, que armonizaba bien con la delgada presencia de su esposa y su tendencia a alabar demasiado a su propia descendencia. A Will Pershing no le gustaba utilizar el término «insufrible», pero el adjetivo se ajustaba a los Hendersen. Echó un vistazo a la mesa. No sabía por qué Emmeline había invitado a los niños a unirse a ellos. Con su habilidad para crear el marco perfecto para cualquier proyecto que le hubiera planteado, tenía que confiar en su decisión. Sin embargo, los niños y las rutas de transporte a través del norte de África no formaban parte de ningún rompecabezas que él hubiera armado.

—Se me ha ocurrido una idea, señor Pershing —dijo Emmeline en cuanto él terminó su afirmación de que las carreteras y los puentes no eran tan importantes en sí como lo eran para el comercio y la creación de alianzas.

Miró a su esposa, ocultando su sorpresa tras una sonrisa practicada. Ella le dejaba las negociaciones comerciales a él y utilizaba sus considerables talentos para facilitarle el camino. Esto le pareció un poco directo para ella.

—¿Qué idea, señora Pershing?

—Bueno, es algo maravilloso. —Se inclinó hacia adelante y asió la mano de Mary Hendersen por encima de la mesa. Eso en sí era una torpeza de las que ella no cometía—. El señor Pershing y yo estaremos de vacaciones en Cumberland el mes que viene —le dijo a la matriarca Hendersen—. ¿No sería estupendo que los pequeños Maxwell y Prudence nos acompañaran?

«¿Qué?» Will frunció el ceño, paseando la mirada de ella a los niños y viceversa. De repente cayó en la cuenta: necesitaban dos hijos para conservar Winnover Hall. Y allí estaban, un niño y una niña sentados de forma educada, usando todos los cubiertos correctos en el orden indicado, igual que adultos en miniatura. «¡Santo Dios!» Enarcó una ceja.

—Cree que Maxwell y Prudence deberían acompañarnos. A Cumberland. —Parecía obvio que ese era su plan, pero nunca estaba de más estar seguro.

—¡Pues sí! ¿No está de acuerdo?

Gregory Hendersen envió a Will una mirada inquisitiva.

—Dios bendito, ¿por qué queréis llevaros a nuestros hijos de vacaciones?

Emmeline dejó escapar una risa estridente y apretó la mano de Mary Hendersen, rompiendo así varias reglas más de etiqueta.

—Hace años que no vamos al Distrito de los Lagos, y como tanto el señor Pershing como yo les tenemos aprecio a los jóvenes, pensé..., bueno..., ¿por qué no preguntar a los Hendersen si tal vez a sus pequeños les apetecería verlo con nosotros?

—Yo..., no sé qué decir. —La señora Hendersen envió a su marido una mirada que insinuaba que habían accedido a cenar con dos lunáticos mientras liberaba su mano de la de Emmeline—. ¿Que Prudence y Maxwell se vayan de vacaciones sin nosotros? Eso es muy irregular.

—¡Bobadas! —replicó Will, tratando de seguir la corriente. Emmeline podría haber mencionado sus intenciones de antemano y así le habría señalado varias cosas que parecía haber pasado por alto. Sin embargo, de perdidos al río, como decía el refrán—. Yo solo tenía ocho años cuando mi tío me llevó a pasar el verano con él en Escocia.

—¿Qué tiene eso que ver? —comentó la señora Hendersen.

A Emmeline se le había ocurrido una idea bastante ingeniosa, maldita sea. Will deseó que se le hubiera ocurrido a él.

—Maxwell, debes tener ¿cuántos..., siete años? —preguntó, volviendo a centrar su atención. Era muy audaz y eso lo atraía. La audacia bien podía ser la única oportunidad que tenían de conservar Winnover Hall. El daño a su reputación y a su carrera..., acababa de empezar a darse cuenta de los importantes perjuicios que su mentira podía causar, pero si conseguían solucionar este problema en el centro de la telaraña que había urdido, se resolverían todos los demás.

—Tengo seis años y tres meses —dijo el joven de pelo negro, dejando a un lado el tenedor y sentándose más erguido—. Casi siete.

«Hum.» Siete era la edad exacta del hijo que Emmeline había creado de la nada.

—Casi siete —repitió—. Qué maravillosa edad.

—Sí, es perfecta, ¿verdad? —secundó su esposa.

—¿Perfecta? —repitió el señor Hendersen, frunciendo el ceño.

—Yo tengo nueve años —intervino Prudence, que tenía el cabello negro como su hermano.

—Prudence, cuida tus modales. Es una parlanchina.

La niña agachó la cabeza.

—Te pido disculpas, mamá.

Sí, sin duda Prudence era un problema. Era cuatro años mayor que la ficticia Flora y más de treinta centímetros más alta que su hermano. Tal vez podrían convencer al duque de que era Flora quien tenía siete años y Malcolm cinco. Las coletas podrían hacerla parecer más joven.

Todo dependía de lo detallada que hubiera sido la descripción de Emmeline de su descendencia imaginaria. Los hijos de los Hendersen eran educados, y aunque su aspecto no era el ideal, ya que Will tenía el pelo castaño oscuro y Emmeline era una atractiva rubia con reflejos rojizos, seguro que había algún pariente moreno en su árbol genealógico. En cualquier caso, bastaba para explicar esta falsa prole.

Sin duda era lo que había pensado su esposa, aunque sospechaba que su razonamiento seguía sufriendo las consecuencias de esa botella de whisky.

Emmeline le brindó una amplia sonrisa a la niña, que estaba sentada junto a su padre en el otro extremo de la mesa. Luego plantó la mano con fuerza en la superficie de caoba y se volvió hacia el mayordomo.

—Powell, creo que a los niños les encantaría tomar las galletas de la señora Brubbins. —Volvió a mirar a la madre de los niños—. Nuestra cocinera hace unas galletas de limón deliciosas.

El mayordomo asintió.

—Por supuesto, señora Pershing. —Hizo un gesto a uno de los lacayos, que salió corriendo del comedor.

Tomar galletas en mitad de la cena era otra de esas reglas que, antes que romperla, Emmeline Pershing prefería cortarse un brazo, pero estaba claro que había puesto todos los huevos en la cesta de los Hendersen. Su mano suave, elegante e influyente, su magistral lectura de cada habitación en la que entraba y de cada uno de sus ocupantes, se había desvanecido en favor de un bate de cricket de ideas a medio terminar, que golpeaba de forma frenética. «Fascinante.»

—Creía que ibas a pasar la temporada de caza aquí, Will —intervino el señor Hendersen.

—Así era, pero el abuelo de la señora Pershing tiene una finca en Cumberland y se rumorea que allí se pueden cazar unos faisanes y urogallos espléndidos. —Le gustaba la caza y eso constituía una sólida razón para ir de vacaciones. No se podía permitir que los Hendersen supieran que necesitaban a sus hijos para mentir a un duque.

La señora Hendersen se sentó más erguida, lo que ya era una hazaña de por sí teniendo en cuenta lo tiesa que era su columna vertebral en las ocasiones más informales.

—¿El duque de Welshire? ¿Ese abuelo?

—Bueno, sí —reconoció Emmeline—. Nos ha invitado...

—Oh, lo cierto es que no me importaría unirme a vosotros durante quince días en Welshire Park —interrumpió Gregory Hendersen—. He oído hablar de los magníficos faisanes que se pueden cazar en Welshire. Son famosos. ¿Qué dices tú, Mary?

—No —barbotó Emmeline antes de que a Will se le ocurriera una excusa lógica que impidiera a los padres unirse a ellos.

—¿Cómo dices? —Mary y Gregory Hendersen la miraban con el ceño fruncido.

Will se aclaró la garganta.

—Creo que lo que la señora Pershing quería decir era que...

—¿Que solo queréis que os acompañen nuestros hijos? —interrumpió Gregory—. Creo que no, Pershing.

—Solo serían quince días —insistió Emmeline, volviéndose hacia los jóvenes—. Como mucho. ¿No queréis ver el Distrito de los Lagos con vuestros tíos Pershing, queridos?

—No sois tíos nuestros —alegó Prudence, frunciendo el ceño.

—¡Prudence! Por favor. Los adultos se encargarán de esto.

La niña se calmó de nuevo.

—Sí, mamá.

—Vosotros no sois sus tíos —declaró Mary Hendersen—. De hecho, no recuerdo que te hayas interesado antes por nuestros hijos ni una sola vez, Emmie.

—¿Cómo no iba a hacerlo? No hablas de otra cosa.

Will resopló antes de poder contenerse.

—¡Vaya! Yo no hago eso. ¿Gregory?

—La respuesta es no. Debemos declinar vuestra... invitación.

Gregory se levantó justo cuando el lacayo volvió a entrar en el comedor con una bandeja de galletas en la mano. Los dos hombres chocaron, los dulces con aroma a limón salieron volando antes de caer como gotas de lluvia sobre la alfombra persa azul y gris.

—Qué desilusión —comentó Prudence.

—No sé qué está pasando aquí, pero esto es muy raro —afirmó la señora Hendersen, y se puso de pie para agarrar a su hijo del brazo y hacerlo levantar de su silla.

—Señora Hendersen, Gregory, os aseguro que nuestro ofrecimiento solo es fruto de las mejores intenciones —protestó Will, levantándose de su propia silla. Era demasiado tarde para negociar, pero tal vez aún podía salvar su reputación y las rutas comerciales africanas—. ¿Qué niño no desearía poder presumir de haber conocido a un duque?

—No quiero ir con ellos, papá —gimoteó el joven Maxwell, pasando por encima de las galletas con una expresión afligida en su redonda cara.

—Y por eso no lo harás, hijo mío. Will, confío en que toda esta locura responda a algún tipo de estrategia. Tal vez me la cuentes por escrito para que podamos volver a ser amigos. Sobre todo si deseas que mi nombre se una a tu causa de las carreteras del norte de África.

—Lo mismo te sugiero yo, Emmie —repuso la señora Hendersen con tirantez—. Buenas noches.

Powell se apresuró a seguir a los Hendersen para abrirles la puerta principal. Los dos lacayos se pusieron de rodillas y empezaron a buscar trozos de galletas de limón debajo de la mesa.

—Dejadlo —dijo Will—. Fuera. Todos.

Emmeline dejó la servilleta a un lado y se levantó para dirigirse a la puerta. Dios, menudo desastre había provocado. Era mayúsculo. Pero una o dos cenas más como esa y a ambos los ridiculizarían como parias de la sociedad, aun cuando su mentira no se hiciera pública.

—Usted no, señora Pershing. Usted se queda.

—No te culpo por estar furioso —dijo mientras el servicio se retiraba—. A fin de cuentas he estado mintiendo al duque de Welshire durante siete años. Por otro lado, examinaste el acuerdo para Winnover Hall al mismo tiempo que yo y no parece que padezcas de mala memoria. Tenías que saber que sin niños que lo apaciguaran, el duque acabaría exigiendo que devolviéramos Winnover.

—Siéntese —dijo, notando el tono más lógico de su argumento. Parecía que el cataclismo de esa noche había hecho que pusiera los pies en el suelo.

—Puede que yo sea la culpable de la falta de descendencia —adujo, sentándose de manera recatada, con las manos cruzadas en el regazo—, pero al menos intento solucionar nuestra situación.

Will cerró las puertas del comedor una a una.

—Entonces, ¿es ahora cuando me culpa a mí por no haber decidido inventarme también unos niños imaginarios? —preguntó con calma, volviéndose de nuevo hacia ella.

—Yo... No, por supuesto que no. Solo quiero decir que al menos mi invención nos ha proporcionado tres años más en la casa que los cinco originales.

—Sí, examiné y acepté el contrato. Como continuamos viviendo aquí, pensaba que su abuelo había decidido no respetar los términos de nuestra estancia, sobre todo después de que lo informara de nuestros infructuosos esfuerzos. Por supuesto, no tenía ni idea de que estábamos criando a dos niños.

Emmeline se encogió de hombros.

—Esos dos niños no. Los Hendersen son unos egoístas.

—Estaba actuando como una demente, señora Pershing. No puedo culparlos por huir.

—No soy una demente. —Cruzó los brazos.

—No, siempre me ha parecido una persona sensata, ecuánime y muy inteligente —convino, diciendo en serio cada palabra. Podría añadir algunas más; hermosa, por ejemplo, y desde esa tarde, sorprendente—. Sin embargo, en el futuro le agradecería que me avisara con un poco de antelación cuando decida secuestrar niños.

—Nuestras circunstancias son desesperadas.

—Y si se hubiera molestado en recordar que además de ser bastante encantador negocio con gente obstinada e inflexible de forma habitual, nuestras probabilidades de éxito podrían haber mejorado.

Emmeline volvió a bajar los brazos, abriendo y cerrando la boca.

—Entonces... ¿no está en desacuerdo con mi plan? Me temo que no era nada lógico y usted..., bueno, si construyeran una estatua a la lógica, se parecería a usted.

Exhaló un suspiro, sin sentirse halagado en lo más mínimo.

—¿Cuánto ha bebido?

—Yo... Puede que me haya bebido un vaso o dos de whisky, pero solo para calmar los nervios porque temía decirle que estamos a punto de ser expulsados de nuestra casa.

Will enarcó una ceja.

—¿Dos vasos llenos de whisky?

Emmie hizo una mueca.

—A lo mejor fueron tres.

«O cuatro.»

—Ah. Es evidente que debería haber preguntado al respecto de antemano. Podríamos habernos excusado esta noche y haberlo intentado mañana en mejores condiciones.

Emmeline lo miró como si le hubiera salido un tercer ojo.

—¿No se opone a pedir prestados los hijos a otra persona?

—A decir verdad me ha parecido un plan brillante, señora Pershing.

Sus mejillas adquirieron un atractivo rubor.

—Vaya.

—Le tengo mucho cariño a Winnover Hall y sé muy bien lo mucho que significa para usted. No deseo perderlo por no cumplir un requisito absurdo más que usted.

Winnover no solo era el amado hogar de su infancia y un lugar encantador, sino que estaba lo bastante cerca de Londres como para que él pudiera seguir estando a disposición del Ministerio de Comercio y lo bastante lejos como para poder desconectar del trabajo una vez que llegaba a Gloucestershire.

Con sus múltiples salas de estar y con su salón de baile con paredes móviles, era perfecta para reuniones grandes o pequeñas. Aparte de sus diversos atributos físicos, la vida en Winnover Hall resultaba... tranquila, y se resistía a renunciar a ella porque la naturaleza había decidido fastidiar a la familia Pershing.

Emmie continuó mirándolo. Para ser franco, Will comprendía su sorpresa. Si bien no estaba de acuerdo en que la lógica y él fueran intercambiables y rígidos como una estatua, tenía buena cabeza para los hechos y las cifras. Ninguno de los dos acostumbraba a dejar volar la imaginación. Al menos no en los últimos ocho años. Y, sin embargo, ahí estaban los dos, batiendo sus alas.

—Tal y como yo lo veo, los Hendersen no tenían la edad adecuada —afirmó Emmie, agitando una mano con desdén—. Sí, están bien educados, pero la niña nunca podría pasar por una niña de cinco años.

—Eso mismo he pensado yo en cuanto he caído en la cuenta. El niño habría servido, pero si no tenemos una hija es igual que si no tuviéramos ninguno que presentar.

—Es que no tenemos hijos que presentar.

Will hizo una mueca.

—Sí. Pero ahora que ha urdido este plan, me parece que lo apruebo. Y los hijos de los Hendersen no son los únicos jóvenes en este rincón de Gloucestershire.

—Yo... ¿Quiere continuar con esta... estratagema? ¿Después de haberlo embrollado todo... con sus rutas comerciales africanas?

—Por Dios, pues claro que quiero. —Deseaba poder quedarse aquí, y no solo porque la propiedad de la Arriss House estaba en Yorkshire. Emmie quería quedarse allí, con él, y hubo un tiempo en que estuvo locamente enamorado de ella. Hacía tanto que casi lo había olvidado, pero en momentos extraños, como ese, lo recordaba—. Pero ¿desea continuar? Porque, como acaba de demostrar de forma tan hábil, llevar a cabo esta tarea precisa de los dos.

Su silencio hizo que se preguntara si estaba lo bastante sobria como para reconsiderar su descabellado plan.

—¿A quién se los pedimos? —preguntó Emmie transcurrido un momento—. La hija de lady Graham, Elizabeth, tiene unos catorce años de más, y lord y lady Baskin tienen un bebé de apenas un año.

—Hay otros niños por ahí, señora Pershing. El granjero Dawkins tiene siete u ocho, por lo menos. —Eran más, pero había dejado de contar cuando llegaron a once.

—¿Dawkins? —repitió, enarcando sus cejas curvadas—. Ya tienen al menos doce hijos. Pero nuestro hijo y nuestra hija están destinados a ser los bisnietos de un duque.

—Nuestro hijo y nuestra hija por el momento no existen. Y nadie más creería nada raro sobre su origen porque nosotros seríamos los padres.

Emmeline lo miró; se percató de que sus rasgos eran ahora más elegantes y esbeltos que cuando tenía dieciocho años, y por entonces ya era despampanante. Sus bonitos ojos castaños reflejaban su sorpresa y, a menos que estuviera muy equivocado, su aprobación.

—Sabe, creo que esta conversación puede ser la más larga que hemos tenido en más de un año, señor Pershing.

—Sí, creo que lo es. Y sin duda la más... inesperada.

«Y bastante deliciosa, en realidad.» No alcanzaba a recordar la última vez que había intentado algo más que dirigirle un cumplido en una elegante velada. Mal marido, pero Emmie había declarado que esto era una asociación y nada más.

—Bueno. Es agradable tener un aliado. Y como ya hemos demostrado, juntos tenemos muchas más posibilidades de éxito. He descubierto que a veces es usted brillante.

—Bueno, si voy a ser una estatua a la lógica, supongo que prefiero que sea brillante.

Emmie irguió los hombros y se puso de pie.

—Muy bien. Iré a hablar con la señora Dawkins. Tal vez le lleve el resto de las galletas de la señora Brubbins.

—No va a ir a ningún lado porque hace bastante que ha anochecido —la interrumpió—. Váyase a la cama, señora Pershing.

Sus mejillas enrojecieron.

—No soy una niña.

—No, no lo es. Pero ya ha sido un día lleno de sorpresas. Por ejemplo, esperaba no tardar siete años en darme cuenta de que tenía un hijo. Hijos, más bien.

Emmie hizo una mueca y arrugó su nariz respingona.

—Sabe que no era mi intención causarle problemas. Solo hice lo que creí que era mejor para los dos.

Will hizo una pausa.

—No me gusta la mentira —dijo, aunque la idea de que ella hubiera hecho algo tan fuera de lugar lo cautivaba—, pero comprendo el motivo. Y dado que la mentira se ha producido, parece que lo más beneficioso para nosotros es hacer que parezca verdad. Por lo tanto, a primera hora de la mañana trazaremos un plan y llamaremos a los Dawkins. Juntos. —Si este iba a ser el último acto de su alianza, al menos sería memorable.

Fuera lo que fuese en lo que su esposa los había metido, este parecía ser un otoño muy diferente a todos los anteriores que había pasado en su compañía. De hecho, no se había sorprendido tanto desde la noche en que ella le propuso matrimonio. Como era natural, todavía le gustaba una buena sorpresa de vez en cuando.

3

Fueron en el carruaje hasta la granja de Dawkins; si convencían al granjero y a su esposa para que les prestaran dos de sus hijos, Emmie y el señor Pershing los requerirían de inmediato. Cuarenta y dos días, que incluían los tres o cuatro que tardarían en llegar a Welshire Park, no era mucho tiempo para enseñar a unos niños que no pertenecían a la aristocracia el arte de la conducta educada y correcta.

—Entonces, ¿estamos de acuerdo con nuestra oferta? —dijo el señor Pershing, lanzando al aire su sombrero de castor verde oscuro entre las rodillas y volviéndolo a agarrar—. Esta será una oportunidad para que dos de los niños mejoren su posición en la vida.

—Desde luego —convino Emmie, deseando haber guardado una lista de nombres y edades de todos los hijos de los Dawkins. Uno nunca sabía cuándo un poco de información podría resultar útil.

—No creo que puedan negarse —continuó su marido—. En el peor de los casos, tendrán dos bocas menos que alimentar durante más de un mes.

—Me atrevo a decir que todos estarán deseosos de ir y tendremos abundantes jóvenes entre los que elegir. —Dicha idea fue recibida por otra punzada de nervios; la simple adquisición de hijos falsos sería solo el comienzo. Habría que dar lecciones y ropa, y, por supuesto, superar la reunión con Su Gracia. Menos mal que el cumpleaños del duque no era durante la temporada o su calendario sería un caos mientras trataba de compaginar las lecciones con sus maniobras sociales en nombre del señor Pershing.

—¿Cree que alguno sabrá leer y escribir? —preguntó—. No quisiera que su abuelo pensara que vamos atrasados con la educación de nuestros propios hijos.

Eso también se le había ocurrido a ella. Por lo que sabía, ninguno de los progenitores de los Dawkins sabía leer ni escribir.

—Me parece que varios de los mayores asisten a la escuela local, pero, en cualquier caso, el encuentro en sí con el duque será muy breve. Solo tenemos que asegurarnos de que sepan escribir sus nombres, por si hay una tarjeta de cumpleaños que firmar o si se espera que jueguen a algún juego.

El señor Pershing asintió.

—Bien planteado como siempre, señora Pershing.

El cumplido hizo que se le encendieran las mejillas. El Will Pershing que había conocido en su juventud se habría sentido turbado y horrorizado por este lío, y el que conocía desde entonces debería haberse enfadado al menos. Pero la pasada noche hubo momentos en los que parecía casi... divertido. No tenía sentido. Su tarea, su trabajo, era ocuparse de que cada evento, cada cena, cada conversación, fuera perfecto. Esto suponía un fracaso colosal.

También resultaba desconcertante la forma en que se sorprendía mirándole esa mañana. Tal vez fuera la conmoción de todo el asunto o el haberse dado cuenta de que tendrían que resolver juntos este gran problema, pero estaba muy atractivo con su chaqueta negra, que tan bien le quedaba, su chaleco verde y sus pantalones de piel de ante. En cuanto le buscó un buen ayudante de cámara, pudo dejar de preocuparse por su pelo revuelto y por si la ropa le quedaba bien, aunque en algún momento había dejado de fijarse en él. Pero, por el amor de Dios, ahora sí que se fijaba en él. Era una gran distracción. Y muy molesto.

—Agradezco que haya accedido a ayudar, aunque solo considere Winnover Hall el lugar más estratégico para residir —dijo.

—Empezamos como socios —repuso Will—. Y socios seguimos siendo.

—Me alegro de oír eso.

—Espero que ninguno de los hijos de los Dawkins sea pelirrojo —adujo al cabo de un momento—. No hay pelirrojos en mi familia, hasta donde se remontan los retratos que tenemos para recordarlos. —Ladeó la cabeza mientras la miraba—. Sin embargo, su pelo tiene reflejos rojizos, así que tal vez baste con eso.

Emmie se tocó el pelo. Pero no era un cumplido. Solo una observación.

—Cualquier color entre el castaño oscuro y el rubio sería aceptable... y creíble. Escribí que tanto Malcolm como Flora tienen el pelo castaño con reflejos dorados, aunque creo que el pelo de los niños puede cambiar a medida que crecen.

Will dejó de juguetear con su sombrero.

—¿Se inventó el color de sus cabellos?

—Bueno, sí. Penelope no deja de hablar en sus cartas de lo bonito y rizado que es el pelo de la joven Lucy y de que su hijo mayor, Frederick, es rubio. Si lo pienso ahora, debería haber dejado su apariencia como un lienzo en blanco, pero jamás pensé que tendría que hacer que fueran de carne y hueso.

—¿Y el color de los ojos?

Emmie lo miró a los ojos.

—Como usted tiene los ojos verdes y los míos son castaños, dije que tenían ojos de color avellana. Supongo que podemos elegir niños que tengan cualquiera de esos tres colores y seguiría siendo creíble.

Su marido miró por la ventana de la carroza.

—Es una suerte —dijo, moviendo los labios—. Bien hecho una vez más.

—¿Esto lo divierte? —preguntó, diciéndose que tenía que dejar de mirar su maldita boca—. ¿He sido una mujer tonta y con pocas luces? Porque me preocupa mucho perder Winnover.

Will la miró de nuevo.

—Señora Pershing, ayer estábamos solo los dos. Ahora me encuentro con que tengo dos hijos de pelo castaño y ojos verdosos y que tienen nombre y sexo. También me parece que estoy a punto de ser padre, ya sea de forma temporal o no. Eso me atrae. Le gustan los retos. ¿Acaso no la atrae al menos ese aspecto?

«Algunas mujeres simplemente no están hechas para ser madres —le había dicho lady Anne Hervey hacía siete años—. Yo no lo estaba. Eras una criatura desordenada e inoportuna. Sin embargo, nos permitiste conservar Winnover, así que gracias por eso, supongo.»

Se estremeció. Teniendo en cuenta que dominaba los entresijos de la sociedad y la política, la maternidad temporal sería una tarea más.

—Un reto requiere un plan.

La sonrisa de Will en respuesta hizo que su rostro se suavizara y se le iluminaran los ojos.

—Un plan de ataque. Sí. Y teniendo en cuenta que una vez la vi engatusar a lord Avington para que contribuyera con su propio dinero a la construcción del ramal del canal de Paddington, no creo que ninguno de los dos tenga nada de qué preocuparse.

Fue agradable escuchar eso. Se encogió de hombros.

—Lo necesitaba para que tuviera éxito.

—Y lo tuvo, gracias en gran parte a usted. De hecho, le debo la mayor parte de mi éxito.

—Ese fue nuestro acuerdo. —Había renunciado a toda posibilidad de un matrimonio con una esposa que pudiera darle hijos, a la que pudiera amar, para ayudarla a conservar su hogar. Ayudarlo a avanzar en la carrera que había elegido había sido la mejor y única forma en que ella podía recompensarlo.

El carruaje dio una sacudida al salir de la muy transitada carretera. Cuando se detuvo, el señor Pershing se levantó, abrió la puerta y volvió a ponerse el sombrero en la cabeza mientras se apeaba.

—Señora Pershing, creo que solo nos separan unos momentos de nuestro último éxito.

El señor Pershing nunca había sido dado a exagerar, y Emmie sonrió mientras tomaba la mano que le tendía y descendía al pequeño patio delantero de la casa de los Dawkins. Un gallo alejaba del carruaje a una docena de gallinas y las conducía hacia su gallinero mientras tres gansos graznaban a la pareja de negros caballos enganchados en la parte delantera. Cuando un solitario cerdo pasó trotando junto a ellos, tuvo la extraña sensación de que habían aterrizado en medio de un cuadro pastoral de algún artista sobre la vida sencilla en el campo.

Se sobresaltó cuando la puerta de la casa se abrió de golpe.

—¡Oh, oh! —La señora Dawkins, con el pelo rubio recogido en un desordenado moño y un niño en la cadera, salió corriendo a recibirlos—. ¡Señora Pershing! ¡Señor Pershing! ¡Buenos días!

—Buenos días, Jenny —dijo Emmeline, irguiendo mentalmente los hombros mientras esbozaba su mejor sonrisa y acercaba la mano para acariciar la mugrienta mejilla del bebé con un dedo. Esta iba a ser una actuación, como todas las ocasiones en las que había sido anfitriona—. ¿Quién es este pequeñín? —Extendió las manos.

Con una breve mirada inquisitiva, provocada sin duda por el hecho de que la señora de Winnover Hall nunca había pedido sostener en sus brazos a ninguno de los hijos de los Dawkins, Jenny Dawkins entregó al bebé a Emmie.

—Este es Joe. Mi hijo menor.

Entonces comenzaron a aparecer niños. Algunos venían del granero, otros de la casa, y aún más del campo donde la cabeza de Harry Dawkins asomaba por encima de una floreciente cosecha de trigo. Dios bendito, estaban por todas partes.

Mientras ella hacía rebotar al bebé en su cadera y lo arrullaba, el señor Pershing saludó a Dawkins, indicándole que se uniera a ellos. Dudaba de que el granjero necesitara que lo animasen; aunque su marido visitaba a sus inquilinos con regularidad y ella asistía a las reuniones sociales de la iglesia y a las funciones benéficas del pueblo, los dos juntos allí, entre semana, era algo inusual.

—Eres un verdadero encanto, Joe —murmuró, y el niño le dedicó una sonrisa húmeda. «Bueno, esto no era tan difícil.» Y los imaginarios Malcolm y Flora no eran infantes que dependieran de ella para alimentarlos, bañarlos y vestirlos—. ¿Son todos suyos? —continuó, volviéndose de nuevo hacia Jenny Dawkins.

Dos de las chicas más jóvenes se habían enganchado a las faldas de la mujer mientras uno de los chicos arrastraba al cerdo por el patio por las patas traseras. Como el cerdo no protestaba, Emmie supuso que esto era algo habitual.

—Sí. Todos. Oh, espere. Sally y Walter, aquellos de allí, son hijos de los Young. Pero el resto son todos míos y de Harry. Los catorce.

—¿Catorce? —repitió Emmeline, haciendo caso omiso de los inesperados celos que le atenazaban el pecho. Por supuesto no era culpa de Jenny el ser fértil. Aparte de eso, a pesar de su bonito pelo rubio y su esbelta figura, Jenny Dawkins parecía... cansada. Envejecida, a pesar de tener solo treinta y un años. Santo Dios, esa mujer había dado a luz una vez al año desde que tenía diecisiete.

—¡Buenos días, señor Pershing! —saludó Harry Dawkins, saliendo del campo y extendiendo su gran mano—. Y a usted también, señora. ¿Qué les trae por aquí?

El señor Pershing estrechó la mano del granjero.

—Nosotros, la señora Pershing y yo, tenemos una propuesta para ustedes.

—Usted ha sido un buen arrendador. Soy todo oídos.

Si bien ella era una anfitriona eficiente, el señor Pershing se había convertido en un negociador igual de dotado. Emmie volvió a mirar a su alrededor, encantada de dejarle esa parte a él. Los hijos de los Dawkins se parecían, tenían orejas de soplillo, un pronunciado pico de viuda y la paleta derecha torcida porque la izquierda, que era más grande, la empujaba.

En los pequeños resultaba encantador, aunque no tanto en los mayores. Ninguno se parecía en nada a ella ni al señor Pershing, ni a nadie de sus familias, pero al menos el pelo era de un rubio castaño y los ojos se encontraban dentro del espectro sobre el que había escrito a su familia en sus cartas.

—¿Me lo repite? —Dawkins frunció el ceño, con las manos en las caderas.

—Es bastante sencillo, en realidad —dijo el señor Pershing, esbozando su mejor sonrisa—. La señora Pershing y yo estamos empezando un nuevo proyecto. Nos gustaría acoger a dos de sus hijos durante un mes, más o menos, y enseñarles algunas habilidades, como el baile, el arte de la conversación y buenos modales. Esperamos que esto haga que tengan más posibilidades de conseguir empleo cuando sean mayores de edad.

—Quieren a dos de mis pequeños.

—Durante un mes, sí. Por supuesto, si nuestra misión tiene éxito, pretendemos repetirlo con más niños.

—Harry, ¿qué te parece? —preguntó Jenny Dawkins, abriendo los ojos como platos—. ¿Dos de nuestros niños pueden aprender a ser elegantes? Podrían llegar a ser doncellas o lacayos. ¡O incluso un mayordomo como ese gran señor Powell de la mansión!

El joven Joe empezó a estornudar por la nariz y, con la sonrisa en su rostro a pesar de las abruptas ganas de vomitar, Emmie devolvió el bebé a su madre. Por Dios bendito, la cantidad de mocos era en verdad sorprendente. Jenny parecía pensar que era normal mientras limpiaba la nariz de su hijo con el delantal de forma distraída, con toda su atención puesta en la conversación entre los dos hombres.

—Entonces tendríamos a dos jóvenes demasiado refinados para nosotros y a todos sus hermanos y hermanas celosos —decía el granjero—. No habrá paz en la casa si haces que dos de los niños sean unos finolis.

—No se trata de hacer que sean unos finolis —replicó Emmie—. Solo vamos a enseñarles algunas habilidades. Y a llevarlos de vacaciones a Cumberland con nosotros.

—Oh, así que además van a andar presumiendo de haber viajado a tierras lejanas. —El señor Dawkins frunció el ceño—. No permitiré que mis propios hijos piensen que son mejores que yo.

—No se trata de eso, Dawkins —dijo el señor Pershing—. Tan solo es una oportunidad para...

—Harry, serán dos bocas menos que alimentar —señaló su esposa de forma servicial.

Los niños empezaron a jugar al pillapilla alrededor de ellos, alborotando el patio y asustando a las gallinas de nuevo. El volumen de chillidos, gritos y risas era increíble. Es cierto que Emmie había sido hija única, al igual que el señor Pershing, pero esto parecía sobrepasar de lejos lo que ella y sus inexistentes hermanos se hubieran atrevido a hacer en presencia de sus padres o de invitados.

El granjero exhaló y apartó las manos de las caderas.

—Bueno, si vuelven a tiempo para la cosecha, creo que puedo dejarles a Kitty y Daisy. ¡Kitty! ¡Daisy! Dejad de perseguir a las gallinas y venid a conocer a vuestros patrones.

Dos niñas, una quizás de trece años y la otra de once, se separaron del juego y corrieron para unirse a ellos. «¡Ay, por Dios!» Jamás lo conseguirían. Emmie lanzó una mirada al señor Pershing y le vio paseando la mirada por el patio, desviando la atención de un niño a otro. Sin duda estaba intentando averiguar qué niño podría pasar por un niño de siete años y qué niña podría tener cinco.

—Teníamos en mente un niño y una niña —dijo en voz alta y señaló al joven que iba de nuevo tras el cerdo—. ¿Ese, tal vez? Y la niña con la gallina marrón.

—¿Samuel y Betty? ¿Por qué ellos?

—Tienen una buena edad para aprender cosas nuevas —respondió el señor Pershing con tacto.

—Pero todo lo que aprendan de ustedes no podrán utilizarlo hasta dentro de cinco o seis años, en el mejor de los casos. Creo que lo olvidarán todo. Además, Samuel es un poco simplón.

—Harry Dawkins, no digas semejante cosa —lo reprendió Jenny Dawkins—. Se toma su tiempo, eso es todo.

El pequeño Joe empezó a llorar y la mujer se lo pasó a la niña mayor, Kitty. Emmie supo nada más verlo que era algo que había sucedido tantas veces que ya nadie reparaba en ello. El caos, el llanto, la intervención de los niños mayores para cuidar a los más pequeños; todo el mundo tenía un papel, y de pronto se preguntó qué pasaría si el señor Pershing y ella retirasen, aunque fuese de forma temporal, a dos de los actores.

—No —declaró Dawkins—. No puedo dejar que se lleven a dos y que se crean mejores que sus hermanos y hermanas. Menos aún a dos de los más jóvenes. Si se llevan a uno, tendrán que llevárselos a todos.

Emmeline parpadeó. «¿A todos?» Se estremeció cuando por su mente cruzó de manera fugaz la imagen de los niños colgados de las barandillas y trepando por las cortinas de Winnover Hall. Aunque pudieran fingir de algún modo que dos de los hijos de los Dawkins eran Malcolm y Flora, al final no quedaría ninguna Winnover Hall que salvar. Seguramente estaría muerta de una apoplejía.

—No...

—No podríamos privarlos de toda su ayuda —la interrumpió el señor Pershing—. Dos parece un número mucho más razonable del que prescindir. Podríamos compensarlos por su ausencia, si eso los alivia.

«Oh, bien dicho», quiso decirle. Había estado a punto de huir antes de que alguno de los pegajosos niños pudiera pegarse a ella.

Dawkins ladeó la cabeza.

—¿Nos pagaría por llevarse a dos de nuestros pequeños y enseñarles modales?

—Por supuesto. Sé lo útiles que son todos ellos para su granja.

—Y no tiene ni idea de lo ruidosos que son todos. No, señor Pershing. O todos o ninguno. Esa es mi oferta final.

Un músculo en la mandíbula del señor Pershing se tensó.

—Deme un momento para consultar con mi esposa, Dawkins. —Señaló el carruaje con la cabeza, y tras excusarse con Jenny en un susurro, algo que era imposible que oyera con tanto ruido, Emmie lo siguió hasta el vehículo—. Supongo que no podríamos llevárnoslos a todos y decir que dos son nuestros hijos y el resto son sus amigos —dijo en voz baja.

—Podríamos con media docena o menos, pero dudo que ningún niño de siete años sensato tenga por amigos a una niña de catorce o a un bebé de seis meses. Aparte de eso, tendríamos que contratar seis carruajes más para los niños y el equipaje.

Pershing hizo una mueca.

—Causaríamos impresión, pero me temo que no la que necesitamos.

—¿Cómo es posible que esto lo siga divirtiendo? —Emmeline frunció el ceño y miró más allá de él hacia el patio lleno de niños—. Ya he considerado al resto de nuestros vecinos. Tienen hijos, pero o bien no tienen la edad adecuada o bien no conozco a los padres lo suficiente como para intentar pedirles que nos los dejen.

Su marido asintió y siguió su mirada.

—También he pensado en mis amigos del Ministerio de Comercio. No se me ocurre ninguno que tenga hijos de la edad necesaria. —Maldijo en voz baja—. Llevarnos a más de una docena de niños no sería suficiente. Y si yo fuera Dawkins y pensara en gozar de unas vacaciones de la tropa, no creo que ninguna cantidad de dinero me convenciera de cambiar de opinión.

—Entonces se acabó. Estamos acabados. —Habían hecho un intento, al igual que para engendrar hijos en un principio. Habían fracasado dos veces. Tres veces, supuso, ya que todavía le debía a la señora Hendersen una carta de disculpa.

—Voy a presentar nuestras excusas. Espere aquí.

Se dio cuenta en el momento en que le dio la noticia al señor y a la señora Dawkins. Jenny encorvó los hombros y Harry cruzó de nuevo los brazos con los labios apretados Podía entender que quisieran tomarse unas vacaciones de sus hijos, pero, por el amor de Dios, eran ellos los que habían decidido tener tantos.

Cuando su marido regresó al carruaje, la ayudó a subir, habló con Roger, el cochero, y se reunió con ella en el interior.

—De vuelta a casa, pues. Parece que Dios da a algunos una recompensa que son incapaces de valorar mientras que a otros los deja de lado por razones que escapan a su conocimiento.

Emmie contempló su perfil, ahora más delgado y anguloso, como si hubiera sido cincelado por algún maestro escultor. Sí, habían intentado tener hijos. Pero todo había sido muy confuso y él la había mirado de una manera... para la que no estaba preparada, y se había sentido aliviada al decirle que estaban perdiendo el tiempo, ya que era estéril. Nunca se le había ocurrido pensar que él quisiera tener hijos. Desde luego, nunca había insinuado tal cosa hasta ahora.

—Lo siento —dijo en voz alta.

Él giró la cabeza para mirarla.

—No me estaba quejando —declaró.

El tono cortante la sobresaltó.

—Muy bien. —Emmie bajó la mirada a sus manos, sopesando si esa era una conversación que deseaba tener—. Supongo que nunca se lo he preguntado, pero ¿debo deducir que sí desea tener hijos?

—No diré que la idea de tener hijos nunca se me haya pasado por la cabeza —repuso de forma pausada, sin duda midiendo sus palabras. Siempre medía sus palabras. El señor Pershing ladeó la cabeza—. ¿Usted deseaba tener hijos? Es decir, ¿aparte de para cumplir con el acuerdo de su abuelo?

—Puede que se me haya pasado por la cabeza —admitió, haciéndose eco de sus palabras de forma deliberada. Había pensado en ello. Sobre todo en cómo habría cambiado las cosas. Habría hecho que fuera menos eficaz en sus tareas. Habría hecho que fuera responsable no de una fiesta perfecta, sino de uno o dos humanos. Reprimió un estremecimiento.

Pershing asintió con la cabeza, pero no le pidió que se explayara.

—Bueno, por el momento, necesitamos un par. Aparte de los Dawkins, ninguno de nuestros vecinos o amigos ha sido tan servicial como para tener una descendencia de la edad adecuada. ¿Alguna otra idea?

Emmie sacudió la cabeza al tiempo que exhalaba un suspiro.

—Me he pasado los dos últimos días intentando dar con alguna. Hay tiendas para todo. ¿No podríamos encontrar una de niños? —Señaló, agitando el dedo—. Me quedo con ese niño. Sí, el rubio. Y me gusta el aspecto de la niña del vestido verde. Envuélvamelos, por favor.

Pershing soltó un bufido.

—¿Tiene alguno que toque el pianoforte?

Mientras se reía, se dio cuenta de que había perdido su hogar. Durante siete años había tejido un cuento que los había mantenido bajo el techo de Winnover Hall, pero un cuento ya no los mantendría en Gloucestershire. Bajó la cabeza a su regazo.

—No quiero irme.

—Yo tampoco. ¡Maldita sea! Puede que una tienda de niños sea algo del todo inapropiado, pero también sería muy útil. Podríamos alquilar un par durante un mes o dos y solucionar este asunto. El... —El señor Pershing se interrumpió y luego golpeó su puño contra una rodilla—. Hay una tienda de este tipo, ya sabes.

Emmie se enderezó.

—¿De qué está hablando? ¿Una tienda que vende niños?

El señor Pershing negó con la cabeza y se inclinó hacia delante.

—Un orfanato —sentenció.

—Un... —Emmeline ahogó un grito—. No podemos.

—¿Por qué diablos no? Nos llevamos prestados a dos durante las próximas semanas, les enseñamos modales y refinamiento. Sin duda, serán mejores.

Emmie lo miró fijamente mientras en su cabeza se golpeaban entre sí un centenar de pensamientos.

—Para alguien que no aprobaba que mintiera sobre la descendencia, se ha adaptado bastante rápido.

—La necesidad —respondió con crudeza—. ¿Estamos de acuerdo en esto? Se trata de un proyecto en el que tenemos que aunar fuerzas si queremos tener éxito.

Emmie había estado en orfanatos durante la temporada en Londres. Llevar ropa vieja o golosinas para los niños formaba parte de sus deberes caritativos. Su padre incluso estaba en la junta de una de esas instituciones.

Tal vez el señor Pershing tenía razón. Avisarían de que se trataba de una aventura a corto plazo. ¿Qué niño no querría disfrutar de unas vacaciones en una gran casa, tener ropa bonita y hacer una visita al Distrito de los Lagos? Como había dicho, una vez que los devolvieran, sus posibilidades de encontrar un hogar permanente mejorarían mucho.

—Mi padre está en la junta directiva del Hogar de St. Stephen para Niños Desafortunados en Charing Cross —dijo en voz alta—. Podríamos ofrecer una donación al orfanato y explicar que estamos probando un nuevo tipo de... proyecto benéfico.

—Proyecto benéfico —repitió—. Me gusta. Cuanto más concisa es la información que se da, más práctico y lógico parece. Así que nos vamos a Charing Cross. Hay un día de viaje hasta Londres y lo mismo de vuelta. Haga la maleta para dos días y saldremos en una hora. Así tendré ocasión de informar a lord Stafford de que me tomo un permiso prolongado. Va a necesitar ayuda con las clases.

Lo repasó en su mente. Si tenían que visitar varios orfanatos, podría llevarles un día más. Habría que hacer los trámites y otras cosas que ninguno de los dos podía prever. Aparte de eso, era la primera vez en años que el señor Pershing le pedía que lo acompañara en uno de sus frecuentes viajes a Londres fuera de temporada.

—Hacer esto en Londres podría ahorrarnos tiempo —dijo—. Tendremos que buscar a alguien poco conocido para hacerles algo de ropa. Es mucho más fácil que lo encontremos en Londres que en nuestro pequeño pueblo. Cuantos menos cotilleos se cuenten sobre lo que estamos haciendo, mejor que mejor.

Eso hizo que Pershing frunciera el ceño.

—Un momento. ¿Qué hay de sus otros parientes? ¿De sus padres? Estarán en la fiesta. ¿No saben que no tenemos hijos? Nuestro barco se hundirá antes de salir del puerto.

Emmie hizo una mueca.

—Ellos no saben nada.

Pershing se sentó, enarcando una ceja.

—¿Cómo lo ha conseguido? Hemos ido a visitar a nuestros padres.

«¡Ay, Dios!»

—Por lo que el resto de la familia sabe, sí tenemos hijos, pero son enfermizos y es un tema delicado del que usted no quiere hablar. —Y sí, sintió bastante satisfacción cuando escribió para informar a su madre de que había conseguido tener un hijo, aunque fuera un bebé imaginario y enfermizo. Por otra parte, había demostrado ser una anfitriona excepcional y muy admirada. «¡Toma castaña!» Excepto que todo el mundo estaba a punto de descubrir que había estado mintiendo todo el tiempo.

Pershing la miró fijamente.

—No deseo hablar de ello. Así pues, sí quería ocultarme nuestra descendencia. Y me ha convertido en el villano de la historia.

—No, no quería, y no, no lo he hecho. Lo que pasa es que no quería que lo sorprendiera que alguien mencionara a nuestros hijos y necesitaba una excusa a largo plazo para mantenerlos ocultos. —Se encogió de hombros—. No me parecía necesario meterlo en este lío ni comprometer su trabajo.

—Si me hubiera pedido mi opinión, podría haber discrepado en eso. —El carruaje se detuvo y se apearon en el camino de conchas blancas de Winnover Hall—. Como ahora lo sé, debería aclararme cualquier otro detalle que le haya contado a la gente.

Emmeline asintió y se unió a él para entrar en la casa.

—He escrito un diario.

Esta vez Pershing enarcó ambas cejas.

—Un diario. Sobre nuestra inexistente descendencia.

—Bueno, sí. Uno para cada uno de ellos, en realidad. Mantengo correspondencia con innumerables familiares y amigos y no quería contradecirme. La gente habla, ya sabe.

Él se quedó mirándola durante un instante.

—Me gustaría leer esos diarios. Para no caer en contradicciones con el relato, tampoco.

Esperaba que no resultaran demasiado fantasiosos. Todos pensaban que sus propios hijos eran perfectos, pero la preocupaba haber hecho que los suyos lo fueran en exceso.

—Se los prestaré. —Le hizo un gesto con la cabeza al mayordomo mientras este abría la puerta principal—. Powell, ten la bondad de decirle a Hannah que se reúna conmigo en mi alcoba. Y voy a necesitar que bajen uno de los baúles medianos del ático.

—Muy bien, señora.

El señor Pershing pidió también el suyo y luego se volvió de nuevo hacia ella.

—Me alegro de que seamos aliados —dijo—. Todo esto me ha hecho ver que sería un enemigo bastante formidable.

—Gracias —dijo, sonriendo—. Y lo mismo digo. —Era muy posible que eso fuera lo más elogioso que le hubieran dicho nunca—. Que te teman es casi tan útil como que te admiren. Pero todavía tenemos que encontrar a nuestros retoños o nuestra formidable asociación solo servirá para convertirnos en el hazmerreír de Londres.

—Y de paso dejarnos sin hogar y sin empleo —añadió, y su media sonrisa se transformó en algo más sombrío.

Sí, eso sería aún peor.

4

—Perdón, ¿cómo dice? —La monja, la hermana Mary Stephen, según los demás miembros del rebaño que habían guiado a Emmeline y al señor Pershing hasta su pequeño despacho, levantó la vista de lo que había estado fingiendo leer—. ¿Podría repetirlo? Creo que no le he oído bien.

El señor Pershing asintió.

—Un hermano y una hermana. De siete y cinco años.

—Con el pelo castaño o rubio —añadió Emmie.

—Sí —afirmó Pershing—. ¿Tiene aquí a un par de niños que coincidan con esa descripción?

—Ya he oído esa parte —respondió la monja. Tenía todo el aspecto de una monja, si eso era posible. Ojos negros y saltones en un rostro severo con pómulos prominentes y una boca recta y delgada. Aterradora, como se supone que deben ser las monjas. Al menos su visita no había merecido la atención de la madre superiora. Según recordaba Emmie de sus visitas ocasionales, esa mujer parecía sacada de una pesadilla—. Me refería a la parte en la que usted y su señora querían llevarse prestados a dos jóvenes.

—A cambio de una importante dádiva para su centro. —El señor Pershing dirigió una incisiva mirada a la pintura que empezaba a desprenderse de las esquinas de color gris apagado.

La monja entrecerró los ojos.

—Aunque hemos recibido solicitudes de niños de una edad determinada, por regla general obligamos a que el acuerdo sea permanente, asegurando que al niño o a los niños en cuestión se les alimente, se les vista y se les críe en un hogar cristiano como Dios manda hasta alcanzar la edad adulta. Y aunque estamos encantados de aceptar un donativo de la familia adoptante, aquí no vendemos niños..., ni los alquilamos.

«Permanente.» La idea de convertirse de repente, en un abrir y cerrar de ojos, en una madre de verdad y para siempre, responsable del cuidado de dos jóvenes, hizo que Emmie se sentara con el corazón en vilo.

—Nosotros..., es decir, yo..., nosotros no..., quiero decir, no podemos...

—Esto es un acuerdo temporal —intervino el señor Pershing, con el ceño un poco fruncido, cosa que lo hacía atractivo. Así pues estaba claro que no podía culpar al whisky—. No hemos ocultado este hecho. Se trata de un proyecto de caridad en beneficio de los jóvenes. Tendrá una duración de ocho semanas, durante las cuales se vestirá y alimentará a los niños y se les instruirá en las artes de la sociedad formal. Me atrevo a decir que eso mejorará sus perspectivas de encontrar una residencia permanente en el futuro.

Una vez más, el señor Pershing logró que el proyecto sonara razonable, algo que, por supuesto, era.

—Estarán bien atendidos —añadió Emmie, tratando de recuperar el aliento—. Y es en el mejor interés de los niños. Aquí podrían aspirar a ser albañiles o lavanderas. Con nuestra orientación, podrían llegar a ser dependientes, acompañantes o sirvientes en un hogar. Supondría un gran aumento de las oportunidades de conseguir empleo.

La hermana Mary Stephen golpeteó el escritorio con la punta de su lápiz.

—Debería consultar esto con la madre superiora, pero por desgracia estará en Canterbury la próxima semana. ¿Podrían venir de nuevo el martes?

—Tengo una agenda tan apretada que no podemos quedarnos en Londres tanto tiempo —replicó el señor Pershing—. Como suele decirse, el tiempo es oro.

—¿Qué cifra tenía en mente donar? —preguntó la monja, comprendiendo con claridad lo que estaba ocurriendo—. No lo ha mencionado.

—Creo que doscientas cincuenta libras serían... —La monja se aclaró la garganta—. Como decía —prosiguió Pershing—, quinientas libras bastarían para que todos los niños de aquí tuvieran mejores comidas, ropa, zapatos y camas, además de que permitiría que pintaran de nuevo, repararan el tejado e hicieran una donación a la iglesia en nombre de St. Stephen, si así lo desean. Todo ello, no a cambio, sino además de que dos de los jóvenes reciban clases de conducta y buenos modales.

—Dicho así, tiene cierto sentido —dijo la monja—. Si tenemos a dos jóvenes que cumplen sus requisitos.

La mujer vestida de novicia junto a la puerta hizo un gesto con la mano.

—Había pensado que Peter y Lotty Wevins podrían servir —repuso en un susurro—. Ambos son niños dulces, y...

—Tonterías —interrumpió la hermana Mary Stephen—. Ambos son demasiado jóvenes y ese agradable carpintero y su esposa de Kent han expresado su interés en Peter.

—¿Qué tal...?

—Lo tengo —volvió a interrumpir la monja de ojos negros—. Los Fletcher.

La novicia tomó aire.

—¿Los niños Fletcher? —repitió.

—Creo que se adaptarán a sus necesidades —adujo la hermana Mary Stephen con una sonrisa que tensó su boca—. George tiene ocho años y es pequeño para su edad, y Rose acaba de cumplir cinco. Son encantadores. Unos angelitos. Y por supuesto se beneficiarían de una o dos clases en aras de su futura adopción por parte de alguna familia apropiada. —Unió las yemas de los dedos sobre el escritorio que tenía delante—. Si su donativo es tan generoso como dice, claro está.

—Tengo un pagaré a mano —respondió el señor Pershing.

—Entonces voy a rellenar los papeles —dijo la hermana Mary Stephen, sacando un par de hojas de su escritorio—. Hermana Mary Christopher, tenga la bondad de traer a los Fletcher.

La monja más joven hizo una reverencia y salió corriendo de la habitación. Una nueva preocupación hizo que a Emmie se le tensaran los músculos de los hombros. Si esos dos niños no encajaban, si tenían el pelo rizado, los pies deformados o, peor aún, eran franceses, tendría que empezar de nuevo, en otro lugar.

Como era natural, había una gran cantidad de orfanatos en Londres, pero solo tres en los que sus contactos y su trabajo de caridad les garantizarían una audiencia inmediata. Mientras observaba las paredes grises y las pequeñas y escasas ventanas, y escuchaba el deambular de las severas monjas con sus ruidosos zapatos y las tenues voces de los niños, decidió que en el futuro donaría más tiempo y esfuerzo a esa causa. Ningún niño debería crecer rodeado de paredes grises.

—Aquí no vendemos a nuestros niños —repitió la hermana Mary Stephen, mientras escribía los nombres de los niños y la dirección de Pershing House en Londres y de Winnover Hall en Gloucestershire—. No obstante, me complace que insistan tanto en ofrecer un donativo a St. Stephen.

—A la señora Pershing y a mí nos congratula poder apoyar a los menos afortunados —dijo su marido con suavidad.

La monja giró por fin las hojas hacia él.

—Bien, si firma aquí, los niños pasarán a ser su responsabilidad, señor Pershing.

—Durante las próximas ocho semanas —la corrigió el señor Pershing, sin moverse—. Y nos gustaría conocerlos antes de aceptar la responsabilidad.

—Ah. Sí. Error mío. —La monja giró el papel y tachó una línea, sustituyéndola por otra—. Durante las próximas ocho semanas. —La puerta a su izquierda se abrió—. Aquí están los pequeños. George, Rose, saludad al señor y a la señora Pershing. Vais a vivir con ellos durante las próximas semanas.

La más pequeña, de pelo castaño, agarró sus sencillas faldas grises a ambos lados de las rodillas y realizó una torpe reverencia con los dos pies. El más alto, con el pelo de punta de un castaño más claro, que sobresalía de manera desordenada de su cabeza, excepto donde parecía que alguien se lo había mojado e intentado aplastar, se limitó a mirarlos. La novicia le dio un golpecito en la oreja.

—Buenas tardes, señor y señora Pershing —dijo, dando medio paso a un lado.

Cielos, qué pequeños eran. Sin duda unas criaturas demasiado pequeñas y delicadas para haberse quedado solas en el mundo. La cara de la niña era más ovalada que la de su hermano, y sus enormes ojos oscuros los miraban entre los mechones de su despeinado cabello. La pequeña Rose apenas le llegaba a la cintura a Emmeline y eso que ella era menuda.

George parecía un poco... más robusto que su hermana, aunque también estaba demasiado delgado. Le sacaba una cabeza a Rose y sus ojos eran más claros, de un verde muy parecido al del señor Pershing. Los entrecerró mientras seguían paseando la mirada entre su marido y ella. ¿Lo estaba evaluando? ¿Estaba asustado? ¿Enfadado? Podría ser cualquiera de esas cosas o incluso las tres.

—Hola —respondió Emmie, que continuó sentada para no sobresalir por encima de ellos—. Como ha dicho la hermana Mary Stephen, nos gustaría llevarlos a casa con nosotros por un tiempo. Estoy segura de que nos haremos amigos enseguida y lo pasaremos muy bien juntos. ¿Os gustaría?

Ambos miraron a la hermana de aspecto imponente.

—Sí, señora —corearon.

Pobres pequeños asustados. Estos niños no eran simples accesorios para la obra que había escrito sobre la inexistente familia Pershing. Eran niños de verdad. Jóvenes sin padres, a los que sin duda habían amedrentado tanto que temían dar un paso en falso.

—Señor Pershing, estoy satisfecha —repuso, con las manos apretadas en su regazo para no ceder a la tentación de dar un golpe en las orejas a ambas monjas.

—Igual que yo —dijo de forma concisa, con un tonillo duro en su voz que hizo que le lanzara una mirada. ¿Había visto lo mismo que ella? ¿Había llegado a la misma conclusión? ¿Estaba de pronto decidido tan decidido como ella a dar a esos jóvenes ocho semanas de comidas calientes, camas blandas y unas espléndidas vacaciones en el Distrito de los Lagos antes de que regresaran a Londres?

La hermana Mary Stephen volvió a deslizar la hoja corregida y le entregó al señor Pershing la pluma.

—Firme aquí para indicar que se hace responsable de los niños y daremos esto por zanjado. —Pershing firmó y, después de que la monja se lo indicara, la novicia dejó un pequeño saco junto a cada niño, que, cabía suponer, eran sus pertenencias, antes de dar un paso atrás—. Os veremos en ocho semanas, queridos —dijo la monja, esbozando de nuevo esa tirante sonrisa—. Aprended todo lo que podáis y cuidad vuestros modales. Cuando volváis, nos ocuparemos de colocaros en algún lugar de forma permanente.

Por alguna razón eso sonaba siniestro, pero todo el orfanato inquietaba a Emmie. En un abrir y cerrar de ojos, los condujeron a Pershing y a ella, junto con los jóvenes George y Rose Fletcher, por el pasillo, escaleras abajo y los hicieron salir por la puerta principal. La puerta se cerró a su espalda con un fuerte golpe. Por un momento podría jurar que oyó el sonido de una risa de mujer procedente de las entrañas del orfanato.

—¿Nos van a vender a los gitanos? —preguntó la niña, Rose, desde su asiento en el carruaje.

—Rosie, cállate —la interrumpió George. Llevaba el saco con sus pertenencias en el regazo y tenía el cuerpo inclinado hacia delante, como si tuviera intención de saltar en cuanto el vehículo se detuviera.

—No, no os vamos a vender a los gitanos —respondió Emmeline con una sonrisa—. Ni a nadie más.

—Deirdre dice que vendieron a su prima a los gitanos —continuó Rose, estirando el cuello para mirar por la ventana más cercana.

—Tienes que dejar de creerte todo lo que te dice la gente —repuso su hermano, mirando de reojo al señor Pershing, que estaba sentado a su lado.

—Deirdre sabe cosas.

Emmie carraspeó ante ese pronunciamiento. Al haber dejado atrás a la aterradora hermana Mary Stephen, los niños se habían relajado de forma ostensible, gracias a Dios.

—¿Quieres arrodillarte en el asiento para poder ver el exterior?

—La hermana Mary Francis dice que el trasero es para sentarse y las rodillas son para rezar.

—Bueno, esta es una nueva aventura, así que podemos hacer una excepción —respondió Emmie.

Sin esperar a que le preguntaran por segunda vez, Rose se puso de rodillas para apoyar la frente en el cristal de la ventana.

—Solo era un bebé la última vez que estuvimos tan lejos de la mazmorra de piedra.

—¿La qué?

—St. Stephen —aclaró George.

El señor Pershing cambió de postura, sentado frente a Emmie.

—Creo que «mazmorra de piedra» es un coloquialismo para referirse a la prisión de Newgate —explicó.

—Eso es horrible. ¿Detestáis vivir en St. Stephen?

—Señora Pershing —dijo su marido, antes de que ninguno de los dos niños pudiera responder—, creo que deberíamos estar hablando de ropa nueva y de granizados.

Sin embargo, la mirada que le dirigió decía más que eso. Emmie frunció el ceño. «Por supuesto.» Volverían a esa mazmorra de piedra dentro de unas pocas semanas. No había por qué animarlos a que la detestaran todavía más.

—Granizados, claro —dijo, esbozando de nuevo una sonrisa.

—Yo no quiero ropa nueva —afirmó George—. Estas están bien.

—Esta está bien —corrigió el señor Pershing—. Y no está bien. La gran aventura que tenemos en mente para vosotros requerirá un vestuario más amplio.

—No puede convertir a George en un dandi —comentó Rose—. Pero a mí me encantaría ser una princesa. —Se dio la vuelta y se sentó de nuevo, con los pies colgando a poca distancia del suelo del carruaje—. Tengo una pregunta muy importante.

Emmie lanzó al señor Pershing una mirada divertida. «Qué criaturas tan adorables.»

—Te escuchamos.

—Necesito un vestido rosa. Con rayas amarillas. Y un sombrerito a juego.

Aunque no era una pregunta, era ciertamente adorable.

—Creo que podemos conseguirlo —respondió Emmie—. Y también unos bonitos zapatos.

—Oh, sí. Zapatos. Los zapatos son muy importantes.

—Así es. ¿Y tú, George? ¿Tienes alguna petición?

El niño de ocho años negó con la cabeza.

—¿Viven en Londres? —preguntó.

—Durante la temporada, sí. Pero nuestra residencia principal es Winnover Hall, en Gloucestershire. Allí es donde nos dirigiremos por la mañana.

—¿A qué distancia está?

—Tardaremos casi un día en llegar allí —continuó el señor Pershing—. Pasaremos la noche en nuestra casa de aquí.

—¿No tienen orfanatos en Gloucestershire?

Su marido frunció el ceño.

—Me imagino que sí los hay. Pero el padre de la señora Pershing está en la junta de St. Stephen, así que se nos ocurrió viajar hasta aquí para buscaros.

El chico volvió la cabeza para examinar de nuevo a Emmie.

—Creo que la he visto antes. A veces trae dulces.

Ella asintió.

—Así es. —Y en el futuro también llevaría una selección de ropa, mantas y libros.

—Sin embargo, nunca se ha llevado prestado a nadie antes.

—No. Esta es nuestra primera vez.

—Pero ¿va a pedir más préstamos después?

Bueno, eso era muy poco probable.

—Supongo que veremos qué tal sale esto. ¿Cómo crees que saldrá?

George se encogió de hombros.

—Eso no me corresponde a mí decirlo, señora Pershing.

«Oh, eso era inaceptable.» Se inclinó un poco hacia delante.

—Para los propósitos de nuestra aventura, ¿qué os parece si Rose y tú nos llamáis mamá y papá? ¿Os parece bien?

—Pero ha dicho que teníamos que volver —protestó Rose.

—Sí, pero no hasta dentro de ocho semanas. Y mientras tanto no quiero pasar todo el tiempo explicando a todas las personas con las que nos encontremos que no sois mis hijos y que se supone que me acompañáis. Es mucho más fácil que nos llaméis mamá y papá, ¿no os parece?

—No...

—Podemos hacerlo —interrumpió George a su hermana—. ¿Así que se supone que somos George y Rose Pershing?

«No exactamente.»

—Bueno, es bastante tonto, pero...

—Sí, eso servirá por ahora —la interrumpió el señor Pershing.

Ella abrió la boca para discutir, porque los nombres iban a ser lo único en lo que no podían permitirse meter la pata. Pero darles unos momentos para que aceptaran una rareza antes de que ella les soltara otra tenía sentido. Sobre todo porque esa rareza incluía cambiar sus nombres de George y Rose por los de Malcolm y Flora.

El problema era que nunca había pasado mucho tiempo conversando con niños. Ya lo solucionaría; una vez había logrado organizar una cena con el príncipe regente y el duque de Wellington mientras convencía a cada uno de ellos de que era el invitado de honor.

—Hemos llegado, señora Pershing —dijo la voz de Roger desde el asiento del conductor—. La modista. Y el sastre está justo al final de la calle.

Emmie se inclinó y quitó el pestillo de la puerta.

—Muy bien. El carruaje dará la vuelta para recogernos, ¿no?

Su marido asintió.

—George y yo iremos con un carruaje de alquiler.

—Rose y yo nos reuniremos con vosotros en Pershing House a las dos en punto, ¿de acuerdo?

—Espere —dijo George, deslizándose hacia adelante en el asiento—. ¿No vamos juntos?

—Voy a llevarte a un sastre, muchacho —dijo el señor Pershing—. Pantalones, calzones, chalecos, camisas y abrigos. No es muy emocionante y no habrá nada en rosa ni en amarillo, pero nos arreglaremos. Y luego tomaremos unos granizados.

—Se supone que debo cuidar a Rosie —replicó el chico, frunciendo el ceño—. Es solo un bebé.

—No soy un bebé, Georgie. Tengo cinco años. Y quiero un vestido rosa.

Emmie acercó la mano y tocó el dorso del puño de George.

—Te doy mi palabra de que cuidaré de tu hermana. Y de que volverás con ella a las dos de la tarde.

La miró, con los ojos verdes serios y sin pestañear, antes de escupirse en la palma de la mano y tendérsela para que la estrechara. «¡Oh!» Por lo general, se habría negado a tocar a alguien que se escupiera la mano, pero intuía que se trataba de un momento importante. Emmie se quitó el guante, escupió sin expulsar saliva en su propia mano y estrechó la del niño.

Antes de que pudiera decidir qué hacer con su desagradable palma húmeda, el señor Pershing abrió la puerta del carruaje y se apeó, tendiendo su propia mano para ayudarla a bajar a la calle.

—Bien hecho —susurró, y le pasó su pañuelo.

Emmie asintió cuando el señor Pershing se reunió con George en el carruaje. Por supuesto, no era la primera vez que la felicitaba, pero esto parecía más... personal. Eso hizo más tolerable la saliva del chico, que se limpió de la mano a escondidas, aunque no tenía ni idea de por qué los niños parecían empeñados en babearle encima.

Mientras el carruaje continuaba por la calle hacia su siguiente destino, abrió la puerta de Vestidos de Señora de Palorum. Nunca había visitado la tienda de Knightsbridge, ya que se encontraba en el centro de una comunidad de banqueros, comerciantes y procuradores, una clientela que simplemente no se movía en su círculo social. Y ese era precisamente el propósito. No habría nadie que difundiera cotilleos de haberse cruzado con Emmeline Pershing con una joven vestida con harapos.

—¡Bienvenidas, bienvenidas! —dijo una mujer regordeta y con el pelo de un rojo chillón, saliendo de detrás del mostrador de la tienda y ataviada con lo que, si se hubiera sentido poco caritativa, Emmie habría descrito como una carpa a rayas—. Soy la señora Palorum.

—Hola —repuso Emmie mientras Rose se escabullía detrás de sus faldas, agarrando con sus pequeñas manos la tela azul claro. Qué raro, haber pasado de ser una completa desconocida a una guardiana de confianza en veinte minutos—. Necesitamos varios vestidos para mi hija. Recatados, de buen gusto, y al menos uno de ellos debe ser rosa con rayas amarillas. —Se giró para ver a la chica que estaba detrás de ella—. Es correcto, ¿no?

Rose, con la cara aún enterrada en las faldas, asintió.

—Sí —dijo, con la voz apagada—. Y un gorro a juego.

—Ah. Entiendo perfectamente. ¿Tiene en mente alguna ocasión específica? Eso ayudará a decidir el estilo y el material.

Hum.

—Al menos un vestido adecuado para cenas al aire libre, dos para cenas formales, tres..., no, cuatro vestidos de paseo y cuatro para las mañanas en casa. Y ropa de dormir, por supuesto.

Las manos se desprendieron de su trasero.

—¡Son muchos vestidos! —dijo la vocecita—. ¿Cuántos son?

—Once, más un camisón. —Emmie recordó el escupitajo que acababa de pasarle el hermano de Rose—. Dos camisones.

—¡Es magnífico! ¡Seré la más finolis! —exclamó Rose, saltando de puntillas—. ¿Pueden ser todos de color rosa?

—No, no pueden —replicó Emmeline, sonriendo y decidiendo ignorar la jerga que sonaba a calle. Hasta ahora, ser padre no era tan difícil. Estaba claro que había pasado demasiado tiempo preocupada por su capacidad para lidiar con los más pequeños y sin ninguna buena razón.

—Puede que hoy cierre la tienda antes de tiempo —dijo la señora Palorum, volviendo a buscar detrás del mostrador papel y una cinta de medir.

—Hay galletas en la mesa, queridas. Sírvanse ustedes mismas.

—Oh, galletas. —Rose cogió una de la bandeja y casi se la había llevado a la boca antes de que se parara y le lanzara una mirada a Emmeline—. Quiero una galleta, pero también quiero un granizado. Nunca he tomado uno de esos.

—Entonces puedes comerte una galleta.

La niña de cinco años la obsequió con una amplia sonrisa.

—Gracias, mamá.

«Oh, Santo Dios.» A Emmie le entraron ganas de regalarle una panadería entera de galletas solo con eso. Sin dejar de sonreír, se giró y vio a la señora Palorum paseando la mirada entre Rose y ella con expresión inquisitiva. A fin de cuentas, Rose iba vestida con harapos y ella…, bueno, iba vestida como la dueña de una de las mejores casas de Mayfair.

—Debo explicarlo —dijo en voz alta—. Soy Mary Jones. Mi marido y yo acabamos de adoptar a Rose.

—Qué maravilla —exclamó la costurera al tiempo que juntaba las manos.

Pero Rose levantó la cabeza para mirar a Emmeline.

—¿Ahora soy Rose Jones?

Emmie se rio.

—Sí, querida. Rose Jones. —«Al menos durante el siguiente par de horas.»

—Esto es muy complicado —observó la niña, y se alejó en dirección a un conjunto de sombreros y cintas para el pelo, todavía murmurando «Jones» por lo bajo.

Aquello podría haber ido de forma más fluida, pero Emmie se recordó que esto era nuevo para ambas. La estrategia que el señor Pershing y ella habían urdido de camino a Londres consistía en ganarse a los niños. Qué hacer con ellos después no fue algo que abordaran demasiado en detalle durante la conversación.

Mientras la señora Palorum le tomaba medidas a la niña y las anotaba, Emmeline dividía su atención entre Rose y la colección de sombreros y gorros de pequeño tamaño expuestos en la tienda. Y pensar que nunca había dedicado tiempo a fijarse en esas cosas, aunque hasta ahora no había tenido ningún motivo para hacerlo.

El vestido de muselina ya confeccionado que le valía a Rose era de color verde pálido en lugar de rosa, pero al menos la niña no tendría que ir por Londres con el raído vestido gris sin forma definida que le habían procurado en St. Stephen. Se le encogió un poco el corazón al ver a la pequeña dando vueltas frente al espejo de vestir, y al volverse se encontró con que la modista la estaba observando.

—Necesitaremos que nos envíen algunas cosas mañana temprano —dijo mientras la señora Palorum empezaba a rebuscar de golpe entre los rollos de tela—. El resto lo puede enviar a Winnover Hall en Gloucestershire.

—Mandaré llamar a dos de mis chicas —dijo la modista, asintiendo y volviéndose de nuevo para hacer más anotaciones. A pesar de su circunferencia, la mujer era un torbellino—. Tendremos uno o dos vestidos de día y otro para una noche agradable listos para usted a primera hora. Tengo un vestido de noche que creo que le servirá y pediré otro. ¿Dónde debo enviar las prendas por la mañana?

—En estos momentos nos alojamos en Pershing House, en la calle Leicester —respondió Emmie—. Con unos queridos amigos.

—Es de agradecer que estén aquí para recibirlas, incluso con la temporada ya terminada —comentó la corpulenta mujer.

—Sí que lo es. Sobre todo ahora que la joven Rose se une a la familia. —El precio indicado, once libras cincuenta, era exorbitante. Parecía que la señora Palorum sospechaba que su historia no era del todo cierta. Como no lo era, Emmeline apretó los dientes con una sonrisa y entregó el dinero—. Y una libra más si se encarga de que el primer vestido terminado sea el rosa y amarillo —dijo en voz baja, entregando una moneda.

—Así será, señora Jones.

Así pues, ya estaba. Una tarea terminada.

—Vamos, Rose —dijo Emmie, ofreciéndole una mano a la niña y tomando en la otra el paquete con un camisón, cintas para el pelo, los zapatos viejos y el vestido gris—. Nos vamos a Pershing House.

Al pasar por el mostrador, observó que el plato de galletas estaba vacío. No era de extrañar que la señora Palorum tuviera una figura tan oronda; la modista debía de haberse comido veinte de esos dulces, ya que la joven Rose solo había cogido uno.

5

Will se sentó en el pequeño vestíbulo de la Pershing House, con el joven George Fletcher en el banco de al lado y todo el espacio que el muchacho pudo dejar entremedias sin caer al suelo.

—¿Estás seguro de que no quieres ver dónde vas a dormir esta noche? —le planteó por segunda vez.

—Estoy esperando a Rose —volvió a decir el muchacho, moviéndose un poco y flexionando los dedos con los que agarraba la abertura del saco de tela que contenía sus pertenencias y que tenía en el regazo—. Yo la cuido. ¿Por qué me mira ese *caraculo*?

Landon, inmóvil en su puesto junto a la puerta principal, se revolvió, con un tic en la mejilla y los dientes apretados.

—Yo no soy... uno de esos —adujo el sirviente de forma sucinta—. Soy el mayordomo. Y mientras el señor esté en el vestíbulo, yo también. En cuanto a la mirada, no se me informó de que íbamos a recibir... invitados en la casa.

Esa pausa llevaba aparejadas muchas preguntas, pero la casa era el reino de Emmeline, y dejaría que fuera ella quien decidiera lo que los sirvientes debían saber y lo que debían decir si les interrogaban los vecinos o, lo que era más probable, dada la época del año, el reducido personal de temporada de los vecinos.

—Es solo una noche más, Landon. No esperamos que todo sea perfecto.

—La señora Pershing sí. Y yo también. Solo hemos preparado los dos dormitorios principales. ¿Van a necesitar más? —El mayordomo lanzó otra incisiva mirada a George.

—Sí. Por favor, ventile las dos habitaciones del sur —decidió Will.

—Por supuesto, señor. —Con un movimiento de cabeza, el mayordomo volvió a cambiar el peso de un pie al otro mientras miraba la puerta principal como si esperara que se cayera de sus goznes si se alejaba.

—Me quedaré aquí hasta que llegue la señora Pershing —informó Will—. No tendrá que abrir la puerta ella misma.

—Muy bien, pues. —Con un audible suspiro, Landon desapareció en dirección a la cocina y a las dependencias del servicio.

Will se aclaró la garganta.

—¿Tienes hambre? Podría pedir que nos traigan algo de comer de la cocina.

—Rosie y yo comemos juntos. ¿Son las dos?

Will sacó su reloj de bolsillo.

—Faltan cuatro minutos.

—Si esa señora finolis ha vendido a mi hermana a los gitanos, iré a buscar a J...

—Nadie va a vender a nadie, George. Te lo prometo.

El chico entrecerró un ojo.

—Los mentirosos también hacen promesas.

Era evidente que George Fletcher era un anciano abuelo marchito atrapado en el cuerpo de un niño de ocho años.

—Ni siquiera se han retrasado todavía —alegó Will, rezando una oración con rapidez para que Emmeline no los convirtiera a ambos en mentirosos que hacen promesas.

—Todavía.

Antes de que se le ocurriera una distracción, un carruaje se detuvo fuera y un momento después la estrecha ventana a la izquierda de la puerta se oscureció. Will se puso de pie, cruzó el vestíbulo con paso brioso y abrió la puerta.

—Señora Pershing —dijo, haciendo una reverencia.

—¡Oh! Señor Pershing. —Su rápida sonrisa llena de entusiasmo lo hizo sonreír a su vez. Así pues, lo había conseguido. Y llegaba a tiempo, aunque no había dudado ni por un momento que no lo haría. Desde que se casaron, la perfección se había convertido en su lema.

—¡Mira, Georgie! —exclamó Rose, girando en un círculo verde pálido, con los brazos extendidos y un nuevo sombrerito rosa en una mano—. ¡Soy una dama!

—Es bonito —dijo su hermano, tirando de las mangas de su nuevo abrigo azul oscuro—. Pero no eres una dama.

Rose dio un golpe en el suelo con el pie.

—¡Lo soy! Mírame. ¡Por los clavos de Cristo!

—¡Rose! —la reprendió Emmeline, tapándose la boca con una mano que no ocultaba del todo su sonrisa—. Una dama no utiliza ese lenguaje.

—Te dije que no eras una dama. —George cruzó los brazos sobre el pecho.

—Pues tú pareces el hombre que conduce el carruaje fúnebre —replicó su hermana.

—Eso es. —George se levantó y comenzó a despojarse de su abrigo—. ¡No soy un enterrador!

—Yo creo que estás muy guapo, George —replicó Emmeline—. Seremos la envidia de todos los que nos vean cuando vayamos a por nuestros granizados.

Will asintió.

—Bueno, a lo mejor queréis ver dónde vais a dormir esta noche antes de salir —sugirió—. George ha insistido en quedarse en el vestíbulo hasta que apareciera su hermana.

—Ah. Te hice una promesa, George —dijo Emmeline, tirando con suavidad del abrigo del chico para colocárselo sobre sus delgados hombros—. Como puedes ver, la he cumplido.

—Como le he dicho que harías —secundó Will—. Por cierto, le he pedido a Landon que preparara dos habitaciones más para esta noche.

—¿Dos habitaciones? —susurró Rose, acercándose a su hermano.

Su tono de asombro y preocupación a partes iguales hizo que a Will se le encogieran las entrañas. Sin duda estaban acostumbrados a compartir dormitorio con una docena o más de niños.

—Sí —respondió mientras Emmeline entregaba sus compras a Hannah cuando la joven llegó abajo. La criada se limitó a lanzar una rápida mirada a los niños, por lo que le habían dicho algo. Se preguntó qué habría sido. Al parecer, su mujer tenía historias preparadas para cualquier ocasión y contingencia—. Una para cada uno —dijo—. Tienen una puerta que las conecta, que por supuesto podéis dejar abierta si queréis.

Los hermanos intercambiaron una mirada, y George asintió.

—Siempre que la puerta permanezca abierta.

—Nos aseguraremos de que vuestros dormitorios en Winnover Hall también sean contiguos —continuó Will, ahora que comprendía cuál era el escollo. George y Rose necesitaban saber dónde estaba el otro. Tenía la sensación de que hacía tiempo que no tenían a nadie más y solo podían confiar el uno en el otro—. ¿Vamos a verlos? —Les indicó que se dirigieran a las escaleras y asió la mano de Emmeline y la colocó alrededor de su antebrazo.

—Creo que esto va bien —murmuró Emmie, mientras los guiaban hacia las escaleras.

Will inclinó la cabeza junto a la de ella e inspiró el íntimo y excitante aroma a lavanda de su cabello. Casi parecía que el hecho de verse obligada a reconocer una mentira, un defecto, la hubiera devuelto a la vida. Fuera lo que fuera, le hizo desear de nuevo que ella lo viera como algo más que un proyecto y un compañero. E hizo que se preguntara cuánto tiempo hacía que no compartían cama.

—Tengo la sospecha de que les preocupa que vayamos a cambiar de opinión. George se empeñó en preguntarme más de una vez a qué distancia está Winnover y cuándo nos íbamos a ir de Londres.

—Eso tiene sentido. La hermana Mary Stephen parece sacada de una pesadilla. —Se estremeció de forma exagerada.

—Parecía bastante... severa —adujo con una media sonrisa—. También tenemos que decirle algo a Landon. Supongo que habrá hablado con Hannah.

—Sí, lo he hecho. Todavía estoy ultimando la historia, pero lo llevaré aparte. Son unas criaturas muy dulces, ¿verdad? Casi da pena que tengamos que devolverlas. —Exhaló un suspiro—. Pero lady Graham, lord y lady Baskin, los Hendersen y todos nuestros vecinos de Gloucestershire saben muy bien que nunca se nos ha visto con niños ni hemos hablado de ellos. No se espera que en Londres se les vea, pero aparecer de repente con ellos en Winnover podría arruinarlo todo tanto como presentarnos sin ellos en Welshire Park.

La lógica era impecable, aunque un poco fría.

—Tiene razón, por supuesto.

—Cuántas ventanas —Se maravilló Rose mientras subían las escaleras—. ¡Y nunca he visto tantas puertas!

—Las puertas abiertas a ambos lados de la armadura de allí son las vuestras —dijo Emmeline, señalando—. Elegid la que queráis.

Los niños corrieron cogidos de la mano hacia la primera habitación mientras Rose emitía chillidos de felicidad.

—¡Mira la cama! ¡Es magnífica! ¡Y cuántas almohadas!

Era evidente que Rose no había visto «mucho» de muchas cosas. El hecho de que las almohadas pudieran deleitarla con tanta facilidad resultaba encantador y triste a la vez. Si Emmeline no daba instrucciones al personal para que le dieran a la niña un montón de almohadas, él mismo lo haría. Un par de criadas retiraron las últimas telas que cubrían el tocador y la butaca a rayas amarillas y rojas colocada frente a la chimenea, y Rose dio vueltas por la habitación, agitando sus faldas verdes, mientras George miraba por una de las ventanas.

—Supongo que has elegido esta habitación, Rose —dijo Emmeline.

—Ven a ver la tuya, George. —Haciendo un gesto, se dirigió a la puerta contigua y la abrió.

El niño se apartó de la ventana para unirse a ella. Los dos niños necesitaban un buen baño y George un corte de pelo. Por suerte, el ayuda de cámara de Will era un barbero experto y Davis había hecho el viaje a Londres junto con Hannah.

—¿Te gusta? —preguntó Emmie, dejando que el niño la precediera a la segunda alcoba, seguidos por Will. Las paredes eran de un azul pálido con anchas franjas de papel pintado marrón y amarillo, las cortinas de un azul más oscuro, y la cama, que en ese momento estaba destapando y ahuecando las almohadas, hacía juego con el azul de las paredes.

—Es magnífico —dijo, extendiendo un dedo índice para tocar el tocador—. Aunque Rose y yo podríamos compartir habitación.

—El señor Pershing y yo deseamos mimaros.

Les lanzó una mirada a los dos por encima del hombro.

—Están casados, ¿no?

—Sí, por supuesto. ¿Por qué lo preguntas?

—Ese que habla en susurros ha dicho que anoche prepararon dos habitaciones. Para ustedes dos. Mis padres compartían una cama. Y se llamaban Martin y Mary. O corderito y cariño. —Hizo una mueca—. Era una tontería, pero no se llamaban señor Fletcher y señora Fletcher. No entre ellos. ¿Son recién casados?

El rubor cubrió las mejillas de Emmeline, pero Will se limitó a encogerse de hombros cuando ella le dirigió una mirada suplicante. No tenía ni idea de cómo explicar su acuerdo a un niño de ocho años y a su hermana de cinco. A fin de cuentas, dormir separados había sido idea de ella, no de él.

—El señor Pershing y yo llevamos ocho años casados —dijo al fin.

—Entonces, ¿no sabe su nombre de pila? —El chico se volvió hacia Will—. ¿Cuál es su nombre de pila?

—William —respondió con presteza—. O Will, preferiblemente. La señora Pershing se llama Emmeline, aunque sus amigos la llaman Emmie. Es un nombre bonito, ¿verdad?

Su sonrojo se hizo más intenso.

—El señor Pershing..., Will..., y yo tenemos una alianza.

—¿Como un negocio? ¿Recibe dinero por ser su esposa?

—No quiero ser una esposa —dijo Rose, uniéndose a ellos—. Voy a ser duquesa.

—Para ser duquesa tienes que casarte con un duque, Rosie.

—Oh. Entonces me casaré con un duque, si él me paga.

—¡Santo cielo! —murmuró Emmeline, y levantó una mano—. Eso no es...

—Tenemos una alianza en la que yo me encargo de algunas tareas y la señora..., y Emmeline se ocupa de otras para asegurarse de compaginar de forma armoniosa la casa, mi trabajo y nuestras amistades y compromisos sociales —interrumpió Will, con el sabor exótico del nombre de su esposa en la lengua. Las formalidades habían empezado el mismo momento en que ella anunció que no podía tener hijos. Su obsesión por verle triunfar en el gobierno había comenzado en el momento de su boda, pero después de que se mudaran a dormitorios separados se había vuelto implacable.

Resultaba extraño lo diferente que era pensar un nombre y decirlo en voz alta. Hacía años que no la llamaba Emmeline o Emmie, pero eso iba a cambiar. En cuanto a la explicación del intercambio de dinero, se lo dejaría a ella, si quería profundizar en el tema. A fin de cuentas, cada uno había obtenido algo —estatus, seguridad, Winnover Hall y sus ingresos por propiedades— del matrimonio.

—De forma armoniosa. Sí, exacto —dijo Emmeline, con una sonrisa asomándose a su boca—. Y aunque una dama puede casarse por dinero, nosotros nunca reconoceríamos tal cosa, Rose.

—Así que puede pagarme mientras no hablemos de ello.

Para tratarse de una niña de cinco años, parecía un resumen bastante razonable, pero Will no pensaba decirlo en voz alta. En su lugar continuó con una sonrisa casi inalterable mientras su esposa suspiraba.

—Sí, querida —repuso Emmie—. Los hombres también pueden casarse por dinero. Tampoco hablamos de eso.

George se puso de puntillas para mirar por la ventana hacia el pequeño jardín de abajo.

—Voy a casarme con alguien rico. Así podremos comer estofado de carne todas las noches.

—Y manzanas frescas —aportó Rose—. Y tartas de fruta.

—Resulta que nuestra cocinera en Winnover, la señora Brubbins, hace una deliciosa tarta de moras. —Emmeline señaló hacia el pasillo—. ¿Vamos a por unos granizados o preferís seguir explorando la casa?

—¡Granizados! —gritó Rose—. Quiero uno de limón.

—Yo de fresa —dijo George—. Deirdre dice que hacen granizados de fresa.

Era obvio que Deirdre, de St. Stephen, sí sabía cosas, como había dicho Rose. Al menos cosas sobre granizados de fresa.

—Así es —confirmó Will—. Dejemos que el personal guarde vuestras cosas, y volveremos aquí a tiempo para la cena. Queremos empezar temprano por la mañana. —Su plazo ya se había reducido en tres días.

George apretó con fuerza su viejo saco contra su flaco pecho.

—No quiero que nadie me robe mis cosas con sus sucias manos.

—George, te aseguro que Betsy y May no se llevarán nada que te pertenezca —aseveró Emmeline, señalando a las criadas de arriba. Chasqueó la lengua de forma compasiva al ver que en respuesta el niño agarraba el saco con tanta fuerza que los nudillos se le pusieron blancos—. Pero si colocas tus objetos personales en ese baúl de ahí —y señaló el arcón de caoba que utilizaban para las mantas extra a los pies de la cama—, nadie lo tocará. Lo prometo.

El chico pasó los dedos por la pesada tapa de caoba.

—¿Puedo poner todas mis cosas aquí? ¿Y nadie las tocará?

—Sí.

—¿Podemos llevárnoslo a Winnover Hall?

Era un baúl bastante grande para llevar el pequeño saco de propiedades de un niño de ocho años, pero si le reconfortaba tener un lugar seguro donde poner sus cosas, Will no tenía ninguna objeción. Asintió al ver la mirada de soslayo de Emmeline.

—Podemos y lo haremos.

—¿Tengo yo un baúl para mis cosas? Creo que necesito uno. —Rose se dio la vuelta y desapareció de nuevo en su habitación—. ¡Oh, hay uno! ¿Podemos llevárnoslo?

—Sí —respondió Emmeline, alzando la voz para que se la oyera en la otra habitación—. Ahora os pertenecen.

Rose se inclinó hacia la puerta.

—¿Para siempre jamás? ¿O solo durante ocho semanas? Esto es muy importante.

—Para siempre jamás —afirmó Will, con la mandíbula apretada por la brusca rabia hacia los insatisfechos padres Fletcher que habían tenido la temeridad de morir o abandonar a sus pequeños. Si a St. Stephen o a la hermana Mary Stephen no les gustaba, bueno, otro pequeño donativo se encargaría de que los niños tuvieran un lugar donde poner sus baúles. De todos modos, necesitarían un lugar para su ropa nueva. Un saco de tela no serviría, ni mucho menos.

—¡Oh, gracias!

—De nada. Ahora, guardad vuestras cosas y el señor Pershing..., Will..., y yo nos reuniremos con vosotros abajo en el vestíbulo dentro de cinco minutos.

Con Betsy y May todavía retirando las sábanas de los muebles, los niños no se quedarían del todo solos, aunque sin duda les vendría bien un momento o dos para aclimatarse.

—Me pregunto qué tendrá George en ese saco —susurró su esposa mientras bajaba delante de él—. Está muy apegado a lo que quiera que sea.

—A duras penas lo dejó para que le pusieran la ropa —respondió—. Tenía que estar a la vista en todo momento. —Will suspiró al pensar en el peso que el chico parecía llevar sobre sus delgados hombros—. Supongo que podría ser algo de valor sentimental de sus padres. Rose no parece tan apegada a sus pertenencias.

—No —coincidió Emmeline—. Son adorables, ¿verdad? Con un poco de pulido nadie sabrá que no son nuestros.

—Parece que las monjas los han amedrentado. Me alegro de que se comporten bien, y Rose parece bastante alegre, pero no quiero que se asusten de nosotros.

—De momento creo que más que estar asustados, desconfían, aunque espero que cuando lleguemos a Winnover se den cuenta de que somos de fiar.

Will asintió con la cabeza.

—Y tenemos que contárselo todo, aunque dejemos las explicaciones más detalladas para después. No quiero que piensen que estamos abusando de esa confianza que buscamos por su parte.

—Por supuesto. Los granizados nos ayudarán con eso.

Will se detuvo junto a ella en el vestíbulo.

—De acuerdo. Y le he pedido a la señora Hobbs que prepare estofado de carne para cenar. George lo ha mencionado al menos tres veces. Espero que no haya sido una exageración.

Por lo general, no dudaba de que Emmie se hubiera ofendido por haberse inmiscuido en sus tareas domésticas, pero sabía que el éxito de este proyecto, de esta mentira que ella había comenzado, los beneficiaría a ambos.

—No —dijo ella sin sorprenderse—. Ha sido una buena idea. Otra buena idea.

Will hizo una reverencia.

—Estamos juntos en esto, señora Pershing. Emmeline. Socios.

En efecto, habían sido socios durante los últimos ocho años, pero sin duda esta tarea les haría trabajar de manera más estrecha de lo que solían hacerlo. Dada la locura con la que había comenzado, lo esperaba con ansias. La Emmie de su juventud había sido una compañera divertida y aventurera y la echaba de menos. Por primera vez en mucho tiempo echaba de menos estar enamorado de ella.

Encontrar granizados resultó ser una tarea más difícil de lo que había previsto. Durante la temporada, había vendedores en al menos dos lugares diferentes de Hyde Park. Sin embargo, ahora había que ir en carruaje desde Leicester Street hasta el parque y volver al este hasta Covent Garden antes de encontrar a alguien que los vendiera.

—¿De qué color es mi lengua? —preguntó Rose, enseñándole la lengua a su hermano.

—Amarilla —respondió él, sacando la suya—. ¿De qué color es la mía?

—Muy roja —dijo, arrugando la nariz—. Si te lo comes deprisa, se te congelará el cerebro. Eso es lo que dice Deirdre.

—Deirdre no sabe nada. —Con una expresión de suficiencia, George tomó una gran cucharada de hielo picado y se lo metió todo en la boca. Un momento después, cerró los ojos y dejó caer la cuchara para presionarse la frente con el pulpejo de la mano—. ¡Está congelado! ¡Oh! ¡Me estoy muriendo!

Will reprimió una sonrisa y le dio unas palmaditas en la rodilla al chico.

—Tranquilo. Se te pasará en un momento. Es evidente que Deirdre sabe algunas cosas.

Hasta ahora, esto de ser padres no era tan difícil. Los niños Fletcher parecían inteligentes y con ganas de aprender. Enseñarles las cosas que serían necesarias para hacerlos pasar por hijos de los Pershing sería cuestión de pocos días. Dentro de seis semanas, cuando los presentaran al duque, serían perfectos.

Y una vez que los vieran todos sus parientes, se podría justificar la ausencia de los niños para siempre, o al menos hasta que su abuelo falleciera. Para entonces, sin duda su emprendedora esposa podría inventarse una historia según la cual los jóvenes se habían ido a Estados Unidos, uno u otro había perecido, había hecho un pésimo matrimonio u otro centenar de cosas.

En el peor de los casos, podrían aplazar otro encuentro en persona entre sus hijos y cualquiera de sus familias durante dos o tres años o hasta que pudieran encontrar jóvenes de más edad que representaran a Malcolm y a Flora. El aspecto de los niños cambiaba mucho de un año a otro.

—¿Mejor, George? —preguntó.

El niño levantó la cara de sus manos de forma vacilante.

—Ha sido horrible. No pienso volver a hacerte caso, Rosie.

—Te he dicho que no debías hacerlo, tragaldabas.

—¡Ay, por Dios! Las damas no dicen esa palabra, Rose. —Ante el bufido de respuesta de George, Emmeline se volvió hacia él—. Y los caballeros tampoco.

—Yo no soy un caballero.

—Ah, pero lo serás —retomó Will—. Más vale que empieces ya a practicar.

George volvió a fruncir el ceño.

—Sabe que no puedo ser un duque de verdad porque mi papá no era duque. Era marinero.

—¿En la armada de Su Majestad? —preguntó Emmeline.

—No. En un barco ballenero. Era arponero.

—Georgie me dijo que mamá contaba que una ballena partió su barco en dos con la cola y arrastró a papá al pozo del mar—añadió Rose.

—Al fondo, Rosie. Eres un bebé.

—No soy un bebé. Ya has oído a la señora Pershing…, quiero decir, a mamá. Soy una dama.

—Nuestra verdadera mamá era una lavandera. Eso significa que no eres una dama.

No cabía duda de que George conocía algunas de las reglas para heredar. Lo que aún no les habían contado, y de lo que pronto tenían que ser informados, era que estaban a punto de representar a los bisnietos del duque de Welshire, pensó Will. Si se hubiera tratado de una adopción, prácticamente le garantizaría a George ser miembro de los mejores clubes de caballeros de Londres e invitaciones a las mejores fiestas. Y aunque Rose no sería una duquesa, sí sería una dama. Sin embargo, todo eso era un puñado de ambiciosas fantasías.

—Cuando una mujer se comporta de manera correcta y educada, es una dama, no importa su estatus social —dijo Emmeline al hilo de su pensamiento.

—¿Ves? —Rose volvió a sacarle la lengua, amarilla como el limón, a su hermano.

Y al menos durante unas semanas sería una joven dama.

6

—¿George?

La flamígera espada que George Fletcher había blandido para ahuyentar a la horda de ratas gigantes que les perseguía a Rose y a él por un oscuro callejón desapareció de sus manos. Al mismo tiempo, el alto y encapuchado rey de las ratas hizo un gesto, y uno de los inusualmente grandes roedores se abalanzó sobre su cara.

—¡Ratas! —chilló, revolviéndose.

—¡No hay ratas, Georgie! —gritó Rose desde una gran distancia.

Él abrió los ojos de golpe. Rose estaba sentada sana y salva frente a él. En un carruaje. La luz del sol de la tarde en las ventanas. La señora elegante lo miraba con una expresión de preocupación mientras el caballero echaba un vistazo a su reloj de bolsillo. Los Pershing. Las monjas no estaban revolviendo las camas en busca de comida o chucherías escondidas y el rey de las ratas estaba lejos, como mínimo en Londres.

—Estoy despierto —refunfuñó.

—Le dan miedo las ratas —dijo su hermana con un tono de lo más natural.

George se incorporó, limpiándose la baba de una comisura de la boca.

—No, no me dan miedo, cabeza de chorlito.

—Pensamos que os gustaría mirar por la ventana —dijo la señora con una sonrisa demasiado ancha—. Dado que ya estamos en la propiedad de Winnover y la casa está en la cima de la colina.

George se acercó a la ventanilla, abriéndola para asomarse afuera mientras Rosie hacía lo mismo en el otro lado del carruaje.

—Esto es Gloucestershire —le recordó su hermana—. Nunca hemos estado tan lejos.

—Lo sé. A todo un día de Londres. Ya ni siquiera puedo olerlo. —O escucharlo, que podría ser casi igual de abrumador. Le gustaba estar tan lejos, aunque solo fuera durante ocho semanas.

—Todavía huelo a caca de caballo —respondió su hermana.

—¡Rose! —dijo la señora Pershing, tan bruscamente como la Hermana Mary Stephen—. Las señoras no dicen «caca».

—Acabas de decirlo —señaló Rose.

—Con el fin de educar. Decimos «estiércol de caballo», si es que debemos mencionarlo.

—¿Yo puedo decir «caca de caballo»? —preguntó George, girando la cabeza para mirar al señor Pershing.

—Sí, pero no en compañía de mujeres —respondió con prontitud, con una expresión mucho menos alterada.

—Oh, ¿es eso? —gritó Rose, asomándose a la ventana lo bastante como para que la señora la agarrara del bajo de su vestido a rayas rosas y amarillas—. ¡Es colosal! ¡Georgie! ¡Mira cuántas ventanas!

George se asomó de nuevo a la ventana opuesta, dejando que la brisa disipara el resto de su pesadilla y se enredara en su pelo.

—Todo el orfanato podría caber ahí. ¡Incluso Crunkle el gordo!

—¿Se puede saber quién es Crunkle el gordo? —preguntó el señor Pershing.

—Es uno de los chicos más veteranos —dijo George, contando las ventanas de la parte delantera de la gigantesca casa. Tenían que pagar impuestos por cada una de esas ventanas. Los Pershing debían de ser tan ricos como Creso—. Y está muy gordo.

—¿Qué es un chico veterano? —preguntó la señora.

—Uno al que nunca van a adoptar. Ya tiene doce años. Está tan gordo que nadie lo quiere ni siquiera para limpiar la mierd..., el estiércol de sus establos. Creo que come más de lo que vale. El año que viene irá al hospicio. —No le gustaba pensar en los chicos veteranos, así que extendió una mano para señalar—. ¡Mira, Rosie! ¡Un estanque! ¿Hay peces?

—Sí que hay —respondió el señor Pershing—. ¿Te gusta pescar? Oh, seguro que sería un magnífico pescador.

—Creo que sí.

Rose volvió a meter la cabeza en el carruaje por un momento.

—Nunca hemos ido a pescar —explicó, y volvió a su vista.

El señor Pershing se aclaró la garganta.

—Bueno. Tendremos que remediar eso a la mayor brevedad posible.

Peces. Pescar. Sin la peste londinense, sin los ronquidos de Crunkle el gordo ni de los otros chicos veteranos que lo fastidiaban, sin que los maltratasen los adultos, que pensaban que su hermana y él podían ayudarlos a robar una o dos libras, y sin las malditas monjas que intentaban que adoptaran a Rosie sin él. George gritó al viento.

—¡No más Londres!

—¡No más Londres! —repitió Rose, dando saltos.

Esperó a que alguno de los adultos les recordara que volverían a Londres dentro de ocho semanas, cuando terminaran de jugar a ser papá y mamá, pero ninguno dijo nada. De todos modos, no le importaba porque ya había decidido que no iban a volver. No, Rosie y él estaban haciendo otros planes.

El carruaje subió hasta la entrada de la casa. Antes de que se detuviera, de la casa salió un tipo alto y corpulento, ataviado con librea verde y negra, con otros dos *caraculos* a su espalda.

—Bienvenidos a casa, señor y señora Pershing —dijo el tipo elegante, abriendo la puerta del carruaje.

—No tiene mucho pelo —comentó Rose—. ¿Es usted el mayordomo?

El hombre corpulento clavó la mirada en Rosie.

—Powell, estos son nuestros hijos, George y Rose —dijo la señora Pershing en voz demasiado alta—. Niños, este es Powell. Sí, es el mayordomo de Winnover Hall y es muy bueno.

—¿Sus... hijos, señora? —preguntó el mayordomo con un hilillo de voz.

—Sí, nuestros hijos. Por favor, dígale a Edward que los acompañe a las habitaciones dorada y verde.

—¿Son contiguas, como usted dijo? —George bajó de un salto al camino hecho de ostras trituradas.

—Así es.

—¿Y nuestros baúles?

—Subirán con vosotros. Nadie los abrirá.

El segundo carruaje giró hacia la entrada, con el techo repleto de cajas apiladas con mantas, ropa y otras cosas de Londres. La criada y el ayuda de cámara, Hannah y Davis, salieron y todos los demás sirvientes los rodearon. George les deseó suerte intentando descubrir qué estaba pasando, porque él no tenía ni idea.

No perdió de vista su baúl en ningún momento mientras lo llevaban a la casa, lo subían por la amplia escalera y lo transportaban por dos pasillos iluminados con lámparas hasta llegar a una sala de color dorado, donde las criadas ya estaban encendiendo más lámparas pese a que el sol aún no había terminado de ocultarse por el horizonte. Era más grande que la choza que todos los Fletcher habían compartido cuando él era pequeño. Era más grande que el dormitorio en el que otros quince chicos y él dormían y guardaban todas sus posesiones terrenales —al menos las que no se llevaban las monjas— en una caja de madera debajo de cada cama. Las ventanas no estaban ubicadas tan alto en la pared como para que no pudieran mirar o salir por ellas, sin tener que darle la vuelta a la cama y escalarla como si fuera una escalera.

—¿Has elegido ya una habitación? —preguntó la señora, entrando en la habitación dorada.

—Me gusta la verde —contestó Rose, sentándose de golpe en cada butaca junto al fuego y volviéndose a levantar de un salto acto seguido para cruzar corriendo la puerta de conexión y hacer lo mismo en la otra alcoba—. ¡Hay rosas en las paredes! ¡Ese es mi nombre!

—¿Este te parece aceptable, George? —preguntó el señor Pershing.

George echó otro vistazo por la ventana. La luz que iba desvaneciéndose aún permitía ver árboles, pastos, algunos campos abajo en el valle y tal vez un río más allá. Hectáreas y hectáreas sin que nadie pregonara sus mercancías o tratara de atraer a los bobos ricos y superficiales a algún callejón oscuro. No había ningún callejón.

—¿Es todo suyo? —preguntó, haciendo un gesto.

El marido se unió a él y asintió.

—Esos de ahí son nuestros pastos y más allá están los campos de trigo y los pastos para el ganado que utilizan los granjeros que nos arriendan la tierra. Sobre esa colina está el pueblo de *Birdlip**, que marca el límite de las tierras de Winnover por el oeste.

—¿Birdlip? —repitió George—. Es un nombre estúpido. Los pájaros no tienen labios.

—Se llama así por la mansión Birdlip, que está al otro lado del valle —explicó el señor Pershing—. Ignoro de dónde sacó el nombre lord Birdlip. —Se apoyó en el marco de la ventana—. Quizá uno de sus antepasados tenía la boca como el pico de un pájaro.

George frunció los labios.

—Creo que podría ser eso —dijo—. Apuesto a que era una fea avutarda.

—¿Qué estás haciendo? —preguntó Rose, entrando de nuevo en la habitación y arrugando la cara de inmediato para imitar el pico de pájaro de George.

—Poniendo labios de pájaro —explicó. Cuando se dio la vuelta, el lacayo estaba empujando el nuevo arcón de las mantas, su arcón de las mantas, hacia el vestidor. Fuera de la vista—. Lo quiero aquí —dijo George, señalando a los pies de su cama.

—Aquí podría tropezarse con él —adujo el *caraculo* de los pedos. Sin embargo, con una rápida mirada a la señora Pershing y una mueca aún más veloz, el sirviente llevó la caja de vuelta a la habitación y la puso a los pies de la cama—. Ya está, señor —repuso, inclinando la cabeza—. Todo bien ordenado.

---

* Juego de palabras. *Bird* es pájaro en inglés y *lip* es labio. (N. de la T.)

George se quedó mirando al alto y delgado criado mientras salía de la habitación. Luego se giró para mirar al señor Pershing.

—Ese tipo me ha llamado «señor» —susurró.

—Eres nuestro hijo durante las próximas semanas —explicó—. Eso te convierte en «señor» o «señorito George».

—¿Y yo qué soy? —preguntó Rose, aterrizando en el borde de la cama como un grillo y parando un momento, pero sin haber terminado de dar saltos todavía.

—Tú eres «señorita» o «señorita Rose».

—¡Oh, soy un artículo de primera! —exclamó—. ¡Deirdre no se lo va a creer!

La señora Pershing hizo un ruido.

—George, Edward te ayudará a guardar tu ropa en ese armario de ahí y puedes arreglar la habitación como quieras. Rose, le pediré a Sally que te ayude y tú puedes hacer lo mismo. Cuando estéis listos, volved abajo y Powell os acompañará al comedor donde cenaremos y empezaremos a hacer planes.

Así que ahora eran el señorito George y la señorita Rose, y los criados, e incluso el mayordomo, Powell, tenían que hacer lo que ellos dijeran. Nunca les había sonreído así la vida, pero George se dio cuenta de que no tardarían mucho en malcriarlos, como a pollos con un montón de maíz. Y cuando más contento estaba el pollo era cuando el carnicero le cortaba la cabeza.

Mientras los niños se apresuraban a abrir cajones y armarios y exclamar al ver todo el espacio que tenían, Emmeline fue por el pasillo hasta su propia habitación, la segunda más grande de la casa. Cielo santo, cuánto ruido hacían. Dudaba de que en Winnover Hall hubiera habido tanto jaleo desde que su madre y sus tíos eran pequeños, en todo caso.

—He colocado sus vestidos en el armario —dijo Hannah, saliendo del vestidor—. Pero no encuentro su cepillo de pelo de concha de abulón. No recuerdo haberlo olvidado, pero también estaba ayudando a la señorita Rose.

Emmie se sentó en una de las butacas junto a la crepitante chimenea.

—No te preocupes. Cuando tenga un momento, le enviaré una nota a Landon. Creo que el señor Pershing se ha dejado al menos un zapato y su sombrero.

La criada dejó el baúl de viaje vacío junto a la puerta para que volviera al desván hasta que lo necesitaran de nuevo, lo que ocurriría en poco menos de seis semanas, cuando emprendieran el viaje a Cumberland.

—Les he dicho a todos los que han preguntado lo mismo que usted: que los jóvenes son un proyecto de caridad y que todos debemos dirigirnos a ellos como tus hijos.

—Gracias.

—Pero... Bueno, llevo en su casa desde los dieciséis años, señora. Quiero decir que no es asunto mío, pero si tuviera alguna idea...

«Ah, eso.» Por supuesto, todos los sirvientes tendrían preguntas y ninguno de ellos tenía razones para creer el cuento que les habían contado. De todos los empleados de la casa, Hannah y Powell eran los que más tiempo llevaban en Winnover. El mayordomo había guardado sus secretos cuando era joven, y no dudaba de que Hannah y él también lo harían ahora.

—¿Podría pedirle a Powell que nos acompañe? —dijo en voz alta, cruzando las manos sobre su regazo.

—Sí, señora.

Una vez que la doncella y el mayordomo se unieron a ella en su alcoba, exhaló una bocanada de aire.

—Tengan la bondad de sentarse —dijo, señalando el par de butacas frente a ella.

Hannah, que parecía preferir comerse las uñas, se sentó en el borde de un sillón acolchado. Powell, sin embargo, permaneció de pie con los hombros erguidos.

—Nunca me he sentado en presencia de mis patrones, señora Pershing —declaró—. Si lo considera necesario, lo haré ahora, pero yo...

—No, no —interrumpió—. Quédese de pie si lo desea. Yo...

Hannah se levantó.

—Yo también prefiero estar de pie.

—Bien. —Emmie se quedó sentada durante un momento, buscando una manera de explicar esto para que el señor Pershing y ella no parecieran los intrigantes estafadores que sin duda eran—. No sé si ustedes son conscientes de ello, pero había condiciones para que el señor Pershing y yo permaneciéramos en Winnover Hall —aventuró de forma pausada—. Nuestro matrimonio nos proporcionó cinco años de estadía en la residencia. Al cumplirse ese tiempo, debíamos... procrear. Engendrar un hijo. Un descendiente del duque de Welshire. Como sabéis, no ha sido así.

—Señora, esto no es de mi incumbencia —dijo el mayordomo, con los dientes apretados y las mejillas sonrojadas.

—En realidad sí lo es, Powell. Se acerca el septuagésimo cumpleaños de mi abuelo y quiere conocer a sus bisnietos. —Bajó la mirada un momento, sintiéndose como una colegiala a la que han pillado mintiendo.

—Verán, a fin de conservar Winnover Hall, puede que le haya informado..., le informé..., de que el señor Pershing y yo tuvimos un hijo. Hijos. Un niño y una niña.

Ahora incluso el mayordomo parecía sorprendido, y dada su habitual expresión impasible, eso era toda una hazaña. Hannah miró por encima del hombro en dirección a los niños, abriendo los ojos como platos.

—Por eso...

—Sí. Por eso hemos tomado prestados dos niños del orfanato de St. Stephen —concluyó Emmie—. Por el momento pueden dirigirse a ellos como el señorito George y la señorita Rose. En algún momento antes de la fiesta, se convertirán en Malcolm y Flora Pershing. Los informaré cuando esto ocurra para que puedan informar al resto del personal. Todos necesitaremos algo de práctica.

—Oh, Dios mío —murmuró Hannah.

—Sé que esto es muy inusual. Y es imperativo que la verdadera historia no se divulgue al resto de la sociedad. Si Su Gracia se entera de las verdaderas circunstancias reales, nos expulsarán a toda prisa de Winnover Hall. Imagino que la propiedad pasaría a ser de la prima Penelope, de su marido y de su prole.

—Esta es la casa de su infancia, señora —dijo Powell con firmeza—. Haremos lo que sea necesario para que siga en su poder.

—Gracias, Powell —repuso, embargada por la emoción, aunque tenía la idea de que su lealtad se debía en parte al hecho de que no quería estar a las órdenes de la prepotente Penelope Ramsey Chase, de su prepotente marido y de sus tres hijos, si acaso conservaban al mayordomo.

—¿Sabe el señor Pershing que se ha inventado un par de hijos? —preguntó Hannah, y luego se tapó la boca con las manos—. Eso tampoco es asunto nuestro, por supuesto.

—El señor Pershing no lo sabía hasta hace tres días —confesó Emmie, decidiendo que si todo esto se iba al garete, su marido no debía cargar con el peso de ninguna culpa. Era su amor por Winnover lo que había llevado a este lío desde un principio—. Hemos acordado que esta es la solución menos perjudicial.

Ambos sirvientes asintieron.

—Son dos niños encantadores —continuó—, y aunque parecen un poco desanimados después de su paso por el orfanato, no me cabe duda de que se alegrarán de estar en un hogar tan bonito y de aprender a ser un caballero y una dama.

—Cabría esperar que estén muy agradecidos por la oportunidad de relacionarse con aquellos que están por encima de ellos —afirmó Powell.

—Dejemos eso, Powell. Durante las próximas semanas, son Pershing. El resto de la casa seguirá su ejemplo.

El mayordomo realizó una rígida reverencia.

—Por supuesto, señora Pershing. No le fallaremos.

—No, no lo haremos —secundó Hannah.

—Gracias. —Sonrió, flexionando los dedos que había estado apretando con demasiada fuerza. La cosa había ido mejor de lo que esperaba—. Entonces, eso es todo. Cenaremos dentro de una hora. Powell, por favor, hágale saber a la señora Brubbins que me sentaré con ella mañana para repasar un menú modificado para la casa.

—Señora.

Emmie se hundió en la silla y cerró los ojos en cuanto se fueron los criados. Cada vez que examinaba con demasiada atención esta pequeña táctica, su cabeza amenazaba con explotar, así que obligó a su mente a que se centrara en los dos propósitos de todo esto: conservar Winnover Hall y no dañar la posición del señor Pershing. Su marido y ella habían dado el primer paso y ahora tenían un par de dulces y desafortunados niños. Todo lo demás sería mucho, mucho más sencillo.

Llamaron a la puerta. Emmeline abrió los ojos y se incorporó. No sería bueno que la sorprendieran durmiendo la siesta antes de que los niños se hubieran instalado.

—Adelante.

Su marido abrió la puerta y entró en la habitación. Su presencia llenó su refugio privado, inquietante, recordándole aquellas raras noches en las que solía ir a visitarla. De hecho, hacía meses que no la visitaba en su alcoba y nunca tan temprano.

—No pretendía molestar —dijo, con la mirada fija en ella—. He pensado que debíamos hablar de estrategia antes de la cena.

—No me molestas. Y sí, estaba pensando lo mismo. Toda mi atención se ha centrado en conseguir niños. Ahora tenemos menos de seis semanas hasta que los presentemos al duque de Welshire y a todos mis parientes como nuestra descendencia. —Frunció el ceño, frotándose las palmas de las manos sobre los muslos—. Y justo ahora se me ocurre que los niños Fletcher tendrán toda una vida para odiarnos por enseñarles la opulencia y los lujos que nunca volverán a disfrutar.

El señor Pershing tomó asiento en la butaca opuesta a la suya.

—No les estamos haciendo daño —dijo—. Estamos ampliando su posible futuro.

—Sí —repuso de forma enérgica—, y eso no ha sonado en absoluto ensayado.

Él ladeó la cabeza, entrecerrando los ojos.

—No eres la única que tiene dudas, Emmeline. Pero esto será bueno para ellos.

Era reconfortante que él también se sintiera culpable y aún más sorprendente que hubiera tolerado esta locura. No, tolerado no. Aceptado de buen grado. ¿Lo había hecho para salvar su propia carrera o para ayudarla a conservar a Winnover? Tal vez no importaba, pero, por el amor de Dios, se había casado con ella para que pudiera conservar su casa. Will Pershing, un hombre brillante con un futuro formidable, había dicho que sí cuando ella había sido lo bastante cabeza de chorlito como para proponerle matrimonio.

Y ahora se había enterado de que él quería una familia. Con ella. Así pues, era evidente que no la veía como una simple socia de negocios. Y ella no lo había visto como el caballero de buen aspecto en el que se había convertido hasta que la sorpresa de que aceptara este plan hizo que se fijara en él. Oh, se había equivocado en tantas cosas. De repente se preguntó si él no había sido una de esas cosas.

Emmie dejó sus pensamientos a un lado.

—¿Aprender modales y qué cubierto usar evitará que vayan al hospicio?

—Espero que sí. Por lo menos tendrán algunos buenos recuerdos de su estancia aquí.

—Es bueno tener buenos recuerdos —convino—. Y no les hemos mentido sobre ninguna de las circunstancias. —Aún no habían mencionado una o dos de ellas, pero hacía solo dos días que se conocían y les contarían el resto sin demora.

—Me alegro de que sean tan entusiastas al respecto.

—Yo también. Y deberían estar contentos. Les estamos dando el manejo de la casa más hermosa de Inglaterra.

De hecho, lo estaban. Winnover Hall era una parte de ella. Si no fuera así, no se habría declarado a Will Pershing. De lo contrario, no se habría inventado a un par de jóvenes. Sin embargo, tener a los niños aquí le recordó de manera forzosa un hecho importante. Esto ya no era solo sobre el señor Pershing, Winnover Hall y ella.

—Entonces, por muy importante que sea que aprendan modales, tenemos que procurar que se diviertan.

Pershing asintió y se puso de nuevo en pie.

—Estoy de acuerdo. Y estoy empezando a pensar que tuvimos suerte de que el granjero Dawkins no aceptara nuestra oferta.

—Ni los Hendersen, por el amor de Dios. Jamás habríamos logrado hacer pasar a Prudence por una niña de cinco años.

Eso le valió una carcajada de Will.

—Todavía tenemos que hacer las paces con los Hendersen —le recordó.

—Hacer que las cosas sigan durante las próximas semanas podría ser una ventaja para nosotros —replicó—. Los Hendersen tienen un gran círculo social.

Se encogió de hombros.

—Si nos cruzamos con ellos, nos limitaremos a decirles que son los hijos de un primo, que están aquí de visita antes de llevarlos con nosotros a Cumberland. Oh, ¿acaso no mencionamos que nos acompañarían en nuestras vacaciones?

Emmie resopló, poniéndose tardíamente una mano sobre la boca.

—¡William Pershing! Había olvidado que eras tan pícaro.

El señor Pershing la miró.

—Lo sé. Pero lo soy, un poco. Pícaro.

«¿Qué significaba eso?» La mirada de sus ojos verdes permaneció fija en ella mientras le ofrecía una mano y un pequeño escalofrío de... algo cálido recorrió su espalda. Vaya. «¡Vaya!»

—Así pues, tenemos una estrategia —dijo Emmie, asiendo su mano y levantándose, para luego soltarla de nuevo con celeridad cuando se encaminó hacia la puerta. «¡Santo Dios!» O, más bien, no tan santo—. Enseñanzas útiles y toda la diversión posible para los niños.

—Una vez más, estoy de acuerdo.

Después, su bien orquestada danza paralela podría reanudarse. Se reanudaría. Se restablecerían la calma, el orden y la perfección,y no pensaría en el tiempo que había pasado desde la última vez que la había besado. Desde que ella lo había besado.

7

Emmeline se aclaró la garganta y plantó las manos sobre el par de diarios que se había llevado abajo.

—Ahora que habéis cenado, tengo una historia que contarte antes de acostarte.

—¿Seguro que quieres hacerlo ahora? —preguntó Will. Comprendió que ella quería explicar sus motivos. Pero aquellos no eran niños imaginarios y estaban cansados después de un largo día. Por otro lado, fue ella la que empezó a trazar los planes para salvar Winnover hacía siete años. Quizás había que tener un poco de fe.

—Me encantan los cuentos —dijo Rose, bostezando—. ¿Hay patos?

—No. —Emmeline abrió el primer diario—. Hace unos años, nosotros...

—¿Hay un gigante? ¿O una planta de judías?

—No es ese tipo de historia, Rose.

La chica encorvó los hombros.

—Oh.

Emmeline miró a la pequeña y luego inspiró hondo mientras cerraba de nuevo el diario.

—Sí hay un príncipe y una princesa.

Will levantó las cejas.

—¿De verdad?

—Sí. Verás, un príncipe y una princesa se casaron y el viejo rey, el abuelo de la princesa, les dio un regalo de bodas. El...

—Oh, ¿es un cuento de hadas? —Rose se enderezó—. ¿Era una gallina que concede deseos?

—Las gallinas no son mágicas —afirmó su hermano—. Nada es mágico.

«Por Dios, qué cínico es este muchacho.»

—Eso es mucho generaliz...

—Yo siempre he pensado que las mañanas son mágicas —rebatió Emmeline, antes de que a Will se le ocurriera su propio argumento.

—¿Ves? —Rosie le sacó la lengua—. ¿Entonces era un pollo mágico?

—No. El regalo era una casa hermosa y perfecta. Una casa con un jardín, grandes ventanas y un gran estanque lleno hasta los topes de peces.

—Oh, como esta casa —susurró Rose.

—Muy parecida —convino Emmeline—. Sin embargo, a cambio de esa casa perfecta, el rey tenía una exigencia a la que el príncipe y la princesa debían acceder. Y...

—Oh, esta la conozco —interrumpió Rose de nuevo—. No ir nunca al bosque por la noche. —Abrió los ojos como platos—. ¿Lo hicieron? ¿Había lobos?

El enfrentamiento entre el sentido del orden de Emmeline, que raras veces se veía alterado, y la imaginación desbocada de Rose resultaba bastante hilarante. Y muy posiblemente terminaría en puñetazos.

—¿Había? —preguntó Will.

Su esposa le lanzó una mirada molesta.

—No hay lobos. El requisito era que el príncipe y la princesa tuvieran hijos. Y lo intentaron, pero no pudieron.

—¡Oh, cielos! Debe de haber sido la maldición de una bruja. Deirdre decía que a su tío lo maldijo una bruja y eso hizo que se le cayera la cosa del niño. Las brujas son criaturas muy malas.

—¡Por Dios Santo! No, no fue por la maldición de ninguna bruja. Solo fue... mala suerte. Pero, de todos modos, el rey nunca fue a visitarlos y el príncipe y la princesa nunca le dijeron que no tenían hijos. De hecho, al cabo de un tiempo, la princesa fingió que sí tenían hijos, se inventó historias sobre lo maravillosos que eran y envió cartas sobre los niños de mentira a su familia, y todo el mundo era muy feliz así. Así fue durante años, hasta que un día el rey avisó de que iba a celebrar una gran fiesta de cumpleaños para sí mismo y que quería conocer a sus bisnietos.

—¡Oh, no! —jadeó Rose—. ¿El rey les cortó la cabeza al príncipe y a la princesa?

—Ahora se pone interesante —comentó George, apoyando los codos en la mesa y la barbilla en las manos.

Will estaba de acuerdo. Emmeline hizo una mueca al tiempo que amoldaba los dedos al borde de sus diarios. Teniendo en cuenta que hacía una hora que pretendía ofrecer a los niños un resumen de los hechos reales, Will dudaba de que hubiera tenido tiempo de inventar el final de este cuento de hadas. ¡Diablos, aún no sabían cómo iba a terminar!

—Veréis, el príncipe y la princesa eran astutos —comenzó—. Consiguieron encontrar a unos niños que se ajustaban perfectamente a las descripciones que ella había escrito, y todos fueron a la fiesta de cumpleaños del rey y pudieron engañar a todo el mundo. Y así pudieron quedarse con su casa, sin que nadie se diera cuenta. Fin.

—¿No hay ninguna bruja? —dijo Rose, frunciendo el ceño—. ¿Ni magia?

—Un momento. —George se enderezó—. Ustedes son la princesa y el príncipe, ¿no? Nosotros somos los niños.

—¿Qué quieres decir, Georgie?

«Chico listo.»

—Sí, lo sois —confirmó Will en voz alta—. El abuelo de Emmeline es el duque de Welshire. Va a celebrar su setenta cumpleaños en poco menos de seis semanas. Vive en Cumberland y quiere que toda su familia se reúna allí para celebrar una gran fiesta.

—Y se suponía que iban a tener hijos y nunca los tuvieron. Así que nos han pedido prestados a la mazmorra de piedra para poder quedarse con esta casa.

—Sí —respondió Emmeline de manera sucinta, esbozando su encantadora sonrisa—. Todos los hijos y nietos y bisnietos del duque, primos, sobrinos, sobrinas... todos estarán allí.

George clavó la punta de un dedo índice en el tablero de la mesa.

—Han mentido. A un duque.

Rose seguía pareciendo insatisfecha.

—Sigo pensando que esto podría ser la maldición de una bruja. ¿Está segura de que no hay ninguna bruja malvada?

—Siento decir que no hay ninguna bruja. —Will cogió su copa de oporto y dio un trago, sobre todo para disimular su sonrisa. La pequeña era implacable—. Tal y como ha explicado Emmeline, el problema es que sin hijos el duque nos quitará la casa. Ella creció aquí y ambos la adoramos.

—Estoy confundida —dijo Rose—. ¿Ahora somos sus hijos?

—No, Rosie. Solo nos necesitan para la fiesta.

Eso sonaba... horrible. Y sin embargo, allí estaban los niños, listos para que los devolvieran a St. Stephen dentro de ocho semanas.

—Tal vez podríais considerar esto como unas vacaciones de Londres —dijo Will en voz alta.

—Pesca, buena ropa, buena comida, y luego, al final, George será Malcolm, nuestro hijo imaginario de siete años, y Rose será Flora, nuestra hija de cinco años, durante unos días.

Rose plantó los brazos en jarra.

—Un momento. Si tengo que elegir un nombre, quiero ser Lydia.

—No seas gansa, Rosie. La cuestión es que solamente nos necesitan durante unas semanas. —Miró a Emmeline—. Al menos nos lo han dicho.

—Oh, George. —Emmie le puso una mano en el hombro—. Te divertirás aquí. Y te enseñaremos muchas cosas que te ayudarán a encontrar una familia y trabajo.

Él se encogió de hombros para zafarse, sin molestarse en ser diplomático al respecto. Un chico poco acostumbrado a que lo rodeen con brazos reconfortantes.

—¿Qué cosas?

—Montar a caballo —adujo Will, con la intención de ganárselo—. Tiro y esgrima. Pescar.

—Oh, yo quiero aprender a hacer esgrima —dijo Rose, moviéndose para sentarse sobre sus piernas encogidas—. Eso son espadas, ¿no?

—Estoques. —Will entrecerró un ojo—. Sí, espadas.

—Rose, tú vas a aprender a bordar, a bailar y a tocar el pianoforte.

Emmeline le lanzó otra mirada a Will, como si los deseos de Rose fueran culpa suya. Ahora bien, Will prácticamente podía leer sus pensamientos; no tenían tiempo para permitir que Rose perdiera el tiempo con la esgrima ni para que ninguno de los dos lo perdiera con los caballos. Para Emmeline, sin duda la diversión sería arreglar flores.

—Una vez alguien trajo un pianoforte a la mazmorra de piedra y lo tocó para nosotros —dijo George—. Me gustó. Aprenderé.

Emmeline parpadeó.

—No había planeado enseñaros a los dos.

—Yo no quiero eso. Quiero *espadear*. —Rose cogió su tenedor y lo blandió en el aire.

—Eso suena muy bien, claro, pero solo quedan unas pocas semanas para que vayamos al Distrito de los Lagos. La pesca para George, porque los chicos disfrutan de ese tipo de cosas, y el baile para Rose, porque ya se te da muy bien hacer piruetas. Os divertiréis con eso.

—Pero ¿qué hay de los caballos? —insistió Rose, apretando las palmas de las manos—. El señor P.,. papá ha dicho caballos. ¿Por favor?

—No te hemos encargado un traje para montar.

—Pero si voy a ser una dama, necesito montar a caballo —insistió Rose—. Apuesto a que todas las demás damas montan a caballo.

—Las damas no apuestan.

—Pero ¿qué pasa con los caballos?

—Yo...

—Rosie, no seas un bebé. Haremos lo que dicen. Es por nuestro bien.

Will bebió otro trago de oporto y casi se atraganta al mirar a Emmeline y ver su expresión exasperada. Nunca había sido una persona que se dejara llevar por la imaginación, pero en los últimos ocho años se había convertido en un libro sobre disciplina y determinación, y él habría estado dispuesto a apostar que en su bien organizada lista de tareas del día no había incluido «discutir con los niños».

—Sugiero que todos consideremos nuestras opciones esta noche y podemos empezar mañana —dijo.

—Consideraré la lucha de espadas —dijo Rose—. Y montar a caballo.

Emmeline los mandó arriba, se terminó su vaso de ratafía y se puso de pie.

—Buenas noches, señor Pershing —dijo, inclinando la cabeza.

—Te molesta que no me haya puesto de tu parte en lo que respecta a Rose y a la esgrima. Y a montar a caballo. —Will hizo girar el vaso en su mano y se sentó.

Los hombros de Emmie subieron y bajaron cuando inspiró hondo y volvió a sentarse.

—Sí. Podrías haber dicho algo. Sé que queremos que se diviertan, pero también disponemos de un tiempo limitado. Si aceptamos esas actividades recreativas extra, ¿cuándo tendremos tiempo para que George aprenda geografía, Rosie aprenda a bordar, y ambos aprendan modales, el arte de la conversación y para las lecciones de baile y...?

—No es necesario que sean perfectos —interrumpió Will—. Solo aceptables. Y si no le damos a Rose sus clases de esgrima y le enseñamos a George una o dos canciones en el pianoforte, nunca tendrán la oportunidad de aprender nada de eso. ¿Qué querías añadir para proporcionarles esos buenos recuerdos? ¿Un día de pesca o una sola tarde tomando el té?

—Así que, como siempre, te propones una tarea imposible y esperas que yo me encargue de ella.

Will parpadeó.

—Hasta ahora te has ocupado de todas —dijo—. Y lo has hecho con elegancia, eficiencia y, si se me permite decirlo, brillantez. Si he llegado a confiar demasiado en tu experiencia, me disculpo por no haberme dado cuenta de lo difícil que te lo he puesto. En mi defensa diré que siempre haces que todo parezca fácil.

Emmeline abrió la boca y volvió a cerrarla.

—A veces me olvido de lo eficaz que eres con las palabras y tranquilizando a la gente.

—No estoy tratando de manipularte, señora Per..., Emmeline —replicó él, ignorando por el momento que ella había sugerido al menos la mitad de los eventos que habían celebrado—. Por el amor de Dios, nunca te pondría en la categoría de un simple voto o un pagaré. —Era demasiado complicada y demasiado importante para él, independientemente de que alguna vez sintiera o no lo mismo por él—. Soy muy consciente de que no tendría la posición que actualmente disfruto sin tus infatigables esfuerzos. Por lo tanto, eso era una disculpa.

El silencio se prolongó durante un buen número de segundos.

—Tenemos una alianza —dijo por fin—. Tú me permitiste conservar Winnover Hall, y yo, con suerte, he ayudado a tu carrera. Este lío... Me ocuparé de ello y las cosas volverán a la normalidad. Así que yo también me disculpo.

Así pues, eso era todo. Un toma y daca. Ocho años y nada había cambiado un ápice.

—Winnover también es mía, ¿sabes?

—Sí, por supuesto. —Emmeline suspiró—. Por lo general, trabajamos en paralelo, las dos caras de una moneda. Esto será... diferente.

—Sí, lo será. Y desde luego estoy deseando tomar parte en esto a tu lado.

—Tú todavía tienes un trabajo, señor P..., Will. Eso debe ser lo primero.

—Estoy de vacaciones, con el permiso de lord Stafford. Soy libre de meterme en el fango contigo.

—Pero...

—Como he dicho, estamos juntos en esto, Emmie.

Un suave rubor se extendió por sus mejillas.

—Bueno, supongo que es beneficioso cada pocos años dar un vuelco a las cosas.

—Creo que vamos con retraso. Un marido debería descubrir que a su mujer se le da bien contar historias o que ha mantenido un techo sobre nuestras cabezas inventando descendencia después de ocho años de matrimonio. —Inclinó la cabeza, mirando sus bonitos ojos castaños—. Por el amor de Dios, nos conocemos casi de toda la vida, Emmeline. No tenía ni idea de que tuvieras tanta imaginación.

—Esa es una bonita manera de decir que soy una inútil y un auténtico fraude.

—No eres nada de eso. Los dos somos competentes para interpretar nuestros papeles. Y yo haré mi parte con los niños. —Puso su mano sobre la de ella.

Tenía los dedos cálidos y suaves y la caricia hizo que deseara besarla, hizo que una vez más deseara haberle dicho que la adoraba antes de firmar el registro de la boda. Pero no lo había hecho. Ella había dicho amigo y compañero y ahora él estaba atrapado. Y seguía deseando y soñando.

Una lenta sonrisa asomó a su boca.

—Había dejado de imaginar niños en esta casa, pero si siguen tan ávidos de nuevas experiencias como hasta ahora, podremos con ello. Juntos.

—Sí. Juntos. —Le apretó los dedos brevemente y se puso de nuevo en pie. Por Dios, quizás había empezado a captar su interés de nuevo. Pero ya no era ese joven idiota. Si algo había aprendido era la necesidad de ser paciente cuando se trataba de Emmeline—. Por cierto, como a los niños parece resultarle extraña la manera en que nos dirigimos el uno al otro, ¿tienes alguna objeción a que siga refiriéndome a ti como Emmeline?

Otro suave y atractivo arrebol afloró a sus mejillas y sus dedos se crisparon en respuesta.

—No me opongo. No recuerdo bien cuándo dejamos de usar nuestros nombres de pila.

Él sí; fue cuando ella regresó del médico en Londres.

—Yo tampoco —dijo de todos modos.

—Entonces, ¿aún prefieres Will o ahora mejor William?

—Will. —Sonrió—. Puede que al final encontremos algunos beneficios en esto que nunca hubiéramos esperado. Buenas noches, Emmeline.

—Buenas noches, Will.

—Rose. Rosie. Despierta.

Rose abrió los ojos.

—¿Qué estás haciendo? —le preguntó a su hermano. Su rostro parecía grande y blanco como un fantasma mientras se cernía sobre el de ella en la oscuridad—. Estaba soñando con caballos. Estaba montando uno blanco con un cuerno en la cabeza.

—Eso es un unicornio —dijo él, poniéndose de pie y retirándole de forma brusca las cálidas mantas.

—¡Oye!

—Chis. Nos vamos.

Ella se incorporó, pero desistió de intentar recuperar las sábanas.

—No podemos irnos. Le prometiste a la hermana Mary Stephen que no huiríamos.

—Esto no es la mazmorra de piedra. —Recogió su vestido para mañana del respaldo de una butaca y se lo lanzó a la cabeza—. Pero dentro de ocho semanas volverá a serlo.

Rose hizo una mueca mientras alisaba el vestido sobre su regazo. Era el rosa y amarillo, y eso era bueno, pero estaba oscuro afuera, y eso era malo.

—Es de noche. Y quiero aprender a *espadear*.

George volvió y se paró al lado de la cama. Y llevaba consigo su saco de tesoros.

—¿No has oído a la señora? —preguntó—. Quieren que aprendas a hacer una reverencia y a decir «sí, por favor» y «no, gracias» y que sepas bordar una flor. Eso es todo. Solo lo que necesitas saber para fingir ser elegante durante una hora.

—Pero las espadas. Y los caballos... —No se lo habían prometido, pero ella lo había pedido de forma muy amable. La gente le daba peniques a veces cuando los pedía de esa misma manera amable.

George suspiró.

—Aunque te enseñaran a montar, acabaríamos volviendo a la mazmorra de piedra. Allí no tienen caballos. Ni espadas. Solo hay gente que quiere adoptarte a ti y dejarme a mí para que me convierta en un chico veterano. Y estamos bien lejos de Londres. —Se acercó para susurrar—. Y ya sabes de quién. Tenemos que permanecer juntos, Rosie. Lo sabes.

Sí lo sabía y sabía que era bueno estar lejos de algunos de los que estaban en Londres. Sobre todo de aquellos en los que no podían confiar.

—Entonces, ¿adónde vamos? —Deslizándose de la suave cama, se quitó el camisón y se puso el vestido.

Ya fuera de noche o no, también iba a llevar su sombrero. Y sus zapatos nuevos.

—Iremos a Birdlip —dijo—. Allí debe de haber carros y demás. Podemos conseguir que nos lleven a Gloucester o a Birmingham. Son lo bastante grandes como para que podamos encontrar un lugar en el que quedarnos. Cuando tengamos suficiente dinero, podemos alquilar una habitación.

—¿Estás seguro de que no necesitamos aprender a *espadear* antes de irnos?

En lugar de responder, abrió su baúl de las mantas y sacó su saco del tesoro. Era más pesado que antes, lo sabía, porque ahora tenía un cepillo nuevo, un par de bonitos pendientes y una docena de galletas de la señora gorda de la tienda de vestidos. Tenía la intención de comer algunas más esa noche, pero las galletas de limón que la señora Brubbins les había preparado para después de la cena estaban muy buenas. Y ahora podía guardar las galletas de la tienda de ropa para el desayuno. Era muy práctica.

—¿Lista?

—Un momento. —Agarró su saco y añadió la bonita palmatoria de plata de al lado de su cama y la más mullida de las almohadas.

—¿Puedes llevar eso?

—Puedo llevarlo. Y sigo pensando que los Pershing son amables.

—Por supuesto que son amables —respondió su hermano—. Nos necesitan para poder quedarse con su lujosa casa y luego nos enviarán de vuelta a St. Stephen. Estarán montando a caballo y bailando y nosotros luchando con Crunkle el gordo por las raciones de guiso y preguntándonos si él volverá a aparecer alguna vez.

Lo que dijo tenía sentido y, en cualquier caso, Georgie siempre era lógico. Y siempre se aseguraba de que ella tuviera comida y una manta. Lo más seguro era que la hermana hubiera regalado sus camas en cuando se marcharon, y si volvían tendrían que dormir en el suelo hasta que adoptaran a suficientes niños que llevaban más tiempo allí y volviera a quedar libre una cama. Odiaba dormir en el suelo.

—Déjame hacer la cama y luego estaré lista.

—Rosie...

—Es una bonita cama. Y las damas no dejan desorden.

Mientras él seguía escuchando en la puerta como si esperara que los sabuesos irrumpieran en ella, Rose colocó las mantas de nuevo en su sitio y todas las almohadas en su lugar. Luego cogió su saco y siguió a su hermano hasta el pasillo y escaleras abajo.

La puerta principal estaba cerrada, pero George se puso de puntillas y alcanzó la cerradura. Una vez que descorrió el cerrojo, abrió la puerta de un tirón y salieron a la noche. Georgie se aseguraría de que todo fuera bien, pero Rose desearía haberse podido llevar más de un par de sus vestidos nuevos. Iba bien encaminada para ser una dama y no deseaba renunciar a ello. Ni siquiera para evitar volver a la mazmorra de piedra y a Londres.

—Buenos días, señora Pershing. —Hannah descorrió las bonitas cortinas verdes de la ventana que daba a la fachada de la casa y la luz del sol inundó la habitación.

Emmeline se sentó, dejando a un lado un extraño sueño en el que su marido no dejaba de sacarla a bailar, siempre un vals, y no dejaban de dar vueltas y más vueltas hasta que estaba tan mareada que no podía ver bien. Todavía se sentía alterada.

—Buenos días. ¿Cómo están los niños?

—Todavía no se han levantado —respondió la criada—. No dijo si uno de los empleados debía despertarlos, así que pensé que tal vez querría hacerlo usted.

—Sí, eso sería estupendo. Gracias.

Hannah asintió, cogió la bata de estilo kimono que le gustaba a Emmie y se la sujetó.

—Le pedí a la señora Brubbins que se asegurara de tener panecillos recién hechos y fruta en el aparador para los más pequeños esta mañana. Espero que le parezca bien.

—Hannah, no tenía ni idea de que supieras tanto de niños.

La criada se sonrojó.

—No soy una experta, desde luego. Tenía dos hermanas pequeñas y recuerdo que a ambas les gustaban la mantequilla, la mermelada y las manzanas por la mañana.

—Agradezco tu consideración. Sin duda George y Rose también lo harán.

Se ató la bata a la cintura. Por muy corta que fuera su estancia, quería que los niños estuvieran contentos y cómodos mientras estuvieran en Gloucestershire. Era simple etiqueta de invitados y se sentía más cómoda aferrándose a esa idea que a la de que ahora era responsable de dos niños.

Sin embargo, ni siquiera esa noción parecía tan cargada de horrores como el día anterior. Por ejemplo, la señora Hendersen siempre hablaba de que cada momento de su vida estaba dedicado a sus dos pequeños. Por el amor de Dios, o Mary estaba exagerando o la mujer debía de ser una auténtica incompetente.

Si había podido gestionar una sólida alianza con el señor Pershing..., con Will..., durante ocho años, podía hacer lo mismo con dos jóvenes durante un puñado de semanas, razonó Emmie. A partir de esta mañana. Por el amor de Dios, se había casado con Will por capricho y aun así había cumplido con su parte del trato. Y cuando lo miraba en los últimos días, aquel muchacho desgarbado y distraído que fue le parecía muy lejano. Del hombre que había ocupado su lugar, el maduro, reflexivo, guapo e ingenioso, aún no sabía qué pensar de él, pero sin duda sentía curiosidad.

Recorrió el pasillo y llamó a la puerta de Rose, con el ambiente impregnado del olor a tocino y a pan recién horneado. La niña no respondió. Como no quería asustarla, Emmie empezó a hablar en voz baja mientras accionaba el picaporte y abría la puerta.

—Buenos días, querida. Espero que hayas dormido bien y que hayas tenido dulces sueñ...

La cama estaba vacía. Además estaba hecha, aunque de forma bastante chapucera, como si alguien no supiera qué hacer con la docena de almohadas y la mullida colcha. El corazón le dio un vuelco por un momento, hasta que divisó la puerta abierta que conectaba la habitación de Rose con la de George. «Qué bonito.»

Fue de puntillas hasta la puerta y se asomó, con una sonrisa en la cara al imaginar lo tierno de estar acurrucados juntos. Pero la cama de George también estaba vacía.

No estaba hecha, las almohadas y las mantas estaban esparcidas por la cama y el suelo. Una fría y penetrante sensación de alarma le encogió las entrañas, una sensación que nunca había sentido.

—¿George? —llamó—. ¿Rose? —La única respuesta fue el débil ajetreo de los sirvientes preparando la casa para el día—. ¡George! ¡Rose!

Casi se tropezó con Hannah al girarse.

—Voy a ver si han bajado a desayunar —tartamudeó la criada, y corrió hacia las escaleras.

—Sí. Estarán abajo —susurró Emmeline, con una mano sobre el pecho mientras intentaba sosegar el frenético latido de su corazón. Tenía sentido que hubieran olido el desayuno y hubieran ido a comer.

Su mente consideraba que era del todo lógico, pero su corazón se negaba a refrenar su fuerte latido. Se arrodilló y miró debajo de la cama. El único residente allí abajo era otra almohada perdida. Volvió a levantarse y se dirigió a la habitación de Rose para hacer lo mismo. Nada.

El pánico que se propagaba por sus músculos la paralizaba. No era la primera crisis a la que se enfrentaba y nunca había sentido nada parecido. Tenía ganas de gritar, de correr, de taparse los ojos y de esconderse, todo al mismo tiempo.

—¡Hannah! —gritó al tiempo que corría otra vez hacia la puerta de Rose—. ¿Los has encontrado?

—¡No, señora Pershing! —fue la respuesta—. Powell no los ha visto. Tampoco la señora Brubbins.

—¡Sigan buscando! ¡Que todos busquen!

—¡Sí, señora! —respondió Powell gritando.

Tenía que despertar al señor Pershing. Mientras se apresuraba por el pasillo, se le ocurrió con retraso que él podría haber llevado a los niños al estanque para ir a pescar o algo así. «Ah, sí». Debía de ser eso. Con una mano sobre el pecho para evitar que su corazón diera un brinco y cayera al suelo, llamó a la puerta de sus dependencias privadas.

—Entra —respondió con voz grave.

—Oh, no, estás aquí —dijo, abriendo la puerta.

Will, con el chaleco aún desabrochado y la chaqueta sobre el brazo de Davis, levantó una ceja.

—Perdona, ¿cómo dices?

«Capaz.» Eso fue lo primero que le vino a la cabeza. Parecía muy capaz. Y no parecía en absoluto un chico desaliñado y desgarbado.

—Esperaba que..., es decir, pensé que tú y los niños podríais haber... Oh, no importa. No puedo encontrarlos. Ni a George ni a Rose.

Antes de que pudiera terminar su frase, él pasó por su lado y salió por la puerta.

—¿Has mirado en sus habitaciones? —preguntó, caminando por el pasillo—. Por supuesto que sí. ¿La sala del desayuno?

—Hannah acaba de estar allí. Nadie los ha visto.

Echó un vistazo a cada una de las habitaciones de los niños a su paso y acto seguido se dirigió a las escaleras sin detenerse y bajó corriendo a la planta baja.

—La cama de Rose está hecha, pero la de George no —murmuró—. Así que no ha huido porque estuviera asustada.

—¿Crees que George lo estaba? ¿Y que ella lo siguió?

Él negó con la cabeza.

—Rose no se habría entretenido en hacer su cama en ninguno de los dos casos.

Eso tenía sentido.

—Sí. Lógica. La lógica es buena. Si no se asustaron, es lógico que estén aquí en alguna parte. Quizás explorando.

—¡Powell! —bramó Will, y el mayordomo entró en el vestíbulo—. Divida al personal y busquen en todas las habitaciones. Empiecen por el ático. Si fuera un niño, sería lo que más me interesaría.

—O los establos. —Sin esperar a que él estuviera de acuerdo, Emmie abrió la puerta principal y salió. El jardín también tenía sus atractivos, y cambiando de opinión, pues quería mirar en todas partes a la vez, se apresuró a rodear el lateral de la casa. Entonces se acordó del estanque y echó a correr.

—El estanque. —Oyó la voz de Will detrás de ella. La adelantó con su zancada más larga y se dirigió al pequeño muelle y a la batea atada allí.

No recordaba haberle visto correr desde que eran niños, pero él corrió hacia el estanque, esprintando a lo largo de la orilla bordeada de juncos. Resultaba muy tentador detenerse, dejar que él hiciera la búsqueda mientras ella se dedicaba a pensar en todos los posibles desastres que podrían haber ocurrido. Pero eso era inútil e injusto, así que se recogió el bajo de la engorrosa bata y se dirigió de nuevo a los establos. Cinco mozos de cuadra y conductores significaban cinco pares de ojos más para ayudar en la búsqueda.

—¡Billet! —gritó, abriendo de un tirón la puerta más pequeña del edificio.

El mozo de cuadra salió del cuarto de los arreos.

—¿Señora Pershing? ¿Qué...?

—¿Has visto a los niños? ¿El niño y la niña que llegaron con nosotros ayer?

Él frunció el ceño, con un trapo en una mano.

—No, señora. ¿Han desaparecido?

—Sí. No podemos... No sabemos dónde han ido.

—Los chicos y yo ensillaremos los caballos y echaremos un vistazo a la propiedad. Puede que hayan ido a Birdlip. La panadería huele como el cielo del Señor por las mañanas.

—Gracias. Llévate a Topper y a Willow si los necesitas.

Por mucho que quisiera supervisar aquello a fin de asegurarse de que dividían la propiedad en zonas registrables, se dio la vuelta y corrió de vuelta al jardín. Con su fuente central y un par de cascadas en las esquinas opuestas, tenía muchos lugares para que los pequeños se escondieran, aunque si se trataba de una especie de juego del escondite, alguien iba a recibir una azotaina.

Cuando se subió a un banco para echar un vistazo por encima del bajo muro, divisó a su marido en la barca, yendo de un lado a otro del estanque. Nada hasta ahora, gracias a Dios. Los jardineros se unieron a su búsqueda, pero no se le ocurría una razón lógica para que los niños siguieran escondidos entre las rosas y los arbustos cuando tenían que haber oído a todo el mundo llamándolos.

Si se habían molestado en salir de la casa, sería para ir a algún lugar en concreto, ¿no? A algún lugar en particular al que quisieran ir. ¿Birdlip? Tal vez, pero Billet estaría buscando allí. ¿Qué querrían del pueblo que no pudieran conseguir en Winnover? No, eso no tenía sentido.

Ninguno de los dos había salido jamás de Londres. ¿Podrían haber regresado a la ciudad? No, eso no. El señor Pershing había dicho que George le había preguntado varias veces cuán lejos estaban de Londres. Y parecían entusiasmados por estar lejos de St. Stephen.

Desde luego no buscarían un orfanato. El último lugar en el que querían estar era en la «mazmorra de piedra», como ellos la llamaban, o en cualquier lugar que se le pareciera.

«Un momento.» Emmie se bajó de un salto del banco y se sentó en él. Los niños se encontraban en ese momento tan lejos de St. Stephen como nunca habían estado. La noche anterior les habían contado el plan para el cumpleaños de su abuelo, a lo que les pedían que se enfrentaran. Ya sabían que cuando todo eso acabara los llevarían otra vez a Londres y al orfanato, y entonces ella les había impuesto clases de baile y de modales.

«Se habían escapado.» Emmie se levantó de nuevo y volvió a la orilla del estanque.

—¿Will?

—No creo que estén aquí —dijo al tiempo que giraba la barca con su única vara y se dirigía de nuevo al muelle.

—Les dijimos que solo los tendríamos durante ocho semanas. Luego que esperábamos que aprendieran a bailar, a bordar y unos modales que satisfarían a un duque.

Su marido, que seguía siendo muy capaz y guapo e iba en mangas de camisa y con el chaleco desabrochado, regresó al muelle y amarró la batea. Cuando se enderezó, su mirada preocupada se había transformado en algo más reflexivo.

—Somos unos idiotas.

Ella asintió.

—Creo que sí.

—Se han escapado, ¿verdad? ¡Maldita sea!

8

Emmie se sentía inútil. Correr de un lado a otro y desmayarse por todas partes solo la convertiría en la peor clase de heroína, así que se quedó en el vestíbulo para recibir los informes del personal sobre los lugares en los que habían buscado, y los envió de nuevo a los lugares en los que aún no había estado nadie.

Aunque la huida era lo más lógico dado lo poco que Will y ella sabían de los niños, se aseguró de que el personal revisara cada habitación, cada armario y debajo de cada cama dos veces. El exterior era mucho más problemático, y los mozos de cuadra, los jardineros e incluso la señora Brubbins, la cocinera, estaban en ese momento recorriendo el jardín y los campos circundantes.

Will había subido al mirador de la azotea para tener una mejor vista mientras ella se preguntaba de repente si la razón por la que uno de sus antepasados lo había construido no sería la de tener controlados a sus hijos.

—Donald, ten la bondad de revisar de nuevo la bodega —dijo, anotando esa instrucción en el papel que había estado utilizando para llevar la cuenta del paradero de todos—. Y Edward, necesito que vuelvas a registrar la sala de billar. Como antes, cierra las puertas después de salir. Por lo menos podremos acotar dónde no están.

—Sí, señora.

Un fuerte silbido resonó en la casa a través de la puerta principal, que estaba abierta. Gritos de «los tiene» y «ahí están» comenzaron a llegar del exterior y de los pisos superiores.

—Oh, gracias a Dios —murmuró ella, corriendo hacia la entrada de la casa.

Un momento después, Will se unió a ella al cabo de un momento, con cara de alivio.

—Los he visto subiendo la colina hacia Birdlip —jadeó—. Billet y Roger los tienen.

—¿Eras tú quien silbaba? —preguntó, levantando la vista hacia el mirador.

—Sí. No lo hacía desde que era un niño. —Le brindó una sonrisa.

—Me pareció reconocerlo. —Y por primera vez en mucho tiempo, también reconoció a ese joven desgarbado y lleno de vitalidad en su comportamiento. Dios, había seguido a ese chico a todas partes. Sin embargo, en algún momento lo había perdido de vista y se había convertido en un hombre reflexivo y lógico. Y ahora, incluso un poco elegante. ¿Cuándo y por qué había dejado de apreciar todos los aspectos de él?

Antes de que pudiera dilucidar cualquiera de esas preguntas, dos jinetes doblaron la curva y subieron la colina. Un niño cabalgaba con cada uno de los hombres; Rose de lado delante de Roger y George boca abajo como un saco de nabos sobre la parte delantera de la silla de Billet. Le llegaban palabras apenas discernibles, pero fueron volviéndose más nítidas a medida que se aproximaban los jinetes.

—¡... estúpido patán con cara de chucho grasiento, bájame o te daré una maldita paliza! —gruñó George, lanzando los puños hacia atrás en dirección al jefe de los mozos.

—Cállate, muchacho —respondió el mozo de cuadra con un tono suave—. Te van a oír tus padres.

—¡No son mis padres, escurridizo bribón! Te daré dos libras para que te des la vuelta ahora. De lo contrario, ¡te voy a machacar la crisma, matón!

—¡Dios bendito! —murmuró Emmie. Su tío Harry había sido dado a las palabrotas, pero era un aficionado comparado con George Fletcher.

—Creía que era el más callado —señaló su marido, adelantándose para bajar al niño de ocho años de la parte delantera del caballo.

George intentó echar a correr en cuanto sus pies tocaron el suelo, pero Will lo agarró de la cinturilla de los pantalones y lo mantuvo en su sitio.

—¡Suélteme!

—No.

Billet desmontó y se acercó para bajar a Rose del otro caballo.

—Sujételo, señor Pershing —dijo, agarrando la mano de la niña—. Lo vi a punto de birlarle la billetera del bolsillo del abrigo lord Graham mientras la pequeña estaba sentada en medio del camino y lloraba porque se había caído de la carreta de su papá.

—¿Qué? —Emmie se quedó mirando el rostro angelical de la niña.

—Suele funcionar —dijo Rose, encogiéndose de hombros.

—Usted también quiere que mintamos, así que no se dé aires, maldita señoritinga.

—Esos modales —dijo Will, zarandeando un poco al chico.

—Tiene razón. —Emmie tomó aire, tratando aún de reconciliar la imagen que tenía de los pequeños con los pícaros que tenía delante. Se suponía que eran sus hijos. Pero sus hijos se comportaban bien y tenían buenos modales; así los había descrito. «¡Santo Dios!»—. ¿Por qué habéis huido? Buena comida, ropa, unas cuantas clases para aprender modales... ¿qué tiene de malo?

—Eso le dije yo —repuso Rose, pasándose el dedo índice por debajo de su nariz—. Deberíamos habernos quedado hasta aprender algo, Georgie.

—La cuestión es, ¿por qué marcharse? —Will movió la mano con que agarraba el hombro del chico para volverlo hacia ellos mientras los sirvientes fingían que no estaban pendientes del proceso.

—Porque no vamos a volver a Londres. Le prometí a Rosie que nos iríamos del maldito St. Stephen tan pronto como pudiéramos, y ahora que lo hemos hecho, no volveremos a ese caldero del diablo.

—Es raro llamar así a un orfanato supervisado por monjas. Pero espera un momento; podemos tener una conversación más sincera en privado. —Will se inclinó un poco para mirar a los ojos de George, que aún mostraban una expresión enojada—. ¿De acuerdo?

—No estoy de acuerdo con nada —espetó el chico—. No tenemos ninguna razón para quedarnos aquí ni un maldito minuto más, ni para confiar en usted.

Bien visto de nuevo. Emmie y Will habían pasado por alto varios puntos importantes en su plan; de hecho, el principal era encontrar una razón para que los niños cooperaran. No algo que pudiera resultarles útil más tarde, sino algo real que los convenciera para que se quedaran cuando el regreso al orfanato se vislumbrara a pocas semanas vista.

—¿Habéis desayunado, al menos? —preguntó.

George entrecerró los ojos.

—No.

—Unas galletas, y tenemos algunos huevos, pero George tuvo que tirárselos a un perro que nos perseguía. —Rose volvió a resoplar.

—Bueno, tenemos panecillos recién hechos, mantequilla, manzanas y naranjas. ¿Os gustaría uniros a nosotros?

—Tengo un poco de hambre —dijo Rose—. ¿Georgie?

El chico encorvó los hombros.

—Vale. Comeremos. Pero eso no significa que hayamos cambiado de opinión.

Emmie inclinó la cabeza.

—Por supuesto que no.

—Y queremos que nos devuelvan nuestras cosas.

Will hizo una señal con la cabeza y Roger desató los dos sacos de tela de la parte trasera de su montura y se los entregó. Cada niño cogió uno, aunque Emmie no tenía ni idea de cómo sabían a quién pertenecía cada uno. Ahora parecían más voluminosos, pero ambos jóvenes tenían más ropa y no le habría sorprendido descubrir que Rose se había llevado una o dos almohadas. La chica adoraba esas cosas. Sin embargo, las almohadas no explicaban los ruidos metálicos que salían de las profundidades de las bolsas.

El mozo entregó a Rose a Emmie y los cuatro, junto con la mayor parte del personal, se dirigieron a la casa. George se detuvo en la entrada.

—Oye, Billet. La próxima vez no nos pillarás —dijo por encima del hombro.

Billet resopló, lo que sonó muy parecido a uno de sus compañeros de cuatro patas.

—Ya te he pillado, bribonzuelo. No me la volverás a pegar.

Emmie paseó la mirada de un niño a otro mientras desayunaban. El día anterior le parecían unos niños encantadores que empezaban a recobrar su espíritu después de que la miseria de St. Stephen casi los aplastara. Seguían siendo esos niños, excepto que no estaban tan sometidos ni aplastados como había pensado. Pero era más que eso. George le estaba robando a un barón y Rose estaba distrayendo a dicho barón mientras su hermano lo robaba. Por lo que había dicho Billet, los dos habrían tenido éxito si él no los hubiera interrumpido. No parecían criminales, pero dudaba de que fuera la primera vez que intentaban algo así.

¿Era el latrocinio la razón por la que la monja más joven parecía tan sorprendida por los huérfanos que Mary Stephen había decidido prestar? Y esa risa que le pareció escuchar detrás de la puerta después de que se fueran... «Bueno.» Eso abría toda una caja de nuevas preguntas.

—Tengo una pregunta —dijo Will, antes de que ella pudiera pensar en cómo formular su propia pregunta—. ¿Sois dos criminales empedernidos que habéis estado fingiendo ser niños? ¿Duerme Rose con un trabuco cargado debajo de la almohada? George, ¿tienes un cuchillo en el zapato?

A juzgar por sus expresiones confusas, los niños no sabían cómo tomarse esa pregunta. Debían esperarse gritos y acusaciones, amenazas de devolverlos a Londres en cuanto pudieran preparar el carruaje. Pero era evidente que el humor los desconcertaba. «Bien hecho, Will.»

George se quedó mirando al señor. Rose no podía levantar un trabuco y mucho menos ponerlo debajo de su almohada. Y Pershing no parecía memo, aunque su esposa y él fueran raros y pensaran que pedir niños prestados para mentir a un duque era una buena idea. Los duques podían hacer que deportaran a gente. O que la colgaran. Tal vez el señor intentaba ser gracioso, lo cual era mejor que gritar y amenazar con meterlos en la cárcel, como hacían las monjas.

—No tengo un trabuco —dijo Rose, untando su bollo con una capa de casi dos centímetros y medio de mantequilla.

—Bueno, eso es tranquilizador. ¿George?

—Tengo una charrasca —afirmó con la boca llena de tocino. Si se enfadaban y los encerraban en sus habitaciones, al menos quería empezar con el estómago lleno—. No me cabe en el zapato. Pero no les diré dónde está. —Tampoco la encontrarían buscando, y gritaría hasta la extenuación si intentaban quitarle la ropa interior.

—Lo siento, pero ¿qué es una charrasca? —preguntó la señora.

—Una navaja plegable —respondió su marido.

Vaya, el señor sabía algunas cosas. George no tenía ni idea de dónde había sacado esa información, porque el hombre no parecía el tipo de persona que frecuentaba los burdeles o casas de citas. Sin embargo, los que parecían amables a veces eran los peores.

—¿Cuánto tiempo habéis estado en St. Stephen antes de que os encontráramos? —preguntó la señora.

—Unos seis meses la última vez, creo. Eso fue cuando ese magistrado nos atrapó y nos llevó directamente a la mazmorra de piedra. Dijo que era por nuestro bien, el muy bastardo.

La señora frunció el ceño, pero esta vez no se quejó de la palabrota.

—Entonces, ¿os escapasteis del orfanato? ¿Y un agente de Bow Street os arrestó?

Rose asintió.

—Pensé que la ley nos enviaría a Australia, pero después de la segunda vez, George prometió a las monjas que no huiríamos si no nos devolvían a Bow Street. En realidad no recuerdo antes de eso, excepto cuando vivíamos en ese agujero bajo la iglesia.

—Un agujero bajo una iglesia —susurró la señora, con la cara un poco cenicienta.

—No era debajo de la iglesia —replicó George, frunciendo de nuevo el ceño—. Era un agujero que llevaba a la bodega donde guardaban el vino y demás. Me gustaba ese lugar. Dos veces al mes regalaban comida, y nosotros éramos los primeros en elegir porque la guardaban abajo, donde estábamos.

—¿Qué iglesia?

—No lo sé. Tenía una gran cruz de piedra en el exterior y una parte alta y cuadrada en el centro.

—Usábamos los escalones de piedra para llegar a nuestro agujero sin mojarnos los pies —dijo Rose—. Se me da bien saltar.

—No eran escalones de piedra, ganso —la informó George. Rose ya tenía cinco años y podía aguantar que le dijeran la verdad.

—Entonces, ¿qué eran? Dijiste que eran escalones.

—Porque no quería que supieras que eran lápidas. Estaban tiradas en la hierba, por todo el terreno. No había ninguna en pie.

—¿Santa Quiteria? —murmuró el señor Pershing.

—Sí, creo que era esa —afirmó George.

—¿Pasaba por encima de la gente? —chilló la niña de cinco años.

—Gente muerta. No les importaba.

—Parece que os iba bastante bien —dijo la señora Pershing, con cara de que alguien le hubiera puesto un plato de bichos delante—. ¿Qué fue lo que hizo que los agentes de Bow Street os persiguieran?

—Oh, un maldito petimetre me pilló robándole —refunfuñó George, dejando de lado la parte en la que su supuesto vigía había salido corriendo—. El cuello de su camisa era tan alto que ni siquiera creí que pudiera girar la cabeza, pero ahí estaba, mirándome fijamente. Me agarró del pelo. Grité de dolor y Rose le dio una patada, pero había un agente a la vuelta de la esquina y nos apresó antes de que pudiéramos escapar.

—Para ser justos, estabas intentando robarle —comentó el señor.

—Solo su reloj de bolsillo. Podríamos haber conseguido mucha pasta por él. No debería haber estado allí de pie, burlándose y viendo bailar a Rosie, que no tenía ni cinco años. Si hubiera tenido una navaja en el zapato entonces, le habría enseñado lo que vale un peine al muy depravado.

Los dos adultos se miraron. George no sabía qué les sorprendía tanto; Rosie era demasiado pequeña para poder robar, pero la mayoría de los adultos se paraban a mirarla cuando bailaba o lloraba y la llamaban delgaducha, cielo y duendecillo. Pero algunos no la miraban de la misma manera y por eso no dejaba que las monjas la adoptaran sin él.

—Has dicho que vuestro padre murió en el mar. ¿Puedo preguntar qué fue de vuestra madre? —La señora seguía pareciendo comprensiva, que era más de lo que él esperaba.

—Dijeron que fue el miasma —contestó George, apretando un puño contra su muslo—. Pero vi que ese pozo era una pesadilla. Rosie también enfermó, pero fui a robar un poco de leche para ella y luego nos fuimos de allí. Mejor los pozos donde viven los ricos. —Hizo una mueca—. Sin ánimo de ofender.

—No me ofendo. —El señor Pershing se acarició la barbilla—. Eres un joven bastante notable, George Fletcher.

George tardó unos segundos en darse cuenta de que le habían hecho un cumplido. Sentía calor en la cara y esperaba no estar sonrojándose como una niña. Pershing, el señor P, parecía un buen tipo y la señora hacía preguntas en lugar de gritar. Eso era bueno, pero no significaba que confiara en ellos. Confiar en alguien nunca traía nada bueno.

—Hicimos lo que teníamos que hacer. Rose es mi responsabilidad.

La señora P se aclaró la garganta.

—Bueno. Ahora nos conocemos un poco mejor. ¿Qué vamos a hacer a partir de ahora?

—No pensamos volver a St. Stephen.

—Podríamos buscaros un lugar más… agradable —ofreció el señor P, frunciendo el ceño durante un instante.

—No quiero ir a otro orfanato. —Rose dejó caer la cuchara, se agachó e hizo ademán de buscarla, luego se enderezó, se encogió de hombros y se puso a comer otra vez con el tenedor. No tan bien como él podía hacerlo, pero estaba mejorando.

—Yo tampoco —dijo George.

—Nos obligan a rezar para que nos perdonen por pecar y a limpiar los suelos sin parar. George y yo solo pecamos un poco, y además, si no tuviéramos que arrodillarnos, nadie necesitaría el suelo tan limpio.

—Nada de orfanatos. —George plantó su puño sobre la mesa—. Rosie y yo no vamos a aprender a ser una dama y un caballero si nos vas a enviar de vuelta a un orfanato. Y también hemos terminado con Londres. —Eso era difícil de decir, porque conocían Londres, sabían los mejores callejones para correr y a qué granjeros del mercado no les importaba que les robaran una manzana. Pero había gente en Londres con la que sin duda sería mejor no volver a cruzarse. Solo Rose y él. Eso era lo mejor.

—Podríamos quedarnos aquí —sugirió Rose.

Eso hizo que la cara de la señora P se pusiera blanca. George apartó su silla de la mesa para no tener que escuchar a cualquiera de ellos poner más excusas a por qué solo eran niños prestados.

—No quiero quedarme aquí —dijo—. Hay demasiada gente que nos mira de reojo. —Se dirigió hacia el pasillo, Rose saltando detrás de él—. Y sea lo que sea para lo que nos hayan acogido, nosotros no hemos firmado nada. Y no somos sus monos amaestrados.

—Os guste o no, somos responsables de vuestra seguridad y bienestar durante las próximas ocho semanas. Como no sois... monos amaestrados, nos reuniremos en la biblioteca dentro de una hora para negociar los términos de vuestra colaboración. Si intentáis huir de nuevo, perderéis la ventaja que tenéis ahora mismo. —El señor se sentó y cogió su taza de té.

Si tenían una ventaja, George pretendía conservarla.

—Bueno, nos quedaremos aquí para negociar. Tienen buena comida.

—Gracias a Dios por la señora Brubbins y su excelente cocina —susurró Emmeline mientras los niños subían las escaleras—. Donald, tenga la bondad de pedirle a Billet que haga que uno de sus mozos de cuadra o un jardinero se coloque debajo de las ventanas de los niños, por si acaso lo vuelven a intentar.

El lacayo asintió y se apresuró a salir por la puerta.

—No estamos intentando usarlos como nuestros monos amaestrados, ¿verdad? —dijo Will una vez que estuvieron solos—. Porque sí tiene esa pinta, Emmeline.

—No lo creo —dijo—. Para serte sincera, creo que son demasiado jóvenes para entender el valor de lo que les hemos ofrecido.

—Entonces tenemos que ofrecerles algo que quieran —sugirió Will.

Ella frunció el ceño.

—Son niños. ¿Debemos cambiar su cooperación por una bolsa de caramelos? Eso sería tratarlos como a monos amaestrados.

—Son niños que sin duda son más listos que nosotros a esa edad.

—Will, estaban robando a lord Graham. Y Rose ha robado esa cuchara de la mesa hace un momento. ¿Se supone que debemos recompensarlos por eso? —Engulló el resto de su té—. Puede que no sea madre, pero recuerdo que el robo es un comportamiento inaceptable.

—Siguen siendo niños cuya cooperación necesitamos, y está claro que ninguna lección de etiqueta los convencerá de que se comporten. Sí, intentaron robar al barón. Sin embargo, el hecho es que los necesitamos. ¿Qué les ofrecemos a cambio de obtener su ayuda?

—¿Un soborno?

Will se recostó, mirándola.

—Un intercambio. Y, sí, quizás un soborno para convencerlos de que no le roben los pantalones al duque de Welshire cuando lleguemos a Welshire Park.

—Estoy encantada de que esto te siga pareciendo divertido —replicó—, pero no esperaba que fuéramos a intentar reformar a los delincuentes. Se suponía que se trataba de qué tenedor usar y de cómo hacer una reverencia y un saludo. —Emmeline exhaló su aliento—. Vaya, pensé que habías perdido tu sentido del humor para siempre cuando te fuiste a Oxford.

«Eso dolió un poco.»

—Si nos hubiéramos molestado en decirnos más de dos frases seguidas durante los últimos ocho años, imagino que ambos habríamos hecho algunos descubrimientos interesantes. —Will tomó aire—. Tú empezaste esta mentira, pero estamos intentando encontrar una solución. Juntos. Lo único que ocurre es que es un poco más accidentado de lo que imaginábamos.

Emmeline se puso en pie.

—¡Bah! Estoy tratando de encontrar una solución a un problema, no una forma de que nuestras vidas se derrumben a nuestro alrededor.

—Imagino que esperabas unos niños perfectos, apocados y que se portaran bien. ¿Y que las mentiras que dijiste no se volverían contra nosotros de ninguna manera y que superaríamos todos los obstáculos con la facilidad con la que un cuchillo caliente corta la mantequilla?

—Desde luego esperaba algunas de esas cosas. —Emmeline se dirigió a la puerta. —Solo intento salvar Winnover Hall... y tu carrera, por cierto.

—Gracias por decirlo. La verdad es que no estaba seguro de que entrara en tus cálculos.

—Por el amor de Dios, ¿cuántas veces esperas que me disculpe por mentirle a mi abuelo? Y todo lo que he hecho desde que nos casamos ha sido por tu carrera. Desde luego no estarías más cómodo en tu pequeña casa de York. Tendríamos que vivir en Pershing House todo el año y podrías despedirte de todas tus excursiones para practicar la caza, el tiro y la pesca. Y de tus fiestas de fin de semana en las que intentas seducir a los parlamentarios para que financien carreteras y canales.

—Soy consciente de las consecuencias.

—Por supuesto que mis actos pretendían beneficiarnos a ambos. Y me disculpé por involucrarte sin tu conocimiento. Vi un problema en la casa y me ocupé de él. Eso es lo que hago. Y ahora puedes negociar, que es lo que más te gusta. Sugeriría que hablaras sobre no volver a robar carteras, pero ya que te resultan tan divertidos y yo he sido el origen de este problema, supongo que seré yo quien corrija su comportamiento.

—Pues entonces lárgate, pero sigo queriendo ver tus diarios. Creo que tengo derecho a conocer a nuestros hijos, aunque solo existan sobre el papel.

—Bien. Aquí están. Tenlos. —Señaló el par de libros encuadernados en cuero que había sobre la mesa, salió del pequeño comedor y un momento después Will oyó que se cerraba la puerta de su dormitorio.

—Estupendo, Will —murmuró.

Sabía que ella se había obsesionado con la perfección. Sin embargo, ¿hasta qué punto eran perfectas sus vidas si convivir con los niños durante dos días, si pasar tiempo juntos dos días, bastaba para trastocar tantas cosas y hacer que se atacaran entre ellos? Will terminó un último trozo de tocino. Tal vez la vida de ambos no era perfecta, sino más bien... sencilla. Fácil. Sin complicaciones.

Bueno, en esos momentos no lo era. Tampoco podrían volver a esos tiempos hasta que consiguieran abrirse paso entre este lío de carteristas y estafadores en miniatura.

Tomó aire y acercó los diarios, eligió el que tenía escrito «Malcolm» en letras claras en la portada y lo abrió. Esperaba listas, párrafos con características, fechas de hitos importantes.

Sin embargo, no eran listas. La primera línea lo dejaba claro. Decía:

Tenemos un hijo. Hemos decidido llamarlo Malcolm, como mi abuelo. Es una criatura dulce, con una mata de pelo del color del señor Pershing y unos ojos azules que estoy segura que ya tienen un poco de verde.

Hojeó unas cuantas páginas más.

Es posible que Malcolm haya empezado a caminar hoy, aunque el señor Pershing y yo discrepamos sobre si han sido tres pasos o tan solo un tropiezo fortuito. Como he sido yo la testigo, mientras que él ha tenido que enterarse del trascendental acontecimiento a posteriori, creo que mi opinión tiene más peso.

A medida que leía, se dio cuenta de que Emmeline Pershing llevaba dos vidas completamente diferentes: la que él podía ver, en la que con su mano eficiente y hábil dispensaba una perfecta creación de conversación, comida y encanto para influir en sus invitados para que llegasen a la conclusión que deseaba; y la que no podía ver, que estaba llena de sonrisas y risas, incidentes encantadores, dispuestos con esmero para evocar el disfrute de quien los leyera en sus cartas, y un par de angelitos encantadores que decían cosas inteligentes y cuyo mayor error era mancharse de barro la ropa en el momento más divertido posible.

Will se recostó. Tenían mucho trabajo delante si querían convertir a George y Rose Fletcher en los precoces e impecables Malcolm y Flora Pershing. Y ni de broma iba a seguir siendo el distante señor Pershing, consumido por el trabajo y apenas implicado en las historias de su mujer. Por encima de todo, ese hombre, y la opinión que Emmie tenía de él, lo molestaba.

Ninguno de los dos era perfecto y ella estaba a punto de descubrirlo. Y si su versión escrita de él era más bien... precisa, bueno, eso se había acabado. A partir de ese momento iba a ser un marido de carne y hueso muy diferente.

9

—No puedes quedártela.

Rose hizo girar la cuchara de plata en sus manos.

—¿Por qué no? La he escondido a la perfección.

Su hermano se quitó el zapato y sacó un alfiler de oro con una piedra verde en un extremo.

—Se lo quité a ese barón gordo antes de que Billet nos atrapara. Puedo quedármelo porque nadie me ha visto hacerlo. —Se lo tendió—. Puedes quedártelo. Pero no puedes quedarte con la cuchara porque los Pershing te han visto tirarla al suelo. Deberías haber visto los ojos de la señora P, se le pusieron como los de una rana. —George abrió los suyos como platos.

Rose miró la cuchara, riendo. Podrían conseguir unos peniques por ella, pero si jugaban a que mamá y papá lo habían presenciado, podría significar el fin de las clases de esgrima, y ella las quería.

—¿Debo devolverla al comedor?

—No. Tienes que dársela a uno de ellos y arrepentirte de haberlo hecho. Así no podrán usarlo luego contra nosotros para hacernos comer tomates o algo así.

—¡Aggg, tomates! Le daré la cuchara a la señora. Me compró vestidos rosas.

Se levantó del gran sillón junto a la chimenea de la habitación con rosas en las paredes, como su nombre. Su dormitorio. El lugar más grande que había tenido para ella sola. Intentaba de veras hacer caso a George, aunque no fuera un bebé como él pensaba. Puede que la vieran con la cuchara, pero nadie sabía nada de la estatuilla del perro, del cepillo del pelo ni de los tres botones azules que había encontrado en el vestidor que compartía con George. Su favorito era el alfiler que su hermano acababa de regalarle, porque la piedra verde brillaba mucho. Como una joya. George podía vender las otras cosas si lo necesitaban, pero ella se quedaba con el broche. A lo mejor era de los piratas.

Recorrió el pasillo hasta donde el señor y la señora tenían sus dos dormitorios, lo que seguía pareciendo extraño. Sin embargo, era una casa grande, así que tal vez habían decidido turnarse para dormir en cada una de las habitaciones. Eso sería divertido. Cerró el puño y llamó a la puerta de la izquierda.

—Adelante —dijo la señora Pershing.

A Rose se le ocurrió de repente que si la habían visto agarrar la cuchara, podrían estar enfadados con ella. «¡Oh, Dios Santo!» Abrió la puerta y asomó la cabeza en la habitación.

—¿Esto es suyo? Es muy grande.

La señora de la casa estaba sentada en una butaca bajo una de las ventanas. No parecía nada contenta, pero los adultos pasaban mucho tiempo sin serlo.

—Es mío —dijo la señora Pershing después de unos segundos—. El amarillo es mi color favorito.

Rose contempló la habitación, las paredes a rayas amarillas y blancas, las cortinas amarillas de la cama y el edredón amarillo y verde, los grandes muebles de caoba y las tres ventanas enmarcadas por cortinas verdes que ocupaban la pared del fondo.

—Hay mucho. Me refiero al amarillo. Y verde.

—Sí. ¿Necesitas algo, pequeña? Tengo una leve migraña.

Rose se acercó a la silla, conteniendo la respiración, sacó la cuchara de su espalda y la depositó en las manos de la señora.

—He cogido esto. George dice que tenemos que cuidar de nosotros mismos y que ustedes solo necesitan algunos niños para su casa, pero nos dan bien de comer y me han dado unos bonitos vestidos.

—Bueno —susurró la señora Pershing, asiendo la cuchara—. Gracias.

Nada de gritos aún y eso era bueno.

—¿Todavía van a enviarnos de vuelta a St. Stephen? Porque George dice que yo terminaré siendo una hermana de Covent Garden y él solo será un chico veterano y luego un externo, y yo no quiero ser monja. Siempre fruncen el ceño. —Arrugó la cara, frunciendo el ceño de forma adusta—. Así.

—Yo... no creo que una hermana de Covent Garden sea lo mismo que una monja de iglesia —dijo su falsa madre, con expresión de tristeza. Luego volvió a sonreír—. Creo que podemos encontrar un alojamiento mejor para ti, Rose. No sabía que el orfanato fuera tan horrible.

—¿Por qué no? Dijo que lo había visitado.

—Sí, así es. —La señora Pershing se miró las manos durante un minuto—. Creo que intenté no observar con detenimiento. Lo haré mejor a partir de ahora. Y lamento no haber prestado tanta atención como debía.

—No pasa nada. Entonces no la conocía. De todos modos, me gustaría aprender a *espadear*. Y tal vez a montar un poni. Se lo he dicho a George, pero es muy terco. —Se arrimó más para susurrar—: Creo que le dan miedo los caballos. —Rose se enderezó de nuevo y se alisó la falda—. Yo no tengo miedo.

—Veremos lo que podemos hacer —repuso la señora—. Y pase lo que pase, intentaremos que George y tú disfrutéis aquí.

Las monjas les habrían obligado a quedarse en cama tres días y no les habrían dado más que agua y pan duro. Esto era mucho mejor.

—Creía que estaba enfadada con nosotros.

—Creo que estoy más enfadada conmigo misma, pequeña. Tu hermano y tú no tenéis la culpa de vuestras circunstancias. Ni de vuestra habilidad para sobrevivir a ellas.

—Eso suena bien. Tengo que ir a prepararme para negociar ahora.

Rose salió de nuevo de la habitación dando saltitos y cerrando la puerta tras ella. George tenía razón una vez más: la habían visto birlar la cuchara, y no podrían conseguir las clases de esgrima en la negociación si ella se la quedaba. La próxima vez tendría más cuidado y no la pillarían.

—No pueden decir que nos darán comida a cambio de ser educados y correctos, porque de todos modos tienen que alimentarnos. —George cruzó los brazos sobre el pecho, igual que el señor P al otro lado de la mesa. Él también podía parecer un negociador.

—Sí —reconoció el señor P, inclinando la cabeza—, pero podríamos hacer que vuestras comidas sean solo pan y agua.

—Eso es peor que en St. Stephen —dijo Rose, cruzándose de brazos también—. Allí al menos nos dan patatas hervidas, a no ser que nos castiguen.

—Muy bien. Patatas hervidas. —El marido descruzó los brazos, hizo una anotación en el papel que tenía delante y volvió a cruzarlos—. A cambio de no huir, podéis tener pan, agua y patatas hervidas.

—Rosie, deja de ayudar —refunfuñó George. Solo había negociado una vez, y había sido para no volver a huir de St. Stephen a cambio de que no los deportaran a Australia... si es que lo hacían con dos niños tan pequeños como lo eran Rosie y él por entonces. Pero como la fuga no había sido idea suya la última vez, calculó que les había ido bastante bien.

—He conseguido patatas.

—Hemos estado comiendo cosas mejores que las patatas desde que dejamos la mazmorra de piedra. Has conseguido algo peor que lo que ya teníamos.

—No, de eso nada.

—Ahora que vuestra estancia está zanjada —continuó el señor P—, nuestro siguiente punto de negociación es... —Se inclinó hacia adelante para mirar sus papeles—. Ah, ahí está. Improperios. Palabrotas y argot.

—Diremos «maldición» y «mierda» gratis. —George sonrió—. Ve, no es tan astuto. —«¡Ja!»

—Ah, muy inteligente. Pero este acuerdo dice que no habrá palabrotas y que evitaréis usar coloquialismos. La jerga. Diga su precio, señor Fletcher.

La señora estaba sentada al lado de su marido, pero parecía conforme con dejarle a él la tarea de negociar. George entendía por qué: al señor P se le daba bien. Las monjas se irritaban mucho más fácilmente que él. Pero George tampoco era tonto y Rose y él necesitaban conseguir todo lo que pudieran, y una forma de mantenerse fuera de los orfanatos y de Londres.

—Bueno —dijo George despacio, acariciándose la barbilla como hacía el señor P cuando pensaba en algo—, los dos maldecimos mucho. Sobre todo yo. Y si se refiere a que nos acordemos de decir «zapatos» en vez de «alpargatas» o «abarcas», creo que eso le costará...

—Galletas —susurró Rose—. Por favor, di galletas.

—Calla, Rosie. Lo único que tenemos ahora es pan y patatas —le respondió entre susurros—. Le costará un guiso de carne una vez a la semana y un pollo asado con salsa. Y... —Se inclinó para conversar en voz baja con su hermana—. Y dos veces chuletas de ternera con salsa.

Los dos adultos intercambiaron otra mirada y el señor tomó nota en sus papeles. Era mucha carne, pero Rosie era pequeña y necesitaba mejores comidas que las que les daban en el orfanato y durante el mayor tiempo posible.

—Hum —reflexionó el señor P, golpeteando la mesa con su pluma—. Podría aceptar las chuletas de ternera con salsa una vez, pero ¿dos? Eso es demasiado.

—Si me permiten —dijo la señora P—, creo que podríamos ofrecer chuletas una vez y otra vez empanada de venado, con un postre de helado de frambuesa.

Rose se levantó sobre las rodillas, con los ojos como platos.

—¿Helado? He oído hablar del helado. Deirdre dice que es como comer nubes.

—Rosie, deja de hacer...

—¡Quiero helado! —La niña se puso a saltar en la silla de la biblioteca—. ¡No llamaré cabeza de chorlito a nadie si puedo comer helado de frambuesa!

—¡Deja de ceder en todo, bebé!

Rose puso cara de decepción, las comisuras de su boca se torcieron hacia abajo y un profundo surco surgió entre sus cejas.

—¡No soy un bebé! —gritó, golpeando el tablero de la mesa con sus pequeños puños.

—Y si quieren que cosa o que borda, tienen que enseñarme a usar una espada. Y si quieren que aprenda a tocar el piano, tienen que enseñarme a bailar.

Con la cara roja y la cabeza bien erguida, parecía dispuesta a enfrentarse a todo el ejército británico. George mantuvo la boca cerrada; a veces Rose tenía un don para conseguir lo que quería al que ni siquiera las monjas se podían resistir. Esperaba que esta fuera una de esas veces.

—Eso parece razonable —dijo el señor P al cabo de un momento.

George dejó escapar el aliento cuando su hermana señaló el papel con un dedo.

—Entonces, escríbalo, por favor —dijo ella—. *Espadeo* y baile.

—Esgrima —la corrigió la señora con suavidad.

—Esgrima —repitió Rose, y volvió a aposentar el trasero en la silla—. Negocia tú tus propias estupideces, Georgie.

—Tú sí que has elegido bobadas —replicó. El baile podría ser útil, pero no iba a emplear la esgrima para nada, a menos que se convirtieran en salteadores de caminos.

—He elegido lo que quería. Y no soy un bebé.

George frunció el ceño. Sabía una cosa que necesitaba para que los adultos dejaran de aprovecharse.

—Quiero aprender a leer —dijo en voz alta—. Y a escribir. Las monjas siempre están escribiendo cosas y quiero saber lo que pone.

El señor P se removió en su silla.

—Me temo que es mucho pedir para unas pocas semanas.

—Es lo que quiero —insistió George—. Si me enseñan a leer y a escribir, haré clases de baile.

—Y de geografía. —El señor P enarcó una ceja, con la pluma preparada sobre el papel—. Y de buena conducta, para los dos.

—Son tres cosas por una. No es justo.

—Yo ya tengo clases de baile —intervino Rose.

—Leer y escribir son las tareas que más tiempo consumen —dijo la señora P—. Es lógico que cuenten como tres cosas.

—Entonces tienen que alimentarnos al menos tres veces al día. Buena comida. Y no pan y agua y patatas hervidas. Además de las comidas que pedimos. Y de esa empanada de venado que ha dicho la señora P. Y del helado. —Apoyó ambos codos en la mesa—. Y tienen que encontrarnos un lugar para vivir juntos y que no sea un orfanato.

Casi se había olvidado de esa parte, porque tan pronto como este acuerdo terminara, Rosie y él seguirían su propio camino. Pero no podía dejar que los adultos lo supieran o cerrarían las puertas y pondrían guardias, y era inaceptable.

El señor P inclinó la cabeza.

—Nada de orfanatos. Muy bien. Estoy de acuerdo. ¿Emmeline?

—Sí. Me parece justo.

—Bien. Porque no voy a dejar que nadie se lleve a Rosie sin mí y ya me estoy haciendo demasiado viejo. Seré un chico veterano en uno o dos años más. —George se inclinó para golpear el papel con el dedo índice—. Así que apúntelo, como hemos dicho. Y léamelo.

—A los dos —enmendó Rose—. He negociado bien.

—Desde luego que sí. —La señora P se sentó de nuevo, fingiendo que se abanicaba—. Tengo que ir a hablar con la señora Brubbins. Puede que necesite contratar a otra cocinera para que la ayude.

Rose apoyó los codos en la mesa, con la barbilla entre las manos.

—¿Es porque he conseguido el helado?

—El helado, las empanadas de venado y todas las otras comidas tan buenas que vamos a tener que proporcionaros.

—Entonces, ¿estamos de acuerdo? —El señor P terminó de anotar y luego dejó su pluma—. No tenemos mucho tiempo. La búsqueda de esta mañana y nuestra negociación ya han ocupado la mitad del día.

—Estoy de acuerdo. —Rosie unió los dedos de ambas manos.

—Supongo que sí —dijo George. Tenían algunas cosas buenas, sobre todo la lectura y la escritura, pero el baile le seguía pareciendo una pérdida de tiempo. Aun así, era mejor que el orfanato—. Pero no estoy seguro de que hayamos ganado.

—Ah. Me parece que en un acuerdo ideal ninguna de las partes está del todo contenta —adujo el señor P—. Cada uno ha tenido que ceder un poco de terreno.

—Maldit..., quiero decir, oh, cáspita. —George hizo una mueca—. Me he olvidado de la pintura. Vi a un hombre en medio de Hyde Park pintando la cara de un hombre en un lienzo. Era muy bueno. Podría pintar a la gente y me pagarían por ello, y eso sería útil. ¿Qué quiere a cambio de clases de pintura?

—Bueno, eso es especialidad de Emmeline —dijo el señor P, mirando hacia ella—. Si enseñas a George a pintar, ¿qué crees que deberías pedirle a cambio?

George también la miró y vio que ella ya le estaba mirando.

—Hum —reflexionó—. Pintar es complicado. Estoy dispuesta a darte algunas nociones de dibujo si a cambio, cuando viajemos al Distrito de los Lagos, los dos aceptáis que se dirijan a vosotros con los nombres de Malcolm y Flora. Malcolm y Flora Pershing, nuestro hijo y nuestra hija. Y si a partir de ahora los dos empezáis a llamarnos mamá y papá para practicar.

—Estoy de acuerdo —se apresuró a decir George, y señaló con un dedo al señor P—. Escríbalo. —Observó el movimiento de la pluma durante un momento—. Ha sido una buena negociación para mí. De todas formas contaba con que tendríamos que ser Malcolm y Flora o se descubriría la tostada.

El señor P golpeó su lápiz contra el papel.

—¿El qué? —preguntó.

George suspiró.

—Su engaño se descubriría —enmendó, tratando de no rechinar los dientes. Esto iba a ser molesto.

Emmie reprimió otra sonrisa mientras Will se ponía en pie.

—Iré a redactar esto de forma más ordenada —dijo, recogiendo papeles de la mesa—, y luego lo firmaremos todos lo mejor que podamos. Lo más importante es que los dos estéis de acuerdo con lo que voy a decir: mientras Emmeline y yo cumplamos nuestra parte del trato, no volveréis a huir. ¿Está claro?

Ambos niños asintieron, Rose con más entusiasmo que su hermano.

—Y nada de robar a nuestros vecinos.

George miró la cara del señor P y decidió que no debía pedir nada a cambio de que no robar a nadie. De todos modos, había objetos de valor más que suficientes aquí en la casa para financiarlos durante un año o más. Asintió con la cabeza.

—No robaremos nada a sus vecinos.

—Bien.

Emmie no estaba segura de creerles; los caprichos de cualquier joven no parecían una base firme sobre la que construir nada. Sin embargo, se sentía como si hubieran logrado algo. Los niños sabían lo que se esperaba de ellos y habían aceptado.

Se recostó mientras observaba a Will salir de la biblioteca. Ese hombre sabía negociar. Por eso, lo apreciaban tanto en el Ministerio de Comercio; por eso, el propio primer ministro se había convertido en un invitado habitual a las cenas de la temporada y, por eso, se había hablado de nombrarlo secretario del Ministerio. Nadie que se sentara frente a la mesa de Will Pershing podía dejar de llegar a un acuerdo con él. Irradiaba encanto y buen humor y una profunda empatía a la que los niños respondían, aunque no lo entendieran ni lo vieran. Sí, ella le había echado una mano con su carrera, pero él estaba precisamente donde debía estar. Y eso sentaba… bien. Con los niños aquí ahora, incluso su mayor defecto como esposa se borraría.

—Bueno, hemos negociado —dijo Rose, acercándose a mirar por la ventana—. ¿Qué hacemos ahora?

—Firmamos con nuestros nombres en el acuerdo para asegurarnos de que todos cumplamos con nuestra palabra —dijo su hermano.

—¿De verdad vas a aprender a leer? Cuando la hermana Helen Stephen lee, frunce mucho el ceño.

—Sí, voy a aprender a leer. Es importante para que nadie diga una cosa y escriba otra, y luego nos quedemos atrapados en algún sitio horrible.

Esa afirmación se apoderó de los pensamientos de Emmie. Estar condenado por una habilidad que nunca pensó tener la oportunidad de aprender... Darle esa oportunidad parecía mucho más importante que el que Will y ella encontraran cosas divertidas para que hicieran los niños.

—Leer te hace poderoso —dijo en voz alta—. Tanto porque evita que otras personas se aprovechen de ti, como porque te permite ver otros mundos y conocer cosas que de otro modo nunca tendrías la oportunidad de experimentar.

—Quiero ser poderoso —comentó George—. Voy a leer todos los libros que existan.

—¿Pero has visto cuántos libros hay? —preguntó Rose—. Creo que hay cinco millones de libros solo aquí. —Echó un vistazo a la biblioteca y se giró para mirar a Emmie—. ¿Has leído todos estos libros, mamá?

«¡Santo cielo!» No era la primera vez que Rose la llamaba mamá, pero la palabra siempre la golpeaba como un martillo. La facilidad con la que la niña llamaba mamá a una mujer que hacía tan solo cuatro días era una completa desconocida le parecía... triste. Parecía que Rose no tuviera ninguna conexión con el título o con lo que representaba. O eso, o era una actriz mucho más hábil de lo que Emmie había imaginado. Fijó una sonrisa en su rostro, fingiendo que el hecho de que la llamaran madre no la hacía entrar en pánico.

—No, no los he leído todos. Son una colección reunida por mis padres, junto con distintos tíos.

—Oh. —Claramente aburrida por la explicación, la niña de cinco años se acercó a la siguiente de las altas y estrechas ventanas—. ¿Tienen ponis o solo caballos grandes? Sé que los caballos no se negocian, pero prefiero practicar equitación en un poni.

La niña pasaba de un tema a otro, de lo serio a lo frívolo, con la rapidez y facilidad de una libélula. Emmie casi necesitaba un mapa para seguir el ritmo.

—No prometo nada respecto a montar a caballo, pero ¿por qué no vamos a visitar el establo mientras esperamos a Will?

—Oh, sí. Vamos, Georgie. Yo te protegeré.

La yegua castaña de Emmeline, Willow, residía en el establo junto con el castrado alazán de Will, Topper, dos castrados mayores para los mozos de cuadra y para los recados, dos pares de caballos de tiro y un equipo para el faetón. Nunca habían necesitado ponis. Seguían sin necesitarlos, ya que montar a caballo les quitaría mucho tiempo del que no disponían. Pero había que mantener a los niños ocupados en este momento, y ella prefería que no empezaran a robar al personal.

10

Emmie y los niños se dirigieron al establo y Billet presentó a los jóvenes a los caballos y, a petición de ella, les dio una rápida lección sobre los arreos. Mientras Roger repartía manzanas para que se las dieran a modo de golosinas, Emmie hizo un gesto al jefe de los mozos de cuadra.

—Son unos chicos muy listos, ¿verdad? —murmuró mientras veía a Rose reír y dar de comer a Topper, que era de Will, y a George hacer una mueca cada vez que Willow movía las orejas—. Me recuerdan a mis hermanos y hermanas, siempre trotando para vivir una aventura en el arroyo del molino.

Ni siquiera sabía que Billet tenía familia. De hecho, ni siquiera sabía con certeza su nombre de pila. ¿Peter? ¿O tal vez Adam? Hannah lo sabría, pero la doncella solo se sonrojaría y murmuraría, porque al parecer nadie debía darse cuenta de que estaba encaprichada con el mozo de pelo rubio.

—¿Cuántos hermanos tienes? —preguntó Emmie en voz alta.

—Nueve. Yo soy el tercero más mayor. —Se rio—. El que va después de mí intentó una vez vender al pequeño a cambio de una cesta de gatitos. Pensó que, al ser tantos, nadie se daría cuenta.

—Supongo que alguien lo hizo.

—Fue necesaria una hora y que uno de los gatitos se abalanzara sobre mi madre, pero sí.

—George, no se la tires —le indicó Rose—. Sujétala en tu mano abierta, así, para que no se coma tus dedos.

—Tampoco puede comerme los dedos si estoy aquí atrás —refunfuñó.

—Gracias por encontrarlos esta mañana —dijo Emmie, siguiendo la mirada del mozo—. Hemos conseguido llegar a un acuerdo. No debería haber más intentos de fuga.

Billet se quitó la gorra; su pelo claro estaba limpio, pero alborotado por el viento.

—Si usted lo dice, señora.

Emmie comprendía su escepticismo.

—Le agradecería que siguiera vigilándolos cuando estén fuera de la casa.

Él sonrió.

—Eso puedo hacerlo, señora Pershing.

—Gracias...

Topper resopló, moviendo la cabeza y golpeando el suelo con sus cascos mientras Rose chillaba y se apartaba de un salto.

—¡Ja! —bufó George—. Tienes mocos de caballo.

—¡Tú vas a tener mierda de caballo! —La niña salió del establo con paso airado.

—Unos angelitos —murmuró Billet con una sonrisa.

«¡Santo Dios!»

—George, tú eres el hermano mayor —dijo Emmie, colocándose a su lado mientras arrojaba una última manzana a la casilla de Willow—. Debes proteger a Rose, no burlarte de ella.

—Sí que protejo a Rose. Todos los días. Pero dijo que a mí no me gustaban los caballos y ahora tiene mocos por todas partes. Es gracioso.

—No para ella.

Emmie salió del establo al patio y encontró a Rose de pie junto al abrevadero, pasándose las manos mojadas por la frente.

—Se ha estropeado —sollozó—. Mi vestido rosa y amarillo.

—No está estropeado —dijo Emmie con firmeza—. Vamos a entrar y a cambiarte. Solo hay que darle un buen lavado a tu vestido y algo de tiempo para que se seque.

Rose se pasó la mano por la cara.

—¿Usted cree?

—No eres la primera dama a la que le resopla un caballo, querida.

—Oh, gracias a Dios. —Rose sorbió por la nariz y se acercó a Emmie, abriendo sus pequeños brazos.

Emmeline ahogó un grito y esquivó el resbaladizo abrazo.

—Entremos —dijo rápidamente, y se dirigió hacia la casa. No tenía sentido dañar dos batas.

—No me deje ahí con Billet —dijo George, corriendo detrás de ellas—. Dice que sus mozos de cuadra y él duermen debajo de la mierd..., del estiércol de los caballos para mantenerse calientes por la noche.

—Estoy segura de que solo estaba bromeando.

—Bueno, he tirado su abrigo a un cubo de mierda, así que veremos si se da cuenta.

—¡George!

—¿Cuándo tendré mis clases de dibujo? —preguntó el chico, intentando a las claras cambiar de tema.

—Will está preparando un horario. Junto con el acuerdo para que todos firmemos.

—Si me estabais engañando con lo de enseñarme a leer, entonces el resto del acuerdo no importa. Y creo que nos necesitan más que nosotros a ustedes.

Eso era cierto. Y un poco desconcertante darse cuenta de que los niños también lo sabían.

—No te estábamos engañando, George. Y cumpliremos el acuerdo, como sé que lo haréis vosotros. Pero no podemos hacer todo a la vez. Un horario es vital.

—No puedes aprender a leer ahora, George. Tengo que limpiar mi vestido.

—Tienes que bañarte —respondió su hermano—. Eres mitad porquería y mitad mocos.

—¡No lo soy! ¡Al menos yo no tenía miedo! ¡A él le dan miedo los caballos!

—¡No les tengo miedo! ¡Retira lo que has dicho!

—¡George! ¡Rose! ¡Ya basta! —Emmeline tenía ganas de huir. Pero los Fletcher eran la mejor, y única, manera que tenía de conservar la propiedad de Winnover Hall. Una mano húmeda agarró la suya y bajó la vista, asustada. Rose la miró con una expresión en su rostro ovalado que incluso el más duro de los corazones solo podría describir como entrañable.

—Sentimos mucho habernos gritado —dijo la chica con seriedad—. Por favor, no nos envíe de nuevo a la mazmorra de piedra.

Esa era la clave. Todos tenían algo que ganar con este asunto. Todos se necesitaban mutuamente. Emmie asió los dedos de Rose.

—Me parece que es posible que ahora tú y yo estemos pegadas con el resoplido del caballo —repuso, levantando sus manos unidas—. ¡Oh, cielos!

Rose se rio.

—¡Oh no! ¡Estamos pegadas!

—Yo tengo babas de caballo en la mano —anunció George—. De Willow. Eso también podría ser pegajoso.

—Bueno, vamos a averiguarlo, ¿de acuerdo? —Casi sin atreverse a respirar, Emmie extendió su mano libre.

George la agarró con sus dedos.

—¡Oh no! ¡Estamos pegados!

—Será mejor que vayamos a la cocina a ver si la señora Brubbins puede separarnos con una cuchara y un poco de agua.

—Hoy su sonrisa es de verdad —comentó Rose—. Me parece.

¿Cómo se podía responder a eso? Aunque como la niña estaba ocupada imaginando todas las cosas y personas a las que su hermano y ella podrían estar pegados ahora, Emmie supuso que no tenía que responder. Y, por el amor de Dios, siempre sonreía de forma falsa en Londres; en cenas, en fiestas, en paseos y en recorridos por el parque. Se le daba bien. Era una señal de cortesía sonreír aunque escuchara el mismo cuento del mismo barón por séptima vez. Sus sonrisas no parecían falsas. De ser así, la acusarían con razón de faltar a sus obligaciones.

—No estaba fingiendo antes cuando sonreía —dijo—. Lo que pasa es que esto es muy divertido.

—Sí. Me doy cuenta, porque no tiene el ceño fruncido.

La chica frunció el ceño de forma exagerada y luego señaló con la mano libre las arrugas que tenía sobre los ojos.

Conque así la veía la chica, ¿eh? Ceñuda y falsa. Y si había alguien que dijera la verdad sobre algo semejante, era una niña de cinco años. Quizás era hora de volver a practicar sus sonrisas frente a un espejo.

—Intentaré fruncir menos el ceño a partir de ahora.

Se detuvieron delante de la puerta de la cocina.

—¿Cómo vamos a abrirla? —exclamó Rose—. Georgie, tendrás que hacerlo tú. No te quedes con la mano pegada a la puerta.

—¿Qué tenemos aquí? —exclamó la señora Brubbins mientras los tres entraban de lado en la cocina.

—¡Estamos pegados! —exclamó Rose, riéndose—. ¡Necesitamos agua y una cuchara!

—¡Oh, válgame Dios, válgame Dios, válgame Dios! ¿Cómo ha ocurrido esta calamidad? —preguntó la oronda cocinera, dándose la vuelta para agarrar una cuchara de madera con una mano y un cuenco de agua con la otra.

—Un caballo resopló encima de mí.

—Un caballo me ha babeado.

—Y yo tendré que lavar esta cuchara cuando terminemos. —La señora Brubbins sumergió la cuchara en el agua con una floritura, la hizo girar en su mano y luego la deslizó entre la mano de Rose y la de Emmie—. ¿Funciona? —preguntó, haciendo ademán de moverla de un lado a otro.

—No... ¡Espere! ¡Creo que funciona! —Rose se aferró con fuerza a los dedos de Emmie y luego los soltó para retroceder a trompicones—. ¡Nos ha despegado! Ahora debe liberar a Georgie.

Mientras las dos ayudantes de la cocinera se reían, tapándose con las manos, la señora Brubbins volvió a sumergir la cuchara y la introdujo entre las palmas de Emmeline y de George. Para sorpresa de Emmie, George se aferró a ella un momento antes de apartar la mano.

—¡Oh, lo ha conseguido, señora Brubbins! —dijo Emmie, sonriendo y agradeciendo el rápido ingenio de la cocinera—. Menos mal. Y ahora debemos lavarnos las manos o nos quedaremos pegados otra vez.

Después de un poco de agua y jabón, al menos ella se sentía menos... pegajosa, y ambos niños volvieron a estar de buen humor. Envió a George a buscar a Will y a ver si estaba listo para la firma del acuerdo, y acompañó a Rose arriba para que se cambiara de vestido. Con suerte, Hannah conocía el secreto para eliminar los mocos de caballo del vestido de una joven.

En cuanto a ella, se esforzaría por fruncir menos el ceño. Y por tener en cuenta que, criminales en miniatura o no, George y Rose eran, sobre todo, niños. Y les gustara o no, estuvieran o no preparados para ello, fueran o no adecuados, Will y ella serían sus modelos de conducta durante las próximas semanas.

Will salió de su despacho y se dirigió al vestíbulo.

—Powell, ¿dónde podría encontrar a la señora Pershing?

—Con la señora Brubbins en la sala de la mañana, señor —respondió el mayordomo, saltando para enderezar un jarrón en el vestíbulo cuando los niños pasaban corriendo en dirección a la cocina. Will cambió de rumbo y se dirigió a la puerta entreabierta de su derecha. Se detuvo a medio camino, cuando algo captó su atención.

—En esta época del año habrá que pedir fresas a un invernadero —decía la cocinera mientras tomaba notas en un papel—. Es posible que pueda tenerlas para el jueves, pero tendrá que pagar por la entrega rápida.

Emmeline asintió mientras escribía algo en su bien organizada agenda.

—Entonces empecemos con las galletas de miel para el postre, pasemos las fresas con nata al viernes y el helado de frambuesa al sábado.

—¿Y los filetes de ternera?

—Pasémoslos también al sábado. Creo que combinarán bien con el helado.

—Sí, señora.

—Y sé que la comida extra excede su presupuesto; me encargaré de aumentarlo. La prioridad es alimentar a los niños bien y de forma memorable.

El altísimo moño de pelo negro y canoso de la oronda cocinera se balanceó.

—Si me salgo con la mía, esas dos criaturas dirán: «ese plato era mi favorito» todas las noches.

—Entonces todos nos beneficiamos. —Emmeline rio, pasando una página de su agenda—. El cumpleaños de Sally es la semana que viene. El miércoles. Creo que le gustan las cerezas, ¿no? ¿Quizás un postre de cerezas para el personal en su honor?

—Oh, eso sería estupendo, señora Pershing. Tengo algunas cosas en mente. ¿Podría elegir una de ellas mañana?

—Lo dejo a su criterio, señora Brubbins. Pero tenga en cuenta que los niños olerán lo que prepare a kilómetros de distancia y esperarán una ración también.

La cocinera levantó la vista mientras reía y abrió los ojos como platos al verlo allí de pie.

—Señor Pershing —graznó, levantándose de un salto.

—No se preocupe por mí —dijo, decidiendo que podría disfrutar observando los preparativos del menú más a menudo. Era algo fascinante, como planear una negociación o una batalla. Emmeline era una anfitriona espléndida, pero nunca se le había ocurrido el esfuerzo que suponía la preparación de algo tan… banal como una comida. Y, asimismo, cuánto esfuerzo se había invertido en lo que él consideraba la obsesión de Emmie por su trabajo. No es de extrañar que no sonriera tanto como él recordaba.

—Eso es todo por el resto de la semana, señora Brubbins —dijo ella, cerrando su agenda—. Volveremos a trazar una estrategia el sábado.

—Sí, señora Pershing. Gracias. —La cocinera saludó con la cabeza a Emmeline, se giró y volvió a saludar a Will, y luego abandonó la habitación.

—Entonces, ¿el acuerdo está listo? —preguntó Emmeline.

—Lo está. —Will cerró la puerta y se dirigió al sofá, donde se sentó junto a ella.

—Había pensado que podría hablar con el padre John y preguntarle si sabe de alguna familia local dispuesta a acoger a dos hermanos —dijo Emmeline, haciendo girar el anillo en su dedo.

—Asegúrate de decirle que los candidatos deben tener sus objetos de valor bajo llave.

—Will. —Lo miró con el ceño fruncido—. Aunque no apruebo sus actividades pasadas, si seguimos tratándolos como a ladrones, ¿no les estamos obligando a seguir siendo precisamente eso?

Apiló los papeles contra su muslo y se recostó para mirarla.

—Nos conocemos desde hace más de dos décadas y estamos casados desde hace ocho años. ¿Cómo es que de repente has adquirido la capacidad de asombrarme por completo? —En una situación determinada, ella reaccionaba de una manera determinada. Incluso las fantasías de su diario eran momentos bien orquestados de un comportamiento enternecedor.

—Quizá ninguno de los dos conozca al otro tan bien como creíamos —sugirió.

La idea le fascinó.

—En efecto. ¿Pero qué ha pasado entre el robo de esa cuchara por parte de Rose y ahora?

—Rose me la devolvió. No sé si ella o George se dieron cuenta de que nos habíamos percatado del robo, pero se disculpó, y de forma bastante entrañable. Y luego nos quedamos todos pegados cuando Topper llenó a Rose de mocos y Willow babeó a George.

Will la miró, contempló la sonrisa que alcanzaba sus ojos, sus manos abiertas y expresivas mientras manifestaba lo que quería decir.

—Atacado por saliva de caballo. Eso no estaba en tus diarios, Emmeline.

—No, no estaba. Si te soy sincera, nunca hubiera imaginado algo así.

—La sorpresa, lo inesperado, no siempre es algo malo, ¿verdad?

—Depende del caso.— Se removió un poco—. Pero reconozco que la maternidad, incluso esta maternidad temporal, no es... Pensé que estaría aterrorizada y sería una verdadera incompetente. Mi madre me dijo que las mujeres que no pueden tener hijos no están hechas para ser madres y que debería alegrarme de tener talento para ser anfitriona.

Will le asió la mano.

—Es muy feo decirle algo así a alguien. Escribir para contarle lo de Malcolm debió de ser muy satisfactorio.

—Lo fue. Fui muy amable al respecto. —Emmeline se encogió de hombros—. Claro que era todo mentira, pero en ese momento estaba desesperada. Ahora, con suerte, nunca se dará cuenta de lo farsante que he sido.

—Sabía que Winnover significaba mucho para ti, pero empiezo a darme cuenta de que no es solo la propiedad —dijo—. Parece que sientes la necesidad de ser... perfecta, querida.

Emmie tomó aire.

—Si me miras a mí... y nuestra situación ahora, no creo que pueda estar más lejos de la perfección. Pero, al menos, veré a esos niños instalados en algún lugar que cuente con su aprobación. No sé si eso se puede considerar perfección, pero parece que es lo correcto.

—Sí, lo es. —Will miró hacia la puerta cerrada—. Tengo la intención de cumplir lo que pone en este pedazo de papel, sea o no vinculante a nivel legal. ¿Y tú?

—También.

—Estupendo. Tu idea de hablar con el pastor es buena. Aunque la mayoría de mis contactos están en Londres, puedo enviar algunas cartas, mencionando discretamente a unos niños que necesitan un buen hogar.

Emmeline asintió.

—Es buena idea, Will. Cuanto más amplia sea nuestra red, mejor.

Will la miró durante un momento.

—Quiero decir de nuevo que es agradable volver a dirigirme a ti por tu nombre de pila. Estamos casados y somos amigos desde hace mucho tiempo. Aparte de eso, siempre me ha gustado tu nombre, Emmeline. Me recuerda a la primavera.

—Yo... Gracias. —Un suave rubor le tiñó las mejillas—. Pero antes me llamabas Emmie.

—Emmeline tiene más curvas y sombras. Y empiezo a darme cuenta de que eres más misteriosa de lo que imaginaba. Te queda bien. —Su renovado sentido del humor lo complacía. Lo complacía que hubiera aceptado de buen grado las manos pegajosas a pesar de que fueran las de unos falsos hijos creados de manera perfecta. Ella lo complacía, cuando hacía algún tiempo que había dejado de... tener esperanza—. Entonces, ¿buscamos a los Fletcher y firmamos nuestras promesas?

—Sí.

La conversación terminó, pero aun así él se aferró a su mano. «Deja de ser un idiota, Will», se dijo a sí mismo. Entonces, antes de que pudiera pensarlo mejor, se inclinó hacia un lado y besó a Emmeline en la mejilla.

—Oh. —Ella se levantó demasiado rápido como para hacerlo con elegancia y Will reprimió una mueca. Sí, había estropeado su primera noche juntos, hasta el punto de que Emmeline casi se desmayaba cada vez que iba a visitarla. Cuando le sugirió que tuvieran habitaciones separadas, aceptó de inmediato, pero si iba a sobresaltarse cada vez que le daba un beso en la mejilla...

—No pretendía molestarte.

—Yo... No lo has hecho. Lo que pasa es que me ha sorprendido.

Él sonrió.

—Estupendo. Me refiero a que no te haya molestado.

—No lo has hecho. Yo... —Se aclaró la garganta—. He pensado que es mejor comenzar con algo que los niños han pedido de manera específica —continuó, encaminándose hacia la puerta y abriéndola de nuevo—. Puede que esta tarde le enseñe a George a leer y a escribir y que dibuje con él si tú...

—Ah. Esgrima con Rose. O «espadear», como ella lo llama. —Asintió con la cabeza—. Sí. Eso debería aportar un poco de dulzura para disfrazar lo amargo de hacerles aprender buenos modales. —Will esbozó una sonrisa forzada con la esperanza de parecer encantador y no un idiota—. Desde luego a mí nunca me gustó esa parte y mis tutores fueron capaces de alargarla durante una década o más.

—Yo siempre consideré los modales y la corrección como aprender a esculpir —dijo, permaneciendo junto a la puerta, pero al menos de cara a él—. Qué sonrisa y qué gesto suscitaban la respuesta deseada. Dudo de que haya habido alguna vez un conflicto en el mundo que no se haya podido resolver con el empleo de un cumplido o una palabra amable en el momento preciso.

—Hum. —Sus meses de trabajo encargándose de la firma de un acuerdo comercial con Egipto no coincidían con su afirmación, pero entendía lo que quería decir.

Su suave rubor se convirtió en un rojo avergonzado.

—Por el amor de Dios, Will, no pretendía insultar tu trabajo. Es un arte, ¿no crees? —replicó—. Yo misma te he visto pintar una u otra obra maestra.

Él se puso en pie.

—Gracias por decirlo. Y, sí, entiendo lo que quieres decir.

—Yo... —Emmeline tragó saliva—. ¿Por qué de repente pareces estar mirándome todo el tiempo? Me preocupa que tenga pudín en la cara o algo así.

Lo único peor que ser sorprendido mirando fijamente a alguien era tener que explicarlo.

—Eres mi esposa, Emmeline. Creo que mirar no está prohibido.

—Por supuesto que no lo está. Pero... tú no solías hacerlo.

Will exhaló. Negociar con dignatarios extranjeros hostiles era sencillo comparado con esto.

—Sí solía mirarte. Solo que nunca te diste cuenta.

—Yo...

—Lo que pasa es que..., pensaba que yo..., es decir..., pensaba que conocía todas tus facetas, Emmeline —la interrumpió antes de que lo obligara a confesar que había estado enamorado de ella desde que cumplió dieciséis años y se dio cuenta de que ya no era solo... Emmie. Y que eran vecinos, no hermanos—. Resulta que no.

Emmeline volvió a sonreír.

—Gracias, supongo —dijo—. Y ya que estamos siendo sinceros, te has vuelto tan íntegro que pensé que huirías en cuanto descubrieras que había estado mintiendo. Eres más... retorcido de lo que me había dado cuenta.

—¿Retorcido? —Enarcó una ceja, asombrado y muy halagado—. ¿Cómo es que estar involucrado en las actividades de mi esposa hace que sea retorcido? No es que me oponga a un poco de picardía.

Emmeline parpadeó, con una sonrisa en su atractiva boca.

—Me refería a enrevesado, por lo complicado. Un nudo gordiano, por así decirlo.

Ahora sentía la cara caliente.

—Ah. —Will se levantó y se dirigió a la puerta, asegurándose de rozar con la mano la suya al pasar—. Tal vez sea las dos cosas.

Sus dedos se curvaron, prolongando el contacto por un momento.

—Y tal vez a mí esté empezando a gustarme eso de ti —susurró, lo bastante alto como para que él pudiera oírlo.

11

George conocía la mayoría de las letras a simple vista, pero Emmie las escribió todas y se las hizo copiar mientras repasaban la pronunciación de cada una. Entretanto, fuera de la biblioteca en la parte superior del jardín, Will y Rose se enfrentaban, ambos armados con palos de escoba.

Mientras George garabateaba letras, con la lengua entre los labios, Emmie se acercó a la ventana central y la abrió.

—¿Cómo os va? —voceó.

Will se volvió para mirarla.

—Solo le estoy explicando las reglas y la historia, que por tradición los contrincantes intercambiaban pullas verbales en un intento de poner nervioso al otro...

Rose se abalanzó sobre él y lo golpeó en las costillas con su escoba.

—¡En guardia! —gritó.

—Veo que renunciamos a las justas verbales —dijo, gruñendo y frotándose el pecho—, y pasamos directamente a la sangría.

—¡He ganado! —se jactó Rose, alzando su escoba en el aire—. ¡Qué fácil es esto!

—Bueno, por supuesto que es fácil si no sigues las reglas —contraatacó Will.

—Si siguiéramos las reglas, no podrías golpear a una niña.

Will enarcó las dos cejas.

—Entonces, ¿no seguimos las reglas? —Haciendo girar el palo de escoba en una mano, embistió y le dio un golpecito a Rose primero en un pie y luego en el otro.

Con un chillido de placer, la niña retrocedió y luego balanceó el palo en el aire, muy cerca de Will.

—¡Enséñame eso!

—Pues no más intentos de hacerme agujeros mientras hablo con mi mujer —respondió, sonriendo mientras hacía ademán de enfundar su arma de mentira en la cadera.

—Vale. Pero tienes que enseñarme a golpear a la gente en los pies.

Emmie observaba desde la ventana. No a la risueña niña de cinco años, adorable como era, sino a su marido, sonriente y sin aliento.

Era consciente de que sabía esgrima, pero hacía años que no lo veía practicar. Su forma de moverse, rebosante de elegancia y destreza, había sido parte de su mundo, en el que iba a clubes y practicaba boxeo y esgrima con amigos, y ella iba de compras, de visita o bordaba con las suyas.

No era aquel chico torpe y desgarbado con el que había perseguido ranas ni el torpe y serio que solía proponerle matrimonio cada temporada, ni tampoco aquel cuya... torpeza en su noche de bodas había hecho que se preguntara si no era virgen también él. Ya no tenía ocho ni doce, ni siquiera veinte años. Tenía veintiocho años y era un hombre atractivo, brillante y en forma.

—Ya he escrito todas las letras —dijo George desde la mesa detrás de ella—. ¿Por qué hay dos formas diferentes de escribir cada estúpida letra?

Emmie tomó aire y volvió a su asiento.

—Hay letras mayúsculas, las grandes, que son para los comienzos de las frases, los nombres propios y los títulos. Luego están las minúsculas, que son para todo lo demás.

—Pero ¿por qué?

«En efecto. ¿Por qué?»

—Hace que resulte más fácil comprender lo que se lee. Sabes cuándo estás leyendo un nombre o un lugar solo por el tipo de letra que se utiliza.

—Me parece una pérdida de tiempo —dijo el chico, frunciendo el ceño.

—Si quieres aprender a leer y a escribir bien, no es una pérdida de tiempo —replicó.

—Lo aprenderé, pero sigue sin tener sentido.

Lo miró durante un momento. Luego escribió una frase corta.

—Deja que te lo demuestre—dijo—. Esto dice: «Una rosa languidece en el jardín». —Escribió otra frase—. Y aquí dice: «Una Rosa languidece en el jardín». ¿Ves la diferencia? Una significa que una planta necesita agua y la otra significa que tu hermana se ha desmayado.

Rose corrió junto a la ventana abierta, con Will pisándole los talones.

—¡Granuja! —gritó, riendo tan fuerte que casi se ahoga.

George levantó la vista.

—No creo que esté aprendiendo esgrima —comentó, y volvió a estudiar las frases—. Ese es el nombre de Rose. Escribe el mío.

Quería ver su propio nombre por escrito. Emmie se inclinó y, con su letra más pulcra, escribió «George Fletcher».

—Esto es George —dijo, subrayando la palabra—, y esto es Fletcher.

—Con letras mayúsculas al principio de cada palabra —murmuró el chico, copiando de forma meticulosa lo que ella había escrito.

—Sí, porque son nombres propios.

Al terminar las dos palabras, se puso el puño sobre la cabeza. La alegría de George al poder escribir su propio nombre era contagiosa; con el tiempo se daría cuenta de que eso significaba que podía poner su nombre en los contratos en lugar de firmar con una X como hacía antes, y de que su nombre en el papel tenía peso y categoría legal.

Para Emmie significaba que si los niños de la fiesta de su abuelo decidían hacer tarjetas de cumpleaños al duque, bueno, él podría firmar con el nombre equivocado. Sí, debería haberle enseñado a escribir «Malcolm Pershing», pero por el amor de Dios eso podía esperar unos días. Este momento era importante para él.

—Lo estás haciendo muy bien —le dijo, sonriendo mientras escribía algunas palabras sencillas con las que él estaría familiarizado—. ¿Deseas tomarte unos momentos para ir a ver cómo evoluciona Rose?

—Puedo oírla —repuso—. ¿Crees que si sé escribir, algún día Rosie y yo podremos abrir una tienda y la gente vendrá a comprar cosas y a darnos dinero?

George había omitido varios pasos, pero asintió de todos modos.

—Por supuesto. Aunque puede que encontréis unos padres que tengan una granja o un molino y queráis seguir sus pasos.

George negó con la cabeza.

—Rosie no puede dedicarse a recoger patatas. Ni ser lavandera como mi madre. Siete familias diferentes intentaron sacarla del orfanato, pero le dije a la madre superiora que si alguien intentaba separarnos, les contaría a todos que las monjas nos encierran en armarios y venden nuestras pertenencias para comprarse puros.

—¿Qué?

George se puso de nuevo con las letras.

—Oh, no hacen nada de eso, aunque a veces desaparecen algunas de nuestras cosas, pero tenía que asegurarme de que si Rosie y yo vamos a algún sitio, lo hagamos juntos. Nadie más la cuidará como yo. Y sé que se nos acaba el tiempo. Dentro de otro año, más o menos, seré un chico veterano. Las monjas renunciarán a que me vaya, y empezarán a intercambiarme con albañiles y excavadores de canales a cambio de reparaciones en la mazmorra de piedra.

«¡Santo Dios!» Aun siendo analfabeto, aun teniendo solo ocho años, George Fletcher había conseguido enfrentarse a las monjas y a sabía Dios quién más para que su hermana siguiera con él. Y era muy consciente de que las posibilidades de que lo adoptaran se desvanecían a medida que crecía. Cuando tenía ocho años, se había pasado medio año dando la lata a sus padres para que le regalaran una muñeca nueva que había visto en un escaparate, y eso había sido lo más importante del mundo para ella.

—Si alguna monja tiene pinta de fumar puros, es la hermana Mary Stephen —dijo en voz alta.

Él resopló.

—Me recuerda a esas gárgolas de piedra que ponen en las iglesias.

Al considerarlo vio que el parecido era sorprendente.

—Me alegro de que no vuelvas allí. Te encontraremos una buena familia, George. Para los dos.

—Está en el acuerdo. —Se encogió de hombros y volvió a garabatear letras.

Teniendo en cuenta lo inflexible que había sido en cuanto a no volver a St. Stephen, o incluso a Londres, y el esfuerzo que había hecho para no separarse de Rose, su despreocupación ahora resultaba un tanto sorprendente. Emmie disimuló su expresión ceñuda. Era algo inesperado si de verdad tenían intención de cumplir el acuerdo, se corrigió.

Era un joven inteligente y astuto, y lo más seguro era que tuviera un plan preparado para cosas que ella ni siquiera podía imaginar. Si no le preocupaba qué familia podría adoptarlos, entonces ya había decidido que no les iban a adoptar.

Lo observó mientras copiaba palabras, golpeteando la mesa con la pluma.

—¿Sabes?, también deberías aprender los números —reflexionó en voz alta.

George se echó hacia atrás.

—¿Números? Eso no lo hemos negociado. Y ya te he regalado el baile.

—No hemos hablado de los baños —replicó.

—¿Baños?

—Si vas a tener una tienda, deberías saber de números. Cuánto dinero te tienen que dar los clientes y cuánto cambio deben recibir. Lo que cuestan las cosas y cómo obtener beneficios.

George apartó la vista de ella para dirigirla hacia la ventana, al otro lado de la cual Rose estaba imitando por fin una posición de esgrima real con Will, e hizo una mueca.

—Los números son importantes.

—Sí, lo son.

—¿Cuántos baños?

—Los que creamos que necesitéis. Rose y tú.

El chico exhaló un suspiro.

—¿Tenemos que hacer otro acuerdo?

—Creo que podemos estrecharnos la mano y ya está. Pero sin escupir.

—Podríamos quedarnos pegados otra vez. —Con una breve sonrisa le tendió la mano y ella la estrechó—. Baños por números.

—Baños por números.

Will se limpió los restos de crema de afeitar de la barbilla y dejó el paño en el tocador. Su mirada permaneció en el espejo que tenía delante o más bien en la repisa de la chimenea que se reflejaba en el espejo.

—Davis, ¿no tenía un pájaro de cristal soplado en la chimenea? —preguntó mientras el ayuda de cámara lo ayudaba a ponerse la chaqueta—. El que traje de Francia esta primavera.

El bajo y corpulento ayuda de cámara se dio la vuelta y miró.

—Sí, señor. Azul y rojo. Estaba justo ahí. Yo... avisaré a Powell de que alguien del personal de la casa ha roto o robado un objeto de sus dependencias privadas.

—No vamos a hacerlo —replicó Will, dándose la vuelta—. Creo que ambos sabemos quién es el culpable o los culpables más probables.

Davis se sonrojó.

—Nunca me atrevería a...

—Davis, No voy a despedir a ninguno de los empleados porque muy probablemente Rose se haya encaprichado de un pájaro de cristal.

Significaba que la pequeña se había colado en sus dependencias, y si bien no le hacía ninguna gracia, también sabía que había sido él quien había sugerido llevarse a los niños del orfanato de forma temporal. Quejarse de las consecuencias de un acto tan precipitado le parecía mezquino.

—Como usted diga, señor. —El ayuda de cámara miró hacia la pequeña mesa junto a la ventana—. Esa caja de marfil tallado de su abuelo es un artículo delicado y encantador, si me permite decirlo, señor Pershing.

Will siguió su mirada. La caja había estado allí durante ocho años, desde que hizo de Winnover Hall su hogar. La mesa estaba en un rincón, y la caja era uno de los diversos objetos que allí se exponían, pero por otra parte...

—Guardemos eso en el armario durante un tiempo, ¿no le parece? —sugirió—. Debajo de los pañuelos.

—Sí, señor.

Aunque tenía fe en este experimento, tampoco era idiota.

—Gracias.

Salió de su dormitorio y comenzó a recorrer el pasillo. La puerta de Emmeline ya estaba abierta esta mañana, lo que habría sido inusual si no fuera porque todo en la casa era ahora inusual. Él mismo se había escabullido de su habitación dos veces la noche anterior, solo para asegurarse de que los niños seguían donde los habían dejado al final de la velada. Emmeline le había contado su conversación con George y su preocupación tanto por que Rose fuera adoptada sin él como por que ninguno de los dos fuera elegido.

La puerta de George también estaba abierta, pero la de Rose estaba cerrada cuando él pasó. Dudó, pero luego retrocedió y entró en la alcoba del chico.

—¿George?

Nada. Tras echar un rápido vistazo por encima del hombro, Will cruzó la habitación, se puso en cuclillas y abrió el baúl del chico. Como había sospechado, en su interior había varios objetos tanto de Pershing House como de Winnover Hall. Pequeñas cosas que no valían mucho, pero que en conjunto sin duda comprarían comida suficiente para que un niño de ocho años y su hermana de cinco no pasaran hambre durante un tiempo. Ni rastro del petirrojo, pero seguro que estaría en el baúl de Rose.

Ese muchacho llevaba un gran peso sobre sus hombros. Will meneó la cabeza mientras sacaba todas las monedas del bolsillo y las metía en el pañuelo doblado que ya contenía lo que parecían tres o cuatro libras. Tanto si quería como si no que los niños tuvieran que utilizar alguna vez sus mal conseguidos bienes, si podía aliviar un poco la carga de George añadiendo algo a su dinero, por Dios que lo haría.

Estaba en mitad de las escaleras cuando se cruzó con George, que volvía a subir.

—Buenos días —dijo, sonriendo, y luego echó una segunda mirada al chico. Con las mejillas sonrosadas y el pelo pegado a la cabeza, resultaba evidente que el joven se había bañado.

—Buenos días. ¿Has visto a Rose? —preguntó George, y siguió hasta el piso de arriba—. Le gusta dormir hasta tarde, pero si yo he podido oler el pan horneado esta mañana, sé que ella también.

—No la he visto. —La pequeña Rose no parecía dispuesta a huir por su cuenta, pero como la idea le había venido a la cabeza, Will se dio la vuelta para seguir al chico de nuevo arriba. Sin embargo, justo cuando llegó al rellano superior, la puerta de Rose se abrió de golpe. La niña, que no llevaba nada más que una fina camisola, corrió por el pasillo sin dejar de chillar, con Emmeline y Hannah pisándole los talones.

—¡Yo no he aceptado darme ningún maldito baño! —gritó Rose, lanzándose debajo de una mesa del pasillo.

—Oh, Dios mío. —Will no sabía si apartar la vista o saltar para ayudar. Se aclaró la garganta y sacó su reloj de bolsillo para tener algo más que mirar—. ¿Necesitan ayuda? —dijo, volviéndose a medias.

—No, estamos bien —respondió Emmeline—. Solo es un desacuerdo.

—¡Deirdre dice que los baños te dan fiebre y luego un médico te pone sanguijuelas y te comen!

—Las sanguijuelas no te comen —repuso George—. Te chupan la sangre. Báñate, Rosie. No estás tan mal.

—Rose, no tendrás fiebre por bañarte —dijo Emmeline, apoyando un brazo en la mesa del pasillo para poder agacharse a ver a la niña—. Quedarás limpia y olerás muy bien. He puesto limón en el agua del baño.

En lo alto del rellano, Powell se aclaró la garganta, haciendo que Will se sobresaltara. Para ser un hombre grande, el mayordomo se movía con más sigilo que un maldito gato.

—Señor, hay una persona en el vestíbulo —dijo—. No tiene tarjeta de visita, pero dice que necesita hablar con usted. —Se arrimó más—. Con respecto a los niños Fletcher.

Will los miró; Rose seguía bajo la mesa y George no parecía nada sorprendido por la aversión de su hermana a bañarse.

—¿Ha dicho Fletcher?

—Sí, señor. No he confirmado su presencia, ya que la señora Pershing dijo que están haciendo de los jóvenes Pershing, pero insiste en hablar con usted. —Su barbilla se levantó—. ¿Debo pedirle que se marche?

—No. —Will hizo un gesto a Emmeline y ella se enderezó para unirse a él—. Puede que tengamos un problema —dijo, y le contó lo que Powell le había transmitido.

—Tal vez sea del orfanato y haya venido aquí para ver cómo tratan a los pequeños.

—Supongo que eso tiene sentido. —No lo tenía, pero no tenía una explicación mejor. Así que más valía dejar de especular—. Iré a hablar con él.

Emmeline posó una mano en su brazo.

—Iremos los dos. Hannah, George, os ruego que veáis qué podéis hacer con Rose.

—¡Antes prefiero la muerte! —gritó Rose.

El tipo estaba de pie en el vestíbulo mientras Edward cambiaba de forma discreta un ramo de flores cerca, sin perder de vista al desconocido. Un abrigo marrón demasiado grande, unas botas hessianas de buena calidad, unos pantalones negros también demasiado grandes, y un sombrero de castor negro demasiado pequeño que sujetaba en las manos le daban un aspecto elegante pero un poco... desubicado al mismo tiempo.

Además, su pelo necesitaba un buen corte, aunque no se podía hacer nada por su nariz aguileña. Era un hombre joven, de entre dieciocho y veinte años, calculó Will, aunque ese abrigo grande lo hacía parecer más joven.

—Buenos días.

El hombre se movió como un perro que pensaba que le iban a dar una patada y se giró hacia las escaleras mientras Will y Emmeline bajaban los últimos escalones.

—Buenos días. Ustedes son el señor y la señora Pershing, ¿no? Gracias por recibirme.

Labios finos, una gran sonrisa, a la que le faltaba un diente delantero en la parte de abajo, ojos color avellana y dedos sucios, con los que pellizcaba el ala de su sombrero; Will lo asimiló todo, de la misma manera que evaluaría a cualquiera que se sentara frente a él en una negociación. A este lo resumiría en la categoría de «vestirse por encima de su posición para impresionar a los que estaban por encima de él en la escala social», pero, por lo general, la mayoría de los invitados que iban de visita a una gran casa vestían lo mejor posible, ya fueran embajadores o granjeros.

—Conoce nuestros nombres —dijo Will en voz alta, asintiendo—. ¿Cómo le llamamos a usted?

—Oh, mil disculpas, señor Pershing. Su mayordomo me pidió una tarjeta, pero no llevo ninguna encima. —El joven se palpó los bolsillos del abrigo mientras hablaba—. Mi nombre es Fletcher. James Fletcher.

Emmeline dejó escapar un pequeño gemido a su lado y se cogió de su brazo, pero Will mantuvo su mirada en el desconocido.

—¿De veras?

—Desde que nací. Verá, tuve que dejar que mis hermanos pequeños, George y Rosie, fueran al orfanato de St. Stephen, por ser yo demasiado joven y no contar con la aprobación del magistrado para criar a dos bebés. Pero la semana pasada cumplí dieciocho años y, bueno, imagine mi sorpresa cuando fui al orfanato a recoger a los pequeños y ya no estaban allí.

La mano con la que Emmeline le agarraba el brazo lo apretó tan fuerte como para dejarle un moratón.

—Will —murmuró en voz baja.

—Entiendo —comentó Will, manteniendo la voz fría y serena—. ¿Por casualidad no tendrá alguna prueba de que es quien dice ser?

El muchacho extendió los brazos.

—Solo yo mismo. Pregúnteles, si no me cree. ¿No le dijeron que tenían un hermano? Me siento dolido.

—¿Por qué no vamos a mi oficina, donde podemos charlar? —Y así podría averiguar qué diablos estaba pasando sin alertar a los niños o al resto de la casa. Un hermano mayor de edad significaba que George y Rose ya no eran aptos para la adopción, y aunque Emmeline y él solo los habían acogido por un tiempo, imaginaba que, incluso sin poseer la comprensión de la ley de un abogado, tampoco tenían la capacidad de hacerlo.

Esto era malo. Muy malo.

—No se ofenda, señor Pershing —dijo el joven con otra amplia sonrisa—, pero no pretendo que me compren ni me amenacen. —Se llevó una mano a la boca a modo de bocina—. ¡George! ¡Rosie! Adivinad quién os ha encontrado, queridos.

—En esta casa no se grita —afirmó Will—. A mi despacho. Ahora, si es tan amable.

Unos pasos golpearon el rellano de arriba. Cuando se giró para mirar hacia arriba, George se asomó a la barandilla del balcón. Un momento después, Rose se unió a él, agachándose para ver a través de la barandilla.

—Es James —dijo después de un momento—. ¿Qué haces aquí, James?

—¡Bajad a ver a vuestro hermano, queridos! —dijo él—. Os dije que volvería a recogeros cuando fuera mayor. No debí dejar que las monjas os entregaran a nadie.

—Queridos, ¿podrían decirnos quién es y qué relación tiene con vosotros? —preguntó Emmeline, retrocediendo hacia las escaleras.

George exhaló y agarró la mano de Rose mientras empezaban a bajar.

—Es nuestro hermano, James Fletcher. Creíamos que estabas en St. Giles o en alguna parte, James.

Qué interesante. St. Giles estaba repleto de ladrones y carteristas. Por supuesto, la ubicación no convertía a James Fletcher en un infractor de la ley, pero dados los hurtos que perpetraban sus hermanos, tampoco hablaba bien de él.

—Tonterías —dijo James, riéndose—. He estado en los muelles, buscando trabajo, ganando la pasta para que pudiéramos ser una familia cuando tuviera la edad suficiente. Y aquí estoy. Bajad y dadle un beso a vuestro hermano.

Cuando los niños llegaron al vestíbulo, James Fletcher se arrodilló y los estrechó a ambos en sus brazos. Will mantuvo la atención fija en los pequeños, sobre todo en George. No parecía asustado, pero tampoco había echado a correr ni había sonreído. No era precisamente una alegre reunión familiar. Por otra parte, Will y Emmeline necesitaban a los niños, así que tal vez esperaba que hubiera algo turbio en el horizonte.

—Entonces, ¿cuál es su intención, señor Fletcher? —preguntó. Si el tal James se marchaba con los pequeños, Emmeline y él tendrían que empezar de nuevo desde el principio, volver a Londres, buscar otros dos niños de la edad adecuada, conseguir su cooperación... y maldita sea, le gustaban George y Rose. No quería tener que empezar de nuevo.

—¿Oyes eso, Georgie? —dijo su hermano, poniéndose de nuevo en pie—. Ahora soy «el señor Fletcher». —Se tiró de las solapas de su abrigo—. Bueno, he venido aquí para llevarme a los pequeños de vuelta a Londres, ya que es de donde somos —dijo, balanceándose sobre los talones—. Pero primero me gustaría saber qué pasa. Las monjas me dijeron que solo habían prestado a los pequeños.

—Sí. Nos han tomado prestados para que seamos sus hijos —dijo Rose—. Ahora tengo vestidos bonitos. —Bajó la mirada a su camisola—. Aunque tengo que bañarme y no quiero que me dé fiebre.

—¿Estáis fingiendo que sois sus hijos? —James enarcó una recta ceja—. Tal vez deberíamos tener esa charla después de todo, señor Pershing.

Will puso una mano en el hombro de Emmeline.

—Por supuesto. ¿Te importaría ocuparte de George y Rose, cariño?

La mirada que ella le dirigió decía que preferiría estar en el despacho conversando con James Fletcher, pero asintió con su encantadora sonrisa.

—Por supuesto que no. Vamos a vestirte, Rose. Quizá el baño pueda esperar hasta esta noche.

—Tendré la fiebre más fuerte si me baño por la noche —dijo la niña, pero tomó la mano que le ofrecían y se dirigió de nuevo al piso de arriba. George fue detrás de ellas, pero mirando por encima del hombro a su hermano.

Una vez que estuvieron a salvo, Will se dirigió a su despacho, a mitad del largo pasillo principal de la casa. Ni Emmeline ni él habían hecho nada malo; en todo caso, eran las monjas las que no debían haberles permitido llevarse prestados a dos niños con un familiar esperando para recogerlos. Pero ahora estaban aquí y ya habían avanzado mucho, y no se le ocurría nada positivo de que George regresara a St. Giles y sus alrededores. Podría ser incluso peor para Rose.

—Tiene una casa preciosa, señor Pershing —comentó James, sentándose en la silla frente al escritorio de Will—. En cuanto llegué a Swindon todo el mundo sabía cómo encontrar Winnover Hall, a las afueras de Birdlip.

¡Qué bien! Will se preguntó de manera fugaz si James Fletcher también había preguntado dónde encontrar a sus dos hermanos huérfanos, que residían con los Pershing en Winnover Hall. «¡Maldita sea!»

—Gracias —dijo en voz alta—. En primer lugar me gustaría decir que mi esposa y yo no teníamos ni idea de que George y Rose tuvieran familiares vivos. No los mencionaron.

James se encogió de hombros.

—A George le gusta fingir que están solos. Creo que le granjea más simpatía. Pero lo cierto es que no están solos y que sí tienen familia. Yo. —Se inclinó hacia delante, cruzando los tobillos—. Pero tengo que decir que este asunto de llevárselos un tiempo no me parece bien. ¿Y vestirlos de forma elegante? Quieren devolverlos, ¿no?

No, porque habían pedido de forma específica ir a un lugar que no fuera un orfanato..., y a un lugar que no estuviera en Londres.

«Hum.»

—Es algo complicado —aventuró Will—, pero el abuelo de Emmeline adora a los niños. Sin embargo, su mente está... turbada. Sigue creyendo que tenemos hijos y no es así. Vamos a visitarlo dentro de unas semanas y pensamos llevar a George y a Rose para lo que podría ser nuestra última vez con él.

—Ah. Ya veo. Porque le encantan los niños.

—Sí. Exacto.

—Bueno, es muy amable por su parte. —James se recostó de nuevo, frunciendo sus finos labios. De repente, se golpeó la rodilla con una mano—. Le diré algo, señor Pershing. ¿Qué le parece si me quedo por aquí para asegurarme de que hace lo correcto con los pequeños? Si nada parece... indecoroso, tal vez considere oportuno que los lleve a visitar al viejo abuelo. No quiero estropear la última oportunidad de un hombre moribundo de gozar de algo de felicidad.

«Indecoroso.» No era precisamente una acusación, pero persistía dicho hedor.

—¿Dónde piensa quedarse por aquí?

—He oído que hay una posada en Birdlip. Eso podría servir, aunque he gastado algo de dinero en venir aquí a buscar a los niños. Ocho semanas en una posada podrían dejarme sin blanca y quién sabe dónde acabaríamos entonces. —Entrecerró un ojo—. Me parece que le estoy haciendo un favor, señor Pershing. Tal vez considere oportuno pagar mi estancia en la Posada de la Rosa Azul, ¿verdad? Los pequeños podrían venir a visitarme allí.

Y eso plantearía más preguntas que él y Emmeline no podrían responder.

—No, insisto en que se quede aquí, señor Fletcher —dijo Will, clavándose el puño en el muslo por debajo del escritorio—. No podemos hacer menos.

—¿Con ustedes? Santo Dios, es muy amable por su parte, señor Pershing. Sobre todo porque he venido de forma apresurada y me he olvidado de traer equipaje. Sin embargo, hace que los vea a usted y a la señora con mejores ojos todavía. Gracias.

—No hay de qué. —Will se apartó del escritorio y llamó a Powell.

El mayordomo apareció tan rápido que debía de estar justo al lado de la puerta.

—¿Sí, señor Pershing?

—Powell, tenga la bondad de hacer que preparen un dormitorio para el señor Fletcher. E informe a la señora Brubbins de que seremos uno más para cenar.

—Entonces, ¿se quedará a pasar... la noche, señor?

—Algo más que eso. —Indicó a James la puerta—. Powell se encargará de que tenga lo que necesita. La cena se sirve a las siete.

Todo había encajado muy bien..., para James Fletcher. Pero si alojarlo durante unas semanas era el precio que tenía que pagar por conservar a los niños, no tenían más remedio que pagarlo. Por otra parte, mandar que realizaran unas cuantas averiguaciones en Londres sobre el señor Fletcher tampoco haría daño.

Esto era muy extraño. Y sospechoso. Era cierto que no quería a Fletcher aquí complicando las cosas, pero al mismo tiempo los niños no querían volver a Londres. No habían mencionado a ningún hermano mayor en ningún momento, ni siquiera lo habían dejado caer. Y habían insistido en que Emmeline y él les buscaran una familia. Habían firmado ese acuerdo sabiendo que tenían un hermano por ahí. Fuera lo que fuese lo que se avecinaba, tenía intención de cumplir el acuerdo. Aunque eso significara seguir buscando una nueva familia para los niños mientras su familia verdadera y su familia falsa residían bajo el mismo techo.

12

George esperó hasta que los lacayos terminaron de llevar lo que parecían todos los abrigos, camisas y pantalones de repuesto del señor P a la alcoba del pasillo. Fuera lo que fuese que hubiera dicho James, los Pershing no lo habían echado a patadas. De hecho, le estaban dando ropa.

Eso lo sorprendió. Los Pershing eran... amables, pero no eran imbéciles. James no parecía un caballero y desde luego no hablaba como el señor Pershing. Sin embargo, allí estaba, todavía dentro de Winnover Hall, y también le habían dado una habitación.

—¿Qué crees que quiere? —susurró Rosie, mirando por debajo del pliegue de su brazo.

—Ha dicho que ha venido a recogernos. Me parece que ahora tiene dieciocho años, así que supongo que es posible.

—A lo mejor tenía miedo de preguntarle a la hermana Mary Stephen —razonó—. A mí me da miedo.

—A lo mejor —repitió George—. Quédate aquí y termina de vestirte. Yo iré a hablar con él.

—Vale, pero aun así no deberías haber accedido a que me bañara por mí. Yo no te obligué a bordar.

—Hueles a limones. Es agradable.

Rosie giró en círculo, levantando la cabeza.

—Sí que huelo bien. Creo que tampoco he cogido las fiebres. Al menos el agua estaba caliente. En la mazmorra de piedra nunca está caliente. A veces ni siquiera puedo ver el fondo de la bañera. Pero esta agua estaba limpia.

—Volveré dentro de un rato. Llama a Sally o a Hannah si necesitas ayuda para abotonarte el vestido.

—Ya lo sé.

George tomó aire y recorrió el pasillo. Seguro que los Pershing estaban enojados porque no les había mencionado antes a James, pero Rosie y él nunca sabían cuándo podría aparecer o si lo haría. Siempre hacía sus propios planes.

La puerta del dormitorio estaba cerrada, así que llamó. Un segundo después se abrió.

—Entra, Georgie —dijo James, sonriendo, y fue a tumbarse en la cama—. Pero qué guapo estás. Casi no te reconozco.

—Yo a ti tampoco —replicó Georgie, cerrando la puerta, pero quedándose junto a ella—. ¿Dónde has robado el sombrero de castor?

—En el carruaje del correo. Si un lelo se queda dormido, la culpa es suya si pierde las cosas. —Entrecerró los ojos, poniendo ambas manos detrás de la cabeza—. No me dijiste que Rosie y tú os ibais de Londres.

—Los Pershing nos llevaron a casa la misma mañana que nos vieron. Y de todas formas no sabíamos dónde estabas.

—¿Por qué no les dijiste que ya tenías un hermano mayor que cuide de vosotros?

—¿Por qué iba a decir nada? Huiste cuando los magistrados nos atraparon. Me di la vuelta y no estabas allí. No te hemos visto en seis meses.

Su hermano sonrió.

—Ni los magistrados ni los agentes de Bow Street van a volver a atraparme, Georgie. Ya sabes lo que te dije. Tienes que cuidar de tu propio pellejo o alguien te lo arrancará y lo venderá.

—Las monjas dijeron que nos iban a deportar, James. Tuve que dar mi palabra de que no volveríamos a huir. Creíamos que te habías ido para siempre. —También había abrigado la esperanza de que así fuera. Cuando James era su líder, las cosas no iban tan bien.

—De todas formas, ya veo que te las has arreglado para salir de allí. Bueno, ¿quién es esta petulante escoria? Los Pershing. Háblame de ellos.

George echó una mirada por encima del hombro, aunque la puerta seguía cerrada. Se suponía que todo esto era un secreto. Nada de cotilleos. La señora P había puesto mucho empeño en asegurarse de que lo supieran.

—No hay mucho que contar. Es lo que ha dicho Rosie; solo nos han acogido durante unas semanas para quedar bien con el abuelo de la señora P.

—¿Y quién es su abuelo? Pershing me ha contado una estúpida historia sobre un viejo lunático que adora a los niños.

James lo averiguaría. Y George preferiría que no hiciera que Rose se lo contara. Su hermana se confundía a veces entre lo fingido y lo real y eso podría hacer enfadar a James.

—Su abuelo es el duque de Welshire. Los Pershing debían tener hijos y no pudieron, así que mintieron para conservar sus propiedades. Ahora tienen que ir de visita, así que Rose y yo nos hacemos pasar por suyos.

James se incorporó.

—Vaya, vaya. Un duque. Y vosotros preparados para ser los bisnietos de un duque. —Juntó las manos con fuerza—. Y ahora, yo estoy aquí para ocuparme de que os traten bien. Apuesto a que ya te has embolsado algunas cosas. Oh, Georgie, este es nuestro día de suerte. ¡Por fin!

—¿Cómo supiste que nos habíamos ido de St. Stephen?

—Me crucé con esa bonita hermana. La nueva.

—¿La hermana Mary Christopher?

—Sí. Esa misma. Le pregunté si podía salvar mi alma y luego, al ser yo un buen hermano, pregunté por vosotros. Me dijo que os habíais ido con unos ricachones, y cuando le pregunté de forma amable, me dijo quiénes eran y dónde vivían.

—¿Le preguntaste de forma amable?

—No le hice daño ni nada. Solo me puse un poco cariñoso con ella. —Se rio de nuevo—. Tendrías que haberla visto, temblaba como un perro mojado.

A George no le gustó eso. La hermana Mary Christopher no era muy amable, pero esa no era razón para asustarla. Pero James lo golpearía si decía eso.

—Los Pershing han hecho un trato con nosotros —dijo en su lugar—. Y Rosie y yo lo hemos firmado. Nos dan buena comida, clases de esgrima para Rose, y de lectura y escritura para mí, y nos enseñan buenos modales, a bailar y cosas así. Tenemos que cumplir el acuerdo o nos envían de vuelta a St. Stephen. Así que no puedes robar cosas aquí. Hay que tener cuidado.

James ladeó la cabeza, con la mirada puesta en su hermano, evaluando.

—Si no lo supiera, casi pensaría que no me quieres cerca, Georgie. Esta es nuestra oportunidad; así es como conseguimos suficiente guita para seguir juntos. Ya soy un hombre adulto, así que podemos ser una familia. Una familia de verdad. No una inventada solo para engañar a un viejo.

George sabía que no iba a poder convencer a James de lo contrario. Al menos, todavía no. Quizá cuando llevara unos días allí y viera que los Pershing cumplían su palabra, cuando hubiera pasado unas cuantas noches sin acostarse con hambre, se daría cuenta de que era preferible quedarse las siete semanas que les quedaban a llevarse unas cuantas chucherías aquí y allá y marcharse después. Tal vez juntos, tal vez por separado.

George no estaba seguro de cómo iría esto. Pero sí sabía que no iba a darle a James todo lo que ya habían robado. No a menos que su hermano pudiera demostrar que quería que fueran una familia y que no volvería a desaparecer si las cosas se complicaban.

—¿Dónde fuiste después de que el magistrado nos atrapara? —preguntó.

—No te preocupes por eso. Esa es nuestra antigua vida. —James extendió los brazos—. Esta es la nueva. Ahora vete a bailar. Yo voy a dar una vuelta por la casa.

George exhaló un suspiro y puso una mano en el pomo de la puerta.

—Solo recuerda que si te pillan birlando cosas, también nos fastidiarás las cosas a Rosie y a mí.

James dio dos largos pasos hacia delante y le dio un coscorrón a George en la nuca.

—Te he dicho que no me van a pillar otra vez. —Sonrió de repente, alborotándole el pelo a George antes de que este pudiera zafarse de él—. Si lo hacemos bien, tendremos una bonita casita con jardín, un cachorro para Rosie y jamás volveremos a tener ninguna preocupación. Pásame lo que afanes y lo venderé, y así todos tendremos los bolsillos llenos.

Rose estaba esperando justo en su puerta cuando él regresó a su dormitorio.

—¿Qué ha dicho?

—Que le pasemos las cosas que manguemos para poder ser una familia.

—James no es una buena familia. Te tiró un saco de ratas encima.

—Lo recuerdo. —George se estremeció—. Pero dice que venderá las cosas que encontremos, lo que es más fácil que yo intente hacerlo. Cuando tengamos suficientes objetos contundentes, compraremos una casa de campo y te compraremos un cachorro.

—¿Un cachorro? —Rose se rodeó con los brazos—. Oh, quiero un cachorro.

—Él lo sabe. Por eso lo ha dicho. No seas una cría, Rose. Debemos tener cuidado con esto. Con él. Si nos pillan a alguno cogiendo cosas que no son nuestras, pueden llamar a la policía. James irá a la cárcel y nosotros volveremos a la mazmorra de piedra..., o una vez que los Pershing hayan terminado de mentir al duque, nos enviarán a una granja de cerdos para así no incumplir el acuerdo.

—No nos harían eso.

—Eso no lo sabes. Nada aquí es nuestro, excepto lo que tomamos. —Odiaba hablarle así, pero si James hacía algo malo, tendrían que irse tanto si el acuerdo había concluido como si no. Tenía que estar preparada.

El señor P se levantó cuando entraron en la sala de desayuno, pero la señora P no estaba allí.

—¿Has hablado con tu hermano? —preguntó, dando una palmadita en el hombro a George.

—Sí. Siento no habérselo dicho. Él se marchó hace tiempo y no sabíamos si volvería.

—Creo que lo entiendo. Esto es complicado, pero si no te importa, a Emmeline y a mí nos gustaría seguir buscando una familia adecuada para vosotros. Al menos así tendréis una segunda opción.

George asintió. En realidad era una tercera opción, puesto que Rosie y él ya habían decidido escapar después de la fiesta del duque, pero no podía decírselo al señor P.

—Está en el acuerdo. Debemos mantenerlo.

—Pero no nos envíes a una granja de cerdos cuando termines con nosotros —dijo Rosie, seleccionando su desayuno y sentándose al lado del señor—. No puedes llevar vestidos bonitos en una granja de cerdos.

—¿Quién ha dicho que vais a ir a una granja de cerdos?

—George —respondió.

El señor P lo miró. George fingió no darse cuenta mientras recorría la longitud de la mesa. Si Rose no podía estar callada, se alegraba de que estuviera hablando de una granja de cerdos en lugar de lo que James quería que hicieran.

—Sin importar los planes de tu hermano, no vas a ir a una granja de cerdos, George —dijo el señor Pershing—. Tú pediste expresamente que buscáramos un lugar aceptable para vosotros. No soy duque, pero tengo algunos contactos.

George se dio la vuelta.

—No puedes usar tus contactos sin que la gente cotillee y entonces todo el mundo se enteraría de que tienes hijos de mentira y el duque te quitaría la casa.

—No voy a discutir contigo, pero estaría dispuesto a apostar un chelín, por ejemplo, a que Emmeline y yo podemos conseguir algo mejor que una granja de cerdos.

El señor Pershing seguía sonriendo, pero George sabía que había ofendido a su falso padre. Aunque el señor P también le había ofendido a él. Le habían contado suficientes mentiras en su vida como para distinguir entre lo que alguien quería que sucediera y lo que sucedería en realidad. Que James estuviera allí era una prueba de ello.

—Yo no apuesto con los adultos —dijo—. Nunca pagan cuando pierden.

—¿Por qué estamos apostando? —preguntó la señora Pershing. Cuando entraba en una habitación casi parecía flotar. Sonrió, poniendo una mano en el hombro de George—. ¿Estás contento de que tu hermano esté aquí?

—Supongo —refunfuñó él. Eso hacía que todo fuera cuatro veces más complicado y ya era casi demasiado como para que él estuviera al tanto de todo.

—Estamos apostando por la familia que buscaréis para George y para mí —respondió Rosie—. Queremos que sigáis buscando, por si acaso James no me consigue de verdad un cachorro como ha prometido.

—Cuentan con una granja de cerdos —añadió el señor Pershing.

—Ay, por Dios, no. Tan pronto pueda organizarlo, hablaré con el padre John para ver si conoce alguna buena familia que pueda estar interesada en añadir dos maravillosos niños a su hogar.

—Una familia de duques estaría bien —comentó Rose mientras se comía un trozo de tostada con mermelada—. Porque entonces podría seguir siendo duquesa.

Eso no parecía del todo correcto, pero ninguno de los Pershing la corrigió. Así que, o bien ella tenía razón, o habían pensado que no serviría de nada decirle la verdad. George se alegró de ello; a Rose le gustaba vestirse con ropa bonita, y si quería fingir ser una dama, debía poder hacerlo. James podía hablar de cosas bonitas y de cachorros, pero hablar de ello no lo hacía realidad.

El señor P se aclaró la garganta.

—De todos modos, creo que esta mañana te toca bordado, Rose, y he pensado que George y yo podríamos ir a pescar.

—Pescar estaría bien —respondió George. Y lo mantendría fuera de la casa y alejado de lo que James estuviera haciendo.

Rosie se levantó, golpeando la mesa con las manos.

—Un momento. ¿Las chicas no pueden ir a pescar? Yo quiero pescar.

—Tendremos más oportunidades para pescar —repuso su falso papá—. En realidad, va a ser una lección sobre cómo actuar como un caballero, con algo de pesca para que sea menos aburrido.

La niña volvió a sentarse despacio.

—Supongo que eso está mejor. Pero ¿cuándo se baila? Me gustaría aprender el vals.

—Las clases de baile comenzarán mañana —dijo la señora—. Y me temo que empezaremos con el baile campestre y con la cuadrilla, ya que esos son los bailes que seguro bailarás si mi abuelo contrata músicos para su velada de cumpleaños. —Esbozó una sonrisa—. Sin embargo, haremos tiempo para unas clases de vals.

—Así que James ha prometido conseguirle a Rose un cachorro —dijo Emmie mientras Will elegía un par de cañas de pescar.

—Imagino que intenta arreglar las cosas, ya que George me ha dicho que no esperaban volver a verlo.

—Aun así. ¿Y si decide que ya ha visto suficiente y se los lleva a Dios sabe dónde?

Will le entregó las cañas a Edward.

—No estoy seguro de que tenga derecho a llevárselos. Escribiré a algunos amigos abogados para pedirles su opinión. De forma discreta, por supuesto.

Si algo era Will, era discreto.

—Bien. Hasta que tengas noticias de ellos, tengo la intención de proceder como si nada hubiera cambiado, excepto por la incorporación a la casa de un huésped muy incómodo.

—Me gustaría decir que sería bueno para todos ellos ser una familia, pero no estoy tan seguro. Y espero que mi... aversión por su hermano no se deba solo a que necesitamos a George y a Rose aquí. Pero sí, tenemos que seguir buscándoles una familia, hasta que nos digan lo contrario. —Will enganchó un cubo, las cañas, y se dirigió a la puerta de la cocina—. Y ahora me voy a hablar de peces y de conducta caballerosa.

Sí, proceder como si nada hubiera cambiado estaba bien. Todavía no había cambiado nada, más o menos. Pero prometerle un cachorro a Rose..., eso era simplemente deshonesto. Emmie encontró a Rose y a Hannah en la sala de la mañana y se acercó.

—Rose, creo que deberías empezar a bordar una rosa. Hannah, ¿la ayudas a elegir los colores del hilo? Vuelvo en un momento.

—Por supuesto, señora.

Emmie se apresuró a salir y rodear el lateral de la casa hasta el establo. Un cachorro. Eso era injusto.

—¿Billet? —llamó al entrar en el gran edificio.

—Señora Pershing. —El mozo de cuadra apareció junto a Willow en la casilla de la yegua.

—Billet, necesitamos dos ponis —dijo, esbozando su sonrisa más repleta de seguridad—. Tranquilos, adecuados para George y Rose, y de buen carácter. Y los necesitamos hoy.

—¿Hoy? —El mozo de cuadra entrecerró un ojo azul—. Eso es... Hum. Supongo que se me ocurren uno o dos. Aunque las bestias no serán baratas si las quiere ya y adiestradas para los niños. Los Hendersen quieren vender sus ponis y comprar animales de tamaño normal para sus hijos.

—Ahora es lo que importa. Nunca han montado y no quiero que se aterroricen. —Ni que sueñen con una casa de campo llena de cachorros ni tengan ganas de abandonar Winnover en cuanto su hermano chasquee los dedos—. Si compra los animales a alguien que conozcamos, le ruego que aclare que los caballos son para mis sobrinos que están de visita.

Billet asintió y dirigió la mirada más allá de ella hacia la casa.

—Su sobrina y su sobrino. Como usted diga, señora.

Sí, cada nueva mentira hacía que todo fuera más complicado. Pero había que explicar lo de los niños de manera que no suscitara habladurías en Londres. Lo había logrado sobre el papel durante siete años, pero los niños reales hacían la tarea más difícil. Y con la incorporación de James se hacía casi imposible. Pero estos eran los niños que habían elegido. Y aparte de conservar Winnover y el trabajo de Will intacto, si algún niño merecía una oportunidad de tener una vida mejor, eran Rose y George Fletcher.

Por supuesto, ahora que estaba a punto de añadir clases de equitación, tenían otro problema. Si algo sabía, era que Rose no estaría satisfecha sin un traje de amazona que ponerse. Y con menos de un día para conseguir uno, había que tomar medidas desesperadas.

En cuanto terminaron la primera y desastrosa clase de bordado, envió a Rose al estanque a buscar a Will y George mientras Hannah y ella subían las estrechas escaleras hasta el ático para buscar su ropa vieja.

—Busca un baúl azul —dijo, desplazando a un lado un espantoso cuadro de rosas y naranjas. La abuela Agnes, la difunta duquesa de Welshire, siempre se había considerado una artista y todos los miembros de la familia tenían al menos una de sus obras escondidas en algún lugar del desván. También había un par de candelabros de plata igual de llamativos que sostenían el cuadro, pero quizá Powell había decidido que era necesario pulir incluso los objetos de valor escondidos.

—¿Este, señora Pershing? —Hannah retiró otra sábana.

—Sí, ese es. Creo que estas prendas serán demasiado grandes para Rose, pero ya veremos qué se nos ocurre.

La ropa de hacía veinte años le resultaba familiar y al mismo tiempo le parecía que pertenecía a la vida de otra persona. Cuando sacaron una falda azul oscuro, Emmie pasó los dedos por el pesado material.

—Aquí está. La chaqueta también debería estar ahí. Me temo que no estará muy a la moda, aun teniendo en cuenta tus habilidades mágicas con la aguja y el hilo.

Hannah ladeó la cabeza mientras examinaba la prenda.

—Creo que puedo conseguir que se pueda usar —dijo—. Podría tenerla lista para la pequeña por la mañana.

—Excelente. Estoy deseando verla con su propio traje de montar.

—Y no tenía sentido ofrecer un soborno a medias.

—Estoy encantada de ayudar. —Hannah cogió el traje en sus brazos mientras Emmie volvía a cerrar el baúl—. De hecho, he estado pensando. Los niños..., sus hijos..., tendrían una niñera a su edad, ¿no?

¿Por qué no se le había ocurrido? Sin duda por la misma razón por la que nunca había esperado que Rose quisiera aprender esgrima; no tenía experiencia con niños más allá de su propia infancia, y en sus diarios destacaba por cuidar a los pequeños ella sola. Añadir otro sirviente solo complicaría las cosas de manera innecesaria.

—Supongo que sí —dijo—. Pero dado que todo el mundo que los conozca en Welshire Park simplemente asumirá que tienen niñera, no creo que sea necesario proporcionarles una. Y con un acuerdo firmado, y ahora con su hermano aquí, no creo que tengamos que preocuparnos de que huyan.

—Por supuesto, señora Pershing. Solo pensé que debía mencionarlo. —Hannah se irguió y se dirigió hacia la puerta del desván.

Eso había sonado... incómodo. Emmie miró la espalda de su antigua criada. «Oh.» Su personal, bien entrenado y disciplinado, seguía sorprendiéndola y complaciéndola. Tenía que empezar a prestar más atención.

—Hannah, ya haces demasiado por mí. No voy a pedirte que te hagas cargo también de los niños ni voy a aceptar tu oferta de hacerlo. Incluso tú tienes que dormir tarde o temprano.

Eso le valió una sonrisa.

—Es usted una mujer muy amable y muy generosa, señora Pershing. Diré que si alguna vez tiene otras obligaciones mientras los niños dan clases de equitación, estaré encantada de ayudar a vigilarlos.

«Ah.»

—¿Fuera, quieres decir? ¿Junto al establo? ¿Dónde estará... Billet?

Esta vez Hannah se sonrojó.

—Sí, Tom trabaja en el establo, pero eso no tiene nada que ver con mi ofrecimiento.

«Tom.» Ese era el nombre de pila de Billet.

—Muy bien. Tendré en cuenta tu ofrecimiento, Hannah. Y gracias.

13

—¡Ponis!

Will entregó a Powell su correspondencia acerca de James Fletcher y luego tuvo que esquivar a los niños cuando bajaron volando las escaleras hasta el vestíbulo y desaparecieron por el pasillo entre risas y gritos. Las clases de equitación no formaban parte del acuerdo y frunció el ceño mientras seguía su estela. Tal vez un grupo de gitanos o una feria ambulante pasaban por el camino, aunque con el recelo de Rose a ser secuestrada por los gitanos, dudaba de que la niña se atreviera a acercarse a ellos.

Emmeline ya estaba en la cocina y se dio la vuelta cuando él entró.

—¿Ponis?

—Oh. Quería decírtelo.

Podía adivinar el motivo de su presencia, pero la ganadería era, por lo general, parte de sus obligaciones.

—Así que, ¿los ponis triunfan sobre los cachorros?

—Dijiste que debíamos permitirles aprovechar al máximo esta experiencia —adujo Emmeline, abrazando su agenda contra el pecho.

—George tiene miedo a los caballos y Rose es pequeña. Los ponis eran lo más lógico.

—No estoy en desacuerdo —anunció—. ¿Debo preguntar cuánto cuestan?

—No, no deberías.

—Ah. Muy bien, pues. —Con todas sus posesiones guardadas en dos sacos con espacio de sobra, los niños necesitaban..., bueno..., de todo, incluyendo algunas cosas que él y Emmeline no podían proporcionarles. Sin embargo, algunas de las cosas que sí podían proporcionarles serían más útiles que otras—. Sabes que no podemos enviar a los ponis de vuelta al orfanato con ellos.

—No los vamos a enviar de vuelta —señaló—. Ni a los ponis ni a los niños. Encontraremos un lugar mejor o su hermano se convertirá en su tutor, supongo.

—Así que clases de equitación. Solo para divertirnos un poco. —Will le sonrió—. Brillante, una vez más —murmuró, y la besó en la mejilla—. Apostaría a que no volveremos a oír hablar de un cachorro después de esto.

Esta vez no se inmutó. En cambio, Emmeline le devolvió la sonrisa.

—No tengo ni idea de lo que estás hablando. Por cierto, Hannah y yo hemos encontrado un viejo traje de amazona mío en el desván y Hannah lo está arreglando para darle una sorpresa a Rose. Aunque sus clases de equitación no podrán empezar hasta mañana o no estará terminado.

—Sé que nunca pensaste que valiera la pena aprender equitación debido al tiempo que le quitaría a las otras lecciones, pero, James y los teóricos perros pequeños aparte, Rose enloquecerá de emoción. Esto es algo que nunca olvidará. Y, por lo tanto sí, las clases de equitación comenzarán mañana.

Se preguntó qué pasaría si James mencionara la posibilidad de conseguir un gatito para Rose. Seguro que al despertar vería jirafas en el patio. Y, sí, James seguía siendo un problema, pero por el momento era un problema que podían ignorar, más o menos, un sabelotodo que pensaba que podía conseguir unas cuantas comidas gratis y una habitación cómoda antes de pedir sin duda una gran suma para costear sus grandes sueños..., y a sus hermanos, por supuesto. Cuando eso ocurriera, Emmeline y él tendrían que tomar una decisión y esperaba tener algunas respuestas de Londres antes de que llegara ese momento.

George murmuró algo que Emmie no pudo entender.

—Intenta pronunciar la palabra —dijo Emmeline—. Ya sabes el sonido que suelen hace una «p» y una «n». Cuando está al final de una palabra, la «i» casi siempre suena como «i».

—¿Y la «o»?

—Sin ninguna otra vocal al lado, solo hace dos sonidos diferentes.

—Déjalo, Georgie —comentó James desde su lugar de descanso en el sofá—. Todos tus lloriqueos me dan dolor de cabeza. —Se acercó y cogió otra media docena de galletas del plato de la mesa.

—No estoy lloriqueando —dijo George, con los dientes apretados—. Esto es difícil. Apostaría a que tú no podrías hacerlo.

Su hermano se giró para poner los pies en el suelo y se sentó recto.

—¿Quieres apostar si a la señora P le importa un bledo si aprendes las letras o no? Ve a aprender a cargar mierda con una pala en el establo. Te será más útil.

Emmie se mordió el interior de la mejilla. Sería mejor no decir nada. James Fletcher afirmaba que tenía derecho a irse con los niños cuando quisiera y en ese momento Will y ella no podían refutarlo. Se arrimó más al niño de ocho años.

—Explica lo que sabes y ve si puedes averiguar el resto.

George tomó aire y lo intentó.

—P-n-i-i. Oh. Es «poni», ¿verdad?

—¡Bien hecho! —Le dio un beso en la mejilla.

George sonrió.

—Poni.

—Genial, Georgie —volvió a decir su hermano—. Me he equivocado. Ahora la señora puede exhibirte delante de su viejo abuelo y tú puedes leer una palabra que no volverás a usar en tu vida. —Se echó a reír—. Al menos debería enseñarle palabras útiles. «Orfanato» y «policía» y cosas por el estilo.

—Basta, James. Al menos yo intento aprender algo.

—Sí, tal vez le gustaría venir aquí y leer algo para nosotros, señor Fletcher —intervino Emmie.

James entrecerró los ojos y clavó la mirada en ella.

—Solo digo que está perdiendo el tiempo. George será albañil, ropavejero o marinero como nuestro padre. Nada de lo que le enseñes cambiará eso.

Emmie le brindó una sonrisa, tratando de no apretar los dientes.

—Prefiero pensar que con cada palabra que aprende, se abre una nueva puerta a su futuro. —Se encogió de hombros—. Y ¿quién sabe? Tal vez algún día George acepte enseñarle a leer y a escribir. Aunque no le sirva de nada en el trabajo que hace.

George resopló. Sin embargo, James se puso en pie y se acercó a ella, moviéndose más rápido de lo que Emmie esperaba. Por un momento pensó que iba a golpearla. Powell debió de pensar lo mismo, porque de repente el mayordomo se interpuso entre los dos con una tetera en la mano.

—¿Más té, señora Pershing? —preguntó.

James giró sobre sus talones y salió de la habitación.

—Deberías tener cuidado —susurró George—. James se enfada a veces.

Razón de más para mantener al hermano lo más lejos posible de los niños. Rezó otra oración para que uno de los contactos de Will en Londres conociera alguna oscura ley que impidiera a James Fletcher... heredar a sus hermanos. A no ser que estuviera siendo egoísta porque en ese momento estaban bajo su cuidado y seguía siendo vital que se quedaran durante las próximas semanas.

Tal vez todo esto fuera un castigo, más complicaciones sumadas a las complicaciones que ya había causado.

—Seré prudente —repuso, ya que George se había molestado en advertirla—. Gracias por decírmelo. —Dedicó una sonrisa a Powell, levantando su taza de té.

—Y gracias a usted, Powell. Ha llegado en el momento oportuno, como de costumbre.

Will esperó en el descansillo mientras Emmeline y Hannah iban a despertar a Rose con su nuevo traje de montar. Los gritos de felicidad que salían de la alcoba de la niña le hicieron sonreír. Era fácil olvidar que Rose formaba parte de un equipo de carteristas y ladrones, aunque su tarea parecía consistir sobre todo en distraer a los curiosos. Se le daba muy bien y por el momento prefería no pensar en qué la convertirían unos cuantos años más cometiendo delitos. Emmeline y él iban a cambiar ese futuro.

—¿Nos han vestido igual a propósito? —preguntó George, saliendo de su propia habitación.

Era bastante inquietante; los dos con chaqueta oscura, pantalones de ante y sombreros negros de castor.

—No lo creo —dijo, extendiendo la mano para tocar el ala del sombrero del chico con un dedo—. Los sombreros son para salir a la calle —dijo, indicando el que tenía en la mano.

—No sé por qué —repuso el niño, quitándose el suyo de la cabeza—. Estos no protegen de la lluvia.

—Sí, son bastante inútiles. Pero también están de moda.

—¿Tenemos que esperar aquí? —preguntó George, inclinándose sobre la barandilla para mirar hacia el vestíbulo—. Si Rosie tiene un vestido nuevo, se pasará toda la mañana mirándose en el espejo.

Con una sonrisa, Will negó con la cabeza.

—Podríamos ir a echar un vistazo a los ponis. Al ser el mayor, deberías ser el primero en elegir.

—No me dan miedo los caballos. Eso es solo un chisme de Rosie. Tienes que vigilarlos; algunos no son muy amables cuando pasas demasiado cerca.

Ya lo imaginaba, sobre todo si dichos peatones eran pequeños y trataban de que nadie los viera.

—Si quieres, puedo enseñarte la mejor manera de pasar junto a un caballo.

El chico asintió.

—Eso me gustaría. Porque no siempre tendré una manzana en la mano. ¿Sabes cómo hacer que los perros no te persigan?

—Creo que es una técnica similar.

—Bien. No me gustan mucho los perros.

Will se preguntó si Emmeline lo sabía. Lo dudaba, porque si lo supiera, los niños no habrían acabado con los ponis y toda esta aventura de montar a caballo nunca habría ocurrido. Este tiempo estaba destinado a enseñar a los niños Fletcher a ser jóvenes aristócratas, no a huir de los perros o a esquivar el tráfico de carruajes en Londres, algo que ya no tendrían que hacer cuando encontraran su nuevo hogar.

Sin embargo, eso era lo que George y Rose —y casi con toda seguridad James— sabían. Eso era cuanto sabían y no podía culpar al muchacho por buscar formas de hacer que la vida fuera más fácil. Y tampoco les impediría hacerlo. En lo que a él se refería, solo esperaba que al final de este experimento, los niños ya no sintieran que tenían que luchar por cada centímetro de espacio que ocupaban.

—Está muy elegante, señorito George —dijo Billet, que se apartó de la pared del establo en que estaba apoyado—. He tenido que lavar mi chaqueta. Olía un poco... a caballo.

George sonrió.

—Eso es porque vives con caballos.

—Sin duda. ¿Listo para dar un paseo?

—Ahora mismo solo estoy mirando —replicó George—. Ya decidiré eso más tarde.

—Ah. Muy bien, joven señor. —El mozo de cuadra se aclaró la garganta y volvió a centrar su atención en Will—. ¿Saco los corceles para que los inspeccione?

—Si eres tan amable.

Billet desapareció dentro del establo. Un momento después, las grandes puertas se abrieron y el mozo de cuadra reapareció con un poni a su lado.

—Todavía no los he ensillado, pues no sé cuál es para el duendecillo y cuál para el bribón. Ambos están entrenados para cualquiera de las dos monturas.

Eran un buen par de ponis, de la mitad del tamaño de sus homólogos adultos, con unas hermosas crines y colas. El más alto era un bonito rucio de crines negras y el más corpulento un bayo con tres pezuñas blancas y una mancha blanca en la frente.

—¿Tienen nombre? —preguntó Will al ver que George no mostraba ninguna inclinación por echar un vistazo más de cerca a los animales.

—El bayo se llama General, y el gris es Apple. Ambos castrados, del establo Hendersen.

Esa información hizo sonar una campana de alarma en la cabeza de Will.

—¿Los Hendersen? ¿Qué explicación les diste en cuanto a por qué necesitábamos ponis?

—La señora me dijo que les dijera que han venido a visitarles los hijos pequeños de su prima antes de que todos se vayan a Cumberland, así que eso es lo que les solté. Se alegraron de librarse de Apple, ya que su hija quiere una yegua de tamaño normal, y supongo que el chico no monta mucho.

—¿Así que somos sus sobrinos y sus hijos? —preguntó George, mirando a los ponis con los ojos entrecerrados—. ¿Cuántas cosas tenemos que recordar?

—Para nuestros vecinos, sois nuestros sobrinos —dijo Will, consciente de la expresión de interés de Billet. El mozo ya había mentido por ellos al menos una vez; que supiera más de la historia probablemente sería más útil que perjudicial—. Está claro que Emmeline y yo no tenemos hijos. Nuestros vecinos lo saben, así que tenemos que cambiar la historia en lo que a ellos se refiere. —Tomó aire—. Después de hacer todo esto para salvar nuestra propiedad de Winnover Hall, lo último que queremos es que nuestros vecinos de Gloucestershire charlen con nuestros vecinos de Mayfair y cuenten que un día del otoño pasado los Pershing tuvieron de repente descendencia. —Y que entonces los vecinos de Mayfair afirmaran que los Pershing sí que habían tenido hijos, lo que dejaría muy asombrados a los vecinos de Gloucestershire. Menudo lío sería.

—Si hubiésemos sabido todo eso, podría haber sacado más guisos de carne del acuerdo —observó George, cruzando los brazos sobre el pecho—. A la señora le di los baños a cambio de que me enseñara cálculo; ¿qué me vas a dar por hacer de sobrinos?

«Chico listo».

—Le hemos dado a tu hermano una habitación y comida. ¿Es suficiente?

Casi podía ver las ruedas girando en la cabeza del niño de ocho años. Su joven vida había girado en su mayoría en torno a los intercambios, robando, vendiendo y comerciando para cubrir necesidades básicas y para tener seguridad.

—Supongo. Y creo que a James también le vendría bien un baño.

Bien. Un punto a favor de los Pershing. Otro punto.

—¿Qué poni quieres montar? —preguntó Will, señalando con la cabeza.

Así que harían de sobrinos a cambio de un pequeño acto de generosidad, y eso parecía un progreso. Will sonrió cuando George dio medio paso adelante para ver de cerca a los animales. Aceptaba cualquier muestra de confianza, y además con una sonrisa. Como bien Emmeline había señalado, incluso con la llegada de James Fletcher, todo parecía estar bien controlado. Tal vez incluso con éxito.

Rose respiró hondo.

—¿Hay algo mejor que una reina? —preguntó, girando a un lado y a otro para verse en el espejo del tocador—. Porque eso es lo que soy.

Tal vez podría ser una reina generala, porque los botones de latón que recorrían la parte delantera del traje de montar azul tenían un aspecto muy militar. Estaba espléndida. Maravillosa y espléndida.

—Hum —dijo su madre de mentira—. Tal vez una emperatriz.

—¿Qué es una emperatriz?

—La gobernante de un imperio. Supongo que es más o menos lo mismo que una reina, aunque suena muy impresionante.

—Ya lo creo —convino Rose, girando delante del espejo otra vez—. Una emperatriz. La emperatriz Rose.

—Su Majestad. —La criada, Hannah, sonrió, porque Rose también podía ver su reflejo en el gran espejo de vestir.

Hannah era una criada, y por eso nunca podría ser emperatriz ni reina. Por supuesto, Rose tampoco podría serlo, no de verdad, a menos que se casara con un rey o un...

—¿Cómo se llama a un hombre emperatriz? *¿Emperatrizo?*

Hannah resopló y luego fingió toser.

—Emperador —respondió su madre de mentira.

—Como Bonaparte. Oh. Me parece que ya quiero ser emperatriz. Seré una reina generala. —Se acercó a la señora Pershing—. Sé que es solo de mentira, pero me gusta —susurró.

No serviría de nada que la señora pensara que era un bebé. Sin embargo, imaginar que era una reina generala era divertido porque cuando fingía, normalmente era que estaba perdida o que buscaba algo que había perdido. Lo que más le gustaba fingir que perdía era un perrito o un gatito.

Rose bajó las escaleras tan rápido como pudo sin dejar de agarrarse a la barandilla como una dama, y estuvo a punto de chocar con James, que salía de la sala de la mañana.

—Voy a montar a caballo —anunció.

—Ya veo —dijo su hermano, mirando más allá de ella hacia donde estaba la señora P—. En ponis nuevos. Cuando vuelvas, hablaremos de comprarte un cachorro cuando tengamos nuestra propia casa. Tendrás que pensar en un nombre.

—Por supuesto. —Un cachorro quizás estaba bien, pero un poni de verdad era mejor. Esperó mientras Powell le abría la puerta. Mañana podría salir y entrar muchas veces solo para que Powell le abriera la puerta cada vez. Eso podría ser divertido.

—¡Fíjate! —le ordenó a su hermano cuando George y su falso papá aparecieron—. ¡Estoy espléndida!

—Estás encantadora —dijo el señor Pershing, haciendo una elaborada reverencia con una floritura.

Le gustaba su falso papá, ya que le había enseñado algo de esgrima y no le importaba que lo llamara *espadear*; se trataba de espadas y no de algo que diera grima.

—Gracias. ¿Cuál es mi poni?

—Creo que General es el más adecuado para ti —dijo el señor P, como se refería George a él, señalando al caballo marrón más pequeño.

—¿General? Ese no es un nombre para el caballo de una dama. —Hizo una mueca—. ¿Cómo se llama el grande?

—Apple —dijo Georgie—. Pero yo soy más grande, así que debería montar el caballo más grande.

—Pero Apple es un nombre perfecto para mi caballo. Además, es preciosa.

—Los dos son machos, señorita —dijo Billet, el muy tramposo mozo de cuadra.

Rose se agachó y miró bajo las panzas de los caballos para confirmarlo. Esto no estaba nada bien; las señoras montaban yeguas mansas con largas crines. El caballo de la señora P, Willow, era una yegua.

—Las señoras no deberían montar caballos niños.

—Es del todo aceptable, querida —dijo su falsa mamá, y luego se inclinó para susurrarle al oído a Rose—. Creo que el más oscuro es más brioso y es posible que a tu hermano le preocupe tener que montarlo.

Su aliento olía a té y le hacía cosquillas en el oído a Rose, pero tenía razón. A Georgie no le gustaban mucho los caballos y sin duda ella debería montar el más brioso. A veces era difícil tener que ser siempre valiente. Exhaló un suspiro.

—Montaré a General. Pero lo llamaré Jenny, para abreviar.

—Una muy buena solución —dijo Hannah. Pero cuando hablaba, no miraba a General Jenny. Miraba a Billet, y agitaba mucho las pestañas.

—Entonces, traeré las sillas —dijo el mozo de cuadra, y volvió a entrar en el establo.

—Que ensillen también a Willow, por favor —dijo la señora Pershing—. Bien podemos hacer de esto una excursión.

—¿Vas a montar? —preguntó su falso padre, volviéndose para mirar a su mujer.

Debería saberlo, ya que la señora llevaba un traje de montar púrpura casi tan magnífico como el de Rose, pero los hombres no siempre se fijan en las cosas. El señor P sonrió a la señora P, pero luego le sonrió a ella más que ella a él. O mejor dicho, ella sonreía, pero no cuando él la miraba. Si era un juego al que estaban jugando, Rose deseaba poder averiguar las reglas.

—Se me ocurrió que también podría montar —respondió su falsa mamá, con las mejillas un poco sonrosadas—. Si podemos combinar una clase de buena conducta y de vocabulario con la equitación, mejor que mejor.

Bueno, Rose no quería ninguna otra clase mientras aprendía a montar. Abrió la boca para decirlo, pero Georgie le pellizcó el brazo.

—¡Ay! —chilló Rose.

—Calla. Deja que den sus clases —susurró—. Vamos a echar un buen vistazo a la propiedad, así que la próxima vez sabremos cuál es el mejor camino para salir y tomar el carro del correo. O podemos agarrar los caballos y marcharnos.

—Pero hemos firmado que no volveremos a huir —susurró—. Y James está ahorrando el dinero de nuestros hallazgos para conseguir una casa para nosotros.

—¿Crees que algún adulto cumple su palabra? ¿Incluso James?

—No creo que James vaya a conseguirme un cachorro, aunque dijera que lo haría.

—Exacto. Así que fíjate bien adónde cabalgamos, adónde se dirigen los caminos, y dónde puede haber una posada o una parada de carros de correo. Los ríos y arroyos también son buenos, si podemos encontrar una barca.

Rose asintió porque siempre prestaba atención a dónde estaban. Al igual que sabía, sin siquiera darse la vuelta, que los Pershing estaban detrás de ellos hablando entre sí y que Hannah estaba viendo a Billet ensillar los caballos con uno de los otros mozos.

—Billet no se fía de nosotros, ¿sabes? —dijo—. Nos ha pillado y ha visto lo que tramábamos.

—Lo sé. Habrá que tener cuidado con él. Se dio cuenta de que también le metí la chaqueta en la mierda de caballo.

—A Hannah le gusta —dijo Rose—. Apostaría que a él también le gustaría saber que ella está colada por él. —Agitó las pestañas muy deprisa, imitando a la criada—. Si está pendiente de ella, no lo estará de nosotros.

George sonrió, bajando la cabeza para ocultarlo.

—Muy bien, Rosie. Después de montar, asegúrate de hacerte amiga de ella.

—Eso es fácil. Somos amigas. Me ha trenzado el pelo y ha hecho que mi vestido me quedara bien. —Sería bueno conocer a Hannah, tanto si podía mantener a Billet distraído como si no.

—¿George? ¿Rose? —El señor Pershing les indicó que se acercaran—. Los caballos están ensillados. Vamos a empezar.

14

En momentos como este, en que la casa estaba en silencio y los sirvientes se disponían a preparar el desayuno, era cuando a Emmie le asaltaba con más fuerza la audacia de lo que Will y ella estaban intentando. En primer lugar, le costaba creer que su propia madre y su padre hubieran aceptado tener un par de nietos sin haberlos visto nunca, sobre todo después de que el propio médico de su madre la hubiera declarado infértil. ¿Era porque querían creer? ¿Porque tampoco querían que Winnover fuera a parar a la prima Penelope?

Sí, escribía sobre Malcolm y Flora sin parar. Anoche, por primera vez, había dicho la verdad sobre ellos, o casi. Les había escrito que la pequeña Flora había insistido en aprender a bailar el vals, por lo que intentarían dar unas cuantas clases y ver si lograban convencer a Malcolm para que fuera la pareja de baile de su hermana.

También les dijo que la salud de los niños había mejorado en los últimos tiempos y que estaban entusiasmados con la idea de verlos a todos en la fiesta de su abuelo. Y luego guardó la carta en un cajón, porque le aterraba la idea de enviarla a la casa de sus padres en Bath. Una vez que lo hiciera, no habría vuelta atrás.

Se sobresaltó cuando llamaron a la puerta.

—Entre —dijo, girándose en su silla.

Will entró en su habitación y cerró la puerta.

—Buenos días.

Hoy iban a bailar y Will se había vestido de manera apropiada con una chaqueta gris oscuro, un chaleco azul, unos pantalones color crema y zapatos. Estaba espléndido. Sí, espléndido. Resistió el impulso de mirarse al espejo de cuerpo entero para comprobar su aspecto. Sin embargo, la vanidad no cambiaría nada; su pelo seguiría suelto sobre los hombros y ningún milagro haría que la bata pasara a ser el sencillo vestido amarillo y azul que había elegido para impartir las clases de baile campestre.

—Buenos días.

—No te habré despertado, ¿verdad?

Como estaba sentada en su escritorio escribiendo cartas y palabras para que George practicara, él ya debía saber la respuesta. ¿Estaba siendo educado? ¿O estaba nervioso? Un estremecimiento le recorrió la espalda. Will Pershing se había vuelto tan competente y sereno que una pregunta extraña se hacía más notoria de lo que habría sido en alguien menos... él.

—No, no lo has hecho —dijo—. He estado trabajando en las clases de George.

Will se acercó para echar un vistazo a lo que había estado escribiendo y se inclinó sobre su hombro.

—¿Sabe ya todas las letras? Es impresionante.

Su aliento le calentó la mejilla e hizo que se le pusiera piel de gallina en los brazos.

—Vamos a probar con algunas de ellas; no quiero frustrarlo, pero creo que sabe más de lo que cree.

—Es un muchacho brillante. Ojalá no usara sus artimañas para buscar una forma de escapar.

—Y me gustaría que su hermano no lo menospreciara por intentar superarse.

—Ten cuidado con no ofenderlo. No queremos que se lleve a los niños por despecho.

—Lo sé. Pero fue muy molesto. Hablé sin pensar.

—Oh, lo apruebo, mujer de lengua afilada. Pero no podemos olvidar por qué están aquí. —Aposentó solo una parte del trasero en la esquina de su escritorio—. Tenemos poco más de un mes, Emmeline. ¿Podemos lograrlo?

—Iba a preguntarte lo mismo. —Exhaló un suspiro, sacó del cajón la carta que no había enviado y se la entregó—. Le escribo a mi madre todos los meses. ¿Le envío esta? ¿O debería empezar a maquinar una historia en la que todos nos encontramos mal para evitar ir?

Desdobló la carta y la leyó. Supo que había llegado a la parte de Rose..., Flora..., y del baile al ver una sonrisa en sus labios.

—¿Esta carta es similar a las otras que has enviado? —preguntó, levantando la vista.

Emmeline frunció el ceño. Escribir cartas era una habilidad tan importante como bailar u organizar una cena.

—¿Por qué lo preguntas?

—Es muy... vívida. —Esbozó una sonrisa—. Estás escribiendo desde la experiencia. No solo con tu imaginación. Y aunque he leído las descripciones de tus diarios, esto parece más real.

—Yo... Gracias. Si me preguntas lo que creo, no, no creo que mis padres sospechen nada.

Will le devolvió la carta, pero retuvo su mano.

—Eres maravillosa. Yo digo que la envíes. Necesitamos que los niños hagan acto de presencia y ahora es tan buen momento como otro.

—Estoy de acuerdo. Es que... —¿Por qué cuando él la tocaba ahora ella no podía pensar con claridad? No se trataba de ellos. Se trataba de los niños, de la fiesta de su abuelo y de Winnover.

—No sé cómo reprimir la insistencia de Rose en que es una reina o una duquesa. Puede que a ti te divierta, pero como hija nuestra podría casarse con un duque, lo que hace que su tontería nos hace parecer unos implacables arribistas.

—Tiene cinco años. ¿No desean todas las niñas ser reinas o duquesas? También quiere ser pirata, lo que parece muy peligroso, pero no te has opuesto a ello.

—Porque eso nunca podría suceder. —«¡Hombres!»—. No dejes que te tenga comiendo de su mano, Will. Tiene que aprender a comportarse de forma apropiada.

Will le acarició el dedo índice con el pulgar.

—Lo dice la mujer que compró un par de ponis por capricho.

—No fue un capricho. Fue una estrategia.

—Te preocupa que te avergüence —replicó—. Dudo de que nadie recuerde nada más que su encanto y su buen humor. Hay otras cosas por las que preocuparse.

—Bueno, no le he comprado a James un poni. Y hasta ahora ha sido inofensivo, aunque... ¿cómo decirlo? ¿Poco sincero?

—Zalamero —añadió Will, asintiendo—. Cree que ha sido más listo que nosotros en algo. Y puede que sea así. A menos que podamos convencerlo de que firme un acuerdo, nuestro futuro está en sus manos. Es demasiado tarde para empezar de nuevo con otros niños. Y no querría hacerlo aunque pudiéramos.

Ojalá James fuera su único problema.

—Lo que nos lleva de nuevo a Rose. Tu solución a su falta de disciplina es dejarla hacer lo que quiera, mientras tú te quedas ahí y te ríes. Esa no es manera de educar a los niños. —Se zafó de su mano y devolvió la carta al cajón—. Si me disculpas, tengo que vestirme.

Su marido se levantó.

—Por supuesto. Podrías considerar que la crítica constante tampoco es una manera de criar a los niños. —Se detuvo a medio camino de la puerta—. Solo venía a preguntar si querías a Rose presente mientras le das clase de arte a George esta tarde o si prefieres que la lleve a practicar esgrima. A menos que eso no te sea útil, por supuesto. —Dicho esto se marchó de su dormitorio.

Emmie miró el jarrón junto a la ventana. No, las damas no tiraban cosas. Las damas eran responsables de los modales de sus hijos y cualquier falta en ellos sería culpa de ella. Así que, aunque a Will le parecieran entrañables las piruetas y los sueños de Rose de tener una posición elevada, no podía permitirse semejante lujo.

Montar a caballo era una estupidez. George se subió el camisón para mirarse el trasero en su espejo de vestir. Tenía el mismo aspecto de siempre, pero sentía los muslos doloridos y rígidos hasta la espalda.

—Maldita sea —farfulló después de comprobar que la puerta estaba cerrada. Maldecir iba en contra del acuerdo y no iba a ser él quien lo rompiera.

Si no se vestía pronto, el lacayo Edward llamaría a la puerta y le preguntaría si necesitaba ayuda, como si no se hubiera vestido solo desde que tenía uso de razón. Cierto era que su antigua ropa no incluía ni corbata ni abrigo, pero sabía hacer un nudo, incluso con un elegante pañuelo.

Cuando terminó de vestirse, se acercó a escuchar a la puerta de Rose. Estaba cantando, sin duda jugando otra vez a ser una reina generala. Era una tontería, pero sus fantasías no hacían daño. Le gustaba verla feliz, pero al mismo tiempo deseaba que entendiera que solo eran unas semanas. Unas vacaciones. Que volverían a estar solos los dos después de la fiesta de cumpleaños del duque. O se irían con James, que hasta ahora parecía cumplir su palabra. No se le veía mucho por la casa, pero la noche pasada le había enseñado a George las diez libras que había conseguido por vender algunas de las fruslerías de los Pershing.

Diez libras eran mucho dinero. George fue a su baúl y lo abrió. Debajo del saco, bajo una manta de repuesto que había dejado, se escondía un pañuelo doblado. Cuando lo sacó y lo depositó en el suelo a su lado, contó con cuidado el surtido de monedas que había podido reunir. Tal vez aún tuviera que aprender a multiplicar, o como sea que lo llamara la señora P, pero sabía contar el dinero. Siete libras y ocho peniques. Rosie también debía haber añadido algo.

Era más dinero del que nunca había tenido junto. La gente rica era descuidada con las monedas y las dejaba debajo de los cojines, en los bolsillos y encima de los muebles. Sin contar con el dinero que James les había conseguido, con esa cantidad de monedas podrían llegar hasta York, pero no estaba seguro de querer que vivieran en un lugar en el que hacía tanto frío en invierno. Ya hacía bastante frío en Londres y no siempre tendrían la suerte de encontrar un sótano de iglesia abierto.

Se guardó el dinero en el bolsillo, y le gustó sentir las monedas contantes y sonantes chocar con su muslo. James querría volver a Londres porque lo conocía, sabía quién compraría la sombrilla de una dama o el reloj de bolsillo de un hombre. Pero había dicho que serían ricos, así que quizá podrían dejar de robar a la gente.

El sur podría ser bueno, sobre todo si solo estaban Rose y él. Podrían encontrar algún pueblo lo bastante grande como para que cualquier adulto que los viera pudiera pensar con toda lógica que estaban con otra persona. Si un lugar era demasiado pequeño, todo el mundo se conocía, y Rosie y él llamarían la atención enseguida. Eso no podía ser.

Como el lameculos aún no había llegado para asegurarse de que estaba despierto, George se acercó a mirar por una de sus dos ventanas. Hacía una o dos semanas habría pasado la mañana colándose en la cocina del orfanato en busca de una patata extra, de una taza de leche o de cualquier cosa que pudiera conseguir para Rosie, además de algo para que los chicos veteranos los dejaran en paz a los dos.

Pensar que nunca volvería a ver a esos chicos, que nunca se convertiría en uno de ellos, hacía que tuviera ganas de ponerse de puntillas, que se sintiera más ligero. Pero si algo había aprendido era que, aunque la gente que lo rodeaba podía cambiar, siempre había un matón, un chismoso y un ladrón y todas las demás cosas que le hacían la vida más difícil. La única diferencia en este caso era que aún no había decidido quién interpretaba todos esos papeles.

Al principio pensó que el señor P era el matón, pero la señora P estaba resultando ser más mandona, aunque no de forma malvada. Siempre que no llevara las cosas demasiado lejos con el señor P, la ricachona se limitaba a sonreír y a decir algo inteligente y le dejaba hacer lo que quisiera. Eso podría ser útil, pero tendría que tener cuidado con eso. Por supuesto, James siempre fue un matón, así que George ni siquiera lo contó.

Un silbido procedente del exterior llamó su atención y parpadeó. Abajo, Billet paseaba a Willow por el camino. El mozo de cuadra se señaló el ojo y luego señaló con un dedo en dirección a George. George saludó al mozo con un gesto grosero con los dedos, lo que solo le valió una sonrisa y una carcajada a cambio. Sí, Billet era sin duda el chismoso, o al menos el lacero, y sabía más sobre cómo bordear la ley que nadie en Winnover Hall. Tal vez el mozo lo vigilara, pero George también lo vigilaría a él.

Rose había dicho que a la doncella Hannah le gustaba el mozo. Esa podría ser una información útil, sobre todo si decidían llevarse los caballos a dondequiera que fueran. Con quienquiera que fueran.

Pero era posible que no fueran solo Rosie y él. George birló el bonito tintero que había encontrado en una habitación de atrás y un platito de té que los lacayos habían tardado en retirar. No era mucho, pero no habían reparado en ello y eso era lo que importaba.

Se dirigió a la habitación de James, llamó y abrió la puerta. Su hermano estaba sentado junto a la ventana, con un buen juego de té en la mesa a su lado.

—¿Qué tienes para mí? —preguntó mientras masticaba un trozo demasiado grande de jamón.

—Tenemos un comedor para desayunos —dijo George—. Los demás comemos allí.

—Tú comes con los ricachones. Yo reconozco una oportunidad cuando se me presenta. —James tiró el azúcar y se guardó el azucarero en el bolsillo. Detrás fueron una cuchara y el jarrito de la nata.

—Sabrán que los has cogido. Devuélvelos, James.

Su hermano le guiñó un ojo y luego volcó toda la mesa de un rodillazo. Se estrelló contra el suelo, el agua, el té y el azúcar y las jarras, tazas y platos rotos, que salieron volando por todas partes.

—No se enterarán de nada —dijo, guiñando un ojo. Se inclinó hacia un lado y agarró el tirador de la campana.

Edward llamó a la puerta al cabo de unos segundos y entró.

—Oh, Dios mío.

—Lo siento mucho, Edward —dijo James de manera efusiva, terminándose el jamón—. Me he tropezado.

—No se preocupe, señor Fletcher. —Edward se puso en cuclillas y limpió el desorden, depositando todos los trozos rotos en la bandeja—. Volveré en un momento con paños y una escoba —dijo, y volvió a salir de la habitación.

—¿Lo ves? Solo hay que mirar las cosas de la manera correcta.

—Eso ha sido muy mezquino.

—Para eso le pagan al hombre, Georgie. Estoy ayudando a que conserve su empleo. Y ahora, dame lo que tienes. —Se levanto, se acercó y se inclinó—. Y no olvides por qué estamos aquí.

—Estoy aquí para aprender y para ayudar a los Pershing —afirmó George, levantando la barbilla—. Tú solo estás cogiendo cosas y rompiendo cosas.

—Tú también estás cogiendo cosas, mozalbete. No lo olvides. Tenemos que cuidar de nosotros mismos. Nadie más lo hará.

George le entregó el tintero y el platito.

—Es todo lo que pude conseguir ayer.

—Puedo oír el tintineo de tus bolsillos. —James empujó a George contra el poste de la cama, hurgó en su bolsillo y sacó el dinero.

«¡Maldición!»

—Eran unas monedas que encontramos por ahí. Olvidé que las había metido en el bolsillo.

James lo soltó después de darle otro fuerte empujón.

—No vuelvas a ocultarme nada, Georgie.

George quiso recordarle que el dinero era de todos, que era para una casa de campo y una vida en familia, pero pensó que tal vez James se había olvidado de eso. Ante la posibilidad de que no volviera a recordarlo, Rosie y él debían robar algunas cosas más y quedárselas ellos.

Una vez vestida, Emmie bajó al comedor. Dejó a un lado las páginas de práctica de George y eligió un desayuno ligero a base de tostadas, un huevo y té. El lugar de Will en la cabecera de la mesa estaba vacío y faltaba el periódico, por lo que era de suponer que ya había desayunado y se había marchado.

Emmie se detuvo, con la tostada a medio camino de la boca. Antes de este último infortunio, la mayoría de sus desayunos transcurrían así: Will comía y abandonaba la mesa antes de que ella llegara, y el resto del día lo pasaban por separado. El hecho de que esa... ausencia pareciera ahora un desaire fue una especie de revelación.

—¿Ha dicho el señor Pershing a dónde se dirigía esta mañana? —preguntó al aire.

—Creo que a Birdlip, señora —respondió Powell—. Ha dicho que tenía que ocuparse de una cosa, pero que no tardaría.

Más le valía no perderse el baile o Rose jamás se lo perdonaría. Más tarde pensaba intentar ofrecerle a George una visión general sobre el dibujo. Nunca sería un experto y, según el criterio de Will, era algo frívolo, pero ahí estaba ella, permitiendo una actividad divertida. «¡Ja!»

—Muy bien —dijo, aunque no fuera así—. ¿Ha tenido tiempo de cambiar los muebles de la sala este?

—Donald y Edward se están ocupando de ello ahora. —El mayordomo se aclaró la garganta—. Algunos miembros del personal han solicitado ver las clases de baile, si sus obligaciones se lo permiten. Si le parece bien, señora.

Las clases de equitación de ayer también habían estado muy concurridas. Emmie no sabía cuál era la fascinación, pero no podía negar que se trataba de acontecimientos inusuales para Winnover Hall, donde la mayoría de las actividades se desarrollaban con la precisión de un reloj suizo.

—No tengo ninguna objeción siempre que el personal sea consciente de que se le puede pedir que ayude a llevar el ritmo. Bailar sin música puede ser difícil, sobre todo para los principiantes.

—Me encargaré de que lo sepan. Gracias, señora Pershing.

—No hay necesidad de dar las gracias. Agradezco todo lo que usted y el resto del personal han hecho para recibir a los niños. Sé muy bien la sorpresa que supuso para todos ustedes.

—No cabe duda de que son muy alegres —comentó el mayordomo, poniéndose más recto.

Emmie rio.

—Sí que lo son.

—De hecho, señora, si me permite, el sil...

—¿Cuándo bailamos? —preguntó Rose, entrando en la habitación como un torbellino.

Se había puesto el más elegante de sus vestidos, una fantasía de color rosa intenso con un fajín púrpura y algunas perlas adornando el corpiño. El vestido estaba pensado para la noche del cumpleaños de su abuelo, cuando se esperaba que todos se vistieran para una cena formal después de un día de regalos y celebraciones. Ver a Rose con él puesto hizo que Emmie se estremeciera, no porque no estuviera encantadora, sino porque había muchas probabilidades de que la niña de cinco años derramara zumo de naranja o mermelada por todo el vestido.

—Rose, tal vez deberías ponerte un vestido más sencillo para practicar —dijo, tratando de no inmutarse cuando la niña se puso a hacer piruetas junto a la tetera de su camino al aparador.

—Eso ha dicho Sally, pero he pensado que era importante que aprendiera con mi vestido de baile.

George apareció en la puerta, con un atuendo mucho más apagado y apropiado para un día en el campo.

—No ha hecho caso —repuso, uniéndose a su hermana—. A Rosie le gusta tener un aspecto grandioso.

—Bueno, ¿no nos gusta a todos? —Emmie cerró los ojos durante un momento—. Rose, ¿por qué no le dices a Powell qué quieres desayunar y él te lo traerá a la mesa?

—¿Es porque estoy magnífica?

—Sin duda.

—Muy bien. —Rose enumeró sus alimentos preferidos para desayunar antes de girar para sentarse al lado de Emmie—. ¿Estás vestida para bailar el vals? —preguntó.

—Estoy vestida para enseñarte a bailar.

La niña estudió durante un momento el atuendo de Emmie, desde el decoroso moño en la parte superior de la cabeza hasta el vestido de muselina azul y amarillo con su capa azul a juego y sus zapatos azules de paseo.

—Es muy bonito, pero si quieres llamar la atención de papá, deberías llevar más abalorios y más brillo. —Se señaló su propio vestido.

—Estoy casada con Will; no necesito llamar su atención. —Eso significaría que quería algo romántico de él. De un hombre guapo y elegante del que era evidente que sabía poco y no tenía ni idea de cómo acercarse sin parecer una tonta. Claro que en los últimos días había tenido un número cada vez mayor de pensamientos complicados y picantes sobre él, pero los pensamientos no cambiaban nada. Y todavía tenían una tarea que acometer. Todo eso dejando a un lado el hecho de que estaba molesta con él por decir que era demasiado inflexible. Que le preocupaba demasiado su reputación. Como si todo lo que tenían no dependiera de su reputación. Y de su duro trabajo.

—Bueno, intentaré no eclipsarte, pero no puedo prometer nada.

Emmie tomó aire.

—Gracias, cariño. —Se giró para mirar al mayordomo—. ¿Qué quería decirme, Powell?

Él se aclaró la garganta.

—No era nada, señora. Me ocuparé de ello.

Para empezar, si no fuera «nada» no se habría molestado en ponerlo en su conocimiento, pero antes de que pudiera seguir interrogándolo, Rose declaró que debía tomar café americano porque estaba de moda y George la retó a probarlo. Lo último que Emmie necesitaba era que aquello se convirtiera en un concurso de escupitajos o algo parecido, así que los informó de que el café no estaba permitido en Winnover Hall, lo cual no era cierto, pero ella casi nunca lo bebía y Will tampoco lo tomaba con mucha más frecuencia que ella. Un pequeño sacrificio para evitar estropear un vestido de baile.

Emmie ahogó un suspiro cuando terminaron de desayunar y Will aún no había regresado de Birdlip. Sí, estaban acostumbrados a llevar vidas casi separadas, pero sabía que tenían que hacer esto juntos, aunque él pareciera decidido a mimar a los jóvenes Fletcher y a satisfacer todos sus caprichos.

Lo necesitaba para las clases de baile. Ni siquiera el más competente de los maestros de baile podría enseñar a la vez a llevar y a seguir el paso, y mucho menos mientras mantenía la atención de un niño de ocho años reacio y de una niña que ya se creía experta en los pasos más complicados.

—No puedo esperar más —afirmó Rose, levantándose de la mesa—. Hoy tengo clase de baile, de etiqueta, de esgrima y algo de pesca.

Emmie dejó su servilleta a un lado.

—Sí, ya podemos empezar. Powell, me temo que voy a tener que pedirte que hagas de pareja de baile.

El mayordomo palideció.

—¿Bailar, señora Pershing? ¿Yo?

—Nos las arreglaremos —dijo, reflexionando que la Emmie de antes nunca le habría pedido a un mayordomo que se saliera de sus obligaciones—. Venga, queridos. Nos vamos a la sala este.

—Un momento —dijo Rose, resistiendo en la puerta—. Tengo que bailar en el salón de baile.

Emmie esbozó una sonrisa, recordándose de que la ausencia de Will era culpa de él y de que sin duda había decidido que no podía estar tanto tiempo sin intentar disparar a un faisán o algo parecido.

—La sala este es el salón de baile. O la mitad, más bien. Cuando organizamos una gran fiesta, la pared que la separa de la sala oeste se abre. Aunque no creo que hoy necesitemos el salón de baile en su totalidad.

—Muy bien —dijo la chica con evidente reticencia—, pero no quiero sentirme asfixiada.

—Creo que estarás satisfecha, Rose. —Emmie le ofreció la mano para hacer que se dieran prisa—. Vamos a echar un vistazo, ¿de acuerdo?

Rose se agarró a ella.

—Miraré. Pero aún no estoy convencida.

—A mí no me convence en absoluto —refunfuñó George, caminando detrás de ellas—. Bailar es una estupidez. Hombres adultos dando brincos igual que... cabras. Cabras perseguidas por abejas.

—No le hagas caso, mamá. Solo le preocupa caerse de culo...

—¡Rosie! —interrumpió su hermano.

—Quería decir sobre el trasero.

—Una sustitución muy permisible —aprobó Emmie—. Esa parte de la anatomía también se puede denominar «posaderas».

—Oh, mi culo va a ser eso a partir de ahora —dijo Rose de forma alegre—. Mis posaderas.

—Mis posaderas se van a sentar en una silla. —George dio un medio salto.

«¡Dios bendito!» Eso era casi un brinco. Emmie se rio.

—Bien dicho, George. Pero vas a tener que aprender a bailar. Odiaría que estuviéramos en la fiesta y que alguien te pidiera un baile y tuvieras que quedarte ahí mientras todos los demás niños se lanzan a la pista.

—Yo no lo odiaría —replicó—. Pero firmé el acuerdo y mantengo mi palabra.

Una vez más, Emmie agradeció para sus adentros que Will hubiera pensado en un acuerdo. Al menos seguía estando agradecida por eso. Luego abrió las puertas dobles que marcaban el comienzo de la sala este..., y decidió que tal vez había sido un poco dura en su crítica mental a su marido.

Había tres músicos sentados en un rincón y Will estaba de pie frente a ellos, hablando en voz baja. Todas las ventanas estaban abiertas y la luz inundaba la gran sala. Los sirvientes habían trasladado las mesas y las sillas a los extremos de la sala, habían enrollado la larga y estrecha alfombra persa y la habían colocado en posición vertical en un rincón.

Su marido se volvió para mirarla y luego realizó una pequeña reverencia.

—Se me ocurrió que esto podría venirnos mejor que llevar el ritmo con las palmas.

—Oh, mucho mejor —dijo Rose, antes de que Emmie pudiera responder. Se acercó a los músicos dando brincos—. Hola. Soy Rose.

—Yo soy Jerry —respondió el hombre del violín, hasta que los otros dos lo hicieron callar—. No quería ser maleducado —susurró.

Will se aclaró la garganta.

—Les he explicado que nos han encargado que enseñemos a bailar a nuestros sobrinos —dijo, alzando la voz para que todo el personal que seguía entrando en la sala lo oyera—, y estos caballeros han accedido de forma amable a retrasar un día su viaje a Gloucester para poder tocar para nosotros.

—¡Oh! ¡Soy tan feliz que voy a desmayarme! —exclamó Rose, y se desplomó graciosamente en el suelo.

—La tía Emmie desea que cuides tu vestido —dijo Emmie, manteniendo una sonrisa en su rostro.

Rose se incorporó.

—Esa no es una sonrisa de verdad —declaró, poniéndose en pie de nuevo.

—No, supongo que no lo era —admitió Emmie—. Pero es que odiaría que se te estropeara el vestido antes de que pudieras enseñárselo a todo el mundo.

Mientras Rose se afanaba en asegurarse de que todos sus brillantes abalorios continuaban en su sitio, el trío orquestal afinaba sus instrumentos y George se acercaba a mirar. Emmie esperaba que no decidiera que tenía que aprender a tocar el violín además de leer y de dibujar.

—¿Me he vuelto a pasar al contratar músicos? —murmuró Will justo a su lado.

—Por casualidad no los habrás encontrado en la posada, esperando el coche de postas rumbo al norte, ¿verdad? —replicó.

—Es posible que conociera de antemano la noticia de que lord Sheffield celebra una fiesta mañana por la noche en Gloucester y que los músicos iban a llegar hoy.

—Así que, ¿otro de tus contactos?

—Sí.

—Es brillante —dijo.

—Gracias. —Will dudó—. Y me disculpo por lo de antes. Ninguno de los dos estaba preparado para esta situación. Has estado magnífica desde el principio..., desde antes de eso..., y sigo asombrado por tu talento.

—Esa habría sido una conversación mucho más agradable —susurró.

—Sí, bueno, nos ofendimos el uno al otro. Tú exigiste una disculpa. Yo no.

Se dio la vuelta e hizo un gesto a los músicos.

El violinista dio tres golpecitos con el pie y un animado baile campestre llenó la gran sala. George dio un paso atrás, como si el ruido lo sorprendiera, mientras Rose saltaba en el aire y empezaba a dar vueltas. Emmie mantuvo la mirada fija en su marido.

Había insinuado que él era frívolo en lo referente a los deseos de los niños, pero eso era muy cierto. ¿Esgrima para Rose? ¿Alentar la afición a la pintura para George? Si la decisión hubiera sido solo suya, podría haber encontrado entretenimientos más prácticos para ellos. Algo divertido, pero útil. Jugar al escondite sin huir al bosque o jugar un partido de cricket sin usar el bate para golpear a otros niños. Jugar a la rayuela y no robar las ganancias de todos. Ese tipo de cosas.

Señalar la verdad de algo no era una ofensa. Sin embargo, lo que él le había dicho —en esencia, ella era un témpano al que solo le importaba que los niños Fletcher se lucieran en Welshire Park— por supuesto que requería una disculpa. La enfurecía la sola idea de que lo único que le preocupaba eran los resultados y no por los jóvenes.

No era un témpano. Le importaba que los pequeños fueran felices, que estuvieran bien atendidos y que tuvieran mejores perspectivas en el futuro que las que tenían al principio. Por el amor de Dios, había dispuesto que el padre John viniera de visita esa tarde para poder hablar con él de eso mismo.

Rose la agarró de la mano.

—¡Necesito saber los pasos o voy a arder en llamas! —chilló.

Emmie asintió, saliendo de sus pensamientos.

—Desde luego. Por eso estamos aquí. Para evitar que te incendies.

—Desde luego —repitió Will, tomando la otra mano de Emmie—. Sugiero que tú y George forméis pareja y hagáis lo posible por imitar lo que hacemos la tía Emmeline y yo. Luego podemos trabajar con cada uno de vosotros en los pasos y el compás.

George sacudió la cabeza y retrocedió hacia la puerta.

—No voy a bailar delante de todo el mundo.

Había más de una docena de sirvientes agrupados en un rincón de la habitación, y mientras ella miraba, James Fletcher también entró en la habitación, de modo que Emmie pudo ver por qué podría estar avergonzado.

—Oh, todo el mundo va a bailar —anunció, y señaló al grupo—. Formen parejas.

—Esto es inesperado —murmuró Will, levantando su mano y colocándose de frente a ella.

—No soy un témpano —afirmó en voz baja.

Will frunció el ceño.

—Nunca he dicho que seas un tem...

—Eso es lo que querías decir. Que no tengo corazón y que estoy utilizando a los niños para favorecer mis propósitos.

—No quise insinuar que no tenías corazón, por el amor de Dios. Solo deseo que te relajes un poco. Que disfrutes de la locura. Antes solías reír, ¿sabes? Si tú y yo no hacemos algunos cambios, en pocas semanas nos encontraremos justo donde estábamos antes de que todo esto comenzara. Y yo prefiero donde estamos ahora.

Antes de que pudiera descifrar eso, él se inclinó, ella hizo una reverencia y, con una serie de saltos, brincos y pasos, se abrieron paso por la pista. Detrás de ellos, en una doble fila desordenada, entre ruidos y risas, los seguían los niños y cinco parejas de sirvientes. Emmie se arriesgó a echar una mirada por encima del hombro y apretó los dientes para no reírse. Powell, con la cara roja y el pecho hinchado, brincaba de la mano de Hannah mientras que Rose amenazaba con hacer caer a George con sus exagerados saltos en el aire. Edward se había emparejado con Sally y, en la retaguardia, la señora Brubbins, la cocinera, trotaba con Donald, que parecía muy delgado y quebradizo a su lado.

El único que no bailaba era James. No parecían celos, pero cualquiera que fuera la razón de que estuviera de brazos cruzados con mueca de desprecio en su rostro, deseaba que se fuera a otra parte antes de que George lo viera y decidiera que al final no debería bailar.

Cuando volvió a mirar a su propia pareja, Will la miró, con los ojos brillantes. Luego se separaron y él se fue hacia la izquierda de las parejas por detrás de ellos mientras ella iba a la derecha y se reunieron al fondo para empezar de nuevo.

Will no quería que después de la fiesta en Welshire, después de haber entregado a los niños a una buena familia, sus vidas volvieran a la tranquila, intrincada y separada danza de antes. Y ella se había planteado eso mismo.

Will y ella habían crecido siendo amigos. Entonces él empezó a actuar... de manera diferente, mirándola todo el tiempo. Fue entonces cuando dejó de bromear con proponerle matrimonio. ¿Había todavía algo entre ellos que había evitado examinar demasiado de cerca? ¿O Will había sido la opción más segura y fácil? Sabía lo que él quería en la vida y sabía que podía ayudarlo a conseguirlo. Había sido un buen intercambio.

Eso fue lo que se dijo. Al igual que cuando él dejó de visitar su dormitorio, se dijo que había sido una decisión mutua. Pero en los últimos días, Will había dejado bastante claro que la separación no era lo que quería. Y ahora tenía que considerar que tal vez ella tampoco quería eso durante más tiempo.

George sacó los cubiertos de sus bolsillos y los echó en el saco que sostenía James. Rose, que estaba a su lado, sacó un pequeño pájaro de cristal de su bolsito.

—No puedes meter esto con los cubiertos, James —dijo, tendiéndoselo a su hermano mayor—. Se romperá. Y es muy bonito.

—No quiero pájaros de cristal. Tráeme collares y pendientes. —James tiró el pájaro al suelo y lo arrojó de una patada debajo de la cama—. Joyas. La señora debe tener perlas y diamantes. Echaría un vistazo, pero ese condenado mayordomo se ha puesto a seguirme como un cordero perdido a todas partes.

—Se darán cuenta si cogemos las perlas —protestó George. Un par de gemelos podría llevarles casi una semana, con el señor P, Powell y Davis vigilándolo.

—No importará, porque en cuanto tengamos las cosas caras, nos vamos —replicó James—. Estaba pensando en Yorkshire. Está bastante lejos de aquí, y de cualquier desorden que hayamos dejado en Londres.

—Ya había pensado en Yorkshire cuando estábamos solos Rosie y yo, porque tú saliste corriendo. —George levantó la barbilla, bastante seguro de que James no le pegaría; le dejaría marca y ninguno quería tener que explicar eso a los Pershing—. Hará demasiado frío para Rosie en invierno.

James acercó el puño, con sus finos labios planos y casi invisibles. En el último segundo, abrió los dedos y le dio un tirón a la corbata de George.

—Te crees muy listo, George, pero yo soy el que no se dejó atrapar por los agentes de Bow Street y soy el que ha venido hasta aquí para buscaros a Rosie y a ti. Vamos donde yo diga, porque soy el jefe de esta familia. —Desvió la atención y le pellizcó la mejilla a Rose. Con fuerza—. Joyas, Rosie. Plata, oro y joyas. Pasta, si puedes echarle mano. ¿Lo entiendes?

Rose se frotó la mejilla, con la mirada puesta en el lugar donde había ido su pájaro robado.

—Le has dado una patada a mi pájaro. —Se recogió las faldas, se agachó y se metió debajo de la cama—. Lo elegí porque es bonito. No deberías haberle dado una patada. ¿Y si se rompe?

—Rosie, no me importa si...

—Aquí está. —Salió y se enderezó para limpiar la pequeña estatuilla—. Oh, bien. Está de una sola pieza.

George se acercó y le quitó un trozo de cuerda del pelo.

—Tenemos que volver. Tenemos clases. Quédate con el pájaro, Rose.

—Podrían añadirlo a su baúl, junto con las otras cosas que aún no le habían entregado a James.

—Cosas que podamos vender, muchacha. Me estoy cansando de que todos me miren y hablen a mis espaldas y de que esa finolis de la señora P me insulte con una sonrisa. Y tú no necesitas aprender a bailar ni a dibujar ni cualquier otra tontería que te obliguen a hacer. Tendremos todo lo que queramos sin que sepas dibujar un plato de fruta.

—Yo también estoy aprendiendo a leer —afirmó George—. Y eso no es una tontería, digas lo que digas.

James lo agarró por el hombro.

—Es una tontería, Georgie. Ya eres lo que vas a ser, y tienes mucha suerte de tenerme a mí para enseñarte lo que necesitas saber. Si no, seguirías durmiendo en los sótanos de las iglesias y mendigando las sobras. Ahora ve a hacer lo que te he dicho o te daré una paliza.

George quiso gritar que algún día sería lo bastante grande para devolverle la paliza a James, que ya había hecho un plan y que James lo estaba pisoteando. En lugar de eso, cogió a Rosie de la mano y la llevó de vuelta al salón.

La idea de familia de James era que ellos hicieran lo que él decía. Ahora mismo George no veía una salida a eso, aunque prefiriera escuchar lo que el señor P tenía que decir sobre el honor, los modales y ser respetable. Los Pershing solo estarían en sus vidas durante unas semanas y después de eso, aunque Rose y él huyeran, James podría encontrarlos de nuevo.

Y, sí, las clases de dibujo eran una tontería. Pero también eran divertidas. Y aún no estaba preparado para que terminaran, sobre todo porque había mencionado que James iba a conseguirles un tutor cuando tuvieran su propia casa y al final la señora Pershing había decidido que enseñarle a pintar sí sería una buena idea.

15

Bartholomew Powell levantó la vista del periódico londinense del día cuando Donald entró en la cocina.

—¿Has confirmado el recuento? —preguntó al alto y delgado lacayo. El criado asintió.

—Lo he hecho. Treinta y un tenedores, cuarenta y cuatro cuchillos y veintiocho cucharas. —De pie, rígido, Donald se aclaró la garganta mientras su pálida tez se iba tornando cenicienta—. He preguntado de manera discreta, como usted sugirió —prosiguió en voz más baja, con la mirada puesta en la generosamente proporcionada señora Brubbins y en la llorona sirvienta, Molly—. Ninguno de los empleados de aquí robaría a los Pershing. ¿Recuerda cuando la tía de Edward enfermó y la señora Pershing le pagó a su madre el billete del coche de postas para que pudiera visitar a su hermana?

—Sí, lo recuerdo —dijo el mayordomo, suspirando. Sabía muy bien que ningún miembro del personal se había fugado con la vajilla de plata de los Pershing; simplemente era su deber agotar cualquier otra posibilidad. Y ahora que Donald había verificado las cantidades, lo había hecho—. Gracias.

—Pero debemos decírselo —continuó Donald—. Si no lo hacemos, todos nosotros pareceremos doblemente sospechosos cuando descubran la cantidad de plata que falta.

—Soy muy consciente de las consecuencias. —Por el amor de Dios, llevaba veinte años como jefe de personal en Winnover Hall. Nadie aquí conocía a los Pershing, y a Emmeline Pershing en particular, mejor que él—. Por favor, acompaña a Molly a Birdlip a por los suministros de cocina. Y asegúrate de decirle al señor Umber en la carnicería que la señora Brubbins no estaba bromeando cuando pidió dos cuartos de falda.

Donald asintió con la cabeza.

—Por supuesto. Vayamos ya, Molly. Tengo que ocuparme de pulir más tarde.

—Y un saquete extra de azúcar, Molly —dijo la cocinera, levantando la vista de la masa que estaba amasando—. A esos pequeños les vuelven locos las galletas.

A los pequeños, y más que probablemente a su hermano mayor, también les volvían locos los cubiertos, pero Powell se guardó esa opinión para sí. Llevaba varios días intentando encontrar la manera de decírselo a la señora Pershing sin que sonara acusador o arrogante, o como quisiera que se dijera cuando un empleado con una dilatada trayectoria se quejaba de un par de huérfanos a la pareja que los había acogido.

Sin embargo, como había señalado Donald, había que decírselo a los Pershing. No quería que se le considerara un aliado de los pequeños bribones. Tampoco deseaba que lo pillaran poniéndose en contra de ellos. Sabía por qué estaban en la residencia y tenía la intención de hacer todo lo posible para que esta aventura de sus empleadores tuviera éxito. Culpar de todo al señor James Fletcher sería más fácil, pero el señor Pershing había sido muy firme al decir que el joven iba a quedarse.

Winnover Hall y Emmeline Pershing parecían inseparables. Aparte de eso, había conocido a la señora Penelope Chase cuando era la señorita Penelope Ramsey y había venido a pasar el verano con la familia Hervey. La muchacha era un monstruo y no creía que su temperamento hubiera mejorado de adulta. Había una razón para las historias de sirvientes que escupían en el té de sus amos, y si él terminaba a su servicio, se sentiría muy tentado de hacerlo.

Con eso en mente, terminó de dar las instrucciones de la mañana al resto del personal y se dirigió a la parte principal de la casa. Los Pershing y los niños habían salido a cabalgar y no esperaba que regresaran hasta el almuerzo. Incluso el holgazán de James Fletcher había dado un paseo hasta Birdlip. Powell subió las escaleras y se dirigió al pasillo donde se encontraban los dormitorios de la familia. Miró a un lado y a otro del pasillo y se detuvo frente a la puerta cerrada del muchacho más joven.

El mayordomo irguió los hombros y empujó el pomo de la puerta. La puerta no chirrió porque se encargaba de mantener lubricadas todas las bisagras de la mansión. Entró y cerró la puerta tras de sí. Donald y Edward habían estado compartiendo las tareas con el niño, ordenando la habitación y ayudándolo a vestirse, pero los dos lacayos estaban sujetos a la palabra que la señora Pershing había dado a los niños: que nadie tocaría sus baúles.

También tenía prohibido invadir la intimidad de los niños. Sin embargo, si no podía determinar lo que ocurría, no podía proceder. Todo esto lo hacía sentirse un poco canalla, pero dadas las circunstancias prefería que los niños pensaran que él era el villano y no los Pershing.

Después de echar un vistazo por encima del hombro, Powell se arrodilló delante del baúl del niño, abrió el pestillo y levantó la tapa.

Como era de esperar, una manta llenaba el espacio. Con cuidado de no alterar los pliegues, la dejó a un lado. Y luego se sentó sobre los talones.

—¡Que Dios nos asista! —murmuró.

El saco de tela estaba metido en un rincón, más voluminoso que cuando la pareja llegó a Winnover Hall. A su alrededor había... cosas. Uno de los gemelos del señor Pershing. Una taza de porcelana fina con el dibujo favorito de la señora Pershing. Dos juegos de cubiertos. Un pato tallado en caoba que pertenecía al estudio. Una gran pieza de ámbar que creía que pertenecía a la Pershing House en Londres.

La lista seguía y seguía. Monedas. Papel moneda. Botones. Media barra de pan. Tijeras. Un revoltijo de cosas... robadas. Sin embargo, cuando Powell las revisó, empezaron a cobrar cierto sentido. Todas ellas, menos la comida, valían dinero, desde un centavo o dos hasta quizás una libra. Pequeñas cosas que se podían esconder en un bolsillo y, una vez sacadas de la casa, intercambiar o vender sin que ningún artículo fuera tan valioso que pudiera despertar sospechas sobre su origen.

—Pequeño bastardo inteligente —susurró, volviendo a colocar la manta antes de bajar la tapa y volver a cerrar el pestillo.

Lo mismo ocurriría con el baúl de la niña, por lo que decidió no arriesgarse a rebuscar en él. El mayordomo se levantó, regresó a la puerta del niño y la abrió de golpe para echar un vistazo al pasillo. El pasillo seguía desierto, así que se escabulló y volvió a cerrar la puerta tras de sí. Lo hizo de forma rápida y eficaz.

Logró dar un trío de pasos antes de que el tal James saliera de la sala de estar del piso superior.

—Powell.

Este le devolvió el saludo con la cabeza.

—Fletcher.

—Señor Fletcher para usted —dijo el muchacho, deteniéndose.

Powell apretó los dientes.

—Señor Fletcher.

Con una sonrisa, el muchacho se dirigió a su dormitorio.

—Criado —murmuró mientras cerraba la puerta.

Maldito patán insolente. Qué cerca había estado; sin duda el señor Fletcher tenía su propia caja de tesoros robados. Ahora tenía que averiguar cómo decirle a los Pershing que un buen número de objetos de valor habían desaparecido y estaban en manos de los huérfanos y de su maldito hermano. O simplemente podía huir del lugar y marcharse a Bedlam. Teniendo en cuenta todo esto, esa podría ser la opción más agradable.

Su vida era mucho más sencilla y tranquila antes de la llegada de los niños Fletcher. Por otra parte... Bueno, no le resultó nada desagradable cuando el día anterior la joven Rose le trajo una margarita amarilla y se la puso en el ojal. Por supuesto, lo más probable era que se hubiera dado la vuelta y le hubiera robado los zapatos mientras él le agradecía la flor, pero había que admirar el descaro de los jóvenes. Y la señora Pershing se mostraba... menos estricta con el personal, algo que por lo general no aprobaba, pero también él estaba de mejor humor.

Al menos estos robos solo serían un problema durante las próximas semanas. Si el señorito George y la señorita Rose hubieran sido incorporaciones permanentes a la casa, encontrar una solución a sus manos largas habría sido un problema mucho más acuciante. Su marcha a Bedlam tendría que esperar; tenía que resolver un problema de manera creativa.

—¿Por qué tengo que aprender sobre el suelo? —preguntó George, cruzando los brazos sobre el pecho.

Will se puso en cuclillas a su lado, recogiendo un puñado de tierra y guijarros y sosteniéndolo en la palma de la mano.

—En primer lugar, el suelo cultivable se llama «tierra de labranza». Un agricultor lo sabe todo sobre la tierra, y su favorita es una tierra buena y húmeda. La tierra con lombrices es perfecta, tanto para la agricultura como para la pesca.

—Estás chiflado, ¿verdad?

Will dejó caer la tierra mientras reía y se enderezó de nuevo.

—Es posible, pero no en lo que se refiere a la tierra. Quiero que te hagas una idea de lo que es importante en Winnover Hall. No hace falta que seas un experto, pero otros terratenientes saben cuándo uno de los suyos es un maldito embustero solo por algunas de las palabras que utiliza.

El chico entrecerró los ojos.

—Has dicho maldito.

—No hay damas presentes. Esa era la regla, por si no te acuerdas.

Will observó mientras George asimilaba aquello, pues su cara reflejaba sus pensamientos de una manera que resultaba un tanto tranquilizadora; el muchacho aún no se había convertido en un maestro del engaño. Si se quedaba en el orfanato, o si Rose y él acababan en otro, sería solo cuestión de tiempo. El chico estaba mucho más preocupado por cuidar a su hermana y que ambos estuvieran alimentados, que por cualquier ley molesta que se interpusiera entre sus necesidades y él.

Cuando perdiera sus regordetas mejillas de niño y sus vivos ojos, nadie diría que era inteligente o ingenioso. Simplemente lo llamarían delincuente y acabaría en uno de estos tres lugares: la cárcel, Australia o la horca. ¿Podrían unas cuantas clases de lectura cambiar eso?

—¿Vamos a quedarnos aquí mirando el suelo..., la tierra? —preguntó George—. Porque prefiero ir a pescar, si no te importa.

Por Dios, tal vez Emmeline tenía razón. Aprender cualquier cosa que pudiera dar a los niños un futuro mejor superaba con creces la «diversión», más aún cuando la pesca y la esgrima no hacían nada para mantenerlos alejados de los problemas. Incluso su comentario sobre la tierra frente a la suciedad era más útil que las tonterías que prefería hacer con ellos, sobre todo porque prefería que el niño se convirtiera en granjero antes que en salteador de caminos.

—¿Te está dando una apoplejía? ¿Señor P? —El chico murmuró lo que parecía una maldición en voz baja—. ¿Papá?

Will recobró la compostura.

—No. No es una apoplejía. Un pensamiento. George, si tuvieras la vida que quisieras, George, ¿dónde estarías dentro de..., digamos..., diez años? ¿Qué estarías haciendo?

El chico frunció el ceño y le dio una patada a una piedra mientras se dirigían de nuevo al estanque.

—¿Qué te importa, siempre que te libres de Rose y de mí?

—Me interesa. ¿Cuál es tu sueño para ti?

George exhaló una bocanada.

—Dijo que harías esto.

—¿Quién dijo que haría qué?

—La señora P. O como quiera que tengamos que llamarla. Dijo que sabes caerle bien a la gente, pero que el encanto no sirve para todo.

Así que supongo que ahora te preocupa haber sido demasiado amable y que Rosie y yo no estemos preparados para esa fiesta. ¿Ahora vas a ser malo?

«Los niños sueltan cada perla...»

—No tengo ninguna razón para ser malo —dijo, apretando los dientes.

Maldita Emmeline. Había expresado su opinión sobre sus «frívolas» ideas, y él le había dicho sus argumentos. Transmitir sus pensamientos a los niños era muy inapropiado. Y no ayudaba en absoluto.

—Bien. Porque me gusta pescar.

—A mí también —dijo Will con aire distraído. Primero Emmeline lo había acusado de no tener sentido del humor y ahora lo consideraba demasiado frívolo. Sería útil que ella se decidiera de una puñetera vez en lo referente a sus defectos.

De todos modos, era ella la que no tenía sentido del humor. Si de ella dependiera, George llevaría un pañuelo almidonado en el cuello y Rose llevaría un vestido de baile en todo momento, se cuadrarían y harían reverencias cuando se lo ordenaran, sin ninguna concesión a sus deseos y necesidades.

Después de casarse y tras meses de... encuentros nocturnos en los que ella no daba señales de relajarse en su presencia, se había preguntado si Emmeline no quería tener un hijo con él. Si no sería esa la razón por la que nunca se había quedado embarazada. Por supuesto, entonces era un idiota torpe, tan virgen como ella, pero su permanente reacción a la intimidad con él había dejado claro que su matrimonio era una asociación comercial y social, y nada más. Se había lanzado al matrimonio con el corazón y Emmeline lo había hecho con un calendario social.

Ocho años juntos no habían cambiado eso. Y ahora, ni siquiera esta locura tan poco habitual había servido para alterar su *statu quo*, que tan frustrante resultaba.

—Oye, he encontrado lombrices en tu tierra húmeda —llamó George desde cerca del estanque—. Es perfecta.

Sí, al menos la tierra sabía lo que hacía.

Rose intentó fingir que bordar era como la esgrima, solo que con un estoque muy pequeño, pero no funcionó. Seguía odiándolo. Si la aguja hubiera sido un estoque, el pañuelo en el que intentaba coser una rosa ya estaría muy, muy muerto.

—Ten paciencia, Rose —le dijo la señora P desde su lado en el sofá—. Las puntadas grandes pueden aportar un efecto precioso, pero las puntadas más pequeñas demuestran más destreza.

—Prefiero ser diestra con la espada —comentó Rose, que empezaba a desear que su nombre hubiera sido un tipo de flor más simple.

—Sí, pero esto será más útil.

No lo sería porque Georgie había dicho que una vez terminada la fiesta del duque, se irían, y James decía que ni siquiera tardarían tanto. No quería ir con James, pero al menos en libertad podrían hacer lo que quisieran y la gente le daría monedas cuando bailara. Eso era lo que más le gustaba: eso, y entrar en la tienda de dulces después.

Al menos, las clases de baile que recibía aquí le harían ganar más monedas, porque se estaba volviendo muy buena en los bailes campestres y en las cuadrillas, y tal vez incluso en el vals, aunque apenas habían practicado este último. Sin embargo, el único problema de todos esos bailes era que necesitaba una pareja. James era demasiado alto y demasiado mayor, y de todas formas prefería estar detrás de la multitud, robando carteras. Y por la forma en que George fruncía el ceño cuando los Pershing lo hacían practicar, nadie le echaría dinero. Verduras, tal vez.

—¿Por qué sonríes? —preguntó la señora, con una bonita sonrisa en la cara.

Rose no podía decírselo, porque entonces le volverían a decir que los Pershing iban a encontrarles una buena familia y ella ya no estaría bailando delante de la gente para que le echaran monedas.

—Esta tarde hay otra clase de baile —dijo—. Me gusta casi tanto como la esgrima.

—Me alegro de que así sea. También se te da muy bien.

—Gracias, mamá.

Su falsa mamá se sonrojó un poco, como hacía siempre que Rose la llamaba así. Era curioso lo mucho que les gustaba a los Pershing que les llamaran mamá y papá, aunque todo el mundo sabía que no era cierto. Si les gustaban tanto los niños, deberían haber tenido algunos propios. Pero eso no era de su incumbencia y a ella le gustaban todas las cosas que había ido coleccionando, aunque James dijera que eran estúpidas. A ella le parecían bonitas y por eso se las quedaría para sí o dejaría que Georgie las vendiera. Le gustaban sus baratijas.

Powell llamó a la puerta abierta de la sala de la mañana y luego entró en la habitación.

—Señora, el padre John ha llegado.

La señora dejó a un lado su bordado y se puso de pie.

—Espléndido. Hablaré con él en la biblioteca. Rose, quizás sea mejor que no le cuentes a James lo del pastor.

—No lo haré. Pero nada de granjas de cerdos.

—Lo tendré en cuenta. Mientras tanto, sigue practicando. Recuerda que no tiene que ser perfecto. Solo tienes que esforzarte al máximo.

—Sí, mamá.

Powell le lanzó una mirada que le hizo sentir que la había visto meterse el bonito dedal de porcelana azul y blanca en el bolsillo, pero él ni siquiera estaba en la habitación cuando lo hizo. Rose le sonrió y se fue de nuevo tras dejar escapar un bufido, pero no cerró la puerta.

Se alegró de que hubiera dejado la puerta abierta porque Georgie le había dicho que tratara de oír lo que la señora le dijera al pastor, y sobre todo quería saber si el padre John había dicho algo referente a que fueran a una granja de cerdos. Si lo hacía, entonces estaba claro que tendrían que irse con James, aunque casi le hubiera roto el pájaro.

Rose se levantó, dejando su bordado en el sofá a su lado, y se acercó de puntillas a la puerta. Edward se apresuró a pasar con una bandeja, así que la señora P y el pastor iban a tomar el té. Se preguntó de manera fugaz si eso significaba que la señora Brubbins había hecho galletas de limón, pero tendría que esperar para averiguarlo, aunque la cocinera hubiera horneado docenas.

Se deslizó directamente detrás del lacayo y correteó por el pasillo, agarrándose las faldas con las manos para que no susurraran. El lacayo llamó a la puerta de la biblioteca y, cuando la señora P respondió, la abrió y entró. Había un millón de buenos escondites en la biblioteca, y una vez que el lacayo empezó a servir el té, se coló a gatas por la puerta y se colocó detrás de la estantería que olía a patatas viejas.

Trasladó el pesado libro del fondo a la siguiente estantería y se embutió en el estante vacío más bajo, doblando las piernas contra el estómago y apoyando la cabeza en los brazos cruzados. Lo más probable era que cualquiera que la viera pensara que parecía un conejito grande y muy bonito.

—Me disculpo por no haber aceptado antes su invitación —dijo el pastor—. Entre el reumatismo de la señora Packem y su gato enfermo, Whiskers, y la pierna rota de Ben Holder y el intento de organizar a sus vecinos para la cosecha, han sido quince días muy ajetreados.

—No tenía ni idea de que Ben Holder se hubiera roto la pierna —respondió la señora Pershing—. Con gusto le prestaríamos una cuadrilla y una carreta.

—Si no le importa, le informaré de ello. Sé que es un poco... cascarrabias, pero tengo la esperanza de que la caridad de sus feligreses le abra los ojos y le ablande el corazón.

Ambos estuvieron de acuerdo. Después de eso, al menos uno de los adultos se comió una galleta y Rose estaba segura de que podía oler a limón. Maldita sea, la señora Brubbins había hecho galletas de limón, y con ella atrapada en una estantería, otra persona, seguro que el ceñudo Powell, se las comería todas.

—Bien, señora Pershing, en su nota mencionaba que necesitaba mis recursos para una tarea. Debo decirle que, después de ocho años de matrimonio, es muy poco probable que la Iglesia conceda una anulación, incluso sin pruebas de relaciones matrimoniales.

—¿Qué? —La señora parecía sorprendida, fuera lo que fuese una anulación.

—Yo... Le ruego que me disculpe —tartamudeó el sacerdote—. Pensé... Bueno, con la redacción de su petición, supuse...

—Padre, le aseguro que no estoy buscando una anulación. Y tampoco el señor Pershing.

—Oh, espléndido. He de decir que el señor Pershing y usted son un ejemplo muy admirado de armonía matrimonial en la comunidad.

—Gracias. Nos esforzamos por serlo. Lo que me hace plantear la siguiente pregunta: ¿por qué después de ver mi nota lo primero que pensó fue que deseaba una anulación?

El sacerdote se aclaró la garganta.

—Solo una estúpida divagación, se lo aseguro, señora Pershing. Quiero decir que he visto unas cuantas anulaciones solicitadas, y en la mayoría de los casos ha habido un fracaso a la hora de engendrar descendencia.

—Sí, bueno, también hay matrimonios de gran renombre sin hijos. No sé si el nuestro es uno de ellos, pero somos bastante felices. Y en absoluto es ese el motivo por el que solicité su ayuda.

—Entonces, por favor. —Rose arrugó la nariz al oír que alguien sorbía al beber té. Sorber no era para nada correcto, ahora lo sabía—. Soy todo oídos.

Rose quería imaginarse a un hombre vestido con el atuendo negro de pastor, pero con gigantescas orejas de elefante. Se tapó la boca con una mano para no reírse. No podía reírse ahora. Georgie había dicho que esto era importante.

—Debo contar con su discreción, padre John. Todo depende de eso. ¿Tengo su palabra?

—No podría permanecer en mi puesto si fuera un chismoso, señora Pershing. Por supuesto que tiene mi palabra.

—Muy bien. —La señora P tomó aire con fuerza—. Hace poco, Will y yo hemos acogido a dos jóvenes en nuestro hogar. Dos niños.

—¡Cielos, señora Pershing! —exclamó el pastor, que sonaba como si tuviera otra galleta en la boca—. Es muy caritativo de su parte. Había oído que su sobrina y su sobrino están de visita; ¿le ha pasado algo a alguno de sus parientes? No todo el mundo da un paso adelante para asumir una responsabilidad tan grande después de una tragedia. Oh, no debería haber dicho «grande».

—No es...

—La acompaño en el sentimiento, por supuesto. El primo de lady Graham falleció hace poco. Dicen que se ahogó, pero se especula que estaba... demasiado ebrio cuando cayó al Támesis. Por fortuna no tuvo descendencia y lady Graham fue muy amable de organizar su funeral. Fue una ceremonia preciosa y muy conmovedora, si me permite decirlo, y por supuesto no hubo mención alguna a su afición a beber. ¿Cómo puedo ayudarla?

Durante un minuto nadie dijo nada. Sin duda estaban comiendo el resto de las galletas de la señora Brubbins.

—Sí —dijo al fin la señora, alargando la palabra—. Bueno, esto me resulta doblemente difícil. Antes tenía razón, o al menos en parte. Will y yo hemos descubierto que nuestros... intereses divergen un poco y quería preguntarle si tiene algún consejo. No es nada serio, pero no deseo que se convierta en eso.

Aquello no tenía ningún sentido. Mientras el padre John y sus orejas de elefante se ponían a hablar de rezar y de que la señora P cumpliera con su deber de esposa, algo que seguro ya cumplía porque la casa estaba muy limpia y la comida era la mejor que Rose había probado nunca, trató de entenderlo. La señora Pershing había dicho que tenía intención de preguntar al padre John sobre algún buen hogar que pudiera querer dos niños. Que nadie volviera a un orfanato formaba parte del acuerdo. Pero la señora P no había preguntado nada sobre eso. Ni siquiera había mencionado la palabra «huérfano», que era justo lo que Georgie y ella eran.

Tal vez George tuviera una respuesta mejor, pero a Rose le parecía que los Pershing mintieron cuando dijeron que les buscarían un lugar. Y si estaban mintiendo, entonces todo esto era solo por Winnover Hall. A nadie le importaban George y ella, ni su acuerdo ni si acababan en una granja de cerdos o en un orfanato. Estúpidos Pershing. Le había gustado estar en Gloucestershire. Al final James tenía razón y eso tampoco le gustaba. Por una vez, quería tener razón ella.

—Gracias, padre John —dijo la señora Pershing después de un largo rato—. Ha sido usted de gran ayuda. Y como ya lo ha mencionado, tener a mi sobrina y a mi sobrino aquí me ha hecho preguntarme: ¿qué recomienda usted para los niños que no tienen un pariente dispuesto a acogerlos?

Un momento. Esto sonaba mejor. Rose se movió un poco, girando la cabeza hacia donde podía ver los pies de los adultos. Los del padre John estaban muy separados y los de la señora P estaban muy juntos, un poco de puntillas.

—Bueno, la Iglesia tiene abundancia de orfanatos —respondió el párroco—. Dos solo en Gloucester. El de San Miguel tiene una reputación espléndida o eso he oído. ¿Estamos hablando de niños sin recursos? Porque eso marca la diferencia, claro.

—Son niños hipotéticos, pero digamos que tienen una herencia o una asignación periódica. Seguro que habría algún lugar más agradable para uno o dos jóvenes alegres.

—Los internados son bastante populares, en esos casos. Hay varios para niñas en Londres y al menos uno cerca, en Pitchcombe.

—Entonces, ¿es costumbre separar a los hermanos? Eso parece bastante duro.

—A menos que se les pueda colocar en una familia, eso es lo que suele suceder.

—¿Cómo se coloca a los niños en una familia con la que no tienen relación?

—Bueno, siempre hay granjeros que buscan una o dos manos más, o molineros o algún tendero ocasional. Si los jóvenes tienen un ingreso o una herencia, eso los hace un poco más aceptables. A la gente no le gusta asumir otra preocupación más, por muy piadosa que sea la caridad.

—Así que, por lo general, ¿se pone a los niños a trabajar?

—Todos deben ganarse el sustento. Supongo que si los niños son muy ricos, la Corona les nombraría un tutor. Dejando de lado a sus propios sobrinos, los niños son una carga, o eso me han dicho.

—Ya. ¿Y pagar a una familia para que los acoja y los críe? ¿Se ha hecho alguna vez?

—Yo... No que yo sepa, pero no veo por qué no sería satisfactorio, aunque en un supuesto puramente hipotético habría que encontrar una familia adecuada en lugar de una que solo buscara fondos adicionales. Si quienquiera que pagara a los jóvenes no deseara acogerlos, es decir..., lo que parecería ser el caso más probable. —Se aclaró la garganta—. ¿De eso se trata, señora Pershing? ¿Está buscando a otra persona para que se haga cargo del cuidado de sus sobrinos?

—¿Qué? No. Mi prima y su marido están vivos y gozan de buena salud, se lo aseguro. Pero tenerlos aquí y ver lo inocentes y vulnerables que son, me ha hecho reflexionar, es todo.

—Es comprensible. Con algo de esfuerzo y la bendición de Dios, aún hay tiempo para que a usted y al señor Pershing no se les..., bueno..., bendiga con los suyos.

—En efecto. Bueno, resulta que sé que Mary Hendersen quiere un esqueje de mis rosas naranjas. Por supuesto, no me lo va a pedir de manera directa, pero si le doy un esqueje, ¿se lo llevaría?

—Me encantaría. De todas formas quería visitar a los Hendersen y esto me dará la excusa perfecta.

—Sígame, pues, y conseguiremos los esquejes y un ramo de rosas frescas de otoño para acompañarlos.

Los pies se movieron y luego se perdieron de vista. Cuando se hizo el silencio, Rose salió de la estantería, se levantó y se quitó el polvo del vestido. La señora P había pedido un consejo, pero no había preguntado por Georgie y por ella de manera específica. Y no tenía ni idea de dónde se suponía que iba a salir todo el dinero para pagar a la familia; James se había llevado todo su dinero, casi quince libras, además de la mayoría de las cosas que podían cambiar por algo de dinero.

Tal vez George pudiera darle algún sentido porque ella no tenía ni idea de lo que estaba pasando. Pero sí quería subir corriendo a la sala de música para poder mirar hacia el jardín y ver lo grandes que eran las orejas del padre John.

16

George frunció el ceño.

—No me importan sus orejas, Rosie.

—¡Pero si eran enormes! —Se abanicó las manos a ambos lados de la cabeza—. No creo que pueda llevar sombrero.

—Sin embargo, la señora P no le pidió que nos encontrara un hogar. Esa es la parte importante. ¿Estás segura?

—Sí.

Entrecerró los ojos, preguntándose si estaba a punto de descubrir lo que era una migraña.

—Cuéntame lo que ha dicho. Con exactitud.

—Vale. Ha preguntado a dónde irían los niños pobres sin padres y a dónde irían los niños ricos, y si la gente podía pagar a una familia para que acogiera a los niños. Pero no ha dicho nuestros nombres ni la palabra «huérfano», y tampoco le ha pedido ayuda al padre John…, salvo para ella y para el señor P, porque ha dicho algo sobre las relaciones maritales y él le ha dicho que rezara.

Esto habría sido más fácil si hubiera estado allí cuando el padre John llegó.

—¿Ha preguntado por los orfanatos?

—Ya te lo he dicho. Ha preguntado a dónde irían los niños que no tienen quien los acoja y él le ha dicho que a un orfanato. Entonces ha sido cuando ha preguntado por los niños con dinero. —Su hermana cambió el peso de un pie a otro.

—Un momento. ¿Crees que eso significa que los Pershing quieren pagar a alguien para que nos acoja?

—Podría ser. —Y eso podría suponer un problema, tanto porque la gente que ganaba dinero quedándose con los niños no tenía buena pinta, como porque si James podía encontrar una manera de conseguir dinero para ellos, la aprovecharía.

—Entonces, ¿qué hacemos? Porque creo que valgo mucho dinero y es posible que no puedan pagarle tanto a nadie.

George se frotó un ojo.

—No vamos a esperar a que eso ocurra, ¿recuerdas? Y no importa, salvo para ver si cumplen su palabra. —Y por lo que pudo descifrar, parecían estar haciéndolo, y si lo hacían, aún no sabían que les estaban robando. Podía convencer a James de que los dejara quedarse un poco más. Cuanto más tiempo tuviera para aprender a leer, mejor.

—Sigo sin entender —dijo Rose, agitando las manos contra su falda—. Dieron dinero a la mazmorra de piedra para llevarnos con ellos y ahora están dando más dinero para deshacerse de nosotros. No creo que sepan lo que están haciendo.

—No dependerá de ellos, así que no te preocupes. Pero ten cuidado; el señor P me preguntó qué quería hacer cuando fuera mayor, pero no quise darle ninguna pista de adónde podríamos ir.

—Ojalá pudiéramos quedarnos aquí. No sé por qué no nos quieren.

George exhaló un suspiro, haciendo caso omiso de la repentina punzada en el pecho, y se sentó en una de las butacas de su dormitorio.

—Porque aquí todo el mundo sabe que no tienen hijos y todo el mundo en Londres cree que sí. Solo quieren poder seguir viviendo aquí. No nos quieren a nosotros.

Rose se dejó caer en la butaca frente a él.

—Pero me gusta estar aquí. Todo el mundo es amable y quiere ser mi amigo, y me llaman señorita Rose. —Suspiró—. Nos hemos portado bien y solo he cogido algunas cosas más caras porque James nos obliga. ¿No les gustamos?

A veces parecía que sí, pero eso no importaba. Y no importaba que le gustara ir a pescar con el señor P, que nunca intentaba darle tobas en las orejas ni empujarlo. Que alguien le preguntara cada mañana si había dormido bien y qué quería comer, y que la señora P le dijera cosas bonitas y le besara la frente o en la mejilla cuando aprendía a leer una palabra nueva, no significaba nada. Aunque de vez en cuando lo deseara. Incluso a veces le daban ganas de cerrar el puño y golpear a James en la cara.

—No lo sé, Rosie. Pero solo se puede confiar en la familia. Tú lo sabes.

—Sí, lo sé. Ni siquiera en toda nuestra familia. Solo tú y yo.

George encorvó los hombros y se recostó en la butaca, que era demasiado grande.

—A veces me gustaría que no supiéramos tanto. Así no tendríamos que preocuparnos todo el tiempo.

—No desees cosas que no pueden ser.

Alguien llamó a su puerta.

—¿George? Es hora de nuestra clase de lectura —dijo la señora P con su voz sedosa—. ¿Y sabes dónde está Rose? Will está en el jardín para su clase de esgrima.

Rose se puso en pie.

—¡Hoy toca espadas de madera! —Se levantó de un brinco, abrió la puerta de un tirón y salió.

La señora se asomó.

—¿Listo, George?

—Supongo —dijo con otro suspiro, poniéndose de pie.

—¿Ocurre algo? —preguntó la señora P, entrando en la habitación—. Espero que Will no te haya dejado demasiado tiempo al sol. —Antes de que pudiera protestar, ella le puso la mano en la frente y luego en ambas mejillas—. No noto que esté caliente. —Se agachó y le miró de cerca la cara—. Y no pareces sonrojado ni quemado por el sol. —Le tocó la punta de la nariz—. ¿Te duele?

—No me he quemado al sol —repuso, apartándose de ella—. Nos sentamos a la sombra para pescar. —No necesitaba que una mujer lo adulara como si fuera un bebé; ni siquiera recordaba la última vez que alguien le había preguntado si le dolía algo.

La señora P se enderezó de nuevo.

—Entonces, ¿hay algo más que te preocupe? Has dicho que te gustan las clases de lectura y escritura. ¿Preferirías estar haciendo alguna otra cosa?

—No. Solo desearía aprender más rápido.

Lo estaba aprendiendo todo tan rápido como podía porque James iba a hacer que los atraparan, pero cuanto más descubría sobre leer y escribir, más cuenta se daba de que unas pocas semanas no serían suficientes para dominar nada. Tal vez podría robar algunos de los libros que habían estado usando para poder seguir practicando después de que escaparan y James les hiciera ir a York o volver a Londres. Tendría que esconderlos de su hermano, pero podría arreglárselas.

—George —dijo la señora P, señalándole la puerta y siguiéndolo—, te estás sacando una ventaja que muchos de tu edad nunca podrían esperar igualar. Y aún tenemos tiempo para muchas más clases. —Bajó con él las escaleras, que ya no parecían tan separadas como hacía una semana. ¿Estaba creciendo?—. De hecho, me gustaría regalarte los libros que hemos estado usando —prosiguió—. El final de estas vacaciones no tiene por qué equivaler al final de tu aprendizaje.

George se detuvo en el rellano y la miró.

—¿Me los vas a dar? ¿Por qué? —Nadie le regalaba cosas. La única razón por la que los Pershing les habían dado comidas y clases era para que pudieran conservar su casa. Regalarle los libros después de que volvieran de la fiesta... eso no tenía ningún sentido.

—Porque te gustan y porque puedo —respondió la señora P con una sonrisa que iluminaba sus ojos.

Solo duró unos segundos, pero George se sorprendió devolviéndole la sonrisa, y no porque ella esperara que lo hiciera, sino porque lo que había dicho le parecía... amable. Afectuoso. Dejó esos pensamientos a un lado, se dio la vuelta y bajó corriendo hasta el vestíbulo y recorrió el pasillo de la biblioteca.

Comprendía que a Rose le gustara este lugar porque apenas era una niña y adoraba todo lo que tuviera volantes o fuera brillante. Si alguien era amable con ella, lo consideraba un amigo. Era demasiado pequeña para saber que no era tan sencillo, que la amabilidad casi siempre esperaba algo a cambio. Incluso esta vez, habría estado dispuesto a apostar que la señora P le regalaba libros porque no quería sentirse mal cuando los mandara a vivir a una granja de cerdos. Sin embargo, haber robado un collar de perlas de su dormitorio y habérselo entregado a James esa mañana hacía que se sintiera mal.

Se sentó en la mesa de trabajo, sacó uno de los libros y lo abrió.

—Rosie me ha dicho que el padre John vino ayer de visita —comentó mientras la señora se sentaba a su lado—. ¿Le pediste que nos buscara una familia?

—No específicamente —respondió, lo cual era más sincero de lo que él esperaba—. Sí le pregunté sobre varias estrategias que podríamos utilizar para encontraros un hogar.

—Pero ¿no le dijiste que nos encontrara uno? Pensaba que por eso querías hablar con él.

La señora P hizo una mueca.

—El padre John es un hombre muy amable, pero no siempre estoy de acuerdo con algunas de sus... opiniones sobre las cosas. Y también es algo chismoso.

Eso lo explicaba. Si el padre John iba diciendo a todo el mundo que los Pershing habían acogido a dos niños y que ahora querían deshacerse de ellos, no solo les haría quedar muy mal, sino que además los delataría y perderían Winnover Hall. Siempre se trataba de la maldita casa.

Y ahora estaba enfadado porque estaba enfadado. A fin de cuentas no le sorprendía que la casa fuera lo primero, pero eso no explicaba por qué le daban ganas de dar un puñetazo en la mesa. ¿Qué esperaba? ¿Que ella pensara primero en Rose y en él, en lo que podría ser mejor para ellos?

—Oh —dijo en voz alta, porque al menos ella le había dicho la verdad—. Entonces, ¿qué has decidido hacer?

—Todavía no lo sé. Tendré que discutirlo con Will, con Rose y contigo. —Suspiró mientras se inclinaba para pasar a la página del libro que habían estado leyendo—. ¿Con qué tipo de familia te gustaría vivir, George? ¿Si pudieras elegir? ¿Tendrían otros hijos? ¿Vivirían en una ciudad, en un pueblo o en el campo?

Por el amor de Dios, era igual que su marido, preguntándole qué quería él, cuando la vida real no tenía nada que ver con eso y solo serviría para que donde acabaran al final pareciera aún peor de lo que sería.

Bueno, él sabía cómo poner fin a eso. Había funcionado con las monjas y había funcionado con el señor P. El señor apenas le hizo una pregunta el resto del tiempo que estuvieron pescando y se limitó a murmurar para sí mismo.

—Sé que no te importa —dijo—. El señor P nos ha dicho que solo quieres que todo vuelva a ser como antes, que solo somos una molestia con la que estás deseando acabar.

La señora abrió la boca y la cerró de nuevo.

—No te olvides que tienes que practicar a llamarlo papá —dijo, con demasiada energía. Acto seguido tomó una bocanada de aire y luego otra—. Y no eres ninguna molestia, George. Me he encariñado contigo y con Rose. Quiero lo mejor para vuestro futuro. —La señora Pershing se levantó, se apresuró a acercarse a la ventana más cercana y apoyó ambas manos en el alféizar.

¡Maldita sea! Ahora se sentía mal otra vez. No le importaban las monjas, y el señor Pershing había actuado enfadado, pero no le gustaba hacer llorar a la señora P. Se había portado bien con ellos, fueran cuales fuesen sus razones para llevarlos allí. El helado había sido idea de ella y estaba tan rico que a veces soñaba con él..., y eso era mucho mejor que soñar con las ratas arrastrándose sobre él.

El problema era que, por mucho que Rosie hablara de vivir aquí para siempre y de lo perfecto que sería, había veces, sobre todo en los últimos días, que él también se lo imaginaba. Y eso no ayudaba a nadie, y menos a su hermana y a él.

George inclinó su silla hacia atrás, frunciendo el ceño. Alargó la mano detrás de él, cogió un pequeño cuenco de fluorita púrpura y amarillo de la estantería y se lo metió en el bolsillo. No le cabía del todo, así que se lo puso en el bolsillo interior del abrigo sobre el pecho. Eso tampoco lo ocultó del todo, así que tuvo que encorvarse hacia delante para que el otro lado de su abrigo se abriera de la misma manera.

Por sí solo, el cuenco valdría casi una libra. Junto con las otras cosas que Rose y él habían conseguido incluso antes de que James empezara a obligarlos a trincar fruslerías más caras, podrían permitirse alojamiento y comida durante un año o más. Cuando se les acabara, tendría casi diez años y podría buscar un empleo mejor pagado transportando cajas o entregando paquetes o cartas a la gente rica. Hasta era posible que James decidiera que era mejor y más seguro cobrar por trabajar que robar.

—¿Por qué no me lees la primera línea, George? —dijo la señora P, sin moverse de su sitio junto a la ventana—. Recuerda, si no sabes una palabra, pronuncia las letras.

Apenas había dicho «al gato le gustaba la leche», cuando ella se dio la vuelta y se sentó de nuevo a su lado. Eso era bueno porque quería seguir aprendiendo a leer y a escribir, pero parecía que había estado llorando. No tenía ni idea de cómo se las arreglaba para disimularlo tan bien. Cuando Rosie lloraba, se le ponía la cara roja y llena de manchas y le goteaba la nariz.

—Quiero que sepas que nunca he dicho que seáis una molestia ni he pensado en vosotros de ese modo —dijo de repente—. Sí he dicho que nuestras vidas han dado un vuelco, pero eso puede ser algo bueno.

George se encogió de hombros.

—No me importa. No es la primera vez que alguien dice que somos una molestia. Supongo que somos muy molestos.

La señora Pershing se giró en su asiento para mirarlo.

—Me agradas, George. Rose y tú. Mucho. Espero que entiendas por qué no podéis quedaros aquí. Y no es por nada que hayáis hecho. Ni porque el señor Pershing y yo podamos o no querer algo, ni siquiera porque vuestro hermano os quiera.

—Ya nos lo has dicho. Algunos creen que tienes hijos y otros saben que no, y si nos quedamos, todos sabrán que has mentido y perderás tu casa.

—Sí. Exacto. Lo único bueno de mi mentira es que gracias a ella os hemos conocido a vosotros dos. Y nunca podré agradeceros lo suficiente que nos ayudéis a salvar Winnover Hall.

Esta conversación tenía que cambiar, porque estaba haciendo que se ablandara por dentro y no le gustaba esa sensación. Le gustaba ser duro por dentro, excepto cuando se trataba de Rosie, porque tenía que estar preparado para cualquier cosa cuando James andaba cerca. Ablandarse significaba que estaba pensando demasiado en otras personas y eso era lo contrario de estar preparado para afrontar los problemas.

—Si quieres agradecérnoslo, mándanos con algo de pasta en los bolsillos.

—Tenemos la intención de hacerlo. De hecho, nos gustaría abrir cuentas bancarias para cada uno de vosotros. —Sus mejillas adquirieron un tono sonrosado—. Probablemente debería esperar a que Will esté aquí antes de explicar el resto, pero no vamos a abandonaros, George. Y te repito que no creo que seáis una molestia. No sé por qué Will ha dicho eso.

Bueno, en realidad el señor P no había dicho nada de eso. Pero George había contado la historia, y ahora tenía que mantenerla o Rosie y él tendrían que huir con James antes de que estuvieran listos para irse. Mentir a los adultos y que te pillaran era lo peor. Más aún ahora que sabía que los Pershing querían darles algo de dinero a Rosie y a él..., a menos que eso fuera una mentira, como las que él había estado diciendo. Y aunque no fuera una mentira, James se aseguraría de que el dinero fuera para él. «¡Uf!» Ahora George estaba casi seguro de que estaba teniendo una migraña.

—Sigue leyendo, George. Lo estás haciendo increíblemente bien.

—Gracias, señora P..., mamá.

Ella suspiró.

—Deberías practicar llamándome así, cariño. Si te sirve de ayuda, finge que estás estudiando el texto para una obra de teatro. No tienes que decirlo en serio.

—¿Eso no te hará sentir mal?

—No se trata de mí. De momento, cada vez que lo dices, arrugas la nariz, como si las palabras supieran mal.

—No es malo —replicó—. Solo es raro. Tuve una mamá y luego no pensé que volvería a usar esa palabra. —Él también reprimió un suspiro y se inclinó de nuevo sobre el libro.

Unos labios rozaron su sien.

—No intento sustituirla —dijo la señora P en voz baja.

Sintió la dentellada de un dolor agudo y profundo, más fuerte de lo que había sentido en tres años. Como ella no podía verle la cara, cerró los ojos con fuerza. No iba a llorar. Hacía mucho tiempo que había dejado de hacerlo. Todo esto, ella siendo amable y el estúpido beso en la cabeza, era demasiado sensiblero. A continuación querría abrazarlo.

—Ayúdame a leer, por favor —dijo en voz alta, aunque lo que realmente quería hacer era salir corriendo y no parar de correr hasta que no pudiera ni respirar.

Ella permaneció sentada a su lado durante unos segundos.

—Por supuesto, George. Volvamos al trabajo.

Ah, espléndido. Otra lección de baile sin músicos. Esa era la forma en que Emmie había pensado que practicarían desde el principio, pero desde que Will los sorprendiera con música en su primer día de práctica, cada clase después de eso parecía demasiado silenciosa..., y demasiado incómoda.

Sin embargo, esta vez no podía culpar del silencio a la falta de música. Will y ella apenas habían hablado en tres días. Al principio pensaba que sus métodos habían sido efectivos y que él se había dado cuenta de que le estaban dando la espalda. Primero había insinuado que era un témpano y ahora les había dicho a los niños que los consideraba un estorbo y que estaba deseando librarse de ellos; era la primera vez que se había comportado de forma cruel.

Sin embargo, un día más tarde, lo sorprendió mirándola fijamente y apartando rápidamente la vista cuando le devolvió la mirada. Y luego, en lugar de reunirse con ella, con los niños Fletcher y con James en el salón después de la cena, alegó que tenía correspondencia que atender.

Que tuviera correspondencia por la noche era algo muy habitual hasta hacía unas semanas, pero sabía de sobra que había informado a la oficina del Ministerio de Comercio de que estaría ausente durante dos meses.

Parecía que se ignoraban mutuamente, lo que hacía que todo el asunto fuera una tontería. Sin embargo, ¿por qué la trataba con desdén? ¿Había empezado a hacerlo cuando se dio cuenta de que ella lo trababa a él con desdén? Por el amor de Dios, esto ya era bastante difícil sin que Will dijera cosas despectivas sobre ella, y por muy absurdo que fuera, no iba a disculparse; no había hecho nada malo. Bueno, nada en los últimos tiempos. Y ya se había disculpado por la mentira que había provocado este lío.

—Si mantienes la cabeza gacha cuando haces la reverencia —decía Will, agarrando con una mano a Rose mientras esta se doblaba casi por la mitad—, puedes acabar cayendo de bruces al suelo.

—Pero si mantengo la cabeza levantada, no puedo ver si mis pies están en el lugar correcto —se quejó la chica.

—Esa es la parte que tendrás que memorizar. Dónde van tus pies.

—Esto es imposible. Ya tengo que memorizar dónde van mis pies en cuatro bailes diferentes. No recuerdan dónde deben estar cuando hago una reverencia.

Emmie salió de sus pensamientos y dio un paso adelante.

—Deja que te enseñe —repuso, recogiéndose las faldas casi hasta las rodillas. Sí, era muy impropio hacerlo, pero el consejo de Will no ayudaba en nada—. Ponte a mi lado.

Rose exhaló un fuerte suspiro e hizo lo que le decían.

—Las monjas dicen que solo los marimachos se levantan las faldas —comentó, subiéndose su vestido rosa de muselina hasta las rodillas.

—Yo no soy un marimacho. ¿Y tú?

—Creo que no.

—Entonces las monjas se equivocan. —Tal vez era una simplificación excesiva, pero Will tenía de nuevo una expresión furibunda y eso la molestaba—. Ahora gira las punteras de los pies como un pato, así. —Hizo una demostración y Rose la imitó, riéndose—. Ahora dobla las dos rodillas, pero mantén el peso sobre el pie derecho y desplaza el izquierdo hacia delante. Extiende los brazos como si quisieras elevarte en el aire, y levanta la cabeza con una sonrisa. —Hizo una profunda reverencia mientras hablaba y luego se enderezó de nuevo—. En resumen, eres un pato preparándose para volar.

—Oh, eso me gusta. —Bajando, Rose agitó los brazos y estiró el cuello.

—Recuerda que solo estás probando el aire para ver si quieres volar. No estás tratando de volar.

—No aletees tanto —la aconsejó su hermano.

—Ojalá fuera un chico —jadeó Rose, intentándolo de nuevo—. Inclinarse es más fácil.

—Si hubiera sabido que las damas se levantaban la falda, habría venido a recibir más clases de baile —dijo James, entrando en la habitación.

Antes de que Emmie pudiera enderezarse, Will se interpuso entre ellos.

—Te agradeceré que te guardes tu opinión en mi casa —afirmó en tono sereno.

Emmie no podía verle la cara, pero James sí, y un momento después, con una fingida reverencia, el joven volvió a salir de la habitación. Significaba algo que, aunque ni siquiera se hablaran, Will seguiría defendiendo su honor sin pensarlo dos veces. «¡Santo Dios!»

—Señora Pershing —dijo Hannah, entrando en la habitación desde otra puerta, con una caja de madera en las manos—. Estaba en el desván. Me he tomado la libertad de darle cuerda.

—Gracias, Hannah. —La caja de música había sido un regalo de Navidad de hacía un año o así, y si bien no era en exceso bonita, con sus flores gigantes talladas en la tapa y los lados, tocaba un vals, algo que solo hacían los mecanismos más nuevos.

—George, ¿probamos con un vals?

El chico retrocedió, con las manos en la espalda.

—Yo no.

—Yo bailaré el vals contigo —afirmó Rose.

—Las dos parejas tienen pasos diferentes, querida. Cada uno debéis tener un compañero experimentado.

—No lo haré hasta que lo vea. —George se sentó en una silla—. He oído que un hombre puede dejar embarazada a una mujer bailando el vals con ella.

—Ah. No —intervino Will por fin—. No, a menos que lo haga muy, muy mal.

Emmie le lanzó una mirada, bastante agradecida por que James no estuviera allí para decir algo peor.

—Eso no tiene gracia. No, George, un vals, lo baile bien o no, no hará que una mujer se quede embarazada.

—Oh, pido disculpas —replicó Will—. Se me olvidaba que en esta casa no hay tiempo para la diversión ni el entretenimiento. Volved al trabajo, pues. Bailad, niños. Bailad.

—Pero yo también quiero que alguien me enseñe —dijo Rose, frunciendo el ceño—. Quiero un bebé, pero todavía soy demasiado pequeña.

La historia del embarazo por medio del vals debía de ser cosa de Deirdre en el orfanato, la niña parecía tener una teoría sobre casi todo. Antes de que pudiera pensar en una respuesta mejor, Will se acercó a Hannah y abrió la caja de música. Mientras el sonido metálico de un vals alemán flotaba en la habitación, se acercó a Emmie, la cogió de la mano y la atrajo a sus brazos de un tirón.

—Rose, fíjate en los pies de Emmeline —ordenó Will—. George, tú fíjate en los míos. Los pasos se repiten, así que una vez que aprendas los seis primeros, habrás aprendido todo el baile.

Mientras hablaba, hizo una demostración, dejando a Emmie sin otra opción que unirse a él o acabar en el suelo. Antes nunca la habría arrastrado a nada sin pedirle primero permiso o sin que ya hubieran organizado toda una velada para decidir con quién bailarían cada baile. Dada la pésima opinión que tenía de ella, era evidente que ya no consideraba necesario molestarse en organizar nada. Ni pedir permiso.

—Se supone que debes animarlos a participar —murmuró, con la boca cerca de su oído—. ¿O es que ahora bailar es demasiado frívolo?

—¿Qué? —susurró, ocultando su expresión ceñuda tras una sonrisa muy practicada—. Yo sugerí las clases de baile, por si no lo recuerdas.

—Ah. Así que el baile es aceptable.

Fuera lo que fuese, no le gustaba. Era a ella a quien habían insultado, aunque Will lo hubiera hecho a sus espaldas. Emmie lo miró a los ojos, sin perder la sonrisa.

—En el futuro, sería útil para la causa que no informaras a los niños de que los considero un estorbo y que estoy deseando librarme de ellos —susurró—. Jamás en toda mi vida he pensado que fueras cruel, Will Pershing. Aunque quisieras hacerme daño, no había razón para hacerle eso a los pequeños.

—¿Cruel? —repitió—. No, has dejado muy claro que me consideras un tonto encantador y caprichoso. Lo cual es extraño, ya que antes no creías que yo fuera en absoluto caprichoso. Y no te atrevas a sermonearme acerca de irles con cuentos a los niños. Sé muy bien que les contaste tu opinión sobre mí.

Emmie parpadeó.

—¿De qué demonios estás hablando? Te he dicho a la cara que te envidio tu encanto y tu soltura con los niños y nunca he dicho una mala palabra sobre ti delante de ellos, sin importar la provocación.

Mientras discutían, daban vueltas por la habitación cada vez más rápido, dejando de seguir por completo el ritmo de la caja de música. Por el rabillo del ojo vio que Hannah había colocado la caja de caoba en una silla y que los niños y ella se habían unido y habían huido de la habitación.

—¿Es la envidia el motivo por el que...? ¿Cómo que nunca has dicho nada malo de mí delante de los niños? —preguntó Will.

—George me dijo precisamente lo que tú dijiste. No mientas...

—No estoy mintiendo. Y George me dijo lo que dijiste que yo dije, lo cual no dije, así que te ruego que bajes de tu pedestal y... —Emmie se detuvo a mitad de la frase. Este desacuerdo tenía una cosa en común: George Fletcher.

Al mismo tiempo, Will detuvo su vertiginoso baile alrededor de la habitación, aunque no le soltó la cintura ni la mano.

—George —dijo en voz alta, convirtiendo el nombre en una maldición.

—¿Por qué haría eso? —jadeó ella. El chico los había enfrentado, y dado que no parecía un alma malvada, o bien ella lo había juzgado mal o tenía algún tipo de razón.

—No tengo ni idea —respondió Will—. Parece estar disfrutando de su estancia aquí. Incluso lo pillé riéndose cuando pescó ayer una trucha de dos kilos. Esto parece un sabotaje. Un sabotaje deliberado.

—Todavía no entiendo el propósito de esto. No hemos violado los términos del acuerdo, les estamos buscando a Rose y a él un hogar permanente si deciden no irse con James, y lo informé de que estaríamos dispuestos a contribuir con una suma para asegurarnos de que los dos estén bien instalados.

—Parece muy específico —comentó, con un tono más reflexivo—. Pretendía que discutiéramos o que no nos habláramos. ¿Qué gana con eso?

Ella consideró su pregunta.

—Cuando me contó lo que habías dicho..., supuestamente..., le pregunté en qué tipo de hogar se imaginaba y qué tipo de familia quería.

Will entrecerró un poco los ojos.

—Creo que nuestra conversación fue similar cuando me informó de tus comentarios despectivos. Pero ¿por qué no querría que le hiciéramos esas preguntas?

Emmie lo consideró durante un momento y solo se le ocurrió una respuesta.

—Tiene otros planes —sugirió—. O uno de los Fletcher los tiene.

—En mi opinión, creo que los niños todavía tienen la intención de huir tan pronto como regresemos de Welshire Park. Con o sin su hermano. ¡Maldita sea!

—Tampoco podemos culpar de esto a James. Están acostumbrados a no poder confiar en él. La culpa es nuestra. Los trajimos aquí por una mentira, Will —dijo—. Ya de por sí no tienen demasiadas razones para confiar en los adultos. Puede que seamos su peor pesadilla al ofrecerles comida y comodidad, con la seguridad de que los echaremos cuando ya no los necesitemos.

—Es una idea horrible. —Will la miró y luego empezó de nuevo a bailar, esta vez moviéndose al ritmo de la melodía de la caja de música—. He echado de menos bailar el vals contigo —dijo con suavidad.

—¿De verdad? Acordamos compartir solo un baile en cada velada.

—Sí. El último baile. Que por lo general no es un vals.

Emmie lo miró y luego fijó la mirada en su corbata.

—Bailar con nuestros invitados y amigos es importante.

—No digo que no lo sea. Pero siempre he esperado con ansia ese último baile. Sobre todo cuando es un vals.

Durante un momento se deslizaron por la sala en silencio, salvo por la música de vals. Cuando la música empezó a ir más despacio, el corazón de Emmie hizo lo contrario.

Will tomó aire y retiró la mano de su cintura. Asió su mano y la condujo hasta el sofá junto a la pared.

—Me siento bastante aliviado, a pesar de las evasivas de George —dijo, sentándose y atrayéndola a su lado—. Al final parece que no estamos en desacuerdo. Hemos sido amigos toda la vida y siempre pensé que teníamos una buena... alianza, y últimamente he pensado que nosotros... —Acarició el dorso de su mano con el pulgar—. He disfrutado pasando más tiempo en tu compañía, Emmeline.

Oh. Por supuesto que eran amigos, pero ahora la miraba de manera penetrante. Era un hombre muy guapo. Había intentado decirse que eran prácticamente hermanos, que se habían criado juntos, pero nunca había sido así. Él era un niño y ella quería una casa. Ella tenía la casa, pero él ya no era un niño.

Sin embargo, el estremecimiento que la recorría ahora era de nervios, pero no... de nerviosismo. Era más consciente de él. Por Dios bendito, Will la distraía de una manera que ella no recordaba que hiciera antes. Sin embargo, conocía bien su encanto, porque lo había ayudado a refinarlo.

—Me considerabas un témpano, Will.

—Nunca he dicho eso de ti, por el amor de Dios —replicó, estrechando su mano con sus dedos cálidos. Hacía tiempo que no se cogían de la mano durante tanto tiempo. Nunca, en realidad—. Hace tiempo que admiro tu precisión. Tu tendencia lógica, la forma en que ves un desafío y siempre encuentras una manera de tener éxito y superar todas las expectativas.

—Es muy amable por tu parte. Gracias. Y hace mucho que yo admiro, y supongo que envidio, tu capacidad para ganarte a toda una sala con una buena sonrisa o una o dos palabras.

—Pero tienes tus reservas de que mi encanto sea suficiente cuando se trata de los niños Fletcher.

—No le he dicho eso a George —afirmó—. Aunque si somos sinceros, puede que le haya mencionado a Hannah que en ocasiones he encontrado tu encanto... fastidioso, ya que me toca a mí empuñar el metafórico martillo.

Emmie pensó que esa afirmación pondría fin a la conversación con toda probabilidad, pero Will se limitó a desviar la mirada hacia las ventanas del lado opuesto de la habitación.

—He mantenido que es más importante asegurarse de que los niños disfruten de su tiempo aquí que el que aprendan algunas de las minucias que les hemos planteado. Me he equivocado. Pero a pesar de todo creo que debemos modificar nuestro enfoque.

—Estoy de acuerdo. Tenemos que estar unidos, Will, o esos dos se apoderarán de la Mansión Winnover y nos harán huir a las colinas.

Él la miró de nuevo y las arrugas de su expresión seria que se habían formado alrededor de sus ojos se suavizaron.

—Estoy de acuerdo. Son niños, pero también son astutos. Tenemos que ser más astutos. Y estar unidos. —Con eso, se arrimó más a ella y la besó, rozándole la boca con la suya de forma suave—. Por nuestra nueva asociación.

El revoloteo que le recorrió la espalda ahora parecía más bien excitación, aunque tendría que llevar demasiado tiempo casada como para sentir algo así. Antes de que pudiera convencerse de no actuar de forma impulsiva, Emmie levantó la cabeza y le devolvió el beso.

—Por el éxito.

17

—¿Y quién es esta? —preguntó Emmeline, agachándose para colocar un mechón de pelo amarillo de la niña detrás de una oreja.

—Es Margaret —dijo la señora Pennywhistle con una sonrisa de aspecto confuso—. La más pequeña. Ya conoce a Robby, mi hijo mediano. Es el que le entrega el correo.

—¡Oh, sí, Robby! Es un buen muchacho.

—Un poco bribón, si me permite decirlo, pero sería un orgullo para mí verlo como director de correos algún día —respondió su madre.

Will, de pie a un lado de las mujeres, volvió a observar a la señora Pennywhistle. Era una mujer alta y sin curvas, y si bien no tenía el aspecto de agotamiento absoluto que tenía Jenny Dawkins con sus catorce hijos, tampoco parecía ni remotamente preparada para hacerse cargo de los niños Fletcher, aunque hubiera querido esa tarea.

—Emmeline —dijo en voz baja, mientras las mujeres seguían charlando—. No.

Con una leve inclinación de cabeza, dio los buenos días a las mujeres de Pennywhistle y volvió a agarrarse de su antebrazo con una mano.

—Nos estamos quedando sin familias —repuso, brindando una sonrisa y un saludo a Peter Grumby, el jefe de cuadra de Birdlip.

—Probablemente tendríamos más suerte en Gloucester.

—Pero Gloucester está a kilómetros de distancia. —Emmie suspiró mientras continuaban por la calle empedrada en dirección a la iglesia—. Sí, lo sé, la distancia de Winnover no es lo que importa. Se trata de encontrar una familia adecuada para George y Rose.

—Y aunque sean unos delincuentes en ciernes, tampoco me gustaría no poder volver a verlos. Como es lógico, cuanto más complicado sea tener a los niños cerca, más ganas debería tener de que se vayan, pero parece que es justo lo contrario.

Cada percance no hacía más que recordarle lo inteligentes, emprendedores e imaginativos que eran y lo mucho que deseaba que tuvieran una vida en la que pudieran ser niños, sin más.

—Sé lo que quieres decir, Will —murmuró—. ¿Pero qué otra opción tenemos?

—Ninguna. Y por suerte Gloucester no está tan lejos; es mejor que Londres, York o Cornualles.

—¿Esas son nuestras únicas alternativas? Un pueblo o una ciudad... Hay demasiados lugares en los que podrían esconderse y demasiados problemas en los que meterse, ¿no crees? Un pueblo o una granja parece una opción mucho más inteligente. Y hay infinidad de ambos en solo ocho kilómetros a la redonda.

—Pero ninguno de ellos puede ser el mejor lugar para los niños. No podemos conformarnos solo porque así podamos pasar a tomar el té a voluntad. —Aunque esa idea fuera muy tentadora.

—Pero tenemos que ser minuciosos, porque en algún lugar cercano podríamos encontrar el sitio perfecto. —Alzó la mirada y sus dedos se crisparon—. Maldita sea, es la calesa de Mary. Y está con esa horrible de Prudence.

Will se rio.

—Prudence no era tan horrible, sino más bien perfecta y agradable —replicó, pero condujo a Emmeline hacia la joyería—. Aquí atrás —dijo, empujándola hacia el estrecho callejón y siguiéndola.

—Sé que debería disculparme con ella —susurró Emmeline, mirando por encima de su hombro hacia la calle—. Pero entonces ella sugerirá que tomemos el té y juguemos al cricket con nuestros sobrinos, y Rose y George no están preparados para estar en compañía educada. No permitiré que Mary Hendersen hunda mi barco.

La calesa pasó de largo por la calle.

—Vamos a esperar un momento, solo para asegurarnos de que no dan la vuelta para comprar orejas —murmuró, inclinándose para oler el pelo de Emmeline mientras ella se apretaba contra él. Lavanda. Dios, era excitante.

Gracias a Dios que habían descubierto lo que George pretendía con sus comentarios calumniosos, aunque no estuviera del todo satisfecho con el propósito de aquello. Tenía veintiocho días para averiguarlo, tras los cuales estarían en la finca del duque de Welshire, se dirigirían a casa y luego enviarían a los niños a..., adondequiera que Emmeline y él pudieran encontrar un lugar para ellos.

Después de eso, tendría que pasar al menos una semana en Londres poniéndose al día con cualquier nuevo asunto en el Ministerio de Comercio. Emmeline se ocuparía de organizar una de sus cenas para la alta burguesía local y de su correspondencia con los cónyuges de quienquiera que él necesitara reunir para cualquier causa que le fuera asignada.

Vidas separadas de nuevo, coordinadas, tranquilas y eficientes..., y muy insatisfactorias. Parecía el colmo del egoísmo quejarse de la perfección, pero ahí estaba. Él quería... más.

De ella, de sí mismo, para sus vidas.

—Creo que han seguido su camino —dijo ella, levantando la vista hacia él mientras la estrechaba entre sus brazos.

Ahora quería volver a besarla. Claro que había tardado ocho años en darse cuenta, pero seguía enamorado de su mujer.

—Es más que probable —convino, sin moverse.

—¿Qué? —preguntó, sonriendo.

—Solo estoy mirando a mi mujer —dijo, y dio un paso atrás a regañadientes. Al fin y al cabo ya había pasado por eso y entonces ella lo informó de que no había razón para que siguieran compartiendo la cama. Preparar a los niños para que conocieran al duque de Welshire no era lo único que requería la colaboración de los dos. Y él se negaba a ser el único que estuviera enamorado.

—¿A quién deberíamos examinar ahora? —preguntó Emmeline.

—Esto sería más fácil si hubieras incluido al padre John. Él sabe mucho más que nosotros sobre las familias locales.

—Es que... Puede que el padre guarde nuestras confidencias, pero esto es demasiado importante para arriesgarnos. Y no tardó en mencionar los orfanatos y el dinero después de contarme todo sobre el desafortunado fallecimiento de uno de los parientes de lady Graham. No me sentí cómoda confiando en él, Will. Tampoco confío en que su idea de una buena familia para los pequeños coincida con la nuestra...

—Entonces confiaré en tu juicio. Pero necesitamos encontrar a alguien en quien podamos confiar, porque estamos... —De repente se dio cuenta de que estaba hablando al aire, porque Emmeline se había detenido varios metros detrás de él. Se dio la vuelta—. ¿Qué pasa?

Tenía la mirada fija en el escaparate de la joyería.

—No puede ser.

Will frunció el ceño mientras se reunía con ella. Como de costumbre, el señor Rippen, el joyero, tenía varios artículos expuestos en el escaparate. Ese día, un bonito broche de cristal tallado, unos pendientes de perlas con un collar de perlas a juego, una pulsera de piedras preciosas y un alfiler de corbata de ónice eran el reclamo para que los compradores entraran a ver más tesoros.

—¿Te apetece algo? Porque resulta que tengo muchas ganas de comprarte lo que sea que...

—Extravié mis pendientes de perlas y antes de ayer desapareció mi collar a juego —murmuró—. Ya sabes, el que tiene rosas de oro formando el broche.

No le vino nada en concreto a la mente, pero pudo ver claramente el broche de rosas de oro del collar en el escaparate.

—¿Estás absolutamente segura? —respondió.

—Siempre sabía por dónde ponerlo, ya que el pestillo de la izquierda tiene un pétalo doblado. Sabía que los niños se hacían con objetos, pero esto no es un pájaro tallado ni un tenedor de plata.

—A mí también me preocupa cómo se las arreglaron para venir a hurtadillas a Birdlip sin que lo supiéramos —declaró Will—. Y cómo convencieron al señor Rippen de que las perlas les pertenecían.

—Si es que fueron ellos. —Emmie irguió los hombros, abrió la puerta de la joyería y entró.

Will la siguió, buscando ya la frase adecuada para disuadir a George y a Rose en su afán por robar sin quebrar el espíritu de los niños. ¿Lo convertía eso en un tonto? ¿En un idiota crédulo? En el fondo se preguntaba si eso lo convertía en padre, pero esa era una cuestión que nunca se plantearía de forma objetiva. Era más que probable que hubiera sido James, y de ser así, ese podría ser el momento que había estado esperando.

—Señor Rippen —decía Emmeline, desplegando su sonrisa más atractiva—. Buenos días.

—¡Señora Pershing! —exclamó el diminuto joyero, levantándose de su taburete de trabajo en el fondo de la tienda—. ¡Qué placer tan inesperado! ¿En qué puedo servirla? Y a usted, señor Pershing. Sí, por supuesto. ¡Los dos, en mi tienda!

—¿Puedo preguntar dónde ha adquirido las perlas de su escaparate? —preguntó Emmeline, señalando con una mano.

—Son exquisitas, ¿verdad? —El tendero pasó por su lado como un resorte para agarrar el collar y los pendientes de su expositor de terciopelo—. De hecho, fue algo muy afortunado. Un muchacho vino y dijo que las había encontrado en un montón de equipaje que había caído en un arroyo. Estaban cubiertas de barro, pero pude ver la calidad.

—Antes de que nos lo acerque más —dijo Will—, ¿puedo preguntar si el cierre de la mano izquierda tiene un pétalo doblado?

El señor Rippen le dio la vuelta en su mano y su expresión pasó de la euforia al horror en un abrir y cerrar de ojos.

—Yo... ¡Válgame Dios! ¡Oh, Dios mío! Yo jamás... Son...

Emmeline le puso una mano en el brazo antes de que pudiera saltar por la ventana.

—No dudo de usted ni por un momento, señor Rippen —dijo ella cálidamente—. Sin embargo, me pregunto si podría respondernos a tres preguntas.

El joyero asintió al tiempo que su nuez se movía al tragar saliva.

—Por supuesto. Cualquier cosa que me pida, haré todo lo posible. Yo...

—¿Qué edad tenía el joven que le trajo las perlas?

—Yo... Diría que tenía entre diecisiete y veinte años, señora Pershing. Un desconocido para mí, con el pelo largo y ropa elegante, que se mostró muy pesaroso por traer objetos que se había encontrado y que decía que había sido el mayor golpe de suerte que había tenido en un año.

Eso describía a varios jóvenes de los alrededores de Birdlip, pero el señor Rippen asistía a la iglesia con ellos y con sus familias todos los domingos. Sin embargo, un desconocido reducía las posibilidades de forma considerable. Will imaginaba que debería estar furioso, pero no era la ira lo que lo invadía. Era alivio.

—¿Pelo oscuro? ¿Boca fina y nariz aguileña?

El joyero asintió.

—¿Le dio un nombre? —preguntó Emmeline, siempre en busca de pruebas irrefutables y del más mínimo detalle.

—No, no lo hizo. Sí dijo que resultaba agradable encontrar a un hombre de negocios honesto por aquí y que, dada su suerte, tal vez empezara a cavar bajo los puentes de la zona y a traerme cualquier hallazgo.

—Por último, ¿cuánto le pagó por las perlas?

Su piel clara adquirió un tono aún más sonrosado.

—Me avergüenza decirlo, pero sin procedencia le ofrecí al muchacho diez libras por las tres piezas. Aceptó sin regatear.

Sin mediar otra palabra, Will buscó en su bolsillo un billete de diez libras y se lo entregó al joyero.

—Si vuelve a ver a ese joven, le ruego que compre lo que le ofrezca. Se lo reembolsaremos.

El señor Rippen parecía que iba a ponerse a llorar.

—Yo fui el tonto, señor Pershing. Por favor, guárdese el dinero, y jamás podría pedirle que me reembolsara...

—Simon —lo interrumpió Will—. A todos nos han engañado en alguna ocasión. No espero que pague por la falta de honestidad de otra persona.

El joyero tomó el dinero y lo presionó contra su pecho.

—Siempre he dicho que los Pershing son los mejores propietarios y me han dado la razón una vez más. Por supuesto, enviaré un mensaje de inmediato si vuelvo a ponerle los ojos encima, y les pido disculpas por mi error de juicio. No volverá a ocurrir. Lo juro.

Emmeline volvió a tomar el brazo de Will mientras salían a la calle.

—Creo que estaremos de acuerdo en que esa no era la descripción de George —dijo en voz baja—, ni de Rose de pie sobre los hombros de George para fingir que era un caballero.

Esa imagen lo hizo resoplar.

—No. Creo que habrá que hablar con James Fletcher.

—Y las perlas no son lo único que falta. —Emmeline hizo una mueca, sin soltarse de su brazo mientras paseaban por la calle—. ¿Crees que los niños están involucrados?

—Yo diría que sí. Esto es lo que saben. Él es quien debería haber visto estas ocho semanas como la oportunidad que son en lugar de arriesgar la libertad y el futuro de George y de Rose junto con los suyos.

—Ojalá nos hubieran hablado de él —continuó Emmeline.

—Han vivido en las calles de Londres la mayor parte de sus vidas. Aunque no fuera una cuestión de lealtad, no dudo de que hay varias reglas tácitas sobre irse de la lengua.

—Debería haberme dado cuenta de que todo iba demasiado bien. Leer, escribir, bailar, algún que otro hurto y ahora esto. —Hizo una mueca—. Supongo que nuestra búsqueda familiar ha terminado por hoy.

Al menos se habían enterado de los robos que estaban teniendo lugar a sus espaldas, aunque las perlas significaban que estos habían superado con creces el nivel de las tazas de porcelana. Emmeline y él debían ser la mejor oportunidad de los niños en mucho tiempo, si es que alguna vez habían tenido alguna, y seguían tan acostumbrados a ser autosuficientes que eran incapaces de dejar de acaparar bienes. Y, como era evidente, de entregárselos a James para que los vendiera.

—He estado pensando en por qué George creó el caos en vez de responder a nuestras preguntas sobre cuál sería su futuro ideal —aventuró—. Tal vez no fuera una maldad. Me pregunto si para él imaginar algo bueno conduce a la decepción.

Emmie se arrimó más a él.

—Eso tiene sentido. Aunque me hubiera gustado que lo hubiera dicho en lugar de intentar iniciar una guerra entre nosotros.

—¿Qué me dirías si te hiciera la misma pregunta, Emmeline? Si pudieras estar en cualquier parte, ¿dónde sería?

Emmeline hizo una pausa. Cerró los ojos un momento y Will se preguntó qué estaría imaginando y si lo incluía a él. Luego los abrió de nuevo y miró hacia otro lado, pasándose una mano por la mejilla.

—Creo que George tenía razón —murmuró, y continuó andando.

«Hum.» Teniendo en cuenta que ya había pasado algún tiempo imaginando el futuro, y que este incluía a Emmeline además de a George y a Rose, supo a qué se refería ella. Por otro lado, quería saber cómo era su mundo perfecto, y si se parecía en algo al suyo.

Bartholomew Powell se sentó a la cabeza de la larga mesa de la cocina y el resto del personal de Winnover Hall, menos los tres mozos de cuadra y Hannah, tomaron asiento en los largos bancos situados a ambos lados.

—Amigos míos, me temo que ha llegado el momento de discutir un asunto serio —dijo, mientras la bandeja de carnes cortadas en finas lonchas recorría la mesa del almuerzo.

—¿Pasa algo, Powell? —preguntó la señora Brubbins—. Se le ve muy pálido los últimos días.

—¿Está enfermo, Powell? —Sally se llevó las manos a la boca, con los ojos inundados de lágrimas.

—No, no estoy enfermo. Por el amor de Dios, Sally, sécate las lágrimas. Aunque me conmueve tu preocupación, no se trata de mí. —El mayordomo tomó aire—. Creo que es hora de que tengamos una discusión discreta y honesta sobre los niños.

—¿Por eso ha esperado a que no estuviera Hannah? —comentó Billet mientras se comía una rebanada de pan bien untada—. ¿Porque cree que ella defendería a los pequeños?

—No sabía que Hannah no estaría presente hasta que se dirigió al piso de arriba hace diez minutos —replicó Powell, aunque su ausencia había influido un poco en el momento. Hannah podría sentirse obligada a hablar de su conversación privada con la señora Pershing y prefería que eso no sucediera.

—Bueno, ¿qué pasa con los niños? —preguntó la señora Brubbins—. Nunca he visto a nadie disfrutar de las galletas de limón tanto como la pequeña Rose.

—Sí, sí, les gustan las galletas —dijo Powell, reprimiendo la impaciencia. Había momentos en los que hasta a él le resultaban divertidos y encantadores los pequeños, pero eso no hacía que desaparecieran el resto de las tonterías que los rodeaban—. Primero, discreción. Nada de esto debe llegar a los Pershing.

—No soy una cotilla, Powell —declaró la señora Brubbins—. Ninguno lo somos o los Pershing no nos tendrían aquí.

Todos coincidieron entre murmullos y Powell asintió.

—Aun así. —Mientras medía lo que quería decir, miró a los ojos a cada miembro del personal, desafiándolos a interrumpir de nuevo—. ¿Alguno de vosotros, en especial Sally y Lizzy, ha notado que falte algo en la casa?

Lizzy y Sally intercambiaron una mirada.

—Han desaparecido algunas cosas —dijo Sally despacio—. Pero la señora siempre cambia la decoración, dependiendo de quién visite la casa. Ya lo sabes.

Davis se aclaró la garganta.

—Gemelos —dijo el ayuda de cámara—. Dos pares. Pensé que me había dejado un par en Pershing House, pero ahora ha desaparecido otro más. Y un sombrero, el de castor azul. Y un zapato. Y desde esta mañana, una caja de marfil tallado que el señor Pershing quería mucho.

—¿Para qué iban a querer un zapato los niños? —preguntó la señora Brubbins.

Kate Brubbins tenía un corazón muy blando y a Powell no lo sorprendió oírla defender a los jóvenes, pero los hechos eran los hechos.

—Los hechos son los hechos —dijo en voz alta, gustándole la lógica de ese pensamiento—. Puede que no sepamos la razón de algo, pero sabemos que algo ha ocurrido.

—Pero no sabes con certeza quién lo ha hecho —señaló Edward sin demasiado ánimo de ayudar—. Su hermano está aquí, el holgazán.

Esta era la parte complicada; sabía que como mínimo George había cogido objetos de la casa y los había metido en su baúl. Los había visto. Pero como a todos se les había prohibido mirar en esos malditos trastos, no podía admitir que lo había hecho. También sospechaba del mayor de los Fletcher, pero no podía probar nada.

—Todos llevamos años trabajando aquí —dijo el mayordomo—. Edward, tú eres el último al que han contratado y de eso hace más de cuatro años. Nunca había desaparecido nada, absolutamente nada, a excepción de ese espejo de mano que todos sabemos que la madre de lady Graham se metió en su bolso.

—Vieja chiflada —murmuró Edward.

—Sí. Pero si ninguno de nosotros se ha llevado ningún objeto de su lugar y ya no están allí, tenemos un número muy limitado de sospechosos. Tres, en realidad.

—Más vale que te asegures antes de acusarlos —añadió Billet, que seguía diciendo obviedades y siendo poco útil—. No sé al mayor, pero los Pershing necesitan a esos pequeños para las próximas semanas.

—Soy consciente, Billet. También soy consciente de que es posible que dentro de seis o siete semanas los Pershing quieran todas sus piezas de plata para alguna ocasión, y que cuando no podamos mostrarlas, la culpa recaerá sobre mí.

—Te faltan cubiertos —prosiguió el mozo—. ¿Qué más has notado?

—Varias cosas. Adornos en su mayoría, como he dicho, pero últimamente algunos objetos que son bastante valiosos. Si alguien más ha notado que han desaparecido otras cosas, que me lo diga.

Los empleados de Winnover Hall comenzaron a levantar la mano uno a uno y con evidente reticencia. Sally señaló que habían desaparecido un pájaro de madera de ébano y un par de candelabros. Donald creía que había extraviado una bandeja de plata. Lizzy pensaba que tal vez se había trasladado un cuenco azul de la biblioteca a los aposentos privados del señor, aunque alcanzaba a imaginar por qué. Edward no podía encontrar parte de un juego de té.

—Pensé que tal vez uno de los niños había roto la taza y no quería reconocerlo —dijo el lacayo—. Es decir, no estoy seguro de que se la hayan llevado. Sin embargo, ayer tampoco pude localizar la tetera. Eso sin contar el juego que Fletcher tiró al suelo y se hizo añicos.

Powell escuchó con atención. La mayoría de las cosas ya las sabía, pero no todas. Esto era desconcertante y del todo inaceptable.

—Bueno. Ya está.

—¿Qué está, Powell? —preguntó Billet—. Si acusas a los niños, serás tú contra ellos durante las próximas cuatro semanas. Si se lo dices a los Pershing, harás que se preocupen y seguirás poniéndote a los niños en tu contra.

—Sí, sí. Eres un hacha señalando los inconvenientes, Billet —espetó Powell al fin—. Preferiría que tuvieras una solución.

—Devuelve las cosas —dijo el mozo, terminándose su té y levantándose.

—Tenemos prohibido abrir los baúles de los niños, así que ¿cómo sugieres que recuperemos los objetos?

—Me parece que los pequeños y tú tenéis una razón en común para mantener esto en secreto. No puedes decirle a nadie que has mirado en sus cosas o tendrías que admitir que has faltado a tu palabra con los

Pershing. Los niños no pueden quejarse si rebuscas sus cofres del tesoro porque entonces tendrían que reconocer que han robado cosas de la casa. Parece que la situación con Fletcher es similar. Me parece bastante sencillo. Y ahora, a menos que tengas otro problema que resolver, tengo que ejercitar a algunos caballos.

Powell observó al mozo de cuadra salir por la puerta de la cocina. Por Dios, sí que era así de sencillo. Él no se chivaría de los niños y ellos no podrían evitar que los objetos robados volvieran a los legítimos lugares que les correspondían en la casa.

—Bueno, creo que tenemos un plan —dijo, recostándose en su silla para dar un sorbo a su té.

—Pero ¿qué pasa con los baúles? —preguntó Sally, frunciendo el ceño, lo que hizo que se juntaran sus generosas cejas.

—Se supone que los niños no deben robar en la casa. Nosotros sabremos lo que ha pasado y ellos sabrán que lo sabemos. Los Pershing no lo sabrán. Es una medida extrema, lo sé. Pero nuestra reputación también está en juego.

—Bien, como usted diga —murmuró la señora Brubbins—. No me gusta, pero parece la forma que levanta menos ampollas.

—Sí, así es. —Ojalá se le hubiera ocurrido a él, pero incluso con su molesta costumbre de hacerse el listo, Billet había hecho bien esta vez—. Y como los niños tienen clase de equitación esta tarde, tendremos nuestra oportunidad de actuar. Yo mismo vaciaré los baúles de todos los objetos robados y se los entregaré a cualquier miembro del personal que se ocupe de esa zona de la casa. Debemos actuar con rapidez y precisión. ¿Estamos todos de acuerdo?

Los votos unánimes, aunque poco entusiastas, fueron tranquilizadores; sin duda iba a ser necesario que todos colaboraran para llevar esto a cabo con éxito y sin que los Pershing se enteraran de nada. Bien sabía Dios señor que los dueños de la casa ya tenían bastante con lo suyo, sin que él tuviera que añadir nada más. De todas formas, su trabajo siempre había sido justo lo contrario a crear más problemas. Esto era tan solo una interpretación más literal de lo habitual.

—¿Me has visto? —preguntó Rose, dejándose caer en su mullida cama—. ¡Estaba trotando!

—No estabas trotando —argumentó Georgie, sacando una vela blanca de cera de abeja de sus pantalones—. Trotaba General Jenny.

—Trotábamos juntos. Deberías sacarte la otra de los pantalones antes de que se derrita.

—Ya lo sé. Abre tu baúl; el mío está casi lleno. Tenemos que entregar el botín de ayer a James.

Su baúl también estaba casi lleno, pero había encontrado un bonito y oscuro rincón del vestidor compartido que usar para meter más cosas.

—¿Crees que montaremos a caballo en la fiesta del duque? Creo que yo me exhibiría muy bien. Y tengo un traje de amazona precioso.

—No lo creo. Irá demasiada gente. —Se meneó un poco, frunciendo el ceño, y sacó otra vela—. Estas son de cera de abeja de verdad, ya sabes. Podríamos sacar un centavo por ellas. Tal vez por cada una. Creo que me las voy a quedar. James no las querrá porque no valen lo suficiente.

—Yo me estoy quedando los pájaros que encuentro. De todas formas, solo los tira —Rose gruñó al recordarlo. Luego se incorporó y se bajó de la cama para abrir su baúl y levantar la tapa—. ¿Por qué mamá y papá se han tomado la molestia de enseñarnos a montar si ni siquiera lo vamos a usar? Piensa un poco, Georgie.

—No los llames así —espetó, con tono severo.

—Solo estoy practicando. Tú también deberías practicar.

George se acercó a su baúl.

—Rose, ¿dónde has puesto tus cosas? No puedes esconderlas todas en las cajas de sombreros del vestidor. Estos baúles son nuestro único lugar seguro. Y tenemos que poder llevarle las cosas a James sin tener que volver a rebuscar en la casa.

—Solo he metido el encaje y los pañuelos y esa caja blanca en el vestidor —repuso y miró hacia abajo.

Su baúl estaba vacío. No del todo vacío, porque la ropa vieja del orfanato estaba ahí, y unos cuantos botones, y la hoja que había encontrado de su color naranja favorito. Pero todos los hallazgos, como le gustaba llamarlos, que había adquirido y guardado para sí misma desde que dejó St. Stephen habían desaparecido.

—Georgie, me han limpiado —susurró

—Maldita sea —murmuró, dejando las velas en la caja casi vacía y dirigiéndose hacia su propia alcoba con paso airado. Un segundo después soltó unas cuantas maldiciones más—. A mí también —dijo—. Me han dejado bien limpio. Han dejado las malditas monedas que James no quiso, pero todo lo demás ha desaparecido.

Esto era malo. Muy malo. Georgie siempre decía que lo único con lo que podían contar era con lo que tenían en sus propias manos. Ahora sus manos estaban vacías. Jadeando, corrió al camerino y sacó la tercera sombrerera de arriba. Menos mal.

—Georgie, mi encaje, mis botones y la caja siguen aquí. Algo es algo, ¿no?

—Me dan igual tus estúpidos botones, Rosie.

—Eso es mezquino —replicó, entrando en su dormitorio—. Eres tan malo como James.

—¿Es que no lo entiendes? —replicó, con el rostro muy pálido—. Los Pershing saben que les hemos robado.

—A lo mejor ha sido James.

George lo pensó durante un instante.

—No, los baúles son el mejor escondite de la casa. Él lo sabe. Y no ha podido cargar con todo de una vez para llevarlo a vender. Han tenido que ser los Pershing.

—Solo cogemos lo que necesitamos.

—Eso no importa. Le hemos robado a gente rica. Y ellos nos dan de comer y nos visten. Cuando anochezca nos meterán en un carruaje de vuelta a la mazmorra y sin nada que podamos vender para volver a huir. Apuesto a que se llevarán la pasta que dejaron delante de nosotros solo para hacernos llorar.

Lo miró fijamente durante un minuto, mientras por su cabeza pasaban un centenar de cosas feas, como si fueran pesadillas a la luz del día.

—No deberíamos haber cogido nada. —Una lágrima resbaló por su cara y no le importó.

—Teníamos que hacerlo o nos habríamos quedado atrapados de nuevo. Y James nos obligó a esconder las otras cosas. Seguro que ha sido cuando los Pershing se han dado cuenta. Estúpido James.

—Prefiero vivir en una granja de cerdos que en la mazmorra de piedra.

Peor aún, la expresión de su hermano le decía que las fantasías que había tenido, aquellas en las que el señor y la señora P cambiaban de opinión y decidían ser sus verdaderos padres, jamás se harían realidad. Más lágrimas comenzaron a caer sobre su bonito traje de montar. ¿Seguiría siendo suyo o también tendrían que devolver su ropa?

—No llores, Rose —dijo George, y se acercó para rodear sus hombros con los brazos—. Ya se me ocurrirá algo. Sabes que siempre se me ocurre.

—Pero ¿y si James nos obliga a irnos con él hoy? Ni siquiera tenemos galletas para llevarnos.

Llamaron a la puerta. Oh no, ya era hora de meterlos en un carro. Y ni siquiera había tenido la oportunidad de despedirse de General Jenny, que en realidad era un poni muy bueno, y la echaría mucho de menos.

—¿Rose?

Era la voz de la señora P. Rose ahogó un grito.

—Aún no estoy lista para irme, Georgie —susurró.

—¿Rose? —La puerta se abrió—. Oh, aquí estás... ¿Qué demonios pasa, cariño? —Su falsa madre entró en la habitación de George y luego avanzó con celeridad y se arrodilló ante Rose—. Por favor, dime. ¿Alguien te ha asustado? ¿Se han portado mal contigo?

Muchas cosas estaban mal y James había sido muy malo.

—Yo...

—Se ha mordido la lengua —dijo Georgie, antes de que pudiera preguntar si podía conservar sus vestidos. Abrazó a Rose muy fuerte y luego la soltó.

—No le gusta llorar.

Bueno, eso no era realmente cierto, porque a ella se le daba muy bien llorar cuando fingían para que la gente les diera dinero. Pero George lo sabía, lo que significaba que estaba tramando algo. Lo que significaba... ¿qué? Lo miró y él frunció el ceño desde detrás de la señora P, señalando con la barbilla a su falsa madre.

—Sí, me he mordido la lengua —repuso—. Me duele.

—Bueno. Vamos a quitarte el traje de montar y bajaremos a tomar una limonada. Imagino que eso ayudará. —Se puso de pie y le ofreció su mano.

Rose la tomó.

—Sí, creo que sí. Gracias, mamá.

Algo había pasado. La señora P no estaba enfadada con ellos. En realidad no parecía diferente en absoluto. Entonces, si los Pershing no sabían de los hallazgos que Georgie y ella habían cogido, ¿quién los había limpiado?

18

La señora P no había actuado como si supiera que habían estado robando cosas.

Para George, eso significaba dos cosas: en primer lugar, que después de todo era posible que no los enviaran en el primer coche de postas que se dirigiera a Londres; y en segundo lugar, que alguien más había hurgado en su baúl y en el de Rose a pesar de que los Pershing habían dado su palabra de que eso no sucedería.

Por un segundo se preguntó si habría sido James, llevado por la impaciencia por su próximo botín de adornos. Pero no se equivocó al decir que sus baúles eran un escondite mejor que cualquiera de los que James tenía en la casa. Además, James sabía que sus cosas estaban allí, y si hubiera querido algo para vender, se habría limitado a entrar y lo habría cogido. No se lo habría llevado todo.

Entonces, ¿quién? Donald y Edward le hablaban a él y sobre todo a Rosie como si fueran bebés, pero parecía que les gustaba trabajar en Winnover Hall. Romper las promesas no parecía una buena idea para un lameculos al que le gustaba lamer culos.

Si se había colado alguien de fuera, entonces Rosie y él no serían los únicos a los que limpiarían. Aguzaría el oído para ver si faltaba algo más, aunque no creía que un verdadero ladrón de casas se hubiera dejado cerca de cinco libras en monedas. Eso le hizo fruncir el ceño mientras bajaban a por limonada.

Pero si quien había cogido sus cosas no decía nada a los Pershing, también significaba que Rosie y él tenían la oportunidad de reunir más provisiones antes de que llegara el momento de huir. Solo tenían que ser más inteligentes y cuidadosos a la hora de proteger sus hallazgos. Y explicarle a James por qué ese día no iba a entrar nada en sus bolsillos.

Cuando se sentó, vio el pájaro de madera negro en una mesa en el rincón. Sabía que Rose lo había cogido, porque lo había visto en su baúl el día anterior. Y sin embargo, ahí estaba. George giró la cabeza. El lujoso libro con los dibujos de colores en su interior también estaba de nuevo en su estante, cuando hacía apenas unas horas que estaba envuelto en tela dentro de su baúl esperando para ir con James. «¿Qué demonios ocurre?»

Powell llamó a la puerta y entró, seguido por Donald, que llevaba una bandeja con vasos y una jarra de limonada. Mientras el lacayo servía y repartía las bebidas, el mayordomo miró a George. Este le devolvió la mirada.

—¿Hay algo más que pueda ofrecerle? —preguntó Powell, apartándose de George para mirar la mesa del rincón, la repisa de la chimenea y luego la estantería con el libro pintado antes de volver a mirar a George. Acto seguido enarcó una ceja y se dio la vuelta.

«Había sido el mayordomo.» Powell, el mayordomo estirado y calvorotas, se había colado en su habitación y en la de Rosie, había abierto sus baúles a pesar de que los Pershing les habían dicho a todos que no lo hicieran, y se había llevado todos los bienes que no le habían dado a James. Y ni siquiera los había guardado o vendido. Solo los había devuelto todos.

Aun restando la parte de James, su hermana y él habían conseguido meter a hurtadillas un montón de cosas en sus baúles. Porque, fuesen o no familia, recordaba con claridad aquel día que James desapareció sin pensar en ellos en cuanto el agente de Bow Street apareció. Nunca había confiado en la palabra de su hermano, ni siquiera antes de lo del saco de ratas.

George respiró despacio mientras asimilaba la certeza de que no estaban a punto de ser expulsados de Winnover Hall. Se sentía como una brisa cálida. No tenían que irse. Todavía no, y no hasta que tuvieran tiempo de terminar sus clases y conocer al duque. A menos, claro estaba, que James se enfureciera y se los llevara a rastras de allí.

Powell los había dejado de nuevo con cinco libras, más las cosas que Rose había escondido en aquella sombrerera. Sus baúles ya no eran seguros. No le extrañaría que Powell registrara en sus dormitorios, incluso en toda la casa, si algo desaparecía de nuevo. Y Rose y él necesitaban birlar más cosas. O las mismas cosas de nuevo.

Por lo tanto, necesitaban un lugar mejor para esconderlas, y a buen seguro que James también debería buscarse otro. Por suerte, George llevaba toda la vida aprendiendo a moverse entre adultos. Miró a la señora P y a Rose, que en ese momento estaban charlando sobre la limonada y sobre por qué las cosas ácidas les hacían fruncir la boca. Se alegró de que Rose tuviera tiempo para ser una niña pequeña y no preocuparse de nada más que de lo rápido que podía dar vueltas sin caerse.

Tal vez era bueno que James hubiera venido. Le recordaba que este lugar, el poder dormir a pierna suelta y comer todo lo que quisiera, solo era algo temporal. Al final, o bien Rose y él se marcharían por su cuenta o bien James los obligaría a irse con él. En cualquier caso, la peor opción sería ir con alguna familia que no los quisiera. No había una cuarta opción, y a pesar de lo que pudiera imaginar en ocasiones, nunca habría una cuarta opción.

—Ah, James. Está aquí.

Will entró en la sala de billar mientras el mayor de los Fletcher esparcía bolas por toda la mesa.

—Tenía un tiro preparado —refunfuñó el muchacho—. Me ha asustado.

—Pues le pido disculpas. Solo quería comentarle que han entrado algún niño de los vecinos o ardillas en la casa, ya que han desaparecido algunas de las joyas de Emmeline. Si a usted le falta algo, hágamelo saber. Espero que no vuelva a ocurrir, pero estaré atento.

James se apoyó en el palo de billar, con la suficiencia que irradiaba cada centímetro de su persona.

—Me aseguraré de decírselo si veo alguna ardilla con piedras preciosas o a unos jóvenes con perlas.

Mencionar las perlas no era una confesión, pero la intención de Will no era obtener una. Hoy no. Habían avisado al joven señor Fletcher de que los Pershing sabían que se habían llevado cosas. Si tuviera sentido común, dejaría de robar... o dejaría de fomentarlo. Incluso era posible que se percatara de que podrían considerarlo sospechoso. En el mejor de los casos, esta pequeña charla serviría para ahuyentarlo y que desapareciera en la noche sin sus hermanos.

Al salir de la habitación, Will meneó los hombros para librarse de la tensión. En el momento en que recibiera noticias de sus amigos de Londres, en cuanto estuviera seguro de que James Fletcher no tenía ningún derecho a llevarse a George y a Rose, se quitaría los proverbiales guantes que lo impedían realizar acusaciones directas y hacer una visita a la policía. Eso, por supuesto, si las noticias eran las que él esperaba. Si, en efecto, James podía reclamar a sus hermanos, entrañaría una serie de problemas muy diferentes, tanto para Emmeline y para él como para George y para Rose. Solo con pensar en tener que verlos volver a una vida de pobreza y delincuencia sin que él pudiera hacer nada para evitarlo, sin la oportunidad de encontrar algo mejor para ellos...

—No —murmuró, dirigiéndose a las escaleras para ver si ya se había entregado el correo del día—. No.

Hannah Redcliffe exhaló un suspiro y apartó el sombrerito de la joven Rose. Con la cinta rosa otra vez cosida, parecía como nuevo, siempre y cuando la niña no volviera a correr por el jardín y a arrastrar el sombrero como si fuera una cometa.

—Has tenido mucho más trabajo estos últimos días —comentó la señora Brubbins, haciendo un gesto de aprobación al ver el sombrero mientras se dirigía de la despensa a la tabla de cortar, sujetando con el brazo un montón de zanahorias contra su pecho.

—Supongo que sí, pero lo estoy disfrutando —repuso Hannah, poniéndose a coser un dobladillo suelto de uno de los vestidos rosas de la niña—. Estoy muy ocupada cuando estamos en Londres, pero todo va mucho más lento cuando estamos en Winnover. Los niños han... animado las cosas, ¿no es así?

La cocinera se rio.

—Estoy de acuerdo con eso. Siguen comiendo como si nadie les hubiera dado de comer antes, pobrecitos. Hoy he tenido que mandar a Molly al pueblo otra vez a por dos kilos más de azúcar de tantos dulces que preparo.

—Yo también he estado disfrutando demasiado de tus dulces —dijo Hannah, sonriendo—. Puede que tenga que sacarme las costuras de mis propios vestidos si esto sigue así mucho tiempo.

La sonrisa de la señora Brubbins se desvaneció.

—Faltan menos de cuatro semanas para que se vayan a Cumberland, ¿no? Es una verdadera lástima. Aun con todas las bobadas, ha habido tantas sonrisas y risas aquí, que parecerá más silencioso que un mausoleo cuando se hayan ido.

El pequeño reloj del vestíbulo dio diez campanadas y Hannah volvió a dejar la costura en su cesta.

—Sí, así será, pero aún no hemos llegado a eso. Y los pequeños me han invitado a ir a recoger manzanas.

—Tráeme una docena, ¿quieres? Prepararé una o dos tartas para esta noche.

Después de asentir, Hannah salió de la cocina, recorrió a toda prisa el corto pasillo y cruzó la puerta para entrar en la parte principal de la casa. Le agradaba la señora Brubbins, al igual que Powell, Davis, Edward, Donald, Sally, Lizzy, Tom Billet y el resto del personal de esa casa y de Pershing House en Londres.

Los Pershing esperaban una casa bien dirigida, eficiente y eficaz, y los sirvientes habían aprendido hacía tiempo que actuar como una unidad hacía que todo marchara de manera mucho más fluida. Se apoyaban los unos en los otros, todos cumplían con su deber y hacían lo que les correspondía y, en consecuencia, todo el mundo alababa y admiraba la casa Pershing. Había perdido la cuenta del número de invitaciones apenas disimuladas que había recibido para servir en otras casas de Londres. Nunca se había sentido tentada.

—Toma, Hannah —dijo Rose, y le entregó de inmediato una enorme cesta que tenía casi la mitad del tamaño de la niña—. Powell ha dicho que podíamos usar las cestas que quisiéramos, pero yo nunca he recogido manzanas, así que creo que deberíamos estar preparados para cualquier cosa —continuó a modo de explicación.

—Eso es muy sensato —respondió Hannah—. La señora Brubbins me ha encargado una docena de manzanas. ¿Seremos solo nosotros tres?

George asintió, con otra cesta gigante colgada de uno de sus flacos codos.

—Los Pershing van a ir a Birdlip otra vez. No sé por qué, porque no nos lo han dicho.

—Ah. —A ella tampoco se lo habían dicho. Ojalá lo hubieran hecho; el chal que la señora Pershing llevaba esa mañana sin duda era demasiado grueso para un paseo al sol.

—Vamos. He oído que los gusanos se meten en las manzanas por la mañana y no quiero ningún gusano en las mías. —Rose arrugó la nariz.

—Si encuentras algún gusano, avísame —añadió George—. Me ahorrará tener que desenterrarlos y aprender más cosas sobre la tierra con el señor P.

—Si vas a vivir en el campo, es importante aprender sobre la tierra. —Hannah sonrió—. Aunque, si soy sincera, yo tampoco sé mucho al respecto.

Powell abrió la puerta principal, prácticamente haciendo aspavientos para que salieran.

—Diviértanse, señor, señorita, Hannah —dijo, y cerró la puerta de la casa.

—No creo que a Powell le caigamos bien —observó Rose, bajando por el camino.

—Creo que tiene un palo de escoba metido en el culo —aportó George.

—Le gusta el orden —adujo Hannah—. Este ha sido un otoño inusual para él.

—Por nuestra culpa. Lo sé. —La niña se desvió por el lateral de la casa hacia el establo.

—Señorita Rose, el huerto está al otro lado de la casa, pasando el estanque —señaló Hannah.

—Ah, sí. Pero tengo que saber cuántas manzanas necesita Billet para los caballos.

Al oír el nombre del mozo de cuadra, y antes de que se diera cuenta de lo que estaba haciendo, Hannah se llevó la mano al cabello para comprobar su estado. Volvió a bajarla de inmediato. Dado que ella no tenía cascos y su pelo no parecía unas crines, Tom Billet ni siquiera se fijaba en ella. Lo sabía a ciencia cierta porque ella se había fijado en él los últimos tres años. «Estúpido zoquete.»

—¡Billet! —A Rose le costó dos intentos pasar con su cesta gigante por la puerta del establo, pero al final lo logró, seguida por Hannah y por George—. Billet, ¿cuántas manzanas necesitas para los caballos? Vamos a por algunas.

El mozo de cuadra salió del cuarto de los arreos. Observó a los tres con sus gigantescas cestas mientras se limpiaba las manos con un trapo.

—A los caballos les encantan las manzanas —comentó, con una sonrisa dibujada en la comisura de los labios—. Yo diría que treinta, si es que podéis cargar con tantas.

—Oh, podemos cargar con esa cantidad. —Rose dejó su cesta y se colgó el asa al hombro cuando la cogió de nuevo—. ¿Crees que treinta manzanas pesan mucho?

Billet arrojó su trapo a un cubo.

—¿Qué os parece si voy con vosotros? Creo que puedo llevar una o dos cestas, y así tendréis las manos libres para recoger.

—Eso estaría bien —dijo George.

Bueno. La vida te daba sorpresas cada día. George no había disimulado su hostilidad hacia el mozo desde el día en que Billet los encontró en plena huida en Birdlip. Al despertar sus sospechas, Hannah miró al mozo y descubrió que la estaba mirando con una ceja levantada. No tenía ni idea de qué decir, porque lo primero que se le ocurrió fue dar las gracias a Rose por haber decidido que los caballos tuvieran manzanas.

—Así que, ¿ninguna objeción? —preguntó Billet, dirigiendo por fin la mirada al chico.

—No —respondió George—. Rose ha encontrado unas cestas enormes y no me apetece tener que cargar con la suya, la mía y la de Hannah al volver del huerto.

—Bueno, pues parece que voy a serte de ayuda. —Billet rio mientras cogía una manta para caballos y los sacaba del establo.

Con Rose a la cabeza, recorrieron el jardín y rodearon el lado derecho del estanque. El huerto contaba con unos cincuenta manzanos o más, cuya fruta estaba a disposición de cualquier persona de la finca, de las granjas vecinas o del pueblo que quisiera ir a cogerla. Y aún quedaban muchas manzanas para preparar tartas, para darles a los caballos y para ofrecerles como golosinas a los ciervos y a otros animales silvestres de la zona.

—¡Mira cuántas! Georgie, ¿has visto alguna vez tantas manzanas?

—No, nunca.

—No cojáis las del suelo a no ser que sean para los caballos —les aconsejó Hannah mientras Rose empezaba a meter manzanas en su cesta—. Es más posible que esas tengan gusanos.

—¡Puaj! —La niña volvió a volcar su cesta en el acto—. Pero no llego a las que aún están en los árboles. ¿Hay escaleras? Se me da bien trepar.

—No es necesario —dijo Billet, y extendió la manta debajo de uno de los árboles—. Para eso sirve esto. —Agarró una rama rota, quitó un par de ramitas con un cuchillo que llevaba en la bota y luego la alzó hacia el árbol. La acercó a una rama cargada y la utilizó para sacudir una veintena de manzanas del árbol y que cayeran sobre la manta.

—¡Oh, es brillante! —exclamó Rose, correteando para recoger las manzanas recién caídas—. ¡Luego quiero probar eso!

—Yo lo haré —replicó George—. Soy más fuerte.

Mientras los niños discutían por «la vara de sacudir», como la bautizaron, y se dedicaban a arrastrar la manta de árbol en árbol y a derribar las manzanas, Billet se acercó hasta situarse junto a Hannah, que había tomado asiento en un tocón.

—Bien hecho —dijo ella, sonriéndole.

Él inclinó la cabeza.

—Soy un ladrón de manzanas desde hace mucho tiempo. Además, no queremos que se suban a los árboles y se estropeen su elegante ropa. Eso significaría que tendrías que remendar más, ¿no?

—Sí, así es. Pero no me importa. Me alegro de que puedan vivir aventuras. Mi infancia no fue muy emocionante, pero tuve a mis padres y algún que otro picnic, e incluso una vez fuimos a ver la Casa de las Fieras Real. Esos leones eran enormes; todavía me dan escalofríos.

Tom Billet se acuclilló en el suelo junto a donde ella estaba sentada, arrancó un tallo de hierba del suelo y se metió un extremo entre los dientes. Llevaba un chaleco marrón y gris, con las mangas de su sencilla camisa blanca remangadas hasta los codos, revelando unos antebrazos nervudos que parecían mucho más atractivos de lo que deberían ser unos brazos.

—Así que, ¿eres de ciudad? —preguntó—. ¿De Londres?

—Sí. Nacida y criada allí. ¿Y tú?

—De por aquí. Mis padres tienen una granja a medio camino entre Birdlip y Great Witcombe.

—Mencionaste que tenías muchos hermanos y hermanas. —En realidad no se lo había dicho, pero solo había hecho falta un poco de persuasión para que la señora Pershing le contara los detalles de su conversación con el mozo.

—Somos diez. Y no hay suficiente trabajo para mantenernos a todos en casa —reconoció, asintiendo—. ¿Y tú? ¿Hermanos o hermanas?

—Dos hermanas menores. Meg se casó con un pastor y se mudaron a Chelmsford hace dos años. La veo en Navidad. Jane aún vive con mis padres.

El hecho de que él le prestara atención hizo que se sintiera nerviosa y agitada, de modo que respiró con lentitud para recordarse que no debía reírse o parecer insípida. De todas formas, su... encaprichamiento, suponía que eso era, no tenía sentido. Él trabajaba en el establo, aunque fuera el mozo de cuadra, mientras que ella tenía un lugar privilegiado en la gran casa. Sus grandes manos eran callosas, al entrecerrar los ojos para protegerse del sol se le formaban finas arrugas en los rabillos, y olía a heno y a caballo.

Pero, por Dios bendito, solo estaban charlando mientras los niños recogían manzanas. Desde luego, charlar no tenía nada de malo.

—¿Alguno de tus hermanos está casado?

—Cinco lo están. Los cuatro más jóvenes aún no son mayores, pero a mi madre se le da bien ver cuándo vamos a casarnos. Dice: «Es el momento», y tres semanas más tarde, al que haya señalado se encuentra de pie frente al pastor. —Sonrió de oreja a oreja—. Creo que es posible que sea una bruja.

Hannah lo miró de nuevo mientras reía. Llevaba cinco años trabajando en Winnover y había mejorado lo que ya era un establo bien dirigido. Un hombre capaz, además de guapo y fornido.

—Así que, ¿a ti no te ha señalado?

Sus mejillas se enrojecieron un poco y agachó la cabeza.

—Oh, sí me ha señalado.

—Tienes que contármelo. ¿Qué ha pasado?

Sus ojos azules se clavaron en los de Hannah.

—Tendré que decírtelo.

«¡Dios mío!» ¿Eso había sido un coqueteo? ¿Acaba de coquetear con ella? El calor le inundó la cara, e hizo ademán de ponerse de pie y coger una manzana para darse un momento para pensar. Un mozo. Si no hubiera sido tan guapo como Apolo, y además inteligente, no habría tenido ningún tipo de conversación consigo misma sobre él, pero lo era y por eso tenía esa conversación.

Hannah se aclaró la garganta al sentarse de nuevo.

—¿Es aquí donde quieres quedarte? —preguntó.

—¿Te refieres a aquí, en Winnover? Me gusta este lugar y los Pershing son amables y generosos y tienen grandes expectativas. Saber que están satisfechos con el trabajo que hago hace que vaya con la cabeza un poco más alta.

—Sé lo que quieres decir. —Y sí, aunque parte del trabajo que hacía era exigente y agotador, también se valoraba y se le compensaba bien por ello. Además, tenía la satisfacción de responder con un «no, gracias» a las damas de la alta sociedad que habían intentado apartarla de la señora Pershing a fin de que trabajara para ellas—. A veces me siento muy afortunada.

—Sí, afortunada. —Billet le brindó una sonrisa y lo único que quería hacer era mirar su boca e imaginar cómo sería sentir sus labios en los suyos. La sola idea de que aquello no era una ensoñación, de que estaba acuclillado de verdad en el suelo junto a ella, hablándole y mirándola con aquellos... ojos, era a la vez gloriosa y aterradora. ¿Qué podría pasar a continuación? ¿Qué quería ella que pasara? ¿Qué...?

Hannah se sacudió para salir de sus confusos pensamientos. Los pájaros cantaban en los árboles a su alrededor, los insectos zumbaban de forma lánguida, algunas ranas croaban en el borde del estanque y a lo lejos podía oír mugir a las vacas. Silencioso, idílico y bucólico. «Silencioso.» Se puso en pie.

—¿Dónde están los niños?

Tom Billet se enderezó a su lado.

—Pequeños perillanes —murmuró—. Tú busca junto al estanque. Yo miraré en dirección a la carretera.

—¿Crees que han vuelto a huir? Oh, no. ¡Me van a despedir!

—No han huido —replicó—. Han ido a algún sitio.

—¿Cómo...?

—Sea lo que sea que tengan en la cabeza, apostaría la paga de un mes a que no harían nada que los hiciera volver al orfanato. Aunque eso no significa que no estén tramando algo.

—¿Pero qué iban a tramar en el huerto de manzanos? —Se recogió las faldas con las manos y se apresuró a ir al estanque—. ¡Señorita Rose! ¡Señorito George!

—Algo que no quieren que sepamos —repuso mientras se desviaba hacia la izquierda—. Están cerca; apostaría por ello.

Aunque no sabía lo que era un «perillán», se imaginaba que tenía que ver con ser bribones o pícaros, como lo eran los niños Fletcher. También eran unos cielos, y si bien aún no podía conciliar las dos partes, estaba segura de que no quería que les pasara nada malo. En ese momento también estaba molesta porque o bien se habían encargado de que ella y Tom se distrajeran mientras ellos se marchaban, o bien su marcha había conseguido interrumpir la conversación más interesante que jamás había tenido. Pequeños perillanes, desde luego que sí.

Rose echó un vistazo desde detrás del árbol caído.

—Siguen haciéndose ojitos —dijo, sentándose para agitar las pestañas.

—Bien. Avísame cuando se den cuenta de que nos hemos ido. —George continuó cavando bajo el tronco, hablando entre susurros.

Estaba demasiado cerca de la casa y del establo para ser un escondite perfecto, pero quedaba fuera del territorio de Powell. James tenía su propio escondite, del que no los había informado. Así que era juego limpio. Necesitaban un lugar para poner las cosas y el huerto les proporcionaba una excusa para realizar visitas frecuentes.

Cuando decidió que había hecho un hoyo lo bastante profundo, sacó un trozo de arpillera de debajo de su camisa y forró el fondo del hoyo con ella.

—Dame tus cosas —susurró.

Su hermana se sentó de lado y se levantó la falda para hurgar en la parte superior de las medias. Los botones, las cuentas y la cinta verde que le entregó no eran precisamente objetos de valor, pero significaban mucho para ella. Los colocó sobre la tela con cuidado.

—¿Es todo lo que has traído?

—Un momento. —Se retorció y sacó del dobladillo de su vestido un par de cucharas de plata y un tenedor. Los siguió un pájaro tallado, aunque no tenía idea de dónde había escondido eso—. Es todo lo que me cabía. ¿Estás seguro de que James no se enfadará?

—Bueno, él no quiere pájaros. Y si le limpian o huye, debemos tener nuestros propios tesoros. ¿Siguen hablando?

Mientras Rosie comprobaba qué hacían Hannah y Billet, George se sacó del bolsillo el cuenco de fluorita y lo metió en el hoyo. Powell podía buscarlo todo lo que quisiera, pero esta vez el mayordomo no lo encontraría. En el otro bolsillo llevaba más cubiertos y algunas monedas, junto con la piedra amarilla con el mosquito dentro que había encontrado en Pershing House y vuelto a encontrar en la biblioteca de Winnover. No era mucho, pero solo tenían un día para afanar cosas para su hermano, que quería gemas y plata, y que ya estaba cabreado porque lo habían estado evitando desde ayer por la tarde y furioso después de que le dijeran que les habían robado sus bienes. Y todo eso con el personal de la casa sabiendo que los habían engañado a todos una vez. Los adultos odiaban que los engañaran, más aún dos veces.

—Están de pie —siseó Rose en su versión de un susurro—. ¡Y ni siquiera se han besado!

—Silencio, Rosie. Ayúdame a tapar esto.

Tapó sus tesoros con la tela y luego echó tierra encima. Rose añadió algunas hojas caídas y ramitas, hasta que George estuvo bastante seguro de que nadie que pasara por allí notaría algo fuera de lo normal. Entonces cogió a su hermana de la mano y se dirigió a toda prisa hacia el camino que llevaba al pueblo, manteniéndose agachados.

—Recuerda que has visto un conejo, tú lo has perseguido y yo te he perseguido a ti —la informó.

—Es una tontería por mi parte, pero vale.

Entraron en un pequeño claro y él le soltó la mano.

—Este es un buen lugar. Has pensado que el conejo se ha metido ahí —dijo señalando un matorral—, y no me has hecho caso cuando te he dicho que teníamos que volver a recoger manzanas.

—Soy muy malvada —dijo Rose, pero se puso a cuatro patas de forma obediente para echar un vistazo en los matorrales.

—Vamos, Rosie —dijo con su voz normal, tratando de parecer un poco molesto—. Tenemos que volver. Hemos prometido llevar manzanas a la señora Brubbins y a Billet.

—No pienso hacerte caso —respondió Rose—. Estoy buscando un conejo.

—Te vas a ensuciar el vestido.

Al oír eso se levantó, mirando hacia abajo para sacudirse la tierra de la zona de las rodillas del vestido verde.

—¡Maldición, Georgie! No quiero estropearme el vestido.

Los matorrales susurraron detrás de ellos.

—Entonces no deberías ir arrastrándote tras los conejos —improvisó—. Nos vas a meter en un lío.

—Ahí estáis —dijo Billet, rodeando un roble y entrando en el claro—. ¿Qué hacéis aquí abajo?

—He visto un conejo —dijo Rosie, sacudiéndose aún el vestido—. He intentado no ensuciar mi vestido.

El mozo cruzó los brazos sobre el pecho.

—Un conejito —repitió con escepticismo.

—Sí. En Londres no tenemos conejos. Solo ardillas. Y muerden.

Eso fue un buen detalle. Rosie tendía a ver las cosas como ella quería, pero podía hilar una buena historia cuando lo necesitaban.

—¿Creías que nos habíamos vuelto a escapar? —preguntó, cruzando los brazos igual que Billet.

El mozo de cuadra entrecerró los ojos.

—No. No a menos de cuatro semanas para conocer al duque. —Miró de George a Rose—. ¿Habéis escondido algo por aquí?

Había veces que a George casi le gustaba enfrentarse al mozo de cuadra, porque Billet era listo. Pero otras veces consideraba que el mozo de cuadra sabía demasiadas cosas.

—¿Tú crees? —respondió, entrecerrando los ojos.

Billet suspiró.

—No es asunto mío. Pero si tú u otra persona roba algo del establo, os llenaré los zapatos con mierda de caballo.

—Has dicho mierda —observó Rose—. En presencia de una dama.

A Billet se le crispó la mandíbula.

—Le pido disculpas, señorita Rose. Si robáis algo de mi establo, os llenaré los zapatos de estiércol. Podéis creerme.

George sopesó durante un momento lo que había estado aprendiendo sobre los sirvientes y lo que había observado del jefe de los mozos de cuadra. Al final asintió.

—No robaremos nada del establo. —Tendría que informar a James, aunque de todas formas no había mucho allí que quisiera, excepto tal vez los ponis. Sin embargo, si robaban a Apple y a General Jenny, Rose y él tendrían puestos los zapatos en los pies mientras cabalgaban hacia Gloucester. George suspiró para sus adentros. O hacia York, maldita sea.

—Bien —dijo el mozo—. Ahora, vamos a llevaros de vuelta. Habéis asustado a la señorita Hannah.

—Me gusta Hannah —declaró Rose, dejándose empujar de nuevo hacia el huerto de manzanos—. Me ayuda a elegir hilos de bonitos colores y no intenta obligarnos a que aprendamos cosas.

—Creía que te gustaba aprender cosas —replicó Billet, caminando detrás de ellos.

—Sí, pero solo algunas cosas. Bailar está bien, aunque todavía no hemos practicado lo suficiente el vals, y me gusta la esgrima. Bordar es un asco. Y la costura también.

—Creo que Hannah es una buena costurera. Podrías pedirle que te diera algunos consejos.

—Oh, lo he hecho.

Pasaron junto al árbol caído, al que George se esforzó en no mirar. Era solo un árbol y había muchos árboles. Pero Billet caminó un poco más despacio.

—¿Puede una manzana caída matar a alguien? —se apresuró a preguntar George.

El mozo reanudó el paso.

—Supongo que sí, si le partiera el cráneo a alguien. Sin embargo, sir Isaac Newton descubrió la gravedad por la caída de una manzana y no lo mató, así que ¿quién sabe?

—¿Qué es la gravedad? —preguntó Rose.

—Es lo que hace que las manzanas caigan cuando las sueltas. Sin la gravedad, creo que todos estaríamos flotando en el aire.

—¿Como los pájaros? Entonces no quiero la gravedad.

—No creo que tenga opción, señorita Rose.

—Vaya, menuda tontería.

—¡Oh, menos mal! —Hannah se acercó corriendo a ellos, con el ceño fruncido—. ¿A dónde demonios habéis ido? Creía que os habíais caído al estanque o algo así.

—¿Por qué todo el mundo piensa que nos hemos caído al estanque? —preguntó Rose, con el ceño fruncido.

—Rose vio un conejo —explicó su hermano.

—Un conejito. —Hannah tomó aire—. Bueno, hay muchos conejos aquí en la propiedad. Quizá podamos ir a buscar alguno otro día. Hoy hemos prometido que llevaríamos manzanas y tenemos que dar a la señora Brubbins tiempo suficiente para que prepare sus tartas. Y recordad: nada de gusanos.

—Nada de gusanos —repitió Rose.

George lanzó otra mirada a Billet, pero el mozo estaba ocupado mirando a la criada de la señora y no parecía importarle si habían escondido algo de la casa. Y Hannah estaba demasiado distraída con el mozo de cuadra como para sospechar nada. Esa distracción mutua era lo que esperaba cuando le dijo a Rose que cogieran cestas demasiado grandes para que pudieran cargar con ellas, pero los adultos no siempre cooperaban.

Ahora solo tenían que organizar unos cuantos viajes más al huerto y tendrían aquí lo suficiente para mantenerse en caso de que James huyera con sus objetos de valor... si es que alguna vez los recuperaban. Deseaba que James huyera porque los Pershing eran... buenos y no le gustaba quitarles sus cosas de valor. Ellos dos solo necesitaban cosas pequeñas porque con algo de guita no importaría a quiénes encontraran los Pershing para que fueran sus nuevos padres ni cuántas veces Powell o James asaltaran sus baúles del tesoro.

Quienquiera que sus falsos padres encontraran no sería mejor que lo que Rosie y él habían encontrado aquí. Y si no podían quedarse aquí, que por supuesto era imposible, entonces alguien tenía que velar por los intereses de Rose. Dar dinero a la gente para que sean sus padres no funcionaría; había visto a las monjas usar el dinero de las donaciones para comprar sillas, camas y pollos gordos que los niños nunca llegaban a ver, y mucho menos a utilizar o comer.

Y, de todas formas, la culpa de que hubieran acabado en la mazmorra de piedra la última vez era de James. Si se hubiera quedado para distraer a las autoridades, Rosie y él habrían podido escapar. No, no tenía intención de confiar en nadie más que en sí mismo en lo que respecta a su futuro y al de su hermana. Todavía no había pasado nada bueno por confiar en nadie. Aunque a veces pensara en ello.

Sin embargo, nada de eso importaba porque al final los Pershing se darían cuenta de que algunos de sus muy valiosos objetos habían desaparecido. Montarían un escándalo al respecto y Powell diría que siempre lo supo y que había hecho todo lo posible por devolver las cosas a su sitio.

Esa sería la excusa que necesitaban para romper el acuerdo y enviarlos a Rose y a él de vuelta a St. Stephen en cuanto terminara la fiesta del duque. Al menos así sabía que iba a ocurrir y se había preparado tanto para eso como para que James se los llevara. La única cuestión que se planteaba ahora era quién iba a mentir primero... o al menos a quién pillarían antes.

19

Will le brindó una amarga sonrisa a Emmeline cuando entró en su despacho.

—Te aliviará saber que mi pistola aún no ha desaparecido, pero el reloj de bolsillo que Liverpool me regaló ya no está. Estaba grabado, maldita sea.

—No me queda ninguna joya de oro. Incluso han robado ese gigantesco broche de silene roja de mi tía Hetty, y eso que tenía esa cosa tan horrorosa escondida en el rincón del fondo de mi cajón de la ropa interior.

Will abrió un cajón y sacó una carta.

—No todo son malas noticias. Acabo de recibir noticias de Londres. James Fletcher pasó un tiempo en la prisión de Newgate y lo liberaron para que se convirtiera en delator de sus compañeros ladrones. Como es evidente, no se le ha visto desde entonces.

—Gracias a Dios. —Emmie hizo una mueca—. Eso no suena muy caritativo por mi parte, ¿verdad?

—Yo he estado a punto de ponerme a bailar.

—Entonces se ha terminado de verdad, ¿no? —Se sentó en la butaca frente a su escritorio con una despreocupación que él no había visto en ella desde hacía años. ¿Se sentía más cómoda con él? ¿Con la idea de que no eran solo compañeros, sino una pareja casada? Eso esperaba, porque la noche anterior había tenido que levantarse de la cama dos veces para refrescarse con agua fría. Y eso solo por pensar en ella—. Si huyó, sin duda el magistrado se alegraría de volver a verlo. Y nunca le confiarían la educación de niños pequeños.

—No lo creo. —Exhaló un suspiro—. Sin embargo, aún cabría la posibilidad de que si enfocamos esto de la manera equivocada, él podría llevarse a George y a Rose y huir con ellos de todos modos, lo asista o no el derecho legal a hacerlo.

—Estoy de acuerdo. Aunque me gustaría estar presente cuando lo eches de la casa, será más seguro para los niños que Hannah, Edward, Donald y yo nos encerremos en el invernadero después de la cena y que en ese momento tú... vayas a echarlo.

Will asintió. Por supuesto, Emmie había elegido la estancia más grande de la casa con cerraduras en las puertas. Era práctica, inteligente y rápida.

—Yo diría que primero deberíamos informar a los niños, pero como ya hemos decidido no denunciarlo ante la ley, que sin duda es lo que a ellos los preocuparía, propongo que nos ocupemos de que se marche y que los avisemos después.

Suspiró.

—Ojalá pudiéramos prepararlos. Es su única familia. Puede que no reaccionen bien ante su marcha.

—Correré el riesgo. Su ausencia será lo mejor que podría hacer por ellos. —Se guardó la carta en el bolsillo por si el único Fletcher que sabía leer un poco la encontraba antes de que estuvieran preparados—. Si es necesario, supongo que podríamos recurrir otra vez al soborno.

—Ah. ¿Cachorritos?

Will resopló.

—Esperemos que no se llegue a tanto.

—Sí. —El humor afloró a su rostro—. Hace unas semanas, me habría horrorizado la idea de que un huésped nos robara. Ahora son tres los que lo hacen y lo primero en lo que pienso es en cómo proteger a dos de ellos.

—No eres la única, querida.

—Me alegra oírlo.

—¿Qué quieres decir con limpiado? —James miró más allá de George hacia el otro lado del salón, donde Powell estaba reemplazando los viejos ramos de flores por otros nuevos—. ¿Te has dejado engañar por él?

—Es más duro de lo que parece —refunfuñó George, que no parecía nada contento.

—O es que tú no eres tan inteligente como creías —replicó James—. En cualquier caso, ¿qué está haciendo aquí, de todos modos?

Rose miró.

—Powell es el mayordomo. Se asegura de que todo esté donde debe estar. Incluso nosotros —dijo—. Y algunos de nuestros hallazgos.

—Entonces, tal vez sea el momento de que Powell se caiga por las escaleras —murmuró James.

—No digas eso. —George miró a su hermano con el ceño fruncido—. Es un estirado y un incordio, pero podría haber avisado a los Pershing y no lo hizo.

—Aún no lo ha hecho, pero no podemos estar seguros de que no lo haga. Pershing ya no me quita el ojo de encima, maldita sea. Esto va por vosotros dos. —James dijo algunas palabrotas más, de las que George y ella tenían prohibido decir en la casa. Rose estuvo a punto de decírselo, pero decirle a James lo que no debía hacer nunca había sido una buena idea.

—Los recuperaremos —susurró George.

—Tendréis que hacerlo. Tenemos ocho libras entre todos y no es suficiente para alquilar una habitación durante más de seis meses.

Rose ladeó la cabeza.

—George dijo que tenías veinticinco libras el otro día.

—Cállate, Rosie. Casi tenía cincuenta libras hasta que llegó ese maldito cochero y se llevó toda mi suerte.

Ya había oído hablar de gente que se llevaba la suerte, sobre todo después de que ella se hubiera pasado todo el día bailando mientras James y George robaban carteras. James salía a comprarles una buena cena y horas más tarde volvía con pan, o sin nada, y decía que alguien le había robado la suerte.

—Has ido a apostar —dijo.

Cerró el puño, miró de nuevo a Powell y abrió la mano.

—Solo me traéis porquería. Tengo que hacer algo para convertir nuestro dinero en más dinero.

—Ya te conseguí unos pendientes de perlas como dijiste —protestó Rosie—. Y ahora todas nuestras cosas han desaparecido. Nosotros tenemos menos que tú.

James se inclinó hacia delante, girando la cara para mirar a George.

—¿Vuestras cosas? Mis cosas. Aquí soy yo el líder. Y si te has estado guardando objetos, te voy a dar una paliza, Georgie. ¿Me oyes?

George le devolvió la mirada.

—Te oigo.

—Bien. Para mañana quiero cosas por valor de al menos cinco libras. O tal vez decida que es hora de que todos nos vayamos y volvamos a Londres. Desde luego los Pershing no me lo pueden impedir. Vosotros dos me pertenecéis. Cuanto antes lo entendáis, mejor que mejor.

—Si volvemos a Londres y nos atrapan de nuevo, nos deportarán —dijo George, con expresión sombría—. St. Stephen está allí. Y Newgate. No querrás volver a Newgate, James.

James se levantó.

—Vamos a dar un paseo —dijo con su gran sonrisa.

A Rose no le apetecía nada ir a dar un paseo porque tenía las piernas cansadas después de haber recogido manzanas, pero si James pensaba gritar, debería hacerlo fuera, donde no rompiera el acuerdo con sus improperios y maldiciones. Lo siguió hacia la puerta.

—¿Adónde van, señorito George, señorita Rose? —preguntó Powell, volviéndose hacia ellos.

—Solo vamos a por unas galletas —dijo James. Luego alargó la mano hacia un lado y tiró dos jarrones con flores de la mesa auxiliar—. Métete en tus asuntos, mayordomo —dijo, sonriendo mientras el agua, las rosas y los cristales se esparcían por el suelo.

—No deberías haber hecho eso —dijo Rose, frunciendo el ceño—. Powell acaba de terminar de cambiarlos.

—Y ahora ya no está husmeando para ver qué hacemos, ¿verdad? Casi había enganchado un cuadro del ático esta mañana, hasta que él subió a buscar una maldita cosa o algo.

Dado que Powell no estaba, tuvieron que abrir ellos mismos la puerta principal, y luego dieron la vuelta hacia el jardín. Rose esperaba que no fuese una de sus tonterías, porque ya se había perdido allí una vez.

—¿Adónde vamos? —preguntó George.

James agarró a George y le echó el brazo por encima.

—Al jardín, Georgie. Donde nadie nos escuche. Porque tenemos un problema y tenemos que encontrar una solución antes de que sea demasiado tarde.

Al menos eso tenía sentido y James no parecía tan enfadado como antes.

—Deberíamos recoger más flores para Powell —dijo Rose, dando brincos y colocándose al frente.

—¿Por qué no empezamos contigo haciéndome otra vez esa pregunta, Georgie? —dijo James, apretando el paso y adelantando a Rose de nuevo.

George tuvo que seguir el ritmo, porque James todavía le rodeaba el cuello y el hombro con un brazo.

—¿Qué pregunta? —dijo George, empujando contra las costillas de James—. Suéltalo, James.

—La de si quiero volver a Newgate o no.

—No quería decir nada con eso. Dijiste que jamás ibas a volver allí. Si no estamos en Londres, será más fácil que no nos cojan y nos manden allí, ¿no crees?

—Lo que creo es que deberías mantener tu maldita boca cerrada, Georgie. No eres tan inteligente como te crees que eres, muchacho. Y...

—¿Niños? —Hannah se acercó por detrás de ellos. Parecía estar sin aliento, como si hubiera corrido para alcanzarlos—. Oh, estupendo. Llega tarde a su clase de bordado, señorita Rose, y señorito George, el señor Pershing ha buscado su atlas para su clase de geografía.

James se detuvo y dejó que la criada los alcanzara.

—¿Qué pasa, Hannah? —murmuró—. ¿Crees que voy a hacer daño al chico? ¿A mi propio hermano? —Agarró a George por la muñeca y lo medio arrastró hasta Hannah—. ¿O los pequeños son una excusa para charlar conmigo? Te he echado el ojo, ¿sabes?

Hannah retrocedió un poco.

—Yo... Solo he venido a recoger a los niños, señor Fletcher.

—No creo que los Pershing te hayan enviado. —James se acercó de nuevo—. Creo que has venido aquí por tu cuenta, solo para verme.

—Ha dicho que tenemos clase —murmuró George, tratando de apartar su mano.

No tenían clase de bordado ni de geografía en esos momentos porque ese día tocaba clase de buenos modales, pero Rose no lo dijo. Esto no era bueno. George y ella habían hecho enfadar a James. Y ahora también se había enfadado con Hannah solo por intentar ayudarlos.

—Para, James, o gritaré —dijo Rosie.

—Si gritas, te tiraré a un rosal —replicó él.

Las espinas dolerían. Cerró la boca mientras intentaba pensar dónde estaban todos. Seguro que los Pershing estaban en el comedor del desayuno preparándose para la práctica de buenos y malos modales. No veía a los jardineros. Así que Billet y los mozos de cuadra eran los que estaban más cerca.

—No, no lo harás —gritó, y echó a correr.

James Fletcher trató de agarrar a su hermana y, tras inspirar una rápida bocanada, Hannah le propinó un empujón en el hombro. Él tropezó y la niña dobló la esquina y se perdió de vista. Cuando se enderezó de nuevo, también intentó agarrarla a ella, pero Hannah lo esquivó.

—Suelta a George, por favor —dijo, deseando poder mantener la voz más firme. Si no los hubiera visto por la ventana de la biblioteca y no hubiera sospechado... Oh, esto todavía podría ser muy malo.

—No te preocupes, Hannah. Lo voy a soltar. Solo estamos teniendo una charla. ¿No es así, George?

—Suéltame, James. Entonces podremos hablar. —El chico trató de liberar su brazo de nuevo y resbalo y cayó sobre una rodilla. James se agachó, agarró a George de la pierna y lo cogió en vilo. Tras dar una docena de pasos, levantó a George y lo lanzó al estanque.

—¿De qué querías hablar, Georgie? —dijo—. ¡No entiendo lo que dices!

Hannah gritó mientras el chico se hundía. Se revolvió y se agarró a un puñado de juncos, pero se arrancaron de cuajo y volvió a sumergirse.

—¡George!

—¡No sé nad...! —Se sumergió de nuevo.

James se quedó allí, riendo, mientras su hermano chapoteaba y escupía agua. Hannah deseó darle una patada, un puñetazo, pero no quería acabar también en el agua. En lugar de eso, corrió hacia el embarcadero y el botador que había en la pequeña embarcación.

Una mano la agarró por el hombro.

—No aprenderá la lección si lo sacas antes de tiempo.

—¡Suéltame!

—No tan rápido, dulce Hann...

Billet saltó por encima del seto y se abalanzó sobre James, haciéndole caer de bruces.

—¡Aparta esas manos, bastardo! —gruñó el mozo, poniéndose en pie.

—¡El estanque! —gritó Hannah, señalando—. ¡George!

Tom Billet dejó a James donde había caído y corrió hacia la orilla al tiempo que se despojaba de la chaqueta. No se zambulló, sino que vadeó el agua y se acercó al chico.

—Tranquilo, *briboncete* —dijo—. Johnny, que el señor Fletcher no se levante del suelo.

Hannah se percató de que los dos mozos de cuadra habían llegado justo después de Tom. Johnny, con una horca en las manos, se colocó sobre James y apuntó con las púas al pecho del joven.

—Tú, no te muevas.

Cuando el agua ya le cubría los hombros, Billet agarró por fin a George. Tiró de él y retrocedió con el chico apretado con fuerza contra su pecho por encima de la superficie del agua.

—Te tengo, George. Respira despacio, muchacho.

De repente, el señor Pershing también estaba allí, metiéndose en el agua sin vacilar a pesar de sus elegantes botas y acercándose a ellos. Powell y la señora Pershing estaban justo detrás de él y la mayoría del resto del personal tras ellos.

—¿Dónde está Rose? —preguntó la señora Pershing, con voz tensa.

—Roger está con ella en el establo, señora —dijo Johnny—. Billet les ha dicho que no vengan hasta que oigan un silbido.

Tom consiguió girarse hacia la orilla y le entregó el chico al señor Pershing antes de salir a trompicones entre los juncos. Por el amor de Dios. Hannah sabía que tenía una buena cabeza sobre los hombros y una educación mejor que la estrictamente necesaria para un mozo de cuadra, pero lo que acababa de hacer iba mucho más allá. Cuando se enderezó de nuevo, con su fina camisa mojada y pegada a su musculoso pecho, su corazón volvió a latir con fuerza.

—Voy a por Rose —se ofreció Hannah con voz estrangulada.

El señor Pershing le hizo un gesto con la cabeza y entonces la señora y el señor Pershing y la mayor parte del personal se apresuraron a entrar en la casa, con George todavía en brazos del señor Pershing. Billet se acercó a ella, sacudiéndose el agua del pelo.

—¿Te ha hecho daño, Hannah?

Ella negó con la cabeza. Parecía que la lengua se le hubiera hinchado de tal manera que era incapaz de pronunciar una sola palabra coherente.

—Te he visto intentando coger el botador. Eso es agilidad mental.

—Tú sí que has pensado con rapidez —logró decir.

La boca de Tom se curvó en una sonrisa.

—Te acompaño a buscar a Rose —se ofreció.

—Estará asustada por su hermano.

—¿Qué pasa con Fletcher? —preguntó Johnny.

—Oh, creo que el señor Pershing querrá hablar con él. No dejes que se mueva de ahí.

Will sentó a George en una silla de la mesa de la cocina. El muchacho ya había tosido y expulsado una buena parte del estanque, pero parecía que ya respiraba bien.

—¿Te duele el pecho? —preguntó, poniéndose en cuclillas delante de él.

—No. —George volvió a toser—. He visto un pez cuando estaba bajo el agua.

—Eso es muy observador por tu parte. ¿Puedes decirme qué ha pasado?

El chico entrecerró los ojos un poco.

—Pregúntale a James. Yo no me acuerdo —dijo.

—Mm-hum. Señora Brubbins, tal vez sea necesario un poco de tarta.

George se enderezó, tosiendo de nuevo.

—Creo que la tarta ayudaría, sí. Desde luego. ¿Dónde está Rosie?

—Estoy aquí —dijo su hermana, entrando a toda prisa en la cocina con Hannah y Billet.

Will se enderezó y Emmeline ocupó su lugar, tomó la mano del chico y le besó en la sien.

—¿Qué demonios ha pasado? —preguntó a la criada en voz baja.

—No estoy segura —respondió Hannah—. Estaba en la biblioteca buscando libros y vi a los tres en el jardín. James rodeaba la cabeza de George con el brazo. Eso... me dio que pensar, así que fui tras ellos. —Las lágrimas le anegaron los ojos—. Espero no haber empeorado las cosas, pero Rose ha echado a correr y yo he golpeado a James, y entonces él ha cogido a George y... lo ha arrojado al estanque lo más lejos que ha podido.

—El duendecillo vino corriendo, gritando que James estaba matando a George en el jardín —retomó Billet—. Hemos corrido hacia allí y he visto a Fletcher empujando a Hannah mientras ella intentaba agarrar el botador. Lo he tirado al suelo y me he metido en el agua para buscar a George. Es todo lo que sé, señor. Excepto que Johnny todavía tiene a Fletcher en el jardín, bajo los dientes de una horquilla.

—Es un buen lugar para él. —Will miró por encima de su hombro—. Vuelvo enseguida, Emmeline —dijo, y salió de nuevo.

—Quíteme a ese imbécil de encima —ordenó James, empujando la horquilla.

Will cogió la horquilla.

—Gracias, Johnny. Ya me ocupo yo. —Esperó hasta que los dos mozos de cuadra se perdieron de vista—. Ya puede sentarse.

Con un gruñido, James se sentó y se sacudió el abrigo.

—Han interrumpido una discusión familiar —dijo—. Me gustaría una disculpa. Y hay que despedir al tal Billet.

—No consigo decidir si de verdad quería que George se ahogara o si solo es un idiota. —Will agarró la horquilla con fuerza, pero la mantuvo apuntando hacia el suelo.

—No es asunto suyo, Pershing. Ya le he dicho que soy su familia. No ha pasado nada.

—No gracias a usted.

El joven se frotó la mandíbula, en la que tenía una marca roja, con suerte del puño de Billet. Ese hombre iba a recibir una gratificación.

—Perdí los nervios. Ya sabe cómo son, tienen la cabeza llena de pájaros. ¿Qué esperaba?

Will sonrió.

—Me alegro de que haya preguntado. Espero que recoja sus cosas y abandone la propiedad.

El joven ni siquiera pestañeó.

—Pensé que era su invitado. Y estoy juzgando su capacidad para cuidar de mis hermanos.

—La próxima vez que robe joyas, no las venda en el mismo pueblo donde residen los dueños, James.

—¿Qué? —James se llevó una mano al pecho—. ¿Eran suyas? Me las encontré en el arroyo. ¿Cómo iba a saber de dónde venían?

Will tomó aire, reprimiendo el impulso de estrangular al joven.

—No voy a debatir con usted. Coja sus cosas y márchese. Ya. Antes de que cambie de opinión.

—¿O qué, mandarás llamar a la policía local? —James negó con la cabeza—. ¿Por qué no me dices qué pasaría? Repito que ha sido un desacuerdo familiar.

—¿Y si menciono que estuviste en Newgate y te liberaron bajo ciertas circunstancias que no has cumplido?

Eso dio en el blanco. Siempre había disfrutado de la parte de la negociación en la que ponía al oponente en su sitio. Pero en este momento estaba demasiado furioso como para sentir nada que no fuera una sombría satisfacción por el hecho de que ese hombre fuera a marcharse. Sin sus hermanos.

—Qué tipo tan listo —dijo James al cabo de un momento—. Crees que has tropezado con algo, ¿verdad?

—Más que tropezar, he preguntado.

—Bueno, yo también he hecho algunas preguntas. ¿Conque la señora P y tú fingís que tenéis hijos para cumplir el último deseo de su viejo abuelo o una sandez parecida? ¡Ja! Georgie me contó lo que pasa. En primer lugar, ese pobre y viejo abuelo es el duque de Welshire; en segundo lugar, no era un deseo que tuvierais hijos, sino parte de un acuerdo. Y lo habéis incumplido. Intentáis mentirle a un duque sobre que tenéis nietos para poder quedaros con esta propiedad. ¿No sería una pena que la verdad saliera a la luz y que el abuelo de la señora os echara? Sobre todo si añadiera que habéis robado a dos niños del orfanato para vuestro jueguecito.

«¡Maldita sea!» No culpaba a George; los niños desconfiaban de su hermano con razón. Ojalá se hubiera dado cuenta antes de que había sido el miedo a James y no el recelo por sus motivos y los de Emmeline. En su defensa, la idea de que un hombre hiciera daño a los niños, más aún a sus propios hermanos, parecía una de esas cosas que solo podía ocurrir en las obras de Shakespeare.

—Es cierto, señor P. Tal vez sea un hombre buscado, pero solo en Bow Street, que está en Londres. Y han pasado tres años. Dudo de que se tomaran la molestia de llevarme a rastras allí aunque estuviera en Charing Cross, y mucho menos en Gloucestershire. De todas formas, al granuja por el que me ofrecieron el trato lo deportaron a Australia. —Se rio—. También puedes preguntar por eso. No miento.

Había momentos en una negociación que a Will no le gustaban; aquellos en los que el hombre al otro lado del escritorio volvía las tornas. Sin embargo, no creía que, ni siquiera contando a los estadistas experimentados, le hubieran enseñado la puerta de forma tan hábil.

—Entiendo —dijo con voz serena—. Entonces, ¿qué quieres por todo este lío que has montado?

—Oh, creo que me quedaré en Winnover, por ahora. Si quieres que me calle, te costará... veinte libras. Por día. Mientras los pequeños estén aquí. Y no dirás nada si notas que faltan cosas. Iré con vosotros a... ¿adónde era? A Welshire Park. Y luego os dejaré a George y a Rose. No quiero a esos piojosos. Haz lo que quieras con ellos. Envíalos de vuelta a St. Stephen. —Se puso de pie, sacudiéndose la tierra y la hierba de las mangas de su abrigo—. Eso es lo que quiero, si quieres que no hable.

—He de admitir que demuestras mucho valor al decirle eso a un hombre con una horquilla. —Will dio un paso adelante y notó que James retrocedía la misma distancia. Así que no estaba tan tranquilo como fingía—. Has conseguido un empate —dijo en voz alta—. No es por presumir, pero suelo cenar con el primer ministro. Te sugiero que te tomes unos minutos para considerar quién de los dos pagaría el precio más alto si todo esto se desmoronara.

—Yo...

—Te haré saber lo que decida hacer contigo —lo interrumpió Will adrede—. Mientras tanto, sí, quédate por aquí. Pero si les vuelves a poner un dedo encima a George o a Rose, te garantizo que desaparecerás y nadie te encontrará. ¿Está claro? Esas son mis condiciones, James.

Era evidente que el chico no sabía cómo tomarse eso. Frunció el ceño antes de enderezarse y bajar las manos.

—Voy a conseguir lo que quiero. No tengo ninguna razón para hacer daño a los pequeños ni para estropear vuestros..., nuestro..., viaje a Cumberland.

—Entonces tenemos un trato. —Dicho eso, Will le dio la espalda y se dirigió a la casa.

—Rose, te ruego que pruebes a tocar otra melodía al pianoforte, ¿quieres? —le pidió Emmeline, haciendo una mueca de dolor ante la cacofonía.

—Me la estoy aprendiendo —insistió la niña.

—¿Qué canción es? No termino de reconocerla.

—Me la he inventado.

En el caballete junto a la ventana, George resopló.

—Suena como un pájaro que se muere.

—Tu cuadro sí que parece un pájaro muerto —replicó su hermana.

Hasta hacía poco tiempo, esa conversación, ese intento de instruir a los niños dos materias muy diferentes a la vez, habría hecho que Emmie se tirara de los pelos. Sin embargo, ahora se limitó a disimular una sonrisa y se acercó para enseñarle a Rose un conjunto de notas más armónico. Como era natural, un trozo de tarta había reanimado a George, salvo por algunos resuellos, y se había sentido lo bastante bien como para pintar. La capacidad de recuperación de los niños no dejaba de asombrarla.

La puerta de la sala de música se abrió. Se giró, esperando ver a Will haciéndole un gesto de asentimiento con aire serio e informándola de que James Fletcher se había puesto en camino. Sí, ella hubiera preferido consultar primero con los niños, pero entendía el razonamiento de Will. Por lo que había dicho Hannah, lo más probable era que James hubiera arrojado a los dos niños al estanque si la criada no hubiera interferido.

Pero la expresión de Will parecía tan gélida como para congelar el fuego. Cerró la puerta en silencio después de entrar.

—George, Rose, le he pedido a vuestro hermano que se fuera de Winnover. Él...

—Bien —interrumpió George—. Me alegro de ver el trasero de ese cobarde escurridizo. —Ya un poco pálido, su rostro se tornó ceniciento—. He sido ofensivo, pero no es culpa mía.

—Hoy puedes utilizar ese lenguaje —dijo Will, antes de que Emmie pudiera tranquilizar al chico.

—Es una rata —afirmó Rose—. Y eso no es jerga. Una vez se enfadó con George y le tiró un saco de ratas vivas mientras dormía.

—¡Eso es vil! —Y explicaba muchas cosas.

—Ojalá nos hubierais hablado de él desde el principio. —Will todavía parecía serio. Demasiado serio para ocultar una buena noticia.

—No confiábamos en vosotros y él nos dijo que no teníamos que decir nada para poder ser una familia. Luego apostó y perdió toda la pasta que habíamos estado ahorrando para comprar una casa y un cachorro. —Rose resopló—. Yo también me alegro de que se haya ido.

Will agarró a Emmie de la mano de repente.

—Vosotros dos, quedaos aquí un momento —ordenó, y se dirigió a la puerta.

—¿Qué está pasando? —preguntó Emmie, una vez que la había arrastrado hasta la mitad del pasillo—. Está claro que no es nada bueno.

Will siguió agarrando su mano con fuerza.

—He informado a James de que si no se marchaba llamaríamos a la policía, momento en el que me ha dicho que iba a quedarse aquí, en la casa, y que íbamos a pagarle veinte libras al día..., supongo que por su constante silencio..., y a permitir que nuestros objetos de valor sean robados como él considere oportuno. Si no lo hacemos, o si intentamos que lo arresten, informará a la policía y a todo el mundo de que hemos estado mintiendo a Welshire sobre que tenemos hijos. Y que los hemos secuestrado en St. Stephen.

Emmie lo miró fijamente.

—Creo que me voy a desmayar —anunció.

—Te ruego que no lo hagas. Si lo haces, correré por los campos gritando a pleno pulmón hasta que alguien me ate y me lleve a Bedlam.

La imagen que aquello evocó, y lo inusual que sería por su parte, en realidad la animó un poco.

—Sin ninguno de los dos aquí, los niños venderán Winnover a los Hendersen y utilizarán las ganancias para convertirse en piratas.

Will rio entre dientes.

—El hecho es que estamos metidos en un lío, Emmie. No podemos obligar a James a marcharse ahora sin poner en peligro Winnover. O a los niños, ya que resulta que pienso que a un hombre que arroja a un niño a un estanque, sabiendo que no sabe nadar, solo porque perdió los estribos, no se le debería confiar el cuidado de ninguno de ellos. —Dejó escapar un gruñido de indignación—. Por lo menos no quiere que se vayan con él después de haberse llevado todo lo que tenemos. Ha dicho que, por lo que a él respecta, pueden volver a St. Stephen.

—Justo cuando empezaba a pensar que lo habíamos solucionado —murmuró, apoyándose en la pared—. Aunque pudiéramos hacer que lo arrestaran, los niños no volverían a confiar en nosotros. Es su familia, por muy mal que se porte con ellos.

—George y Rose son bastante más inteligentes de lo que él cree. Estaban bastante contentos con la idea de que se fuera.

—Que se marche no es lo mismo que lo encarcelen. O que lo cuelguen. No creerás que se pondrán de nuestra parte —replicó Emmie, deseando que así fuera. Tiró de su mano para liberarse de la de su marido—. He puesto tu vida patas arriba. Lo siento mucho, Will.

Will apoyó las palmas de las manos en la pared, a ambos lados de los hombros de ella.

—No pusiste mi vida patas arriba al casarnos, Emmie. Puede que me hayas sorprendido, pero todavía no he hecho nada en contra de mi voluntad. Y volviste a sorprenderme al informarme de que teníamos dos hijos, pero sigo aquí. Y tengo la intención de quedarme.

«¡Oh!»

—Will —murmuró, sosteniéndole la mirada—. Gracias por decir eso.

Él se inclinó y le capturó la boca con la suya. El calor le recorrió la espina dorsal. Si no se había aprovechado de él, si no lo había utilizado, el hecho de que hubiera aceptado casarse con ella y de que hubiera accedido a este loco plan en el que estaban envueltos, significaba algo importante.

Le rodeó los hombros con los brazos y le devolvió el beso. Will Pershing no era el mismo chico de veinte años cuya voluntad podía doblegar con una sonrisa. ¡Dios Santo! Esa certeza resultaba... excitante.

También era una distracción. El huésped que insistía en seguir siendo su huésped les estaba robando y pretendía seguir haciéndolo.

—Will —murmuró—. No podemos permitir que ese chico desplume Winnover y luego nos lo arrebate por despecho.

—Entonces, ¿qué vais a hacer con él? —preguntó George a unos metros de distancia.

Emmie se agachó para pasar por debajo del brazo de Will. No tenía nada de malo que la pillaran entre los brazos de su propio marido. Solo era... inesperado.

—Creo que por el momento tenemos que hacer lo que nos pide. Puede que a veces no nos tengáis en muy buena consideración, pero queremos evitar haceros daño a Rose y a ti.

George se cruzó de brazos, medio desafiante y medio niño.

—Bueno, ¿qué ha pedido, entonces? ¿Que nos tratéis bien?

—Ha pedido que le demos veinte libras al día, que le permitamos quedarse en la casa y que le demos carta blanca para llevarse lo que quisiera de aquí —comenzó Will.

—¿Vamos a ir a la fiesta del duque de todos modos?

—Quiere ir con nosotros. —Will apretó los dientes—. Su Gracia tiene muchas cosas valiosas en su casa.

Rose se acercó a su hermano.

—¿Por qué no se ha ido?

—Si mandamos llamar a las autoridades, pretende contarles a todos que hemos infringido el acuerdo del duque. Lo siento, Rose. Podríamos hacer que lo arrestaran, pero eso no nos servirá de nada a ninguno. Y haría que perdiéramos Winnover.

—No debería ganar —declaró George—. He oído lo que dijo, que no nos quiere con él cuando termine aquí. Ha mentido. Otra vez. En todo. Estropea todas las cosas. Hasta nuestra madre lo decía.

—Es vuestra familia —dijo Emmie, y luego se preguntó si no debería haber mantenido la boca cerrada. Ese matón casi había ahogado a George.

—Parecía bastante seguro de que a Bow Street no le importa que siga siendo un fugitivo —adujo Will—. Pero si pudiéramos hacer que lo arresten, eso es... Es grave. Podría no volver a salir libre.

—Eso de la calle Bow es mentira —cortó George—. Lo aterroriza. Y Newgate. Una vez lo apresaron, cuando uno de sus amigos resultó ser un soplón para las autoridades. Lo metieron en un juzgado y un picapleitos accedió a sacarlo, pero solo si James se convertía también en soplón. Dijo que no, y lo metieron en la auténtica mazmorra de piedra con vistas a la horca hasta que cambió de opinión. En cuanto lo dejaron salir, se fue por patas. No lo vimos durante un año, hasta que se enteró de que habían arrestado y deportado al picapleitos por dirigir su propia panda de rateros. De hecho, creo que eso es lo que intenta hacernos a nosotros ahora, convertirnos en sus chicos, que tienen que hacer lo que él dice.

—Eso... es mucho que descifrar. —Emmie miró a Will—. ¿Tú lo has entendido?

—Creo que sí. Encaja con lo que me escribió Bernard. Bow Street arrestó a James cuando uno de sus informantes lo señaló y lo sentaron con un abogado que acordó de sus cargos si también se convertía en informante. Cuando se negó, lo encarcelaron en Newgate con vistas a la soga hasta que cambió de opinión, y cuando lo soltaron para que delatara a sus compañeros, huyó y solo regresó a Londres cuando se enteró de que el abogado había sido declarado culpable de dirigir su propia red de ladrones y enviado a Australia. ¿Es eso correcto, George?

—Eso es lo que he dicho. Has dicho que hoy podía hablar en jerga.

—Así es.

—No olvides la parte en la que he dicho que está intentando hacernos lo que el... abogado le hizo a él.

—Oh, no olvidaremos eso —dijo Emmie, procurando no rechinar los dientes. Menos mal que Will y ella habían sido sinceros con los pequeños desde el principio. Menos mal que habían acordado un intercambio de servicios, y gracias a Dios por ese acuerdo.

—Pero yo no quiero que lo cuelguen —dijo Rose, llevándose las manos al cuello—. Solo quiero que se vaya.

Will se aclaró la garganta y giró bruscamente hacia el pasillo.

—Tal vez deberíamos hacerle un hueco a una lección de baile.

—¿Perdón? —Era evidente que Emmie había vuelto a perder el hilo.

—No me importaría bailar —convino Rosie, y se volvió para seguirlo.

Se dirigieron al salón de baile y Will fue a darle cuerda a la caja de música antes de abrirla.

—No queremos que nadie se dé cuenta de que estamos conspirando —dijo mientras el vals flotaba en la estancia—, y esto debería evitar que alguien nos escuche.

Le tendió la mano a Emmie, enarcando una ceja a George hasta que el chico tomó la mano de su hermana. Una vez que los hermanos empezaron a moverse por la habitación, puso una mano en la cadera de Emmeline y emprendió el baile.

—Si conseguimos que lo arresten, lo colgarán —susurró Emmie—. Y, aparte de eso, ya ha amenazado con divulgar nuestros planes a cualquiera que lo escuche.

—La clave parece ser conseguir que huya y que no le resulte rentable volver o esparcir habladurías. —Will arrimó la cabeza a la de ella.

Su cercanía la excitaba. Últimamente su sola presencia bastaba para distraerla, pero era más que eso. Volvía a ser su querido amigo Will Pershing, pero también era un hombre adulto, un hombre honesto, ingenioso, intrigante y muy deseable. Había perdido ocho años para averiguarlo.

Tragó saliva, tratando de volver a pensar en el gravísimo problema que tenían entre manos.

—Lo único que necesitamos es un abogado corrupto cuyos servicios podamos comprar que lo asuste, y un puñado de decididos pero ineptos agentes que lo atrapen y que después pierdan su rastro.

Will perdió el pasó antes de recuperar el ritmo.

—Por Dios, Emmie, ¿he mencionado últimamente que eres una mujer brillante y hermosa? —murmuró, y la besó en la mejilla—. Dame dos días y creo que podré conservar Winnover para ti.

20

Will cerró su reloj de bolsillo y lo guardó. Eran las tres y media, con lo que los niños estarían a punto de terminar su clase de música. Después George tendría clase de lectura y Rose debería tener clase de esgrima, una cita a la que la había informado de que faltaría. La niña había sido muy comprensiva, teniendo en cuenta que le había prometido recuperar la clase a primera hora de la mañana, antes de que salieran a montar. Ayudó que le hubiera dado a entender que se trataba de James, pero no iba a decir nada más hasta que tuviera resultados de verdad.

La idea de dejar a cualquiera de ellos en la casa mientras James seguía allí le hacía hervir la sangre, pero no podía estar en dos sitios a la vez. Pedirle a Billet y a Roger, el cochero, que entraran en la casa, con suerte disuadiría a Fletcher de hacer algo más que robar algunas joyas, pero no podían mantener Winnover como un campamento militar. De ahí su destino ahora.

Azuzó con las rodillas a Topper, haciendo que el caballo alazán se desviase a la izquierda en la bifurcación del camino y cruzase un pequeño puente de piedra. El pueblo de Brockworth era quizás el doble de grande que Birdlip, estaba justo en el bonito corazón de los Cotswolds y tenía dos razones para estar allí. Emmeline conocía una de ellas y sentía muchos remordimientos por no haberle contado la otra.

Tener a los niños en Winnover, haber planeado esto juntos, había cambiado algo más que sus rutinas cotidianas. Antes, sus vidas apenas se cruzaban. Ahora charlaban, se miraban y se tocaban con más frecuenca cada día de lo que probablemente habían hecho en los últimos cinco años juntos. Por Dios, anoche llamó a la puerta de la habitación de Emmeline para darle un beso de buenas noches y vaya si lo había sentido. Ella lo deseaba. «A él.» Sin embargo, la falta de paciencia los había perjudicado en el pasado y esta vez pretendía hacerlo bien. Esta vez, el siguiente paso tenía que darlo ella. Y esperaba con toda su alma que lo diera.

Atravesó el centro de Brockworth, giró por una calle lateral y se detuvo frente a un pequeño edificio que albergaba un estanco en un extremo y un despacho de abogados en el otro. Por un momento estuvo a punto de hacer que Topper cruzara de nuevo el pueblo y regresara a Birdlip.

En lugar de eso, exhaló una bocanada de aire y se apeó, enrolló las riendas alrededor del poste de hierro fundido y se encaminó hacia la puerta del abogado. Tenía una pequeña campana en la parte superior, que sonó cuando empujó la puerta y entró.

—Enseguida estoy con usted —dijo una voz masculina desde una de las dos habitaciones traseras alejadas del pequeño escritorio y de las sillas de la estrecha entrada del despacho—. ¿Señora Garvey?

—No —dijo Will, notando el leve olor a tabaco que sin duda cruzaba la separación entre los dos establecimientos.

Oyó que una silla se arrastraba por el suelo y un hombre fornido apareció en la puerta del despacho de la derecha.

—¿Pershing? ¿Will Pershing?

—Hola, Michael —saludó Will, acercándose para estrechar la mano del abogado.

—¡Por Dios, Will Pershing! —Michael Fenmore le estrechó la mano un poco más de lo que la costumbre exigía, antes de señalar una de las dos sillas del vestíbulo—. Siéntate, siéntate. ¿Qué te trae por Brockworth?

—¿Qué tal estáis Caroline y tú? —respondió Will—. Han pasado... ¿cuántos..., dos años..., desde la última vez que hablamos?

—Creo que tres. Estamos bien. El pequeño Patrick tiene ya cinco años. ¿Y Emmeline y tú?

—Estamos bien, gracias —repuso, tratando de librarse de la impaciencia por la charla trivial. Por Dios bendito, la cháchara era su fuerte. Unos cuantos comentarios sin importancia sobre el tiempo o el Derby para crear una base sólida para una conversación más seria. Sin embargo, esta vez los nervios le recorrían los brazos y la espalda y tenía unas ridículas ganas de huir de allí—. Debería pediros a Caroline y a ti que os unáis a nosotros en Londres más a menudo. Ha pasado demasiado tiempo desde Oxford y tú eras un buen amigo.

—Lo mismo digo. Pero no todos deseamos codearnos con los ricos e influyentes. —Michael esbozó una breve sonrisa—. Mi último trabajo fue por los derechos del agua para un agricultor local y me pagó con cerdos.

—Hum. Buenos cerdos, espero.

—Estaban deliciosos. Y bien, ¿qué te trae por Brockworth? Si estás aquí para invitarme a ir de caza contigo, acepto.

—Tendremos que hacerlo. Pero no, no vengo por eso. —Will rezó una rápida oración, aunque no estaba del todo seguro de por qué rezaba. Y eso era lo complicado de todo esto, maldita sea—. En realidad son dos las cosas que me traen aquí. Puede que no te guste ninguna de ellas.

—Bueno, esto es más interesante que solicitar al tribunal que limite el número de gatos que la señora Vendle puede tener en su casa.

—Oh, sin duda es interesante. —Will ocupó uno de los asientos—. Supongo que debería empezar por la historia más larga. Yo... Emmeline y yo tenemos un dilema y he pensado que Caroline y tú podríais ser quienes nos lo resolvierais.

—¿Nosotros dos? —Michael frunció el ceño—. Te escucho.

—Sí. Nosotros... nos hicimos con dos niños y, por diversas razones, no podemos quedarnos con ellos. Caroline y tú sois buenas personas y he pensado que podríais considerar la posibilidad de acogerlos.

Michael se lo quedó mirando.

—¿Me lo repites?

—Hay dos jóvenes huérfanos que viven con nosotros en Winnover Hall. George tiene ocho años y Rose solo cinco. Para serte sincero, son traviesos, inteligentes y maravillosos, y necesitan con desesperación a alguien que los quiera de forma permanente.

—Dejando a un lado la cuestión de cómo habéis acabado con ellos, ¿por qué no os los podéis quedar?

Hasta ahora solo Emmeline, los criados y él —y por supuesto los tres hermanos Fletcher— sabían la verdad y se resistía a incluir a nadie más. Por otra parte, las mentiras empezaban a acumularse y no causaban más que más enredos y problemas. Tomó aire.

—Te lo digo en confianza, Michael. Nadie más que Caroline puede saberlo.

El abogado le tendió la mano.

—Dame un chelín.

—¿Qué?

—O una libra o un centavo. Lo que tengas en el bolsillo. Entonces serás mi cliente y lo que me digas es confidencial.

La mayor parte del dinero que le sobraba había ido a parar a los baúles de los niños, pero encontró un chelín en un bolsillo. Se lo entregó y Michael se lo guardó. Simbólico o no, hizo que se sintiera un poco más tranquilo, aunque no por el intercambio de dinero. Sin conocer más que los hechos a grandes rasgos, Michael había accedido a guardar este secreto y lo había hecho de una manera que no solo era vinculante a nivel personal, sino también legal.

—Gracias.

—Eres mi amigo. Y mi cliente. Ahora, ¿qué ocurre?

Will se lo contó. El acuerdo que Emmeline y él habían firmado, su incapacidad para tener hijos, las mentiras de Emmeline a sus dos familias y los diarios que llevaba sobre sus falsos hijos, la invitación de su abuelo y el viaje a Londres y a St. Stephen. Y la promesa que habían hecho de encontrarles después un buen hogar a George y a Rose.

—No... es en absoluto lo que esperaba oír —dijo Michael en el silencio cuando Will hubo terminado—. Si no te conociera bien, diría que te has vuelto loco.

—Tal vez lo haya hecho. Pero el hecho es que les prometimos a los niños un buen hogar y que pensé en ti y en Caroline. —Cuanto más lo consideraba, mejor le parecían. La única razón por la que no los incluyó entre sus primeras opciones era que había albergado la esperanza de encontrar a los jóvenes un hogar que estuviera a menos de una hora larga de Winnover Hall.

—Will, me pagan con cerdos. No puedo permitirme dos niños más, aunque Caroline estuviera dispuesta.

—Seguro que podrías por mil libras más al año.

El abogado parpadeó.

—Eso es muy generoso.

—Va junto con la disposición de que Emmeline y yo podamos seguir visitándolos de vez en cuando. —La idea de no volver a ver a los niños hizo que se le formara un nudo en la garganta y le doliera el pecho, como si alguien hubiera metido la mano y estuviera intentando arrancarle el corazón.

—Dios, Will, encuentra una manera de quedároslos.

—Lo hemos intentado. Hemos pasado noches en vela tratando de encontrar algo. Tenerlos allí como nuestros sobrinos y no llevarlos a Londres con nosotros para la temporada casi ganó, pero si cualquiera de nuestras familias que los consideran nuestros hijos viniera de visita y decidiera llevarse a los pequeños a Birdlip... Estaríamos perdidos. Es más fácil esconder a los hijos falsos que a los reales.

Michael lo miró durante largo rato.

—Deja que hable con Caroline. Sabe Dios qué dirá, pero haré todo lo posible para convencerla.

Bueno, ya estaba hecho. Suponía que debería haber sido un alivio, pero no se sentía aliviado.

—Gracias —dijo de todos modos.

—Todavía podría decir que no —señaló Michael—. Te enviaré un mensaje. ¿Cuánto tiempo tengo?

—Once días. Necesito una respuesta para entonces.

—La tendrás.

Esto era algo bueno, se recordó Will. Así tenía que ser, y había encontrado gente buena y amable para los niños Fletcher. Pero estas buenas personas necesitaban saber el resto, sobre todo con el favor que pretendía pedir a Michael.

—Sin embargo, hay otra razón por la que no podemos quedarnos con ellos.

—¿Esta sería tu segunda razón para venir?

—Sí. Sin embargo, antes de decírtelo, siento que debo darte más de un chelín. Es... un poco demencial.

—Bueno, ahora debes decírmelo.

—Como he dicho, George y Rose son huérfanos. Pero tienen un hermano mayor. Se presentó en Winnover poco después de que los trajéramos a casa, diciendo que ya era mayor de edad y que quería reclamarlos. Sin embargo, por pura bondad, permitió que nuestro pequeño ardid continuara, por lo que supuse que sería una compensación monetaria más adelante. Pero nos ha estado robando, ordenando a los niños que nos roben objetos de valor, y ha estado vendiendo los artículos en Birdlip y sus alrededores.

Michael dejó escapar un sonido gutural.

—Ah —dijo en voz alta—. Entonces me temo que no puedo acogerlos. No con Patrick en la casa. Es un poco imprudente, ¿no te parece?

—No, no, no. No me has entendido. Queremos deshacernos de James Fletcher y los niños pretenden ayudarnos.

Michael se levantó tan rápido que volcó la silla y se apartó a toda prisa.

—¡No puedo oír esto! ¡Por Dios bendito, estás hablando de asesinato, Will!

—¿Qué? No, no es eso. Siéntate y escucha, Michael. Con atención. Y después dame tu opinión.

Media hora más tarde tenía una especie de acuerdo y ciertas esperanzas renovadas, no solo para los niños, sino también para Emmeline y para él. Por supuesto, era fácil que todo terminara siendo un auténtico desastre, pero había pagado su chelín y mañana comenzaría la nueva representación.

Will volvió con Topper y se dirigió a Winnover Hall. Había llevado a cabo otra negociación con éxito o al menos sus mimbres. Sin embargo, esta negociación era personal, y saliera como saliese, aún podría terminar en desastre.

Aunque mañana tuvieran éxito, les quedaban dieciocho días hasta que empezara la fiesta del duque y quizá cinco después para volver a Winnover, hacer las maletas de los niños y llevarlos a su nuevo hogar. Tenía intención de aprovechar al máximo esos días. Una vez que encontrara la manera de decirle a Emmeline que había hecho lo que ella no había sido capaz de hacer, claro estaba.

Incluso tras un mes de sorpresas diarias, esa mañana tenía muchas posibilidades de alzarse con el trofeo. Emmie paseó la mirada por el salón privado de la Posada de la Rosa Azul. El personal de Winnover, algunos amigos escogidos, un desconocido, y todos ellos juntos eran la última esperanza de arrancar a George, Rose y Winnover Hall de las codiciosas y peligrosas garras de James Fletcher.

—Señor Pershing, ¿está seguro de que esto es absolutamente necesario? ¿Señora Pershing? —El granjero Harry Dawkins tiró del chaleco carmesí que ceñía su cuerpo. Le quedaba demasiado justo, pero si seguía tirando de la ropa bien podría arrancarla antes de que pudiera ser de alguna utilidad.

Emmie le sonrió.

—Me temo que es necesario, señor Dawkins. Y Will y yo le agradecemos mucho que haya accedido a ayudarnos. No podríamos hacer esto sin usted.

—Usted tiene sirvientes en abundancia en Winnover. ¿No podría uno de ellos hacer esto? Quiero decir, es rojo.

—Lo es, en efecto —aceptó ella, entregándole otra prenda prestada del armario de Will, esta vez un abrigo azul marino. Rojo y azul, los colores de la Patrulla de la Policía Montada de Bow Street. Es lo más parecido a un uniforme oficial. Y James Fletcher conoce a todos los miembros de nuestro personal. Para empezar, es la razón por la que estamos aquí en la posada.

—Lo entiendo. Lo que pasa es que... no me gustan mucho las pantomimas y esas cosas. No quiero estropearlo todo.

Will se acercó y le dio una palmada en el hombro.

—No se lo habríamos pedido si no creyéramos que podía ayudar. El señor Allen tomará la iniciativa. Solo tiene que respaldarlo, como si fueran auténticos agentes de la ley.

Emmie siguió la mirada del granjero hacia el señor Francis Allen, abogado, sentado en la larga mesa de la posada con su socio, Michael Fenmore.

—Tanto el señor Allen como su socio son eruditos en leyes, señor Dawkins —adujo—. No está haciendo nada malo y está ayudando a liberar a dos niños inocentes de las garras de un ladrón y un malhechor.

El granjero se irguió.

—Haré todo lo que pueda. No es difícil imaginar que mis pequeños se vean envueltos en algo antes de que Jenny y yo podamos impedírselo.

Hannah se levantó de un salto de su asiento en el rincón, con otro chaleco rojo sobre el brazo.

—Ya está todo. Espero que sea suficiente; no tengo mucha experiencia con las prendas de caballero.

El señor Allen aceptó la prenda y le dio las gracias mientras se la ponía encima de su camisa blanca.

—Me queda bien, señorita Hannah —dijo—. Le doy las gracias. —Le lanzó una mirada a su socio—. Si ayer alguien me hubiera dicho que hoy haría de agente de Bow Street, me habría reído de él.

Esperaba que Allen no se lo estuviera pensando también. Si perdían a los dos agentes, tendrían que pedírselo al posadero, y Arnold Highwater no cabría en ninguno de los dos chalecos.

—Le estamos muy agradecidos, señor Allen —dijo Emmie.

—No se preocupe, señora Pershing —repuso el corpulento abogado con una breve sonrisa—. Se me dan muy bien la pantomima y las charadas. Y siempre estoy dispuesto a defender una buena causa.

—Bueno, Harry —dijo el señor Pershing, entregándole al granjero el par de grilletes que habían pedido prestados al agente de policía local, un favor que les había costado una de las tartas de la señora Brubbins, y dándole la llave al señor Allen—, ¿está seguro de que no ha visto a James Fletcher por el pueblo o deambulando por sus campos?

—Estoy seguro de ello, señor Pershing. Usted me lo ha descrito y nunca he visto a nadie así. Lo sabría si hubiera un desconocido vagando por mi trigo. Tenemos más que suficientes pares de ojos para eso.

Will sonrió.

—Entonces hemos repasado sus papeles; Harry, usted es el señor Dawkins, y el señor Allen es... el señor Allen. La Patrulla de la Policía Montada de Bow Street.

—¿Importa que no tengamos caballos? —preguntó el señor Dawkins, acomodándose un sombrero de castor negro en la cabeza. El sombrero de copa era demasiado elegante para un agente de Bow Street, pero el de Will era el único guardarropa que tenían para que usara el granjero.

—Fletcher supondrá que los has dejado fuera de la vista en algún lugar. Solo ha de mostrarse seguro y severo y hacer lo que hemos ensayado.

Mientras el señor Allen se enderezaba el abrigo, Rose se guardó los gemelos que le había dado Will y se acercó a Michael Fenmore. El abogado apenas había dicho una palabra desde su llegada esa mañana y en su lugar se había sentado a la mesa para rellenar unos papeles de aspecto oficial.

—Soy Rose —dijo.

—Hola, Rose —contestó el hombre fornido con una cálida sonrisa—. Soy Michael Fenmore, que hoy interpreta el papel de Michael Shavely.

—Oh. ¿Eres el hermano de Peter Shavely? Porque James odia a Peter Shavely. Shavely lo atrapó y lo arrojó en la gran mazmorra de piedra.

—Se está haciendo pasar por el primo de Shavely —dijo Emmie, tomando la mano de la chica y llevándola de vuelta con su hermano—. No queríamos confundirte, porque lo único que tienes que saber es que cuando aparezcan el señor Dawkins, el señor Allen y Will, tienes que correr hacia Billet.

—Puedo correr muy rápido.

Will sacó su reloj de bolsillo por enésima vez al menos desde que se habían reunido en el único salón privado de la posada, la única señal evidente de sus nervios.

—Si todos están cómodos con sus papeles, deberíamos empezar —dijo, cerrando el reloj de nuevo.

—Sí, acabemos con esto —dijo Emmie, reprimiendo un escalofrío. Todas las piezas tenían que encajar o estarían perdidos—. George, tú, Rose, Hannah y yo llevaremos el carruaje a la casa. A mi señal, Powell le dirá a James que quieres reunirte con él en el establo para darle allí tus trofeos.

El muchacho asintió, con una expresión más seria de lo que Emmie estaba acostumbrada a ver. Había visto cosas horribles en su vida, pero George seguía siendo un muchacho con una educación deficiente y sin la suficiente edad o sabiduría para decidir el curso de su propia vida. El hecho de que hubiera elegido ayudarlos lo decía todo.

—Lo haremos, pero tened cuidado —dijo George, agarrando a su hermana de la mano y dirigiéndose a la puerta—. James no quiere volver a la mazmorra de piedra. A la grande.

—Subiremos por la colina detrás del establo —prosiguió Will—. Si por casualidad nos ve, dará por hecho que es allí donde nuestros agentes dejaron sus caballos. Emmeline, danos diez minutos después de que vuelvas a Winnover y luego envía a los niños.

Emmie asintió. Después de la tragedia que había estado a punto de suceder en el estanque, no le cabía la menor duda de que James Fletcher podía ser peligroso. Solo esperaba que al intentar deshacerse de él tal y como los niños querían, en lugar de hacerlo a través del magistrado, no acabaran haciendo que alguien, sobre todo Will o los niños, saliera herido.

—Es solo otro cuento —dijo, brindándole una sonrisa—. Y eso se nos da de maravilla.

Cuando las mujeres y los niños se marcharon, Will tomó aire. Si hubiera tenido más tiempo, podría haber hecho venir a uno o dos amigos de Oxford, pero cada día de más que Fletcher permanecía en Winnover significaba una mayor amenaza para el futuro de los dos niños pequeños y de la finca que se había convertido en el centro de toda la vida de Emmeline. Tenía que ser Harry Dawkins, o alguno de los otros granjeros que, por casualidad, nunca se habían cruzado con Fletcher en Birdlip ni en los alrededores.

Sin embargo, Harry seguía pareciendo paralizado y eso no podía ser. Antes de que a Will se le ocurrieran más palabras de apoyo, Francis Allen se acercó al granjero.

—Lo hará bien —dijo en voz baja—. Yo tomaré la delantera y usted me seguirá.

Dawkins asintió, la nuez se movió en su cuello al tragar saliva.

—Haré lo que pueda. Aunque no esperaba que el futuro de Winnover estuviera en mis manos.

Por el amor de Dios. Este era el futuro de Winnover Hall. Will le indicó el camino para salir por la puerta lateral de la posada mientras trataba de sosegar su respiración y el abrupto palpitar de su corazón.

—Nos vemos en media hora, Michael.

—Allí estaré.

Llegaron debajo del establo en doce minutos. Después de asentir una última vez, Harry Dawkins se coló dentro por la puerta trasera del edificio mientras Francis y él daban la vuelta para acercarse desde la casa. Michael haría su aparición más tarde, cuando tuvieran acorralado a Fletcher.

Más adelante vio a los niños con su hermano frente a la puerta principal del establo. De repente, James agarró a George por el cuello y lo zarandeó.

—¿Ahora te crees mejor que yo? ¿Porque sabes deletrear «poni»? ¿Porque crees que robar mierda es diferente a robar objetos de valor? No hay ninguna diferencia, Georgie. —Enderezó el brazo y empujó a George al suelo—. A los Pershing no les importa un bledo ninguno de los dos. En cuanto termine todo esto y tenga lo que quiero, volveréis a St. Stephen.

—¡Basta! —gritó Rosie, acuclillándose junto a George.

«Ya era más que suficiente.» Will echó a correr con Francis Allen a su lado.

—Bueno, ¿qué pasa aquí? —bramó el abogado.

—¡Maldición! —dijo James mientras se erguía de golpe, con la cara cenicienta. Se esforzó por guardarse las joyas en los bolsillos y retrocedió hacia la puerta abierta.

—¿Va a alguna parte?

El joven se dio la vuelta cuando Dawkins apareció en la puerta. James maldijo al tiempo que giraba de nuevo y trató de agarrar a Rose de la falda mientras George y ella corrían hacia Billet, que les hizo rodear a toda prisa la parte trasera del establo y los llevó de vuelta a la casa.

Will se adelantó para hacer tropezar al muchacho, esperando en parte que Fletcher se resistiera, mientras el señor Allen lo empujaba al suelo. Antes de que pudiera volver a levantarse, Dawkins se abalanzó sobre él como un gato salvaje. El abogado recibió una patada en la rodilla antes de que el granjero pudiera sacar los grilletes de su bolsillo, pero ninguno de los dos dudó.

—Sujételo, señor Dawkins —gruñó Francis, intentando agarrarle un brazo.

Con sorprendente destreza, Harry Dawkins ajustó las esposas alrededor de las muñecas de James Fletcher. Deberían haberle esposado los brazos a la espalda, pero tenían a Fletcher y eso era lo que necesitaban. El señor Dawkins levantó a Fletcher de un tirón mientras el señor Allen hacía ademán de guardarse la llave de los grilletes.

—¡Quieto! —ordenó Francis.

—¡Solo cogí lo que los mocosos me dieron! —gritó Fletcher, incorporándose.

El abogado titubeó. Se suponía que debían mencionar los malos acontecimientos de Londres, pero al parecer Francis había perdido el hilo. Will se acercó, intentando dar con la manera de ponerles de nuevo en el buen camino sin delatar el juego.

—¿Cree que haríamos un viaje a caballo de un día desde Londres por unas joyas? —exigió Harry Dawkins, poniendo al chico en pie antes de que Will pudiera decir nada—. Llevamos un tiempo siguiéndolo, James Fletcher. Fue una suerte que un mensajero llegara ayer a Bow Street y nos dijera dónde se ha estado escondiendo.

«¡Gracias a Dios por el granjero!»

—Agradezco que hayan llegado tan pronto, señores —añadió Will.

—¡Diles que me suelten o empiezo a largar! —le gritó James.

Will se detuvo frente a él. Había estado esperando esta parte.

—Joven, hace tiempo que apoyo los esfuerzos de Londres en materia policial y judicial. Puedes decir lo que quieras, pero me siento en la obligación de advertirte que cualquier cosa que digas puede ser utilizada por estos caballeros como prueba de tu actividad delictiva en curso. Y por lo que he sabido, has hecho mucho con anterioridad. No se han olvidado de ti como esperabas.

—Ha secuestrado a mis hermanos. —James trató de zafarse, pero el abogado lo agarró del hombro.

Por supuesto que esa sería la parte en la que suplicaría, pero todos conocían la historia lo bastante como para que el muchacho no despertara la más mínima simpatía.

—¡Cállate!

—Los Pershing han estado mintiendo al duque de Welshire sobre que tenían hijos, por eso se llevaron a Rose y a George del orfanato. Además pagaron por utilizarlos.

—¿Pagaron por los niños? —preguntó Harry, el señor Dawkins.

—Sí. Pagaron por ellos.

—Entonces no parece que sea un secuestro, ¿verdad, señor Allen?

El señor Allen negó con la cabeza.

—Eso parece, señor Dawkins.

—¡Lo fue! ¡Y mintieron! ¡Debían tener hijos para conservar la casa y no los han tenido!

—Los asuntos de la aristocracia no son de mi incumbencia —dijo Francis, recordando su diálogo—. Usted sí, James Fletcher. Se le liberó de prisión para que cumpliera un acuerdo. No lo hizo. De hecho, ha vuelto a robar. Un hombre no se cruza con el magistrado y escapa de la justicia.

—¿Fletcher? No soy Fletcher. Soy Reed. James Reed. Pregúntele a cualquiera de estos granujas.

Dawkins resopló.

—Ya, ya. Venga. Se quedará en el establo hasta que llegue.

—¿Quién? Por Dios, ¿quién?

Francis sonrió de forma macabra. «Un buen detalle.»

—Pronto lo descubrirá.

El granjero y él arrastraron a Fletcher al establo y lo sentaron en un taburete.

—¡Tengo información! —gimió el muchacho mientras Will y Harry Dawkins salían del edificio.

El granjero hizo una pausa.

—Bien. Veremos si esto le salva el pellejo.

Eso no lo habían ensayado, pero maldita sea si no disfrutó al escuchar al granjero decirlo. Will le dio una palmada en la espalda al señor Dawkins mientras se dirigían a la casa.

—Tal vez tenga un poco de sangre de actor corriendo por sus venas.

—¡Ja! Después de esto, no pienso volver a hacer una pantomima jamás.

21

Will se puso en marcha. Podía ser un equilibrio delicado, la diferencia entre dar a un hombre el tiempo suficiente para entrar en pánico y el necesario para utilizar otra estrategia.

—Ha pasado una hora —repuso, apartándose de la ventana—. No creo que debamos esperar más.

—Señor Pershing, este ha sido un día que no olvidaré —dijo Harry Dawkins, con el sombrero de castor prestado en una mano mientras volvía a tirarse del chaleco rojo—. Pero estoy preocupado por el señor Allen, que está a solas con ese tipo.

—Bueno, supongo que me toca a mí. —Michael Fenmore, sentado en la pequeña mesa de la sala de la mañana, cerró su cartera de cuero—. Todavía no sé cómo me convenciste para hacer esto ni cómo convencí yo a Francis, pero acabemos de una vez —sentenció.

Will asintió y señaló al granjero.

—¿Harry? Señor Dawkins, ¿podría guiarnos?

—Por supuesto, señor Pershing. No permitiré que se diga que Harry Dawkins no hizo lo que le tocaba por Winnover Hall.

Fue un golpe de suerte que tuviera un chaleco rojo y un viejo abrigo azul, que Michael tuviera un abrigo similar y que hubiera suficiente trozo de esa vieja cortina roja en el desván para que Hannah pudiera confeccionar un segundo chaleco para Francis. De hecho, todo el personal se había apresurado a apoyar su plan, sin una queja. La señora Brubbins, que tenía un sobrino en Bow Street, había sido de especial utilidad. Todo esto por parte de un respetado y respetable personal de servicio que él consideraba cumplidor, disciplinado y discreto. Últimamente parecía que todo el mundo le reservaba una sorpresa.

Se dirigieron a la cocina y a la entrada del servicio. Unas semanas antes le habría parecido una idea descabellada, y aún lo era. Pero tampoco habían sido capaces de idear un plan mejor. Y después de ver a James yendo tras George y Rose incluso después de que lo hubiera advertido, Will estaba deseando perder de vista al joven señor Fletcher.

Cuando entraron en la cocina, Emmeline y los niños estaban sentados a la mesa junto con Hannah y con Billet mientras la señora Brubbins ponía un plato de galletas en la mesa y Powell estaba al acecho. Su esposa, la que podía compaginar un calendario social con la organización de una velada en honor al primer ministro, había sido igual de hábil a la hora de planificar esta representación. Su imaginación se había vuelto tan hipnótica como el resto de ella.

Will dejó sus pensamientos a un lado. Ya habría tiempo para comérsela con los ojos más tarde.

—¿Estáis bien? —preguntó, mirando a George—. Habéis representado vuestros papeles de forma magnífica.

—Somos magníficos —convino Rose, tomando con delicadeza dos galletas de la bandeja—. Sobre todo yo.

—¿No os arrepentís?

—Todavía no ha pasado nada. —George cogió cuatro galletas para él, pero claro, los dos pequeños habían tenido una mañana difícil.

—Pero no le quite la vista de encima, señor P..., papá.

—No lo haré. Quedaos aquí hasta que vuelva.

—¿Y si este plan tuyo sale mal, Will? —susurró Michael mientras salían de la casa y se dirigían al establo—. Nunca has sido de los que apuestan.

—Hoy sí.

—Oh. Estupendo.

Qué extraño que él, que había ayudado a crear niños de mentira, fuera el único que se interpretara a sí mismo en este teatrillo. Sí, estaba acostumbrado a representar una especie de papel durante sus negociaciones, pero aquí no se trataba de un canal ni de un puente. Se trataba de Winnover y más aún de Emmeline y de esos dos niños. Cuatro años más bajo el liderazgo de James y todos acabarían en Newgate. O algo peor. No podía permitir que eso ocurriera, del mismo modo que no permitiría que la mala suerte o las circunstancias expulsaran a Emmie de su amado hogar.

Entró en el establo.

—Gracias de nuevo por haber llegado tan rápido, señor... Lo siento, ¿cómo se llamaba? —preguntó por encima del hombro.

—Shavely —dijo Michael Fenmore—. Michael Shavely.

El chico, que estaba sentado en un taburete en el rincón, emitió un sonido muy parecido a un gemido. Sin embargo, Will no sentía compasión por él. Lo estaban tratando mejor de lo que merecía y James podía agradecérselo a George y a Rose.

—Eso es. Shavely —dijo—. Le pido disculpas; han sido unos días de mucho ajetreo.

—Sin duda. —Michael hizo un gesto a Francis, que de forma servicial acercó otro taburete—. Así que usted es James Fletcher —dijo el abogado, sentándose frente al joven y haciendo ademán de abrir su cartera—. Antes de que su nombre pasara por mi mesa el día de ayer, pensaba que sería una de esas personas de las que uno lo sabe todo, pero a las que nunca les pone los ojos encima. Me alegro de haberme equivocado en ese sentido.

—Soy James Reed —dijo James, con el rostro ceniciento—. No sé quién es ese tal Fletcher. Y a usted no lo conozco.

—Por supuesto que no me conoce —continuó Michael Fenmore—. Soy primo de Peter Shavely. Es a él a quien conoce. De hecho, su desaparición después de que accediera a informar en su lugar es la razón por la que el tribunal de primera instancia comenzó a investigar sus... actividades.

—Yo no...

—Guarde silencio. —Michael miró al chico, casi como si James fuera una idea tardía—. Resulta que Peter volverá a Inglaterra dentro de seis meses. Sin duda es un cabo suelto que él..., que nosotros..., quisiéramos corregir. Por así decirlo.

—Tengo información —adujo James, con el sudor goteando de su largo y descuidado cabello—. Sé que los Pershing violaron las condiciones de su acuerdo con el duque de Welshire y puedo decirle cómo.

Michael miró a Will, enarcando una ceja.

—¿De veras?

El chico se inclinó hacia delante.

—Sí. Le diré todo lo que sé si me quita estos grilletes.

El abogado se dio una palmadita en el bolsillo del pecho de forma deliberada.

—Bueno, resulta que el señor Pershing y yo hemos hablado. Largo y tendido. Y digamos que esparcir habladurías sobre sus superiores, sobre todo cuando no tienen interés en que se divulguen habladurías sobre ellos, es una muy buena manera de que un joven insensato acabe en el Hospital Bethlem, ya sabe.

James se levantó de golpe.

—¿Bedlam? ¿Me enviaría a Bedlam?

—Supongo que eso depende de usted. Imagino que si sigue esparciendo cotilleos sin parar podría acabar en Bethlem o en una de sus instituciones homólogas.

Will observó a James mientras asimilaba esa parte de la información. Impedir que cotilleara era el objetivo principal, pero resultaba igual de vital que James Fletcher se marchara.

—Si no quiere que hable, no hablaré. Lo juro. Pero suélteme.

—Otra vez es usted un iluso —Michael se puso de pie—. Señor Pershing, me pregunto si sería tan amable de invitarme a una taza de té antes de que emprendamos el regreso a Londres.

—Sería un placer, señor Shavely —respondió Will.

—Muy bien. —Michael sonrió—. Señor Dawkins, sea tan amable de ir a Birdlip y preguntar si las autoridades tienen un carro policial que puedan prestarnos. Y tal vez uno de sus vigilantes, para que podamos devolvérselo una vez que hayamos entregado a este tipo a Newgate.

El granjero hizo un saludo militar, lo cual no era del todo correcto, pero lo hizo con tal entusiasmo que parecía natural.

—De inmediato, señor Shavely.

Francis Allen se quedaría solo con James una vez más. Si el abogado hacía lo que habían hablado no le pasaría nada, pero siempre cabía la posibilidad de que algo saliera mal. «Fe», se repitió Will. O suerte. Hasta el momento, hoy los había acompañado.

Cuando el granjero salió, Will le hizo una señal a Michael.

—Por aquí, señor Shavely. Y tal vez podamos hablar de proyectos futuros de los que podamos beneficiarnos mutuamente.

—Encantado, señor Pershing.

James Fletcher los vio partir. Estaba acabado, de nuevo. Peor que antes. Ya podía admitir que se había pasado de la raya al pensar que podía enfrentarse a un tipo rico que conocía al primer ministro y podía pagar a magistrados y abogados para que hicieran lo que quisiera, aunque eso significara encerrar a alguien en Bedlam con los locos.

«¡Maldita sea!» No era tan tonto como para pensar que George podría entrar en el establo y salvarlo. No después de haberlo arrojado al estanque, aunque solo lo había hecho para darle una lección. Tal vez Rose lo ayudara si le prometía un gatito o algo por el estilo, pero no podía contar con ello. Eran unos inútiles y unos malditos llorones. No, no podía contar con nadie más que consigo mismo y él ya había demostrado ser una decepción.

Debería haberse conformado con quedarse en Winnover Hall, comiendo carne de ternera, de cerdo y faisán. George tenía razón. Debería haber sido paciente y al final haber pedido cien libras para ayudarlo a cuidar a los pequeños. Después de eso, podría haberlos dejado en cualquier parte; en Londres otra vez, en York o dondequiera que estuviera cuando decidiera que no podía soportar más sus preguntas ni las fantasías de Rose.

El corpulento agente, el señor Allen, se quedó en el establo, así que no podía levantarse y echar a correr. Sobre todo con los grilletes en las muñecas. Odiaba esas cosas.

—¿Usted no quiere tomar un poco de té? —preguntó.

Allen resopló y se apoyó en la pared del fondo.

—Gracias a ti voy a conseguir una buena gratificación del mismísimo Richard Birnie. No eres muy popular en Bow Street. —El señor Allen echó un vistazo a su alrededor—. Pero me pondré cómodo. Shavely podría tardar un rato en tomarse el té.

Allen acercó el segundo taburete más a la pared y se sentó, inclinándolo hacia atrás sobre dos de sus tres patas. Si James hubiera sido un poco más alto, habría podido tirar el taburete de una patada, golpear al buitre en la cara y largarse con la llave de los grilletes. Pero incluso su tamaño estaba en su contra hoy. «¡Santo Dios!»

Allen se bajó el sombrero de castor sobre los ojos y cruzó los brazos sobre el pecho. «¡Maldita sea!» Casi era pan comido, estaba tan cerca de escapar de Bow Street y del magistrado. James trató de liberar sus manos a escondidas, pero los grilletes le apretaban demasiado. Había crecido un poco desde la última vez que había llevado esos puñeteros trastos.

Algo se estrelló contra la pared trasera del establo, con tanta fuerza que cayó algo de heno del pajar. El agente se levantó de un salto y estuvo a punto de tropezar.

—No te muevas —le ordenó a James, y salió corriendo mientras el sonido se repetía. Al salir, dio un puntapié a algo y lo mandó al rincón más próximo. Algo que sonaba a metal.

Casi sin atreverse a respirar, con un ojo puesto en la puerta, James se arrodilló y buscó a tientas en el oscuro rincón. «La llave.» Al agente se le había caído la maldita llave. La cogió y giró la muñeca izquierda hasta que pudo alcanzar el cierre. Al cabo de un segundo, estaba libre.

James dejó los grilletes en el suelo, se agachó, asomó la cabeza por la puerta y corrió hacia el bosque en cuanto vio que estaba despejado. Se mantuvo encorvado, esperando oír el disparo de una pistola, esperando oír un silbido o a alguien gritando y sentir una bola de plomo caliente perforándole la espalda. Pero no sonó ninguna alarma, nadie le disparó, y siguió corriendo.

Ya no podía ir a York porque se lo había mencionado a los mocosos. Manchester le serviría, o Sheffield, aunque un lugar como Newcastle le daría acceso a un puerto y al mar, y a todo lo que había más allá.

Sí, Newcastle serviría. Y George y Rose podrían ir a montar en sus ponis hasta que los Pershing los enviaran de vuelta al orfanato, poco le importaba. Ahora era libre y quería seguir siéndolo.

Billet volvió a entrar en la cocina.

—Se ha marchado, señor Pershing —informó el mozo—. Se dirige al norte a toda velocidad. Dudo de que se detenga hasta que llegue a Escocia.

George tomó aire y continuó engullendo galletas. Los adultos parecían pensar que Rosie y él se sentirían mejor si tenían todos los dulces que quisieran y no pensaba discutírselo. Sin embargo, si debía sentirse mal por haber ayudado al señor P y a sus amigos a asustar a James, no era así. Más bien se sentía aliviado. Volvían a estar solos Rosie y él, como debía ser. Era más fácil, y sin nadie que los obligara a hacer cosas que los pusieran en peligro.

Y lo mejor de todo es que James podía cargar con la culpa de todo. Por las joyas ya desaparecidas, por los pájaros que Rosie seguía encontrando, y por todos los utensilios, monedas, jarrones y candelabros.

—¿Le has devuelto el collar y los gemelos? —preguntó con la boca llena.

El rostro del granjero se sonrojó y rebuscó en el bolsillo del abrigo azul prestado, que le quedaba demasiado holgado en los hombros.

—Les ruego que me disculpen, señor y señora Pershing. Aquí están.

La señora P aceptó lo que el granjero le daba, sonrió y le puso una mano en el hombro.

—Gracias, señor Dawkins, y por favor no se angustie. Me habría desprendido con gusto de todas estas cosas a cambio de que se fuera. Le debemos mucho. —Entonces su sonrisa desapareció y se volvió para mirar a George y a Rose de nuevo—. Aunque lamento que no hayamos podido solucionar las cosas de otra manera.

—Si hubiera sido honesto sobre sus razones para venir, podríamos haberlo ayudado a encontrar un trabajo honrado —añadió el señor P, tomando la mano de su esposa. La tocaba mucho más ahora que cuando conocieron a los Pershing en Londres. A ella parecía gustarle.

George sacudió la cabeza.

—No quería encontrar trabajo. Lo único que siempre quiso era lo que podía quitarles a otras personas y nunca vigiló a Rosie tan de cerca como debería haberlo hecho. Quizá lo eche de menos, pero no quiero volverle a ver. Solo queremos cumplir nuestra parte del acuerdo para que nos busquen una buena familia.

Todos sonrieron y asintieron, porque eso era lo que querían oír.

Así que su hermana y él seguirían aprendiendo sus clases y escondiendo sus objetos, y luego, cuando hubieran visitado al duque y salvado Winnover para los Pershing, podrían ir a donde él quisiera, Rosie estaría a salvo y él no tendría que ser un chico veterano, un criador de cerdos ni un tipo despreciable al que ni siquiera le importaba su propia familia.

22

Emmeline echó un vistazo al salón. Incluso habiendo recuperado una buena parte de sus joyas, algo seguía fallando. La habitación empezaba a parecer desnuda, con solo el reloj y un único candelabro en la repisa, y en la estantería más cercana a la puerta no quedaba nada más que tres libros sobre observación de aves. En un principio, estaban acompañados por una talla de ébano de un cuervo, pero ese elemento decorativo había seguido el camino de muchos objetos transferibles de la casa.

No tenía ni idea de cómo se las habían arreglado los niños para esconderlo todo. Desde luego, no cabía todo junto en sus baúles y dudaba de que James Fletcher hubiera podido transportar esa cantidad de objetos sin que se notara.

Y más desconcertante aún era que ningún miembro del personal había dicho una palabra sobre los objetos desaparecidos. Ni las sirvientas, ni los lacayos ni Powell, que había apoyado de forma enérgica la marcha de dedos largos James de la casa. Era posible que creyera que todos los robos habían sido obra de James, pero las desapariciones habían comenzado mucho antes de su llegada.

Igual de extraño que algunas cosas desaparecían y volvían a aparecer uno o dos días después. En cualquier caso, el plan que Will y ella habían urdido para ignorar los robos con la esperanza de que, tras la marcha de su hermano, los niños dejaran de robar no había tenido ningún éxito.

Will entró en el salón. Se había vestido para la noche, al igual que ella, y su chaleco verde oscuro y gris resaltaba el verde de sus ojos de manera impresionante.

—Buenas noches —dijo ella, poniéndose de pie para ofrecerle una reverencia.

Él le correspondió con otra.

—Buenas noches, Emmeline. Estás muy guapa. Diría que el púrpura es sin duda tu color.

Le gustaba el resplandor del vestido de gala púrpura y negro, con un corpiño ceñido bajo sus pechos, cuajado de pedrería, que se abría en una vaporosa falda. Por eso lo había elegido para esta noche y para el día de la fiesta de su abuelo.

—Gracias. ¿Alguna señal de los niños?

—Todavía no. Imagino que tardarán un poco; oí a Rose quejarse de que necesitaba más cintas en el pelo cuando pasé por su puerta.

—Supongo que es mejor descubrir ahora cuántas cintas va a necesitar en lugar de tener que esperar hasta que hayamos viajado a Welshire Park. —Esa era la razón principal de la cena formal de esa noche; los niños necesitaban una comida completa para practicar. Se trataba de un ensayo y, con un poco de suerte, saldría bien. El tiempo era lo único que seguía avanzando sin importar sus progresos y las demás trabas que seguían presentándose.

Will le indicó que volviera a tomar asiento y se acomodó a su lado.

—Nos vamos en una semana y todo está muy tranquilo. Empiezo a creer que podemos conseguirlo.

—Eso espero —dijo Emmie—. Han estado trabajando muy duro. Y han ayudado con James; creo que sí quieren una vida mejor.

—Al igual que yo —convino, asintiendo—. Pero no son los únicos que han trabajado para llevar todo esto a buen puerto. Tú me sigues asombrando, Emmeline.

Se le encendieron las mejillas.

—Lo mismo que tú, aunque he de decir que la destreza de Rose con el estoque me parece caótica, en el mejor de los casos —repuso.

Will se rio.

—Es tan probable que hiera a un aliado como a un enemigo. Pero lo hará con mucho entusiasmo.

Will le asió la mano, entrelazando sus dedos con los de ella. Un cálido y profundo cosquilleo comenzó a recorrerla en silencio a modo de respuesta. En el pasado fue su compañero de juegos, de aventuras, y luego alguien a quien creía poder utilizar, siempre y cuando la ayudara a conseguir lo que quería. Y habían tenido que pasar ocho años para que empezara a darse cuenta de que ambos habían cambiado, que ambos habían crecido y que le gustaba mucho el hombre en el que se había convertido.

—Esta mañana he escrito un párrafo con palabras que he estado trabajando con George y lo ha leído de manera perfecta —dijo—. Y está aprendiendo a pronunciar las palabras que no conoce. No envidio al próximo adulto que intente criticarlos a él o a Rose por escrito.

—Eso me lleva a otro tema —dijo despacio, haciendo una pausa mientras un trueno retumbaba en la casa—. Sabes que nos hemos quedado sin residentes locales a los que consultar sobre la acogida de los niños.

Eso no era una pregunta, pero Emmie sabía cuál era la pregunta.

—Es que no... Quería intentar pedirle de nuevo ayuda al padre John, pero..., todavía no confío mucho en su criterio para encontrarles una familia a los niños. —Exhaló un suspiro—. Pero no solo nos hemos quedado sin vecinos, sino que además nos hemos quedado sin tiempo. Le enviaré una nota por la mañana.

—Emmeline, y...

—Prometimos encontrarles unos padres —lo interrumpió—. Está en el acuerdo. Es que... aún no me he puesto con esa tarea en particular. —¿Cómo podía explicárselo? Ella, cuya intención había sido la de deshacerse de los huérfanos una vez que hubieran cumplido con su parte, no era capaz de dar ese último paso. Una vez que lo hiciera, tendría que poner una fecha al final de este experimento. A este tipo de vida diferente que le gustaba más de lo que creía posible. A una vida mucho más interesante que la que había inventado en sus diarios—. De hecho, he estado pensando —continuó—. No tenemos que volver a Londres hasta febrero. Eso nos daría mucho más tiempo para encontrarles el lugar perfecto. Dudo de que St. Stephen se oponga. De todos modos, no teníamos intención de devolverlos allí casi desde el principio.

—Quiero estar de acuerdo contigo —dijo al cabo de un momento—. Pero si los tenemos aquí hasta Navidad, no sé si mi corazón podría soportar verlos partir. —Will tomó aire—. Supongo que no es algo muy varonil, pero como quiero que se queden, cuanto antes se vayan, mejor.

Emmeline deseó no saber exactamente a qué se refería.

—Me he encariñado mucho con ellos —susurró. Si lo hacía un poco más alto, se pondría a llorar.

Ni siquiera podía decir cómo o cuándo había sucedido. El día que visitaron St. Stephen, consideró a George y a Rose como un regalo del cielo, unos pobres niños a los que Will y ella podrían mimar y devolver a Londres con un montón de buenos recuerdos. Cinco semanas más tarde se habían convertido en pequeños y astutos bribones que robaban todo lo que no estaba clavado, tal vez para financiar su inevitable huida de la casa. Y al mismo tiempo, se habían vuelto contra su propio hermano cuando este los amenazó con llevarse incluso las cosas que sí estaban clavadas. Tal vez aquello tuviera sentido algún día, pero hoy simplemente estaba... agradecida.

Eran inteligentes y astutos y mucho más sabios de lo que ella era a su edad. Se consideraban autosuficientes e independientes, y no sabía si temer más por ellos o por Inglaterra si volvían a sus anteriores vidas de pequeños robos y de esconderse en los sótanos de las iglesias.

Sin embargo, ese era el problema. Tenía muchas esperanzas puestas en ellos. Quería que les ocurrieran cosas buenas. Quería que tuvieran unos padres que los quisieran, que se preocuparan por ellos y que pudieran garantizarles una vida segura, feliz y cómoda. Y con cada fibra de su ser se negaba a pensar en la siguiente frase, la que fusionaría todo eso, porque eso nunca podría ocurrir. Era imposible. Aunque su madre se hubiera equivocado al decir que no estaba destinada a ser madre, Emmie había creado aún más circunstancias para hacerlo imposible.

Cometió un error cuando empezó con sus mentiras; creó unos niños sobre el papel y en Londres, pero no lo llevó a su vida en Gloucestershire. Solo habría tenido que comprar algo de ropa infantil en Birdlip, incorporar un poni o dos al establo, mencionar de vez en cuando durante una de sus cenas en Winnover Hall que los niños querían asistir, pero que les había prometido un viaje a la feria en su lugar. No habría hecho falta nada más.

Conocía a varias parejas a nivel social, sabía que tenían hijos, pero no conocía a los jóvenes. No había ninguna razón por la que no pudiera haber creado a sus hijos de la misma manera, y entonces George y Rose podrían haberse quedado.

—Les he encontrado una familia —dijo Will, rompiendo el silencio, y ella levantó la cabeza para clavar la mirada en él mientras todos los pensamientos colisionaba entre sí dentro de su cabeza.

—¿Qué? —jadeó, recordando a duras penas que debía bajar la voz.

—Es posible que haya encontrado una familia —se corrigió—. Michael y Caroline Fenmore. No fui a verlo solo para conseguir su ayuda con James.

—Pero está en Brockworth. Eso está a una hora de distancia.

—Sí, así es. Pero los Fenmore son una buena pareja. Su hijo, Patrick, tiene ahora cinco años. Brockworth es un pueblo lo bastante pequeño como para que los niños no puedan desaparecer en él. La familia no es rica..., algunos de los clientes de Michael le pagan con cerdos..., pero le dije que estaríamos dispuestos a sufragar los gastos de incorporar dos niños a su hogar con un estipendio anual de mil libras.

—No me lo has consultado. —A pesar de todo el ruido que había en su cabeza, esa afirmación era la más ruidosa—. Simplemente fuiste y los regalaste.

—Emmeline, no los he regalado. —Will frunció el ceño, le apretó la mano, como si le preocupara que ella huyera—. Ya lo sabes. Michael y Caroline son buenas personas. No viven lejos. De verdad que no. Hemos considerado a todos los adultos de la zona y ninguno nos ha convencido. ¿A quién más podríamos preguntar?

—No lo sé. —Una lágrima recorrió su rostro—. ¿Quieres decir que se van?

Will maldijo para sí.

—Michael tenía que hablar con Caroline y avisarme en los próximos días. Ya los ha conocido, así que tiene una idea de lo que les espera.

Tal vez no hubiera sucedido aún, pero sucedería. Los niños tenían una familia. Dos adultos que los querrían y no los alejarían por una estúpida mentira iniciada años antes. Will debería haberle dicho lo que pretendía hacer antes de hacerlo, pero ella habría llegado a la misma conclusión. Michael los había ayudado sin otro incentivo para hacerlo que la amistad. Aunque no se movieran en el mismo círculo social. Emmie conocía a los Fenmore y sabía que Michael y Caroline eran personas buenas y amables.

—¿En qué piensas? —murmuró Will.

—No quieras saberlo —respondió ella—. En remordimientos y malas decisiones tomadas hace demasiado tiempo como para poder hacer ya algo al respecto.

—Espero que casarte conmigo no haya sido una de esas malas decisiones.

Emmie se movió para mirarlo a la cara.

—Te elegí porque podías ayudarme y yo podía ayudarte a ti. Confiaba en ti y es obvio que eras la opción más lógica.

—La...

—Durante los ocho años que llevamos casados he... cumplido con mi parte del trato —continuó pese a su interrupción—. Pero en las últimas semanas me he dado cuenta de que tenía una alianza y no un matrimonio. Yo... Eres honrado, ingenioso y afectuoso, y... Simplemente no lo vi. —De hecho, al expresarlo todo con palabras, parecía que después de ocho años se había enamorado de su marido.

—Y yo quería un matrimonio, pero me conformé con una alianza.

—Lo sé. Siento haber tardado tanto. —Emmie tragó saliva—. Espero que no demasiado.

—No, no demasiado —murmuró—. Pero cuando nuestras vidas vuelvan a la normalidad, ¿cómo mantendremos esto? —Con su mano libre señaló entre los dos.

¿Qué iba a decir ella a eso? ¿Podrían mantener esta cómoda intimidad cuando ya no tuvieran un desafío mutuo por delante?

—No...

—¿Tienen las vacas un lugar al que ir cuando llueve? —preguntó Rose mientras entraba en el salón. Se había puesto de nuevo su mejor vestido rosa, a pesar de las reservas de Emmie sobre que aún pudiera usarse cuando de verdad lo necesitaran. Debía de tener al menos una docena de cintas rosas entrelazadas en el pelo.

—Al ganado no le importa la lluvia —dijo Will, soltándole la mano a Emmie y poniéndose de pie para hacer una reverencia.

Rose hizo una reverencia decente.

—Si yo fuera una vaca, me enfadaría con los caballos, porque pueden estar en el establo.

Las cosas que pensaba esta niña.

—Entonces, mañana prestaremos una cantidad extra de atención a las vacas —sugirió Emmie—. ¿Tal vez un fardo más de heno? Podemos decirles que es de parte de los caballos.

La niña asintió, frunciendo los labios mientras lo consideraba.

—Eso podría servir.

George entró en la habitación después que su hermana. Al igual que ella, se había puesto sus mejores galas, una chaqueta gris oscuro, un chaleco verde claro con un pañuelo anudado de forma sencilla y unos pantalones marrones. Aunque no eran parientes, se parecía mucho a una versión en miniatura de Will. Si todo salía tan bien como ella esperaba, nadie se daría cuenta de que George y Rose Fletcher no eran Malcolm y Flora Pershing.

Cielo santo, quizá consigan engañar a todo el mundo y evitar que Winnover Hall fuera a parar a las manos de Penelope. Después de eso... Bueno, no quería pensar en ello. Todavía no. A fin de cuentas, Caroline Fenmore no había accedido, y por lo que sabían podría no hacerlo nunca.

Emmie se puso de pie e hizo una reverencia.

—Buenas noches, Malcolm —dijo con una sonrisa—. Y a ti también, Flora.

—Gracias, mamá —dijo Rose, haciendo otra reverencia—. Soy Flora Pershing. Y este es mi hermano, Malcolm Pershing. —Soltó una risita—. Me gusta que Flora signifique flor, y mi nombre es Rose, que también es una flor.

—Esta noche, tu nombre es Flora —señaló George—. No puedes decir cosas así o nos pondrás en evidencia. —Hizo una mueca—. Harás que nos descubran, quiero decir.

—Yo no diría eso delante de la gente —replicó Rosie—. Sé que se supone que soy Flora. —Arrugó la nariz—. ¿Pero cómo llamamos al duque? ¿Abuelo duque? ¿Abuelo Malcolm?

—Lo llamaréis Su Gracia —suplió Emmie—. Si desea que os dirijáis a él de una manera más familiar, os lo dirá.

Powell abrió la puerta del fondo.

—La cena está servida —anunció, haciendo sonar el pequeño gong que llevaba en la mano, y se apartó a un lado.

Rose aplaudió, pero se calmó cuando Will la miró enarcando una ceja. Sus excentricidades podían ser un problema, pero Emmie imaginaba que la mayoría de los niños de cinco años eran un poco bobos. Emmie se acercó a Will para agarrarse a su brazo. George extendió el antebrazo al tiempo que exhalaba un suspiro y Rose se agarró a él.

—Me estás acompañando —susurró.

—Sí, lo sé —repuso.

—Porque soy una dama.

—Rose..., es decir, Flora..., cállate.

—¡Se ha equivocado de nombre! —gritó Rose.

—Se supone que no debes intentar que me equivoque. Si lo hacemos, el acuerdo se cancela.

Eso no era estrictamente cierto, porque en ningún caso Will y ella iban enviar a los niños de vuelta a St. Stephen.

—Lo único que pedimos es que hagáis todo lo posible.

—Tenemos que engañar al malvado rey o nos lanzará una maldición de bruja —dijo Rose con una sonrisa llena de entusiasmo.

«Muy bien, pues.»

—Sí, intentad evitar que nos conviertan en sapos, niños.

Se rieron mientras tomaban asiento; Will le retiró la silla a Emmie y George lo mismo con Rose. Cuando los cuatro estuvieron sentados, Emmie echó un vistazo a la mesa. La habían preparado para una cena formal: un par de candelabros de plata pulida, ya que no habían podido localizar el tercero del trío; platos y utensilios colocados con tanta precisión que Powell y los lacayos utilizaban reglas al colocarlos; ramos de flores; copas de cristal para el vino o la limonada; y siete platos para la cena.

Emmie había elegido cordero relleno de ostras como plato principal; era anticuado, pero también lo era su abuelo. La morcilla de Yorkshire, aromatizada con tomillo limonero, era uno de los platos favoritos del duque, así que también lo había pedido. Todos los demás platos, a excepción de algunos, eran convencionales y no eran sus favoritos, pero quería que George y Rose experimentaran lo que les esperaba en Cumberland. Mermelada de ciruela damascena especiada, bollos con avena y judías, y todas las demás tonterías que a los adultos les gustaba fingir que les hacían sentir sofisticados.

Los lacayos presentaron los platos uno a uno mientras Will y ella les enseñaban a comerlos de forma correcta. Rose se negó a probar las ostras, lo que llevó a otra discusión sobre la manera de apartarlas sin llamar la atención. Emmie se estaba dando cuenta de que había muchas cosas que había aprendido de niña, que había adquirido solo de observar a sus padres y a sus amigos. Cosas que estos niños nunca habían tenido la oportunidad de observar y que, por lo tanto, había que enseñarles. No solo respecto a la comida, sino también sobre los cubiertos, la vestimenta, los modales, la manera de hablar, el mundo en general... Imaginaba que era lo mismo que aprender una lengua extranjera en un país extranjero.

—Parecen babosas —susurró Rose, pinchando con el tenedor una de las ostras colocadas a un lado de su plato.

—No hay necesidad de dar tu opinión sobre algo que te disgusta —dijo Emmie—. Al apartarlo, lo has dejado claro.

—¿Digo algo sobre la comida que sí me gusta? ¿O todo el mundo sabe que me ha gustado porque me la he comido?

Will sonrió detrás de su vaso de vino.

—Una o dos palabras de agradecimiento siempre se reciben con agrado. La anfitriona se toma muchas molestias para elegir la comida y el entorno y le complace saber que te gusta lo que ha hecho. O en el caso de Su Gracia, él lo ha elegido todo para su fiesta.

—La hermana Mary Claude siempre decía que si dejábamos algo en el plato, estábamos insultando a Dios. Pero a veces había gorgojos. A ella no le gustaba escuchar nada de eso.

—Flora —dijo George, alargando el nombre falso de su hermana—, se supone que no debemos hablar del orfanato cuando estemos en Welshire Park. ¿Te acuerdas?

—Lo recuerdo. Pero no estamos allí.

—Estamos fingiendo que lo estamos.

Ella sopló una frambuesa.

—¿Cuántos platos más hay? Si como mucho más, podría reventar el vestido.

—Ah. —Emmie se limpió la boca con la servilleta y dejó el paño azul en su regazo—. Por lo general, en una gran cena, la anfitriona, o el anfitrión, informará a los invitados de los platos con antelación o facilitará un menú impreso. El truco consiste en mirar el menú y decidir qué platos solo vas a probar y cuáles vas a disfrutar.

—¿Así que puedo tomar solo un bocado de cordero y ostras y comerme todos los bollos?

—Algo así. Cuando un lacayo te traiga la bandeja, puedes pedirle que sea frugal o generoso.

—Esto es muy complicado. —Rose dijo las palabras para sí—. Pero he utilizado el tenedor correcto.

Emmie asintió con una sonrisa.

—Sí, así es. Bien hecho.

—A lo mejor deberíamos decirle a todo el mundo que Flora no puede hablar —sugirió George, y solo una sonrisa que disimuló con celeridad delató que estaba bromeando—. Podría hacer gestos con las manos y yo podría traducirlos.

—Aquí tienes un gesto con la mano —dijo Rose, y saludó a su hermano con un dedo.

—¡Rose! —la reprendió Emmie.

—¡Ja! Ha sido una artimaña. Tú también te has equivocado de nombre —bromeó la niña.

Will resopló, disimulando el sonido con una tos.

—Concentrémonos en ayudarnos los unos a los otros en lugar de engañarnos, ¿de acuerdo? —comentó, mirando a Emmie de reojo, con una expresión divertida en sus ojos verdes.

—Sí, papá —convino Rose.

—¿Y los postres? —preguntó George—. ¿Podemos pedir más?

—Eso se considera de mala educación —decidió Emmie, aunque podía comprenderlo—. Diré que al duque le gusta bastante la tarta, así que imagino que habrá más de una, y que todas serán enormes.

—Espero que sean enormes. Podría comerme una entera yo sola. —Rose volvió a hurgar en las ostras de su plato como si esperara que desaparecieran solas.— Firmaría un acuerdo para comportarme solo para poder comer tarta.

—Yo también —secundó George—. Habrías conseguido las clases de buenos modales, de baile y lo de no maldecir solo con incluir la tarta de fresas de la señora Brubbins en el acuerdo.

—Bueno, entonces comenzaré mi próxima negociación sobre derechos comerciales ofreciendo tarta.

Los niños se rieron. En general, lo estaban haciendo a las mil maravillas. Si conseguían evitar dirigirse al otro por el nombre equivocado y referirse al orfanato o al acuerdo, tal vez tuvieran éxito. Era extraño, porque en un principio Emmie pensó que engañar a su abuelo y a su familia sería algo sencillo. Después de dos días con los niños Fletcher casi había perdido la esperanza y ahora todo parecía posible de nuevo.

23

Hannah Redcliffe remató la última puntada del dobladillo del vestido amarillo de Rose y se lo colocó sobre el brazo. Acostumbraba a dar por hecho que las costuras de los vestidos de las niñas se sacaban a medida que crecían, pero con Rose los dobladillos parecían descoserse día sí, día no.

Dejó la cocina y su cesta de trabajo para dirigirse al piso de arriba a colgar el vestido de la joven en el armario. La puerta de Rose estaba cerrada, así que desechó el pestillo y la abrió. La habitación tenía el mismo aspecto que siempre, salvo por una gran diferencia: Powell estaba metido hasta los codos en el baúl de la niña.

—¡Powell!

El mayordomo se puso en pie y se giró hacia ella, con una mano sobre el pecho. En la otra tenía tres cucharas.

—Por Dios, Hannah, me ha dado un susto de muerte.

—¿Qué está haciendo? Los Pershing dieron su palabra de que nadie miraría las cosas de los niños. —Ganarse su confianza había sido muy difícil. A saber qué ocurriría si tenían siquiera la sospecha de que alguien estaba rebuscando entre sus pertenencias.

—No estoy tocando las cosas de los niños —afirmó, apretando las cucharas contra su pecho—. Estoy recuperando los objetos que pertenecen a la casa.

—A la...

—¿Es que no se ha dado cuenta? —insistió—. Candelabros que desaparecen. Cubiertos que se esfuman de la mesa al final de la cena. Pendientes, collares y gemelos que faltan de las habitaciones del señor y la señora Pershing.

—Yo... Bueno, me di cuenta de las joyas, pero nada desde que el mayor de los Fletcher se fue. Y aunque he extraviado botones y cosas así en alguna ocasión, siempre los he vuelto a encontrar.

Powell sacudió la cabeza.

—No los extravía, Hannah. Los cogen los niños y yo los devuelvo a su sitio.

—Pero son solo unos niños. —Sin embargo, mientras hablaba, tuvo que reconocer que lo que Powell afirmaba explicaba algunas cosas que le habían resultado bastante extrañas. Cuando algo desaparecía de donde sabía que lo había puesto lo achacaba a que su mente le jugaba una mala pasada.

—Son unos pillos en miniatura. He tenido que recurrir a todo mi ingenio para evitar que los Pershing descubrieran los robos y tiraran a los pequeños pícaros de las orejas como hicieron con el hermano. Aun así hay objetos que sé que se han esfumado y que aún no he conseguido localizar. Llevamos días buscando en todos los rincones oscuros y cajones de la casa. De vez en cuando sacamos algo, pero no hemos descubierto su alijo principal.

—¿Hemos? —repitió.

—El resto del personal y yo. Pensamos que tal vez se sentiría obligada a informar a los Pershing, así que hemos intentado mantenerla al margen. A usted y a Billet, que parece encontrar divertidos a estos malhechores.

Así que Tom Billet tampoco lo sabía. Eso le gustaba. Le gustaba que los actos de Powell los hubieran convertido, en cierto modo, al mozo y a ella en compañeros, aunque fueran compañeros de ignorancia.

—Pero si se lo hubiera dicho a los Pershing, ya se habría librado de George y de Rose.

—Sí, bueno, en este momento son necesarios.

Hannah miró al mayordomo de rostro severo.

—Le gustan —afirmó, sonriendo.

—Qué disparate —repuso entre dientes—. Me gusta ser más astuto que ellos.

—Tal vez sea así, pero si de verdad los considerara unos pillos, les habría dicho a nuestros patrones que les estaban robando los tres hermanos Fletcher en lugar de solo uno de ellos. Pero lo ha mantenido todo en secreto.

Powell entrecerró los ojos.

—No sé de qué está hablando. —Se giró de nuevo, cerró la tapa del baúl y volvió a poner rumbo a la puerta—. Ahora, si me disculpa, he de ocuparme de que esto esté limpio y pulido a tiempo para la cena.

Salió de la habitación, con los cubiertos en la mano. ¡Vaya! Aunque había sospechado que los niños podrían haber estado escondiendo algunos artículos elegidos, no cabía duda de que había subestimado la magnitud de los robos. Hannah colgó el vestido de nuevo en el armario y cerró las pesadas puertas de caoba.

Durante el tiempo que llevaba al servicio de la señora Pershing había visto a los mayordomos de ambas casas hacer milagros, organizando el personal y los recursos para celebrar grandes cenas, bailes y fiestas benéficas impecables. Pero ahora el caos se había apoderado por completo de una de las casas por culpa de dos niños menores de nueve años.

Salió de la habitación, riendo entre dientes, se dirigió escaleras abajo y atravesó la cocina para encaminarse hacia el establo.

—¿Tom?

—Está detrás del establo, Hannah —la informó uno de los mozos de cuadra mientras bajaba el heno del granero.

—Gracias, Johnny.

Salió por la puerta al fondo del largo edificio y encontró a Billet paseando a Topper, con la atención puesta en los pies del castrado. Hannah observó durante un momento, un tanto hipnotizada, mientras el mozo se movía alrededor del caballo, con paso elegante, seguro y tranquilo.

—Hannah —dijo, enderezándose.

Topper resopló, sobresaltándose ante el repentino movimiento.

—¡Maldita sea! —Billet cogió la brida del alazán con una mano y le dio unas palmaditas en el cuello con la otra—. Tranquilo, muchacho. Es solo una chica bonita.

Hanna se sonrojó.

—¿Topper está bien?

—Sí. Le he recortado los cascos esta mañana y quería saber si es suficiente o si tengo que mandar llamar a un herrador.

—Oh.

—¿Qué te trae por aquí?

Oh sí, eso. Casi lo había olvidado.

—Acabo de encontrarme a Powell hurgando en el baúl de Rose. Es evidente que los pequeños llevan robando desde antes de la llegada de su hermano y el personal ha estado intentando recuperar los objetos y devolverlos a sus legítimos lugares. Parece que es una especie de guerra y creo que es posible que los niños estén ganando.

El mozo resopló.

—Sabía que Powell planeaba ir a la caza de los objetos perdidos. Pero nadie ha venido aquí a buscar, así que es evidente que estoy conchabado o que simpatizo con los fisgones. —Sonrió—. O como le diría a una joven decente, el resto de la casa cree que estoy en los robos o piensa que no estoy dispuesto a detenerlos.

—¿Lo estás? Me refiero a lo segundo, claro.

Tom se encogió de hombros y condujo a Topper hasta una valla donde le esperaban una manta y una silla de montar.

—Creo que entiendo por qué los pequeños se llevan las cosas. Si no tuviera nada y supiera que me iban a echar de un palacio tan lujoso, yo mismo me llevaría todo lo que estuviera a la vista.

Hannah frunció el ceño.

—No los están echando. Los Pershing les están buscando un buen hogar.

—No estoy muy seguro de que el bribón y el duendecillo se crean eso. —El mozo ensilló el caballo mientras hablaba—. ¿Cuántas veces crees que les ha pasado algo bueno? Sé que su propio hermano también les dijo que les encontraría un lugar adecuado para vivir.

—Quieres decir que no creen que vaya a durar.

—Exactamente. Están acostumbrados a cuidarse solos.

—Pobres criaturas.

Billet se subió a la silla de montar.

—Así que, si te digo que han estado pasando mucho tiempo en el huerto detrás del viejo árbol caído, pienso que es posible que decidas no pasarle esa información a Powell.

Qué hombre tan listo; él sí sabía dónde habían estado escondiendo sus tesoros. Se preguntó si Billet estaba siempre tan al tanto de todo lo que ocurría en la propiedad. No cabía duda de que prestaba más atención de lo que ella creía.

—Dado que no me incluyeron en el plan original —dijo—, me inclino a guardarme información.

Tom sonrió, lo que la hizo sentir un poco mareada.

—Buena chica. —Tom le tendió un brazo—. Ven a dar un paseo rápido conmigo.

—¿Un paseo? Tengo deberes en la casa. No puedo andar galopando por el...

—La familia está comiendo —la interrumpió—. Solo serán diez minutos. Veinte como mucho. Nada de galopar. —Él mantuvo su mano extendida.

Debería estar pensando en su reputación, en lo que pensaría el resto del personal al verla cabalgar con Billet, pero en lugar de eso aceptó su mano, puso el pie en el estribo como él le indicó y se impulsó para aterrizar sobre sus muslos. «¡Santo cielo!» Le pasó un brazo por los hombros de forma instintiva.

—Ya te tengo —dijo Tom, sonriéndole.

—¿Adónde vamos?

—Solo colina abajo. Quiero enseñarte una cosa.

Antes de que pudiera pedir más información, Tom azuzó al bayo en las costillas con los talones y partieron a un galope ligero. Era la primera vez que montaba a caballo, aunque en realidad más bien iba sentada en uno. Era Tom el que lo montaba.

Bajaron la colina por el camino de Birdlip y cruzaron el pequeño arroyo por el puente de piedra que siempre había considerado que marcaba la diferencia entre Winnover Hall y el resto del mundo. Los Pershing eran dueños también de esas tierras y de todas hasta más allá de Birdlip, pero aquí era donde vivían sus arrendatarios, y no eran los jardineros ni el personal de los Pershing quienes las cuidaban.

Tom frenó al caballo cuando llegaron a una pequeña casa a las afueras del pueblo. Era una bonita vivienda, con una valla blanca medio oculta por rosas trepadoras y cestas de flores colgadas entre el par de ventanas que daban a la carretera. Miró al mozo y vio que él también miraba la casa.

—¿Por qué paramos aquí?

—¿Qué te parece? —Señaló la casa.

—Es preciosa. ¿Por qué... estamos aquí?

—La compré ayer —declaró, con tanta serenidad como si acabara de decir que los caballos comían heno.

Se giró para mirarla a los ojos.

—¿La has comprado? ¿Por qué? Duermes en el establo, ¿no?

El mozo asintió.

—Te conté que mi madre me había señalado con el dedo.

¿Significaba eso que había conocido a alguien? Se le cayó el alma a los pies. Ah, así que eran amigos y él quería enseñarle dónde iban a vivir su mujer y él. Y se suponía que ella debía sonreír y alegrarse por él, y que debía arruinarlo todo.

—Sí —dijo, dándose cuenta de que tenía que decir algo.

Tom entrecerró un poco sus ojos azules.

—Sí —repitió—. Creo que es hora de que me case. Un hombre no puede mantener a su esposa en el establo con los muchachos.

Hannah se clavó las uñas en la palma de la mano, concentrándose en el agudo dolor para no ponerse a llorar en sus estúpidos y varoniles brazos.

—Es lógico —repuso, deseando que su voz no sonara tan apagada y abatida.

—Entonces, ¿la compartirás conmigo?

—Seguro que ella la adorará. —Cuando terminó de hablar, las palabras de Tom calaron en su mente—. ¿La..., nosotros..., yo?

—Así es, Hannah. Te estoy pidiendo que te cases conmigo. ¿Lo harás?

Ruido, confusión y una furtiva y creciente excitación se arremolinaron en su interior. Desde luego siempre habían sido amigos, pero había sentido vergüenza sobre todo por estar cerca de él siempre que podía y por reírse demasiado fuerte cuando él contaba un chiste durante las comidas en la cocina.

—Ni siquiera nos hemos besado.

Tom ahuecó con la mano libre sobre su mejilla, inclinó la cabeza y acercó su boca a la de ella. El calor se propagó por todo su ser, hasta los dedos de las manos y de los pies. Le rodeó el cuello con los dos brazos y le devolvió el beso, esperando no estar haciéndolo con excesiva torpeza.

Después de un buen rato, Tom levantó un poco la cabeza.

—Ya nos hemos besado —dijo, con la voz un poco ronca—. Me gustaría hacerlo de nuevo. Di que te casarás conmigo.

—Oh, Dios mío —susurró—. Sí, me casaré contigo, Tom.

Su sonrisa hizo que sus entrañas se calentaran.

—Estupendo. ¿Quieres echar un vistazo dentro?

Cuando asintió, él se bajó de Topper y la depositó en el suelo a su lado. «Dios mío, en efecto.» La cogió de la mano mientras recorrían el corto camino hasta la puerta azul de la entrada. Su propia casa, su propio marido, solo los separaba una boda.

Se quedó petrificada. «Una boda.»

—Tom, no podemos decir nada hasta después de la fiesta del duque de Welshire. Los Pershing ya tienen suficientes preocupaciones y los niños también. Desde luego no necesitan otra distracción.

—No somos una distracción desde mi punto de vista, Hannah —respondió—, pero entiendo lo que quieres decir. Se lo diremos después..., siempre que vengas al establo para darte un beso de vez en cuando.

Hannah respiró hondo. Al parecer, algunas veces los sueños se hacían realidad.

—De acuerdo.

—No creo que la cena de anoche hubiera podido ir mejor —dijo Emmie—. Uno o dos deslices, pero se dieron cuenta de inmediato. Yo también tuve un desliz.

—Son unos embusteros consumados —comentó Will, revisando la correspondencia del día enfrente de ella.

—Lo que me recuerda que deberíamos informarlos de que nada de la finca de Welshire debe volver aquí en los bolsillos de nadie.

—Tal vez podríamos decir algo, pero así los avisaríamos de que sabemos lo que han estado tramando todo el tiempo. Me preocupa que eso pueda ser un golpe a su confianza en este momento, y estamos tan cerca del éxito.

Will se rio.

—¿Acabo de oírte decir que no quieres que sepan que somos conscientes de sus robos porque eso podría herir sus sentimientos?

—Oh, qué sé yo. —Agitó la mano hacia él—. Aquí ya nada tiene sentido. Incluida yo.

—Creo que tiene mucho sentido —dijo con suavidad—. Pero, claro, yo me casé con una mujer tres días después de que me propusiera matrimonio. —Sacudió la cabeza y una rápida sonrisa se dibujó en su rostro—. ¿Y es extraño que sus robos me resulten entrañables?

—Si es extraño, entonces yo también lo soy.

Cuando bajó la mirada, su expresión divertida se paralizó. Eso hizo que una sensación de alarma le recorriera la espalda. Will cogió una carta y la desdobló.

—Maldita sea —murmuró—. ¡Powell!

—¿Qué es? —preguntó Emmie, conteniendo la respiración.

—Una nota de Michael Fenmore.

Mientras la preocupación de Emmie se convertía en un dolor profundo y punzante, el mayordomo entró en el pequeño comedor.

—¿Sí, señor?

—¿Cuándo ha llegado esto? —Will levantó la carta.

—Llegó esta mañana, señor Pershing. Aunque no me extrañaría que el pequeño bribón que trae el correo se olvidara de traerla ayer; llegó bastante temprano y parecía tener mucha prisa por conseguir unas cuantas galletas de miel y avena de la señora Brubbins.

Will asintió.

—Muy bien. Tendremos visita esta tarde. Por favor, informe al personal. No sé si se quedarán a cenar o no.

—Muy bien, señor. —Después de asentir también apretando los dientes, Powell volvió a salir de la habitación.

—¿Hoy? Pero... no les hemos dicho nada a los niños. ¿No podemos posponer la visita de los Fenmore hasta que volvamos de la fiesta? —Emmie se sentía sin aliento, como si se le encogiera el pecho.

—No, no podemos. Caroline desea conocer a los niños antes de decidir. Llegarán aquí en cualquier m...

—Hay un carruaje en la entrada —informó Edward desde el vestíbulo.

—... momento —concluyó Will—. Esto tiene que suceder, Emmeline. Lo sabes.

Sí, lo sabía, porque era ella la que había inventado las circunstancias.

—Podríamos tenerlos con nosotros como si fueran nuestros sobrinos —susurró—. Quedarse con nosotros durante una temporada. Con el tiempo sería permanente y nadie se daría cuenta. En Londres podrían ser nuestros hijos, que se han recuperado de manera milagrosa de sus enfermedades.

—Aparte de que los despojaríamos de sus nombres y les pediríamos que mintieran a todos los conocidos que conocieran, uno de ellos..., o uno de nosotros..., cometería un error y todo se desmoronaría como un castillo de naipes. —Tomó aire—. No me conviertas en el villano, Emmeline. Por favor.

Emmie se llevó las manos a la cara.

—Lo sé, lo sé. Es que...

Un momento después, unas manos cálidas bajaron por sus hombros y notó el roce de un beso en el cabello.

—Yo también me he encariñado con los pequeños ladronzuelos.

No eran solo los niños. Todo había mejorado desde su llegada. Todo era diferente ahora y le gustaba así. Le encantaba así. Por el amor de Dios, había dejado la puerta de su dormitorio abierta durante las dos últimas noches, esperando que Will llamara, deseando su cuerpo fuerte y cálido en su cama.

Powell entró en la habitación.

—Señor, señora, el señor y la señora Fenmore y su hijo están en la sala de la mañana. ¿Debo ofrecerles té y limonada?

—Sí. Y galletas, por favor. ¿Están los niños todavía en el establo?

—Creo que sí. Esto ha estado demasiado tranquilo como para que hayan vuelto a la casa.

—Envía a Donald a buscarlos, ¿quieres? —Will volvió a su asiento—. Haz que se reúnan con nosotros aquí. Y que los traigan por la cocina.

Por supuesto, Will estaba siendo lógico y organizado, dos cosas en las que destacaba. Y tenía razón; si los niños se quedaban con ellos, estarían siempre mintiendo sobre quiénes eran, cómo se llamaban, de dónde venían..., todo. La tranquila calma que tanto había echado de menos cuando llegaron los pequeños Fletcher le resultaba extraña y lejana, y ahora prefería el caos apenas controlado de la casa. Sin embargo, no estaba destinado a ser así. Lady Anne, su madre, tenía razón. Nunca había estado destinado a ser.

—Enjúgate los ojos, Emmeline —murmuró Will—. Los asustarás. Y no, no eres la única que espera que algo salga mal y los Fenmore decidan no llevárselos.

Esa breve afirmación la tranquilizó. Estaba haciendo lo que ambos habían acordado, pero tampoco le gustaba. Levantó la servilleta y se limpió las mejillas, la volvió a dejar en su regazo y empastó una sonrisa en su rostro justo cuando los niños entraron corriendo en la habitación.

—Estoy enseñando al General Jenny a hacer una reverencia —anunció Rose—. Aunque parece que incline solo la cabeza.

—Billet ha dicho que un carruaje venía por el camino —dijo George—. ¿Quién se supone que somos esta vez?

Ese era el problema. Era posible que a los niños no les importaran las mentiras y los subterfugios ahora, pero con el tiempo lo harían. Y para entonces sería demasiado tarde para aclarar las historias. ¿Y si se enamoraban? ¿Y si se casaban? ¿Qué nombre usarían? ¿Quiénes serían?

—Hoy sois George y Rose Fletcher —respondió Will al ver que Emmie no lo hacía—. ¿Os acordáis de Michael Fenmore? Vais a conocerle a él, a su esposa, Caroline, y a su hijo, Patrick. No os lo he dicho, pero Michael es un amigo mío del colegio y lo sabe todo sobre vosotros.

George paseó la mirada de Emmie a Will.

—¿Estos son los que has elegido para nosotros?

—Si os gustan, sí.

El niño de ocho años entrecerró los ojos.

—¿Lo sabías cuando vino antes a asustar a James?

—Sí. Es un buen hombre, George.

—Ya veremos.

—¿Qué edad tiene su hijo? —intervino Rose.

—Tiene cinco años. Tu edad, Rose.

—¿Estás segura de que soy Rose? He estado practicando con Flora toda la mañana.

Emmie se levantó después de tomar aire con brusquedad y, con la sonrisa aún en la cara, se acercó para asir la mano de Rose.

—Sí. Eres Rose, cariño. Una bella flor y una reina generala.

—Esa soy yo, sin duda. —Rose frunció el ceño—. Iré a conocerlos, pero me sigue gustando más estar aquí.

—Y a nosotros nos encanta tenerte aquí —murmuró Emmie, sin confiar en su voz lo suficiente como para hablar más alto—. Vamos, ¿sí?

Will había cumplido con su parte y ella cumpliría con la suya, pero no, no le gustaba. En absoluto.

24

George casi había conseguido olvidarse de esta parte, la parte en la que Rose y él tendrían que conocer a las personas que los Pershing habían elegido para ser sus nuevos padres.

Todo su tiempo libre lo había dedicado a contar cuántos tesoros habían robado y durante cuánto tiempo podrían comer y vestirse con el dinero obtenido de la venta de las joyas, aunque todavía no había decidido con certeza adónde irían, porque en realidad no quería ir a ninguna parte. Pero daba igual lo que él quisiera; se trataba de lo que tenía que pasar.

Todo se había complicado aún más con la intromisión de los sirvientes porque su hermana y él tenían que afanar las cosas que necesitaban, además de otras que no necesitaban para que el personal tuviera objetos que encontrar y devolver a su lugar.

En cierto modo se había convertido en un juego, y mientras seguía a Rose y a los Pershing hasta la sala de la mañana, se dio cuenta de que había sido un error fingir que aquello era un concurso entre Powell y él. Solo podía ser un juego si el ganador no importaba. Pero todo seguía avanzando y ahora había una familia a la que tenían que conocer. Quedarse aquí en Winnover Hall no duraría. No había ocurrido ningún milagro.

—George, Rose, ya conocéis al señor Fenmore. Esta es la señora Fenmore y el joven Patrick. Caroline, me complace presentarte a George y a Rose Fletcher.

Dicho eso, el señor P se quitó del medio y George miró a los Fenmore. El hombre, Michael, se había mostrado educado antes, pero ahora George sabía por qué se había fijado tanto en Rosie y en él.

Era corpulento y parecía afable, no con carácter, como el señor P. Pero hoy parecía nervioso. La señora tenía el pelo rubio recogido en un moño alto, con pequeños rizos delante de cada oreja. Por la forma en que paseó la mirada de él a Rose, no estaba convencida de que su familia necesitara dos niños más. Bueno, él tampoco lo estaba.

—Soy Rose —dijo su hermana, haciendo una reverencia—. Tengo cinco años.

Se acercó al niño flaco de pelo rubio que estaba junto a su madre.

—¿Tú también tienes cinco años?

—Sí —respondió Patrick—. Cinco y medio.

—Entonces sigo siendo la más pequeña. Eso es bueno. Pero no soy un bebé.

George la observó con estas nuevas personas. Rosie hacía que todos la quisieran y él deseaba saber cómo lo hacía. Nunca sabía qué decir, porque no confiaba en que nadie tratara de usarlo en su contra después.

Pero claro, Rose lo tenía a él para que la protegiera y él no tenía a nadie. Ni siquiera cuando era más pequeño y fingía que James se preocupara por ellos. Durante un tiempo había conseguido olvidar que las buenas noches de sueño, el estómago lleno y la certeza de que nada malo iba a ocurrir no durarían siempre. Sin embargo, aquí estaba la prueba de que nadie cuidaría de su hermana y de él tan bien como él, porque los Pershing los estaban entregando a otras personas.

—Hola, George —dijo el hombre robusto, extendiendo la mano—. Sabes por qué estamos hoy aquí, ¿verdad?

—Sí. —George le estrechó la mano, aunque quería salir de la habitación, recoger su ropa y dirigirse al huerto a por sus tesoros—. Hola de nuevo.

—Le he dicho a Caroline que eres un joven impresionante. Y aunque antes fingía ser abogado, en realidad sí que lo soy. Ayudo a la gente con las reglas y las leyes.

Un abogado era casi tan malo como un agente de la Bow Street.

—Quiere decir que ayudan a la gente a quitarle el dinero a otra gente —afirmó.

—En realidad, me especializo en la compra de tierras y derechos de agua, y de vez en cuando alguna herencia para darle un poco de emoción. Me gusta considerarme un navegante en un barco. El capitán es mi cliente y yo lo ayudo a sortear las rocas y los remolinos.

—Nuestro padre estaba en un barco. Ahora está en el fondo del mar.

Rose lanzó una mirada a su hermano, sin duda orgullosa de no haber dicho «pozo» esta vez.

—Lamento escuchar eso, querida —dijo la señora Fenmore, que por fin se incorporó a la conversación—. ¿Eras muy joven cuando ocurrió?

—Era un bebé. Ni siquiera lo recuerdo. George sí, un poco, pero creo que a veces finge que se acuerda cuando en realidad no es así.

Bueno, no tendría que fingir si ella no siguiera pidiendo historias sobre su padre, sobre piratas, ballenas y franceses. Esto era una estupidez y no le gustaba. No le gustaba que dijera cosas como si no le importara con quién vivían, porque a él sí le importaba. Y si no podía ser como él quería, entonces vivirían por su cuenta.

—George, Rose, ¿por qué no le enseñáis vuestros ponis a Patrick? —sugirió la señora P.

—Oh, sí —dijo Rose, agarrando la mano de Patrick—. El mío es un chico y se llama General, pero yo lo llamo General Jenny porque una dama debe montar un caballo chica.

George no quería ir porque sabía lo que estaría pasando en la salita mientras ellos estaban en otro lugar. El señor P diría lo buenos niños que eran y la señora P diría que eran unos niños briosos, pero muy dulces. Nada de eso sería decisión suya, pero todos esperarían que les siguiera la corriente porque solo tenía ocho años.

—¡Eres un maldito picapleitos! —estalló, señalando con un dedo a Michael Fenmore—. ¡Te relacionas con abusones y con agentes de la ley! Y usted no nos quiere en absoluto, señora finolis. —Apretó los puños, se dio la vuelta y salió corriendo por la puerta.

Había bajado la mitad de las escaleras, cuando una mano fuerte lo agarró del hombro y obligó a parar de forma brusca.

—George —dijo el señor P en voz baja—. Tenemos un acuerdo sobre las palabras de la calle.

George se giró para mirar al hombre alto.

—¿Acabo de insultar a tu amigo y te enfadas por las palabras de la calle? —preguntó, frunciendo el ceño.

—Michael es abogado; ¿crees que nunca le han insultado antes? Y, si no me equivoco, en realidad has llamado señora elegante a Caroline, ¿no es así?

—Una presumida —lo corrigió George.

—Ah. Me preocupa más que intentes romper el acuerdo solo unos días antes de la fiesta del duque. Te he traído a unos posibles padres, que es mi parte del acuerdo. Un acuerdo que tú firmaste, si bien recuerdas.

—No me importa.— George se encogió de hombros para zafarse del señor P, pero no intentó huir de nuevo. No estaba seguro de dónde quería ir—. No los quiero.

—Ni siquiera los conoces todavía.

—No quiero conocerlos. —Cerró los puños mientras trataba de encontrar las palabras para explicar por qué estaba tan enfadado. Sabía lo que quería decir, pero tampoco podía decir esas palabras—. Simplemente tacha esa parte del acuerdo. Iremos a la fiesta y luego nos dejaréis en paz.

—Sabes que no puedo hacer eso. Queremos que los dos estéis seguros, que seáis felices y que... os quieran, George.

—¿Entonces por qué no podemos quedarnos aquí?

Tan pronto como gritó las palabras se dio la vuelta y subió corriendo el resto de las escaleras. No quería ver la cara del señor P si se mostraba disgustado o molesto o cualquiera de las otras expresiones que significaban que los Pershing no los querían, que nunca los habían querido y que estarían encantados de no volver a verlos jamás.

Esta vez el señor P no lo persiguió, así que corrió a su dormitorio, cerró la puerta y acto seguido se metió debajo de la cama. Los espacios pequeños, los espacios oscuros, eran más seguros cuando no se sabe a dónde ir. Con suerte, habría enfadado a los Fenmore lo suficiente como para que se marcharan y no volvieran, por lo que los Pershing tendrían que volver a buscar una familia que los adoptara.

Will se sentó en las escaleras mientras George huía. Maldita sea. «¡Maldición, maldición, maldición!» El chico quería quedarse. George quería que Emmeline y él..., ¡él!..., fueran sus padres. Lo que su mente había estado evitando durante semanas, aquello de lo que Emmeline y él nunca habían hablado, lo había dicho ahora un niño de ocho años.

Algo tibio y húmedo cayó sobre el dorso de su mano. Por Dios, ahora estaba llorando. Se limpió la mejilla, respiró hondo y se recordó que había negociado acuerdos para abrir rutas comerciales, poniendo así fin a guerras, y que el dilema que se planteaba aquí era pequeño e insignificante comparado con eso. Pero no lo era.

Se puso en pie, regresó al vestíbulo, respiró de nuevo y abrió la puerta del salón. Rose y Patrick se habían ido, al parecer a ver a los ponis.

—No me lo esperaba. Os pido disculpas, Michael, Caroline. Por si sirve de algo, estoy seguro de que no quería decir nada de eso.

Fenmore se encogió de hombros.

—Me han llamado cosas peores. Eso no me preocupa tanto como el motivo; está claro que el chico no quiere venir con nosotros.

—Está cómodo aquí. Eso no significa que este sea el mejor lugar para él. Créeme que Emmeline y yo hemos tratado de encontrar una solución. —Se sentó junto a su esposa y ella se tomó de su brazo—. Están aquí por culpa de una mentira y esa mentira los acompañaría si se quedaran.

Caroline se inclinó un poco hacia delante.

—No son peligrosos, ¿verdad? Michael me ha dicho que se han criado en las calles de Londres.

—No, no son peligrosos —respondió Emmeline—. Pero son muy independientes. Y tienen la exagerada creencia de que les irá bien si los dejan a su aire. —Suspiró—. Les llevará tiempo aprender a confiar en vosotros.

—No me preocupa la niña; es un encanto. Pero el niño...

—Van juntos —dijo Will, con más brusquedad de la que pretendía.

—Will —murmuró Emmeline.

—Mencionaste mil libras al año para ayudarnos a cuidar de ellos. ¿Cuánto tiempo quieres que eso se mantenga? Es decir, ¿hasta que sean mayores de edad? ¿O hasta que se casen? Solo quiero que todo esté zanjado antes de tomar nuestra decisión. —Caroline volvió a sentarse.

«Dinero.» Todo se reducía siempre a eso. Sin embargo, Will entendía por qué había sacado el tema. Los niños eran caros y los Fenmore debían hacerse cargo de dos más de los que habían planeado.

—Crearemos un fondo. El dinero, quinientos por cada niño, os llegará a vosotros hasta que cumplan dieciocho años. En ese momento el dinero irá directamente a ellos durante... —Miró a Emmeline, que asintió, apoyando la cabeza en su hombro—. Durante el resto de sus vidas.

—Es muy generoso para tratarse de dos niños a los que solo conoces desde hace un mes, Will.

—Nos permiten mantener nuestro hogar. Yo..., nosotros..., no podríamos hacer menos.

Pero ¿podrían hacer más? Esa era la pregunta que lo mantendría despierto por las noches durante el resto de su vida. Y no solo porque los niños les regalaran Winnover Hall; también le habían dado una esposa que había vuelto a ser la mujer sonriente e ingeniosa que había conquistado su corazón casi desde que la conoció. Había intentado dejar de amarla cuando estaba claro que ella no lo correspondía, pero aun así, siempre la había admirado. Pero ya no podía imaginarse sin ella. «Amor.» De alguna manera, los niños lo habían traído consigo y ahora los estaban alejando.

Los Fenmore arrimaron sus cabezas para hablar y Will se volvió hacia Emmeline.

—George ha preguntado por qué no podían quedarse aquí —susurró—. No tenía una puñetera respuesta que darle.

—Lo entenderán cuando sean mayores —respondió también en bajo, con la voz entrecortada—. Acabarían guardando resentimiento por todas las mentiras y a nosotros. Lo sabes tan bien como yo.

Él asintió.

—Lo sé. Y sigue sin gustarme.

—A mí tampoco, Will. Pero no tengo una solución mejor.

—Yo tampoco —repitió—. Aunque ojalá la tuviera.

—Nos los llevaremos —dijo Michael en medio de la tranquilidad—. Esperemos que con el tiempo lleguen a confiar en nosotros tanto como en vosotros dos. —Se puso de pie, arrastrando a Caroline tras de sí—. Sin embargo, no creo que debamos quedarnos; dudo que hoy convenzamos a nadie de nada. ¿Qué te parece si los acompañáis a Brockworth cuando volváis de Cumberland? No tenemos espacio para alojarlos a los dos, pero hay algunas buenas posadas en el pueblo.

Will se levantó y le tendió la mano.

—Sí. Y gracias, Michael. Caroline. No tienes idea de lo mucho que me tranquiliza saber que estarán bien cuidados.

El abogado inclinó la cabeza.

—Me hago una idea. Yo también soy padre, ¿sabes?

«Yo también soy padre, ¿sabes?»

Hacía más de una semana que esas palabras resonaban en la mente de Emmie.

Se clavaron en ella cuando subió a buscar a George después de que los Fenmore se fueran. Descubrió al niño debajo de su cama y a Rose con él. La niña tenía un brazo sobre la espalda de su hermano y había llevado un par de almohadas a la cueva improvisada, una para cada uno.

Hacía cuatro días, cuando prepararon las maletas para el viaje a Cumberland y George preguntó si sus cosas seguirían en Winnover

Hall cuando volvieran, estuvo a punto de romper a llorar. Los niños les estaban regalando Winnover Hall y, al hacerlo, se estaban asegurando su propio exilio. Al menos eso era lo que parecía.

Si esto era la paternidad, nunca imaginó lo mucho que dolía. Y sin embargo, también había sentido todas las demás emociones cuando uno de los pequeños le sonreía, la abrazaba, le pedía que le leyera un cuento o exigía que le explicara qué eran los rayos. Lo adoraba, lo echaría de menos más de lo que podría expresar con palabras y no se arrepentía ni un momento.

Y eso no era todo. El cálido brazo sobre sus hombros, los largos dedos entrelazados con los suyos; eso no era... nuevo, pero al mismo tiempo lo era. Lo que sentía al tener a Will en la cama con ella, durmiendo a su lado, eso era nuevo. El cariño y el humor en sus ojos cuando ella lo miraba también era nuevo. Había tardado ocho años en darse cuenta, pero era evidente que procrear no consistía solo en hacer hijos y un amigo también podía ser un amante muy apasionado y muy paciente. Y sin esa carga... bueno, «¡madre del amor hermoso!».

—Buenos días —murmuró él, dándole un beso en la nuca.

—Buenos días —dijo Emmie, poniéndose bocarriba para poder verlo.

—¿Cómo estás?

¿Que cómo estaba? Relajada, un poco excitada, cómoda; todo lo que no había experimentado en su presencia desde hacía ocho años, hasta las últimas semanas. Y sobre todo las últimas noches.

—Me siento un poco traviesa.

—Yo... —Will entrecerró los ojos—. ¿Cómo de traviesa?

Acercó la mano mientras reía y le pasó un dedo por el pecho bien musculado.

—Así.

—Ah. —Will se acercó para darle un beso largo y lento, con el corazón palpitante—. Otra razón por la que me alegro de que nos hayamos tomado un día más para viajar —murmuró, pasando a prodigar su atención a la garganta de Emmie.

Ella suspiró. Ojalá pudiera dar la vuelta a los carruajes y volver a Winnover. Hoy... Hoy iban a asegurarse Winnover Hall. No tenía sentido pensar lo contrario.

—Estoy preocupada por lo de esta tarde.

—Ayer habría sido más difícil, con la llegada de un centenar de personas, el acomodo en las habitaciones y una gran cena formal. Hemos evitado eso al llegar con retraso.

—Lo que dará lugar a preguntas porque nunca llegamos tarde a nada.

—Sí, pero esta vez nos acompañan unos niños enfermos. Suscitarán cierta atención cuando lleguemos porque se ha hablado mucho de ellos, sin que nunca se les haya visto hasta ahora, pero como la fiesta ya ha empezado, esperemos que los saludos sean breves. Les hemos facilitado las cosas todo lo posible a George y a Rose... a Malcolm y a Flora.

—Sí. —Ahuecó la palma de su mano sobre la mejilla de Will, áspera por la incipiente barba matutina—. Pero, pase lo que pase, yo... No quiero que las cosas vuelvan a ser como antes, Will.

—Yo tampoco quiero eso. —Sus dedos, aún entrelazados con los de ella, se tensaron—. Me gusta estar enamorado de mi mujer.

Emmie se apoyó sobre un codo y lo besó. El amor era... extraordinario. E imprevisible. Lo peor era que, una vez que brotaba, no se podía saber a quién rodearía, incluiría y convertiría en alguien vital. Y se había apoderado de dos pequeños niños precoces con la misma fiereza con la que se había producido esta conexión entre Will y ella.

La puerta de la habitación contigua a la posada sonó.

—¿Estáis despiertos? —La voz amortiguada de Rose flotó a través del ojo de la cerradura—. Queremos ir a desayunar.

—Adelantaos —respondió Emmie—. Bajaremos enseguida.

Había traído a Hannah porque no iba a peinarse ella sola con un centenar de parientes allí para juzgarla, de modo que se puso la bata para ir a buscar a la criada y hacer que Davis, el ayuda de cámara de Will, fuera a verlo.

—No dejo de recordarme que no sería justo para los niños que nos quedáramos con ellos —dijo Will, mientras se ponía los pantalones negros de etiqueta.

—Sí —convino, sin saber por qué Will quería volver a discutir lo mismo—. Se han dicho demasiadas mentiras. La culpa es mía, lo sé, pero ellos serían los que sufrirían por esa causa si se quedaran.

—No es culpa tuya —afirmó, enderezándose—. Tú has hecho que siguiéramos en nuestro hogar. Pero aún intento encontrar la manera de que podamos desenredar todo y que se queden. Quiero que se queden.

—Yo también quiero que se queden, Will. Pero ni siquiera podemos preguntarles si eso es lo que desean, porque en el fondo no comprenden las consecuencias. Ni la responsabilidad de fingir que son otras personas durante toda su vida.

—Detesto los problemas sin solución; no creo en ellos —replicó, frunciendo el ceño.

Emmie lo miró durante largo rato. Por supuesto, esperaba encontrar una solución, porque eso era lo que él hacía.

—Si se te ocurre alguna, por favor, dímela. Te prometo que me mostraré abierta.

—Lo mismo digo, cariño.

Cuando bajó las escaleras, Rose, con su alegre vestido rosa, le estaba explicando al posadero que le gustaba visitar diferentes posadas cada día porque todas las noches podía pedir bizcocho borracho con fruta y crema después de la cena y no suponía una carga excesiva para ninguna cocinera, lo que sin duda suponía para la señora Brubbins.

—Todos los postres de la señora Brubbins son deliciosos —dijo Emmie, sentándose al lado de Rose y enfrente de Will y de George—. Hacer el mismo todas las noches sería tedioso, ¿no crees?

—Sí, pero comerlos no es nada pesado.

El posadero rio entre dientes e hizo una reverencia a la niña.

—Le diré a mi esposa que le ha encantado su bizcocho borracho. Va a pasarse días sonriendo, jovencita.

Después de que el hombre abandonara la mesa, Rose se arrimó a Emmie.

—No quería decirle que el bizcocho de la señora Brubbins es mejor que el de su esposa —susurró—. No es necesario que lo sepa.

—Muy sensato por tu parte —le susurró Emmie y besó a la niña en la mejilla.

Rose soltó una risita.

—Soy muy sabia.

Esa era la forma de hacer aquello. Así habían procedido Will y ella; proporcionar a los niños las mejores experiencias que pudieran manejar, darles tiempo para que se divirtieran, para que rieran, para que fueran niños. La preocupación y el llanto..., bueno, eso le tocaba a ella. No a George y a Rose.

—¿Estáis listos? —preguntó Will—. La mejor forma de actuar sería no hablar a menos que os hablen. Siempre podéis fingir que sois tímidos.

—Bueno, hemos estado enfermos —declaró Rose—. ¿Debemos toser de vez en cuando? Podría desmayarme. Se me da bien. —Se llevó el dorso de la mano a la frente y se dejó caer contra el respaldo del asiento.

—La idea es pasar desapercibido —dijo su hermano—. No hables mucho y que no te recuerden.

—Pero divertíos —añadió Will—. ¿Recordáis? Pasteles, tartas y sabe Dios qué más.

—¿Cuántos días nos quedaremos después de la fiesta? —George se comió los huevos—. Hoy será fácil fingir. Siempre es más fácil mentir cuando todo el mundo está pendiente de otra cosa, como el baile o la fiesta. Pero después, me preocupa que a Rose se le olvide que se supone que es Flora.

—Le escribí a mi abuelo que solo podríamos quedarnos tres noches debido al trabajo de Will..., vuestro papá..., y ya llevamos un día de retraso.

—Porque al carruaje se le salió una rueda —recitó Rose—. Pero yo no me he asustado.

Esa era la historia más sencilla y Roger, su chófer, había accedido a contarla también si le preguntaban. El personal de Winnover volvía a hacer posible lo imposible por ellos.

—Has sido muy valiente, Flora.

—Gracias, mamá —bromeó la niña—. Por cierto, estás muy guapa. Creo que a mí también me gustaría tener un vestido lavanda algún día. Uno muy elegante, con cuentas como el tuyo.

Emmie vio por el rabillo del ojo que George abría la boca y la volvía a cerrar. Así era George, cuidando de su hermana aunque tuviera que negarse a recordarle que lo más probable era que la hija de un abogado no tuviera demasiadas ocasiones de llevar un elegante vestido de color lavanda. Por supuesto, bien podría tener intención de volver a vivir bajo una iglesia, lo que también excluiría un atuendo elegante. Will y ella iban a tener que montar guardia cuando volvieran.

—Estarías preciosa de lavanda —dijo Emmie, sonriendo—. Pero, por Dios bendito, estás espectacular de rosa.

—Sí que lo estoy. George..., digo, Malcolm..., también está guapo. Davis le ha anudado el pañuelo.

—Davis también me ha ayudado a mí a anudarme el pañuelo —dijo Will, tirando un poco de los sencillos pliegues.

—Yo lo he intentado primero, pero me ha salido un nudo —confesó Emmie, riéndose.

Will untó de mantequilla su tostada.

—¡Casi me estrangula!

Incluso George sonrió al oír eso. «Bien.»

—Por favor, divertíos hoy, niños. Os habéis esforzado mucho y sé que lo haréis lo mejor posible. Eso es todo lo que os pedimos.

George se llevó a la boca una pinchada de huevos.

—Se supone que no debo decir nada, pero le oí a Billet hablar antes de que nos fuéramos. Le ha pedido a Hannah que se case con él. Ha comprado una casa a las afueras de Birdlip para los dos.

Emmie parpadeó. ¿Su Hannah? La mujer nunca había dicho una palabra al respecto. Por supuesto, todo el mundo sabía que llevaba más de tres años enamorada de Tom Billet, pero esto...

—¿Estás seguro?

El chico asintió.

—Sé cosas.

Rose se agarró las manos y soltó un gritito.

—¿Una boda? ¿Puedo ser la niña de las flores?

Antes de que alguien pudiera señalar que los Fletcher no estarían en Winnover para cuando se celebrara una boda, Emmie le brindó una sonrisa.

—Creo que deberíamos esperar hasta que Hannah nos cuente la noticia y entonces podríamos sugerírselo. Que en caso de que necesite una niña de las flores, tú estarías disponible. Algo así.

—Pero...

—Porque, como bien sabes, Brockworth está a solo una hora de distancia. —Emmie se adelantó a las objeciones de George—. Así que, estés donde estés, estarías disponible.

—¿Significa eso que aún podríamos vernos?

Emmie apretó la palma de la mano contra su corazón para que no se le rompiera y se le saliera del pecho.

—Insisto en ello, Rose.

—Flora —susurró Rose—. Todavía estamos practicando.

—Sí. Tienes razón, Flora. Ahora, Malcolm y tú terminad de desayunar. Estamos a solo una hora de Welshire Park y la celebración del cumpleaños habrá comenzado de manera formal.

25

Esperaba que hubieran repasado todo lo que los niños iban a encontrarse. A los padres de Emmie, sir Fitzwilliam y lady Anne Hervey, se dirigirían como abuela y abuelo, y los pequeños no tendrían por qué reconocer a nadie más. Habían repasado los nombres y las relaciones en general, de modo que cuando conocieran a Frederick Chase sabrían que era el hijo mayor de la prima Penelope y cuando les presentaran a Roderick, lord Ramsey, de diez años, sabrían que debían hacer una reverencia, ya que era el tercero en la línea de sucesión al ducado.

Pero eran pequeños y no se podía esperar que se acordaran de todo. Mientras se comportaran y no se olvidaran de sus nombres ni mencionaran el orfanato o los robos, todo iría sobre ruedas. Emmie cruzó los dedos. Todo iría como la seda.

Después de desayunar, tomaron el primer carruaje y se dirigieron calle abajo, dejando que Hannah, Davis y la mayor parte de su equipaje los siguieran.

—Flora y yo no hemos podido evitar darnos cuenta de que habéis estado compartiendo dormitorio en las posadas donde nos hemos alojado, mamá y papá —dijo George mientras se apartaba de la ventanilla y se recostaba en el lujoso asiento de cuero.

A Emmie se le encendieron las mejillas.

—Malcolm y Flora son demasiado jóvenes para prestar atención a esas cosas.

—Y os he visto besaros esta mañana —señaló Rose, haciendo ruiditos con los labios—. Creo que es romántico.

—Yo también —señaló Will desde su asiento enfrente de Emmie.

—Mmm-hum. Bueno, Flora, ¿me dices qué relación tiene Lucy Chase contigo?

Rose cerró los ojos.

—Es nuestra prima segunda y tiene seis años —dijo, abriéndolos de nuevo—. Tiene el pelo rubio y rizado.

—Muy bien. Malcolm, háblame de Roderick Ramsey.

—Es lord Ramsey —dijo George, sentándose más erguido—. Tiene diez años y su padre es lord Talmot, el nieto mayor del duque de Welshire. El padre de Talmot es lord Heyton, el hijo mayor del duque de Welshire.

—Bien. ¿Y qué rango tiene lord Ramsey?

—Es vizconde. Su papá es conde, su abuelo es marqués y su bisabuelo es el duque de Welshire.

—Excelente. Si no sabéis quién es alguien, solo tienes que preguntar. Con tantos parientes allí, creo que ni siquiera yo los conozco a todos. Ah, y Malcolm, no olvides que tienes siete años.

George hizo una mueca.

—Soy mucho mayor. Siete son pocos.

—Sí, pero ocho significaría que Emmeline y yo tuvimos un hijo fuera del matrimonio —bromeó Will.

—A Deirdre la tuvieron fuera del matrimonio —suministró Rose.

—¿Y quién es Deirdre, si puede saberse? —preguntó Emmie, enarcando una ceja.

—Oh, Deirdre es una amiga nuestra de Winnover Hall. —Rose se inclinó hacia delante—. ¿Eso es verdad?

—Sí. Pero te ruego que no menciones a nadie de la mazmorra de piedra. Complicará mucho las cosas.

George se rio.

—Has dicho una palabra de la calle.

Emmie puso cara de inocente.

—¿De veras?

El resto del viaje transcurrió de forma tranquila, aunque que los niños estuvieran sentados en el borde de sus asientos era una buena señal de que seguían nerviosos. Ella también estaba nerviosa; iba a sumar más mentiras a las que había estado contando a todo el mundo, incluidos sus propios padres, durante los últimos siete años.

Pero los tres días en Welshire Park serían fáciles comparados con el que pasarían cuando regresaran a Winnover y tuviera que ayudar a Rose y a George a hacer las maletas por última vez antes de que todos se dirigieran a Brockworth y Will y ella regresaran solos. Emmie tomó aire. Eso sería más adelante. Pensar en esos momentos no serviría de nada y mucho menos ayudaría a sus nervios.

—Señor Pershing, casi hemos llegado —dijo Roger desde el pescante del cochero.

Los niños se subieron de inmediato a los asientos para mirar por las ventanas.

—¡Santo Dios, es enorme! —exclamó George—. Hace que Winnover parezca una casa de muñecas.

Una casa de muñecas muy bonita, cálida y confortable, pero sí, Emmie podía entender la comparación. A fin de cuentas, las tierras de su abuelo representaban más de la mitad de la comarca. Era lógico que su casa estuviera a la altura de la grandeza de sus propiedades.

—Hay gente por todas partes —dijo Rose, sujetándose el sombrero rosa con una mano mientras se asomaba a la ventana—. ¿Estamos emparentados con todos ellos?

—Con la mayoría, sí. ¿Estás lista? Porque creo que lo vas a hacer de maravilla.

—Estoy lista —dijo Rose—. ¿Y podemos comer toda la tarta y los dulces que queramos?

—Pero no eches las tripas encima de nadie si comes demasiado, Flora —añadió George.

—No lo haré. No soy un bebé, Malcolm.

Cuando el carruaje se detuvo y un par de lacayos vestidos de rojo y amarillo abrieron la puerta, Emmie intercambió una mirada con Will. Había llegado el momento. Las próximas horas decidirían sus destinos y lo habían apostado todo a dos huérfanos que habían pasado las últimas semanas robándoles.

—Su Gracia está en el jardín —dijo uno de los lacayos—. Son los últimos en llegar.

—Entonces, iremos a saludar. —Cruzó el vestíbulo con los niños, saludando a un primo sentado en la salita de la mañana con otras tres personas que reconoció de forma vaga. Aunque era la única hija de sus padres, su madre tenía seis hermanos y hermanas y algunos de ellos habían tenido al menos la misma cantidad de hijos. En el pasado se les llamaba, y con razón, «la tropa de Welshire».

El pasillo principal parecía eterno, y aunque intentó no prestar atención a los retratos de la familia que colgaban en cada tramo de pared que no estaba ocupado por una ventana, era evidente que los niños estaban fascinados.

—Esa se parece a ti —comentó Rose, señalando un cuadro de una bonita niña con perlas.

—Esa es mi madre —susurró, ofreciendo sus manos a los jóvenes—. Lady Anne. No os distraigáis ahora. Vais a tener que estar alerta.

—Yo estoy muy alerta —respondió la niña.

El personal había colocado varias carpas grandes en el jardín, debajo de las cuales se ofrecían bebidas y manjares, y había sillas repartidas por todo el espacioso terreno. Tal y como esperaba, todos..., o más bien los niños, recibieron más de una mirada curiosa cuando se dirigieron a la carpa de mayor tamaño y al grupo de personas que había a su sombra.

Will tomó la mano libre de Rose y sonrió a Emmie por encima de la cabeza de la niña.

—Yo no apostaría contra nosotros —murmuró—. Estamos radiantes.

—Oh, sí que lo estamos —convino Rose.

—Ya estáis aquí —dijo una voz grave desde las profundidades de la carpa—. Empezaba a preguntarme si teníais intención de ignorar por completo mi cumpleaños.

Emmie respiró hondo, soltó a los niños y avanzó mientras la multitud le abría paso. A medida que las faldas y los calzones de la multitud se apartaban, dejaron al descubierto a un hombre con el pelo color gris sentado en lo que bien podría haber sido un trono de hierro en lugar de una silla de terciopelo rojo.

—Su Gracia —dijo, haciendo una reverencia antes de acercarse para besar su demacrada mejilla—. Abuelo.

Él la miró y luego dirigió la mirada más allá, detrás de ella.

—Emmeline. William. Y estos son mis bisnietos, ¿verdad? No parecen enfermos.

—Me alivia decir que están muy recuperados este año —respondió Emmie—. Malcolm, Flora, venid a conocer a vuestro bisabuelo.

Will tuvo que empujarlos por detrás. Primero Rose y luego George avanzaron como si estuvieran caminando sobre cristales rotos.

—Soy Malcolm —dijo George, y se inclinó profundamente por la cintura.

—Soy Flora Pershing —añadió Rose, haciendo una reverencia tan exagerada que casi se sentó en el suelo—. Hola, Su Gracia.

—Sabemos quién eres, ¿verdad? —dijo el duque a la cada vez mayor multitud—. Os hemos estado esperando desde ayer.

—Se le rompió una rueda al carruaje —explicó Will—. Enviamos una nota.

—Sí, sí. Todo el mundo es muy gentil. Adelante, pues. Uníos a los otros buitres. El almuerzo se sirve dentro. Hace demasiado calor para hacerlo aquí fuera.

Un momento después se acercaron la madre y el padre de Emmie.

—Bueno, hola, Malcolm y Flora —dijo lady Anne, golpeando a Rose en una mejilla con un dedo índice—. Sois encantadores, ¿no es cierto? —Besó a Emmie en la mejilla—. Empezaba a pensar que eran leprosos —susurró—. Sin embargo, parecen muy normales.

Las cosas que se le ocurrieron a Emmie en respuesta al comentario de su madre se habrían juzgado con mucha más dureza que las palabras de la calle.

—Flora, Malcolm, estos son mis padres. Vuestros abuelos.

—Sir Fitzwilliam y lady Anne —murmuró Rose, y rodeó con sus brazos la cintura de su falsa abuela—. Es un placer conocerte, abuela.

—¡Oh! Es un placer conocerte, Flora. Y a ti también, Malcolm. —Se acercó para acariciar la mejilla de George.

Cuando lady Anne se enderezó de nuevo, Will estrechó la mano de sir Fitzwilliam.

—Veo que Su Gracia es tan afectuoso como siempre —murmuró.

—Hay cosas que nunca cambian. Malcolm Ramsey es la principal. —El padre de Emmie dio una palmadita en la cabeza a sus nietos de mentira, como si fueran perros—. Me alegro de que por fin hayas decidido permitir que estos jóvenes salgan a la luz del día, William. Un hombre quiere ver que su linaje continúa, aunque sea bajo el apellido de otra familia.

Will se encogió de hombros.

—Culpo a los médicos, que nos decían que los mantuviéramos alejados de todo el mundo. Por fortuna, han mejorado este otoño.

—¿Está Penelope aquí? —preguntó Emmie, aunque ya sabía la respuesta. La prima Penelope nunca perdía la oportunidad de congraciarse con su abuelo.

—Sí. Creo que llegaron un día antes, Howard, los tres pequeños y ella. Los niños están jugando junto al estanque, por si los tuyos quieren unirse a ellos.

—¿Queréis uniros a ellos? —preguntó Emmie.

—Sí, por favor —respondió Rose y George asintió.

—Muy bien. No os agotéis demasiado —les indicó Emmie, pues, a fin de cuentas, habían estado enfermos durante la mayor parte de sus imaginarias vidas—. Y nos veremos dentro para el almuerzo.

Cogidos de la mano, los pequeños Fletcher se encaminaron con paso alegre hacia el estanque de Welshire Park y Emmie rezó una rápida oración para que al final de los próximos tres días Will y ella siguieran llamando hogar a Winnover Hall.

Dos horas más tarde, Penelope Chase se sentó a la derecha de Emmie, más o menos en el centro de la larguísima mesa del comedor.

—Me preguntaba si aparecerías —dijo su prima sin preámbulos.

—Hola, Penelope. Yo también me alegro de verte. Y gracias por tu preocupación, pero estamos bien. Por suerte el carruaje iba por terreno llano cuando la rueda se soltó.

La mujer de pelo rubio se inclinó hacia atrás para mirar por encima del hombro de Emmie.

—William. Por fin te has dignado a reconocer a tus hijos. Empezaba a pensar que te los habías inventado.

Emmie esbozó una sonrisa forzada.

—No todos podemos tener hijos tan sanos y orondos como los tuyos. Hablando de eso, ¿dónde están los pequeños?

Su prima señaló hacia el ala este de la casa.

—Ya sabes cómo es el abuelo, con su «Es mejor no ver ni oír a los niños una vez que se han incorporado a la familia». Les ha puesto una mesa separada en el pequeño salón de baile.

«Oh, Dios santo.» Quería haber dedicado unos momentos a preguntarles a Rose y a George qué tal les había ido, si necesitaban más información y si se lo estaban pasando bien. Consideraban que Winnover era opulento, así que Welshire Park debía ser como el gran palacio de un maharajá a sus ojos.

—He hablado con mi Frederick —continuó Pen, nombrando a su hijo mayor—. Le he dicho específicamente que haga que Malcolm y Flora se sientan bienvenidos, ya que no conocen a ninguno de sus parientes.

—Es muy amable por tu parte. —Según recordaba, Frederick era un imbécil malcriado unos meses más pequeño que George, pero eso solo significaba que George y Rose no tendrían ninguna dificultad para ser más astutos que él.

—¿Vas a confesar alguna vez que me tomaste el pelo, Emmie? ¿O al menos a admitir que mientras me felicitabas por haber ganado Winnover, Hall Will y tú ya teníais un plan para casaros antes?

Emmie sonrió.

—Cuando hablé contigo, no tenía ni idea de que me casaría con Will. —Su marido, que estaba sentado al otro lado, le acarició el codo con los dedos—. Sin embargo, estoy muy contenta de haberlo hecho. Y no solo por el bien de Winnover.

Su prima entrecerró los ojos.

—Entonces guárdate tus sucios secretillos, tú y tu vida perfecta. No me importa.

En este momento su vida no parecía tan perfecta, pero parecían estar cerca de guardar sus secretos, lo que tendría que ser suficiente.

El duque de Welshire se puso en pie al fondo de la mesa, tan lejos que bien podría estar en otra comarca. Cogió una copa y la golpeó con un cuchillo, aunque la sala se quedó en silencio en el momento en que se levantó.

—Gracias a todos por venir a mi fiesta de cumpleaños —dijo—. La mayoría sabéis lo que pienso de vosotros, pero me hace mucho bien ver a tantos que lleváis sangre Ramsey reunidos a mi alrededor. Aunque se haya diluido, sigue siendo mi legado. Y algunos incluso sois respetables. Así que, feliz cumpleaños para mí. —Levantó su copa.

Todos se pusieron de pie, le desearon también un feliz cumpleaños, aunque no repitieron los insultos, y bebieron. Acto seguido se sentaron de nuevo, y mientras los sirvientes traían el primer plato, Emmie escuchó un ruido en la distancia. Un chillido claro y agudo que parecía el de un joven muy enfadado y muy familiar. «¡Oh, no!» Se puso en pie.

—Discúlpame.

Hacía años que no iba a Welshire Park, por lo que tardó un momento en encontrar el pequeño salón de baile. Mientras buscaba, el sonido de cristales rompiéndose la llevó a pasar de largo dos puertas más y un corto pasillo, y entonces entró en... el infierno.

—¡Vuelve a decir, imbécil! —exigió George.

Lord Ramsey, de diez años, empujó al niño en el hombro.

—He dicho que no debes estar aquí. Los sirvientes comen en la cocina y tú ni siquiera eres apto para estar allí.

—¡Puede que en el establo! —intervino Frederick Chase..., y un huevo se estrelló de repente en su frente.

Más huevo crudo golpeó a Emmie en el hombro, el sonido era una extraña combinación de crujido y chapoteo. El líquido se deslizó por su escote y su corpiño lavanda, hasta la cinta de su cintura, de un verde amarillento parecido al vómito, lleno de trocitos de cáscara de huevo.

—¡Malcolm! —dijo con su tono más severo.

—¡He venido por la tarta! —gritó George, con la cara roja y los puños cerrados. Se subió a la mesa—. ¡El gallina de Frederick Chase dice que no hay tarta y yo no voy a ser educado mientras estos cachalotes embusteros me insultan!

—Sabes que no has venido por la tarta —dijo Emmie, con voz baja y serena.

—¡Eso es lo que tú te crees! —Dicho eso, George sacó otro huevo del cubo que había requisado.

—No lo hagas —lo advirtió, alejándose un poco para poner más distancia con los cuatro niños chillones, manchados ya de huevo, que tenía más cerca.

Quienquiera que hubiera decidido que había que reservar toda una habitación separada para que los jóvenes almorzaran era sin duda un idiota. Por otro lado, tenía que admitir que nadie podría haber contado con sus hijos. Desde luego la cocinera no lo había hecho o no habría dejado un cubo de huevos frescos en cualquier lugar donde el ingenioso niño de ocho años pudiera encontrarlos.

George lanzó el huevo. Esta vez Emmeline lo vio venir y se agachó. Justo detrás de ella, un gruñido fue la respuesta al golpe y el crujido. Se arriesgó a mirar por encima del hombro y vio a su marido en la puerta, paralizado mientras de su corbata, antes blanca, chorreaba yema amarilla y cáscara de huevo marrón claro.

Will tomó aire, con los ojos entrecerrados mientras evaluaba el caos de la habitación.

—Veo que esto va bien —comentó, haciéndole un gesto a Emmie para que fuera hacia la izquierda mientras él rodeaba otro grupo de jóvenes embadurnados de comida a la derecha.

—Casi logramos pasar el almuerzo —respondió, sonriendo de forma sombría.

—Estoy bastante orgulloso de nosotros, cielo. —Se escabulló detrás de una columna y se agachó para que no se le viera.

—¡Baja de esa mesa, jovencito! —ordenó Emmie, tratando de mantener la atención de George centrada en ella hasta que Will pudiera abrirse paso por detrás del campo de batalla sembrado de comida—. En esta familia usamos las palabras. No los puños. Y mucho menos los huevos. —Un puñado de guisantes llovió a su alrededor, de los que al menos uno se coló por el escote de su vestido y se aplastó con frialdad contra su pecho—. ¡Ni verduras! —Ni siquiera habían servido guisantes; sabía Dios cómo habían acabado en sus bolsillos.

—¡Hay tarta, Georgie! —anunció otra voz familiar desde algún lugar detrás de la mesa, donde otra docena de niños se agazapaban detrás de las sillas, de las columnas y de sus padres, mientras los adultos empezaban a llegar desde el comedor—. ¡La he encontrado en el pasillo de la cocina!

En el borde de la mesa apareció tambaleándose un plato con un bulto blanco deforme, que con toda seguridad hasta hacía poco era una tarta decorada con refinamiento. El pelo castaño con cintas blancas y rosas y la cara ovalada de Rose aparecieron detrás del amasijo.

—Era demasiado grande, así que te he traído la parte de arriba.

—Ya no importa, Rosie —respondió George, agachándose para agarrarle la mano y subirla a la mesa con él—. No la queremos. ¡El estúpido lord Roderick Ramsey cara de cerdo ha dicho que éramos unas ratas de alcantarilla no aptas para comer su refinada comida y también que tenías pulgas en el pelo.

—¡Yo no tengo pulgas! —gritó Rose al tiempo que se agachaba para agarrar un puñado de pastel y se lo arrojaba al acobardado Roderick, vizconde Ramsey, sumándose al huevo chorreante que ya cubría la frente del joven vizconde—. ¡Era un escarabajo y me lo has puesto tú, pedazo de pánfilo!

El glaseado arrojado salpicó el vestido de Emmeline, pero la mayor parte acabó a su izquierda, en la parte delantera del torso de su prima segunda..., ¿o era tercera?

—Esto no ayuda a vuestra causa, niños —dijo, manteniendo el nivel de voz.

—No tenemos ninguna causa. Hemos hecho lo que nos pediste ¡y mira! Solo les importa la estupidez, la elegancia y el esnobismo, y eso no es lo nuestro. ¡Creo que deberíais mandarnos de vuelta al orfanato!

Rose se agachó a por un cuchillo de mesa y apuntó a Roderick.

—¡En guardia, pánfilo andrajoso!

En ese momento, Will emergió de golpe del caos y agarró a un niño con cada brazo. Emmie se acercó por delante, apartando el cubo de huevos de un empujón para que no pudieran alcanzarlo.

—Agarra a uno —gruñó Will, tendiéndole a Rose.

Emmeline rodeó con ambos brazos a la niña de cinco años, que se retorcía y gritaba, y agachó la cabeza para hablarle a Rose al oído.

—Esto es culpa mía —susurró—. Respira hondo. Nos ocuparemos de todo.

Sin embargo, se quedó paralizada al darse la vuelta. Los familiares apiñados, jóvenes y viejos, los niños embadurnados de huevo, de tarta y de sabía Dios qué más, los padres con el ceño fruncido y gritando por la comida y por los insultos arrojados a sus hijos, se callaron. Un instante después, vio la razón del repentino silencio.

El duque de Welshire en persona estaba en la puerta.

—¿Qué diablos está pasando aquí? —preguntó entre dientes con voz grave y tensa.

Emmie inspiró hondo y se cargó a la sollozante Rose sobre su otro hombro. Al hacerlo, un tenedor de plata cayó del dobladillo del vestido rosa de la chica al suelo.

—Sí. Creo que le debo una explicación, abuelo.

26

—He sido yo quien lo ha estropeado todo —murmuró George, tratando de zafarse de Will, que lo agarraba del brazo—. Rose ha dicho que le gustaba que la señora P..., y no mamá..., le leyera a la hora de acostarse y yo he intentado distraerlos a todos diciendo que sabía lanzar centavos y que me enfrentaría a cualquiera y entonces... —Extendió las manos y movió los dedos como si la suciedad se deslizara por ellos—. Todo se desmoronó.

—¿Quién empezó a insultar a quién? —preguntó Will en voz baja, manteniendo el paso detrás de Emmeline y Rose, que a su vez seguían al duque de Welshire a las profundidades de su enorme casa—. La verdad, porque te he oído usar descripciones bastante soeces.

—Se han dado cuenta de que no éramos hijos vuestros y han empezado a llamarnos gitanos, luego han dicho que los gitanos nos habían vendido a vosotros y entonces Rose ha dicho que éramos huérfanos. Ese maldito lord Ramsey le ha puesto un escarabajo en el pelo y se ha puesto a gritar que tenía piojos, y después Frederick Chase ha dicho que debíamos estar en un establo. He tenido que tirarle un huevo para que se callara.

—No puedo decir que te culpe, muchacho.

—Pero lo he estropeado.

No cabía duda de que todo se había desmoronado, a menos que Emmeline se inventara otra de sus magistrales historias sobre lo fértil que era la imaginación de sus hijos y que siempre se turnaban para inventarse historias con las que pasar el rato mientras estaban enfermos en la cama. «Hum.» Quizá funcionara.

Agarró a Emmeline del hombro y le susurró un resumen básico.

—De todos modos, es más probable que Welshire te crea a ti antes que a eso pomposos mocosos que se burlan de nuestros hijos —terminó.

Ella asintió.

—Podría funcionar —le susurró ella—. Bien pensado.

Will se inclinó para hablar con George cuando llegaron al gran estudio del duque.

—Todavía no está todo perdido. Quédate callado y escucha.

El chico asintió mientras se secaba las lágrimas de la cara.

El duque tomó asiento detrás de su enorme escritorio de caoba. Apoyó los dedos en la superficie bien pulida y asintió.

—Sentaos.

Emmeline se sentó en una de las sillas frente al escritorio, con Rose gimoteando en su regazo. Will le cedió la segunda silla a George y se puso al lado de su mujer, con una mano en su hombro.

—Buena la has hecho, jovencito —dijo Welshire, mirando a George—. Y lo que es más importante, lo has hecho en mi casa. Explícate.

—Yo...

—Malcolm y Flora han pasado la mayor parte de su vida con la única compañía del otro —interrumpió Emmeline antes de que George pudiera confesar nada—. Y durante gran parte de ese tiempo han estado bastante enfermos. Inventamos cuentos, contamos historias, cosas para mantener su imaginación ocupada y aliviar su aburrimiento. Es evidente que Flora les ha contado uno de nuestros cuentos a los demás niños y eso ha hecho que se burlaran de ella. Malcolm ha intervenido para defenderla cuando han empezado a llamarla mentirosa.

—Y bebé —añadió Rose.

El duque los miró a cada uno con dureza, sin duda con la intención de inducirlos a confesar cualquier falsedad. Bueno, había elegido intimidar a la familia equivocada. Ninguno se inmutó.

—¡Bah! —gruñó Su Gracia—. Entonces os recuerdo que esta fiesta es sobre mí. Mi legado. No permitiré que se causen más alteraciones.

Y mucho menos tu familia, después de que te hiciera un regalo tan generoso y tuvieras una descendencia tan enfermiza, Emmeline. Cualquiera de tus primos te lo quitaría con gusto si pudiera.

—Soy consciente de ello, Su Gracia. Se lo agradezco.

—Sí. Y ahora marchaos. Y discúlpate con tus superiores por arrojarles comida, muchacho. Ramsey es un maldito vizconde. —Resopló—. Tu padre trabaja para el gobierno. —Emmeline se puso de pie y le hizo un gesto a George para que la siguiera. Sin estar muy seguro de haber oído lo que creía haber oído, Will los siguió hasta el pasillo—. Y cierra la puerta. Necesito un momento de tranquilidad lejos de los buitres.

Will cerró la puerta y cogió a Rose de brazos de Emmeline.

—Vaya.

—Vaya —repitió—. Es evidente que lo hemos conseguido.

—Pero todos los demás niños nos estaban llamando huérfanos, pobres y estúpidos —murmuró George, apretando de nuevo los puños—. Lo saben todo.

—Saber algo y que te crean son dos cosas muy diferentes —dijo Will—. Sugiero que nos quitemos esta ropa manchada de huevo, demos un paseo para que todo el mundo tenga tiempo de serenarse y luego nos retiremos a nuestras habitaciones hasta la cena.

—No me voy a disculpar.

—No, no lo harás. Vamos a ignorarlo.

—Entonces, ¿hemos ganado? —preguntó Rose, poniendo su mano en la barbilla de Will y haciendo que girara la cabeza hacia ella.

—Creo que sí. —Todavía cabía la posibilidad de que les cuestionaran, sobre todo si el hijo de Penelope Chase le contaba la conversación a su madre, pero Emmeline había montado la historia de manera impecable, con una base firme y ligeros detalles—. Emmeline tiene una gran habilidad con las palabras.

Rose suspiró.

—Bueno, eso está bien. Me preocupaba que no os quedarais con Winnover Hall y que no hubiéramos cumplido el acuerdo como habíamos prometido.

Emmeline se detuvo de repente. Por un momento Will ni siquiera estaba seguro de que estuviera respirando.

—¿Emmeline?

Ella volvió a la vida, parpadeando, y se dio la vuelta hacia él.

—Creo que tengo una solución —susurró, y le enmarcó las mejillas con las manos, ahuecando su rostro como había hecho Rose—. ¿Estás conmigo?

—Siempre —murmuró, con el corazón latiéndole con fuerza.

Emmie le dio un rápido beso antes de soltarlo.

—Ven conmigo. —Se recogió la falda y prácticamente marchó con paso firme hacia la puerta del estudio del duque.

Rose se apartó de su pecho, por lo que Will la dejó en el suelo y siguió a Emmeline a buen paso, como una dama en miniatura. George fue el siguiente y se puso a la cola. Sin tan siquiera detenerse a llamar, Emmeline abrió la puerta sin miramientos y entró en el estudio del duque.

—¿Qué diablos haces? —preguntó Su Gracia, dejando a un lado un vaso medio vacío de algo que olía a whisky.

—Le he mentido, abuelo —dijo Emmeline, sin detenerse hasta apoyar las manos sobre el escritorio—. Will y yo intentamos tener hijos durante meses después de nuestra boda. No tuvimos éxito. Pero yo sabía que un hijo era parte vital de nuestro acuerdo para residir en Winnover Hall, así que me inventé uno. Me inventé dos, en realidad.

El duque parpadeó y se volvió hacia Will.

—Tu esposa está tocada de la cabeza. Te ruego que te la lleves.

Pero Will miró a Emmeline. Por Dios, vaya si había encontrado una solución.

—Yo solo trabajo para el gobierno —replicó—. Pero mi mujer está diciendo la verdad. Ahora, es decir. Antes mentía. Todos mentíamos. Cuando recibimos su invitación y supimos que debíamos traer a nuestra prole, visitamos el orfanato de St. Stephen en Londres y nos llevamos a estos dos niños durante una temporada. Decidle a Su Gracia cómo os llamáis, niños. Vuestros verdaderos nombres.

George hinchó el pecho.

—Yo soy George Fletcher, Su Gracia. Y no tengo siete años. Tengo ocho años.

—Yo soy Rose Fletcher —dijo Rose, y volvió a hacer una reverencia—. Tengo cinco años, como dije, así que no mentí sobre eso.

—Huérfanos. —Parecía que el duque de Welshire acabara de pisar mierda de caballo con los pies descalzos—. Pediste prestados a unos huérfanos. Del Hogar de St. Stephen para Niños Desafortunados. Donde se dedican a los hijos de marineros y estibadores muertos y otros desafortunados a lo largo del Támesis.

«¿Cómo?» Will no sabía eso.

—Sí —respondió de todos modos.

—Así que no tenéis hijos.

Emmeline irguió la cabeza.

—No, Su Gracia, no tenemos. Will y yo tenemos la intención de quedarnos a estos dos, si nos aceptan.

George, que estaba a su lado, ahogó un grito. Rose chilló y abrazó a Emmeline por detrás. Will asió la mano izquierda de George. El chico estaba temblando. Emmeline, aunque agarraba con fuerza su otra mano, no temblaba. Y él tampoco.

—Ese no fue el acuerdo que firmaste —afirmó el duque—. Estos no son de mi sangre. No son parte de mi legado.

—No, no lo son, Su Gracia. Si tiene a bien concedernos treinta días de gracia, nos marcharemos de Winnover Hall. Sé que la prima Penelope lleva años deseando hacerse con ella. Me imagino que estará encantada.

Malcolm Ramsey frunció el ceño.

—Intentas convencerme de que te permita quedarte. No funcionará.

—No intento hacer tal cosa. Will y yo llevamos un mes buscando la manera de quedarnos con estos dos sin convertir el resto de sus vidas en una gran mentira. Me he quedado bastante sorprendida cuando hace un momento me he dado cuenta de que la mejor manera de lograrlo era tan simple como contarte la verdad.

—Creciste en Winnover. Me has dicho infinidad de veces lo mucho que la adoras. ¿A qué juegas, Emmeline?

Ella sacudió la cabeza.

—No juego a nada. Quiero a estos pequeños más que a un montón de madera y piedra, por muy bonito que sea. No hemos cumplido nuestra parte del acuerdo. Es para Penelope Chase. —Tomó aire—. Y como tenemos que desalojarla, nos iremos de Welshire de inmediato para comenzar a recoger nuestras cosas. Gracias por su hospitalidad, Su Gracia. Feliz cumpleaños para usted. Y mis mejores deseos para su legado. —Se dio la vuelta.

—Solo un maldito minuto, Emmeline.

—No. Creo que ya he hablado. ¿Me he dejado algo, Will?

—No se me ocurre nada, cielo. Feliz cumpleaños, Su Gracia.

—Feliz cumpleaños, Su Gracia. Siento que ya no seas mi abuelo, pero me alegro de que no nos conviertas en sapos. —Después de hacer una reverencia, Rose se dirigió a la puerta.

—Yo no lo siento —dijo George, tomando la mano de su hermana—. Eres un matón que intenta intimidarnos a todos.

Will abrió la puerta, acompañando a su prole..., su familia..., de vuelta al pasillo.

—Bien dicho, George.

—¡Fuera! —bramó el duque, y George cerró la puerta al viejo.

Así pues, todo había terminado. Will atrajo a Emmeline contra sí.

—Has encontrado una solución.

—Odio perder Winnover, sobre todo a manos de Penelope, pero míralos —murmuró, mientras los niños daban saltitos a su alrededor, llevados por el entusiasmo—. Pueden ser nuestros.

—Habrá que hacer malabares, sobre todo si Hannah y Billet acaban de comprar una casa en Birdlip —dijo—. Y sabes que Penelope no mantendrá al personal.

Emmeline asintió.

—Lo sé. También perderemos a muchos amigos por esto. A la mayoría les he estado mintiendo durante siete años. Y tú perderás tu puesto.

Will se encogió de hombros. Unos meses antes eso lo habría destrozado.

—No tendré tiempo. Estaré ocupado en ser padre.

Rose se giró y miró a Emmeline mientras se agarraba de nuevo a su cintura.

—¿Ahora soy Rose Pershing? ¿O Flora?

—Eres Rose Pershing, cielo mío. O lo serás en cuanto firmemos algunos documentos.

—Eso está muy bien. Me gusta ser Rose. No quería decir nada, pero Flora es un nombre tonto.

Emmeline reprimió una sonrisa.

—Bueno, Flora era de mentira. Tú eres real.

—Ojalá no tuviéramos que dejar de vivir en Winnover Hall. Es preciosa.

Durante un largo momento Emmie consideró lo que Rose había dicho. Winnover era preciosa, majestuosa, cálida y familiar. Echaría de menos las colinas verdes, la piedra amarilla y la manera en que el sol brillaba en el estanque por las mañanas.

—La echaré de menos —dijo, colocándole un mechón de pelo que había caído sobre la sien de la niña—. Pero echarte de menos a ti sería mucho más duro.

—Oh, lo sé —convino Rose—. Si necesitamos un sitio para dormir, George y yo conocemos algunos buenos lugares en Londres.

—Todavía tenemos Pershing House, boba, y una casita muy pequeña en York llamada Arriss House —respondió Emmie—. No hace falta que durmamos en el sótano de ninguna iglesia.

—Menos mal. No quiero estropearme ninguno de mis vestidos. —La niña se enderezó, mirando su vestido rosa manchado de huevo y de tarta—. Ninguno más. Pero me preocupa que acabemos en York.

—James no estará allí, ¿verdad? —preguntó George.

—Si está, tiene una buena razón para mantenerse bien lejos de nosotros —dijo Will, alborotando el pelo del muchacho—. Y ahora que la verdad ha salido a la luz, no tiene nada con qué amenazarnos.

Mientras subían las escaleras hacia las habitaciones que les habían asignado, George se detuvo en el rellano.

—Hay algo que deberías saber. Antes incluso de James y después de que se fuera, Rosie y yo hemos estado cogiendo cosas de Winnover Hall que creíamos que podíamos vender. Porque pensábamos escaparnos cuando termináramos aquí, tal vez para vivir en Gloucester.

Will asintió.

—Me di cuenta de que faltaban algunas cosas. Gracias por decírnoslo.

—Pero Powell nos descubrió y ha estado recuperando las cosas. Pero nosotros lo sabíamos, así que buscamos un escondite mejor, pero no queríamos herir los sentimientos de Powell, así que seguimos dejando algunas cosas donde pudiera encontrarlas.

—¿Habéis cogido cosas de más para que Powell pudiera encontrarlas y devolverlas?

Will apretó los dientes mientras en sus ojos danzaba una expresión alegre.

—Sí. No nos delató aunque podía hacerlo, así que lo ayudamos a devolver algunas.

—Y Hannah no ha parado de arreglarme los dobladillos, incluso cuando los cubiertos pesaban demasiado y se descosían —repuso Rose—. Pueden quedarse con nosotros, ¿verdad?

Eso explicaba el problema con los dobladillos. Qué chiquilla tan inteligente.

—Ya se nos ocurrirá algo, niños —dijo Emmie, porque parecía necesario algún tipo de reacción. No tenía ni idea de cuál. Winnover era un hogar para más de una docena de empleados y varios de ellos tenían familia en la zona. Penelope no se quedaría a la mayoría de ellos, pero, por el amor de Dios, todos se habían convertido en una familia. Dios bendito, ahora eran una familia. Todos juntos.

—Si vendemos Arriss, podríamos comprar algo cerca de Winnover —aventuró Will al hilo de ese pensamiento—. Tu prima se convertiría en nuestra vecina y sería... mucho más pequeño de lo que estás acostumbrada, pero no trastocaría la familia.

Emmie le agarró la cara y lo besó justo en la escalera.

—Te quiero, William Pershing —declaró.

—He esperado mucho tiempo para que dijeras eso, Emmeline Pershing —aseveró con vehemencia y le devolvió el beso—. Te quiero.

De modo que así iba a ser la vida para ellos. Caótica, salpicada de amistades perdidas y alianzas inestables, siendo responsables de un par de ladronzuelos posiblemente reformados, ayudándolos a convertirse en adultos amables y responsables y manteniendo su enmarañada alianza, llena de amor. Desordenada y alegre. Y perfecta.

Epílogo

—No, Hannah, deja eso —dijo Emmie, levantando la vista mientras colocaba un par de candelabros en una caja de madera y los cubría con paja antes de meter otro par—. Creo que era del tío Harry.

La doncella volvió a dejar el jarrón amarillo sobre la mesa.

—Es bastante horrendo, si se me permite decirlo.

—Te lo permito. —Emmie rio—. Al menos tengo la satisfacción de dejar aquí todas las cosas que nunca quise. Que Penelope decida qué hacer con ellas.

William apareció en la puerta del salón. Con las manos apoyadas a ambos lados del marco de la puerta, se asomó a la habitación.

—Emmie. Ven a ver esto.

Emmeline dejó los candelabros para seguir hasta las ventanas de la biblioteca con vistas al jardín, a parte del estanque y al huerto de manzanos que había más allá. Rose y George salieron del huerto, con un trozo grande y sucio de arpillera entre ellos. Lo que había en la arpillera parecía pesar mucho y la parte central iba dando en el suelo.

—Supongo que son sus mal habidos bienes —comentó Will.

—¡Santo cielo! Es un milagro que nos queden muebles en la casa.

Will le pasó el brazo por los hombros.

—Nuestros queridos y pequeños malhechores.

Emmeline resopló y le rodeó la cintura con el brazo.

—¿Has tenido noticias de Michael Fenmore?

—Sí, esta misma mañana. Como es natural, no le ha sorprendido mucho que hayamos decidido quedarnos con los niños. Se ha ofrecido a redactar el papeleo para la adopción.

—Es muy amable de su parte. Deberíamos invitarlos a nuestro nuevo hogar cuando lo encontremos.

—Lo encontraremos. Aunque nuestras finanzas se verán reducidas sin los ingresos que hemos estado percibiendo aquí, incluso después de que vendamos Arriss House. La nueva casa será más pequeña. Mucho más pequeña. —Se arrimó más—. No será necesario tanto personal —susurró.

—Todos ellos se vienen con nosotros —respondió entre susurros—. Ahorraremos dinero organizando menos veladas.

—Porque tendremos menos amigos.

Emmeline asintió.

—He escrito a mis padres y se lo he contado todo. No espero tener noticias de ellos hasta dentro de un tiempo. —Su madre no pararía de decir: «lo sabía» y, antes de eso, «algunas mujeres no están hechas para ser madres», pero lady Anne podía cerrar el pico, la vieja cascarrabias. «¡Ja!» También ella había aprendido unas cuantas cosas nuevas.

—Yo también. No tengo ni idea de cómo reaccionarán mis padres.

Levantó la mirada hacia él y suspiró.

—Espero que al menos me echen la culpa a mí. No hay razón para que tus padres se enfaden contigo.

—Somos compañeros —afirmó Will, como si eso lo explicara todo. En cierto modo, sin embargo, así era.

Mientras observaban, Powell apareció en el jardín. Los niños dejaron su fardo y, después de hablar durante un momento, George le tendió la mano al mayordomo. Para su sorpresa, Powell se la estrechó. Y, lo que resultaba aún más asombroso, el mayordomo agarró el lado de Rose de la arpillera y ayudó a George a llevarla hacia la casa.

—Es estupendo ver que toda la familia se lleva bien —dijo Will con sequedad, haciéndola reír.

—Así que no estabas buscando mi compasión —una voz ronca llegó desde la puerta.

Emmie ahogó un grito, soltó a Will y se giró.

—¿Su Gracia?

El duque de Welshire entró en la biblioteca como si fuera su dueño, lo que técnicamente era así. Por una vez, lo primero en lo que pensó al verlo no fue en recordar qué mentira había dicho por última vez para poder continuar con la historia, sino en lo decepcionado que estaría Powell por no haber recibido él al duque en la casa.

Su abuelo la miró fijamente mientras cruzaba la habitación, con el bastón de empuñadura de marfil en una mano.

—Pensé que estarías aquí sentada, sin haber recogido nada, imaginando que enviaría un mensaje diciendo que habías ablandado mi corazón y que había decidido dejar que conservaras Winnover —dijo el duque, uniéndose a ellos en la ventana—. Por estúpido que eso fuera. —Miró hacia el jardín—. ¿Qué es eso?

—George y Rose están devolviendo todos los objetos que robaron de la casa —informó Emmeline.

—Os robaron.

—Bueno, sí. Les dijimos a los niños que los tomábamos prestados durante ocho semanas y que les encontraríamos un buen hogar cuando volviéramos de su fiesta. Me imagino que estaban haciendo planes por si no les gustaba el hogar que elegíamos. Creo recordar que había cierta preocupación por una granja de cerdos.

Su abuelo la miró.

—Has cambiado, Emmeline. No me gusta.

—Sí, pero ahora yo me gusto mucho más, así que no voy a pedir disculpas.

Miró hacia la ventana y volvió de nuevo a ella.

—Ese pequeño bruto me llamó matón.

—Significa abusón —proporcionó Will.

—Ya sé lo que significa —repuso de nuevo con brusquedad el duque—. En cuanto te fuiste, Penelope vino a buscarme, gritando sobre huérfanos y tramposos. Tu prima me exigió que le entregara Winnover Hall. —Frunció el ceño—. Por eso me queréis todos, ¿no? Por las cosas que puedo daros.

—Por eso la mayoría vamos a verlo cuando lo pide, sí. —No parecía tener sentido mentir ahora, decidió Emmie. Ya se había hartado—. Puede ser muy desagradable.

—Soy viejo. Es lo que se espera.

¿Eso era un toque de humor? Si era así, no sabía qué pensar de eso... ni de él.

—Pero no es necesario —dijo al cabo de un momento.

—¡Ja! Demuestra lo que sabes. Este año voy a celebrar la Navidad en Welshire, para toda la prole, gavilanes, buitres y demás carroñeros. Vosotros vais a venir.

No era precisamente una invitación, pero no obstante era inesperada.

—Hemos arruinado su legado y le hemos avergonzado ante la sociedad, ¿no es así?

—Sí, lo habéis hecho. Sin embargo, al menos tú sigues siendo de la familia, Emmeline.

—Lo consideraremos. Si nos unimos a vosotros, llevaremos a los niños. Y habrá reglas sobre el comportamiento de su descendencia hacia ellos.

—Oh, así que ahora que no me necesitas, tú pones las reglas, ¿no?

—¿En lo que respecta a mis hijos? —replicó Emmie—. Sí, las pongo yo. Nosotros.

—Creo que ya estaba implícito —adujo Will con una sonrisa.

Emmeline se volvió hacia él.

—Oh, bien, porque no quería que pensaras...

—No lo he hecho.

—¡Por el amor de Dios! —estalló el duque—. ¡Quedáosla!

—¿Qué? —Emmie volvió a mirar a su abuelo. Lo primero que le vino a la cabeza fue preguntarse qué era lo que debía quedarse. Cuando se dio cuenta de a qué debía referirse, el corazón le dio un vuelco.

—Si está jugando con nosotros o si se está vengando de nosotros por nuestras mentiras, iré a buscar unos huevos y se los voy a tirar.

—¡Ja! —Se mantuvo ahí, con una expresión seria y los ojos entrecerrados, pero... ¿cargados de diversión? No. No podía ser eso—. Penelope es una aduladora. Después de conversar me siento como si necesitara darme un baño. Nunca me he fiado de nada de lo que decía porque nada de eso es sincero. Tú eras igual, o eso creía. Inventándote unos hijos, por el amor de Dios. Jamás he oído nada igual.

—Así que...

—¡Oye! Como he dicho, soy viejo. Y soy desagradable. Puedo cambiar de opinión cuando me plazca. Quédate con Winnover Hall. Me gustaría ver si Penelope tiene las agallas para discutir conmigo. Apuesto a que no las tiene. —Dio media vuelta y se dirigió a la puerta.

—Acaba de llegar —dijo Emmie, caminando tras él y sintiéndose aún desconcertada—. Está invitado a quedarse.

—Me dirijo a Londres para ocuparme de algunos asuntos, cambiar algunos documentos y luego volveré a Welshire. Aparte de eso, no quiero quedarme. Demasiado ruido, y estaréis colocando de nuevo vuestras cosas.

—Gracias, abuelo.

Welshire se volvió hacia ella una vez más.

—Sé sincera conmigo, Emmeline. A partir de ahora. No mientas. —Se encorvó un poco—. Lo que hiciste requiere valor. Carácter. No las mentiras. Decir la verdad requería coraje. No creí que lo tuvieras.

—Yo... Gracias. Otra vez.

—No he decidido lo de la Navidad. Quería saber qué dirías. Has accedido a venir, incluso sin Winnover Hall. Eso es carácter. Todavía no estoy seguro de que me guste.

Dicho eso, salió de la biblioteca. Emmie se dio la vuelta de nuevo y encontró a Will mirándola, con las dos cejas levantadas.

—¡Santo Dios! —murmuró.

—No sé ni qué decir. —Emmie continuó con la vista clavada en el umbral de la puerta, esperando que su abuelo apareciera otra vez y dijera que todo había sido una broma y que tenían que irse de la casa antes de que anocheciera.

—Ha venido desde Cumberland para decir la última palabra —reflexionó Will.

Los niños se apresuraron a entrar en la habitación, seguidos por la mayor parte del servicio.

—He visto al duque —dijo George, frunciendo el ceño—. ¿Qué nos ha quitado ahora? ¿Tengo que ir a liquidarlo?

—Eso significa asesinarlo —informó Rose de manera servicial.

—No. No tienes que liquidarlo. —Emmie se arrodilló y extendió los brazos. Cuando los niños corrieron hacia ellos, empezó a reírse de puro y embriagador placer—. Ha dicho que debíamos quedarnos aquí —acertó a decir cuando pudo tomar aire.

—¿Qué? —preguntaron al unísono.

—Su Gracia ha dicho que podemos quedarnos con Winnover Hall. No tenemos que irnos.

Los chillidos de los niños y de los sirvientes estuvieron a punto de dejarla sorda, pero no le importaba. Ese era el sentimiento que había anhelado sin saber lo que era. Júbilo.

¿TE GUSTÓ
ESTE LIBRO?

**escríbenos y
cuéntanos tu opinión en**

 **/Sellotitania**  **/@Titania_ed**

 **/titania.ed**

#SíSoyRomántica